o
ECO
dos
LIVROS
ANTIGOS

EXCELSIOR — BOOK ONE

Editorial e arte: Francine C. Silva

Tradução: Lina Machado

Preparação: Daniela Toledo

Revisão: Tássia Carvalho e Aline Graça

Adaptação de capa: Francine C. Silva

Projeto gráfico e diagramação: Victor Gerhardt

Impressão: Grafilar

Dados Internacionais de Catalogação na Publicação (CIP)
Angélica Ilacqua CRB-8/7057

D292e   Davis, Barbara

      O eco dos livros antigos / Barbara Davis ; tradução de Lina Machado. –– São Paulo : Excelsior, 2024.

      416 p.

      ISBN 978-65-85849-24-1

      Título original: *The Echo of Old Books*

      1. Literatura norte-americana 2. Livros - Ficção I. Título II. Machado, Lina

---

23-6469   CDD 813

BARBARA DAVIS

O

ECO

dos

LIVROS

ANTIGOS

São Paulo
2024

EXCELSIOR

BOOK ONE

Este livro é dedicado aos bibliotecários e aos livreiros...
Guardiões da imaginação, alimentadores de corações famintos,
casamenteiros da palavra escrita.
Onde estaríamos sem seu trabalho de amor?

Sentado na minha biblioteca à noite e observando a face silenciosa
dos meus livros, de vez em quando sou visitado por uma estranha
consciência do sobrenatural.

— Alexandre Smith

PRÓLOGO

21 de julho de 1954
Marblehead, Massachusetts

Ele chega em um dia claro de verão.

Um grande envelope pardo com a palavra PRIORIDADE carimbada em dois lugares na frente em tinta vermelha. Fico olhando para o pacote, em cima do mata-borrão de couro cheio de marcas, junto ao resto da correspondência do dia. A letra na frente é familiar, assim como o nome do remetente.

Eu me deixo cair na cadeira, inspiro e expiro. Mesmo agora, passados tantos anos, as lembranças são enganosas. Como a dor de um membro fantasma, a fonte da dor pode ter desaparecido, mas a recordação tão repentina e tão aguda do que foi perdido me pega de surpresa. Fico sentada com aquela dor por um momento, esperando que ela desapareça.

O sol da tarde entra pelas persianas do meu escritório, pintando faixas de luz no carpete e nas paredes, estantes repletas de livros e prêmios, pedaços de vários objetos coletados ao longo dos anos. Meu santuário. Mas, hoje, parece que meu passado me encontrou.

Abro o envelope e derramo o conteúdo na mesa. Um pacote retangular em papel pardo comum e um pequeno envelope com um bilhete preso com um clipe de papel na parte externa.

Encaminhando para você, conforme carta anexa.

Não há dúvidas quanto à letra cuidadosa de Dickey.
Meu sobrinho.

Quase não nos falamos hoje em dia – os anos tornaram o contato constrangedor –, embora ainda enviemos cartões nos feriados e aniversários. O que foi que ele me enviou?

Tiro a única folha de papel timbrado do envelope e a coloco aberta sobre o mata-borrão. Não é a caligrafia de Dickey, mas a de outra pessoa. Também familiar. Letras nítidas e angulares, bastante inclinadas. Letras escritas por um fantasma.

> Dickey,
> Depois de tudo o que se passou entre sua família e mim, sem dúvida você vai considerar uma ousadia minha contatá-lo. Estou muito ciente das consequências resultantes da minha ligação com a sua família e reluto em envolvê-lo mais uma vez, porém descobri que alguns assuntos, mesmo depois de tantos anos, ainda exigem esclarecimentos. E por isso devo implorar um último favor. Peço que encaminhe o pacote anexo para sua tia, cuja localização perdi ao longo dos anos. Imagino que vocês dois ainda mantenham contato, pois sempre foi o favorito dela, e me lembro de ela ter confiado a você, em uma ocasião específica, uma mensagem um tanto delicada. É essa lembrança que me encoraja a recorrer à sua ajuda agora. Desejo que o pacote seja enviado sem ser aberto, pois o conteúdo é de natureza íntima, destinado apenas aos olhos de sua tia.
> Com o mais profundo respeito e gratidão,
> — H.

O escritório parece pequeno de repente, abafado e apertado, enquanto olho para o pacote embrulhado com todo o cuidado. Treze anos sem uma palavra e agora, de repente, um pacote enviado por meio de nosso antigo intermediário. Por que agora? Por que *afinal*?

Minhas mãos estão suadas quando rasgo o papel marrom áspero. Vejo uma lombada de couro com gravações em relevo. Uma capa azul marmorizada. Um livro. O título, escrito em letras douradas, me atinge como um soco.

Lamentando Belle.

Engulo a dor na garganta, a sensação incômoda tão nítida que me tira o fôlego. Fiquei entorpecida por tanto tempo, tomando tanto cuidado para não lembrar, que esqueci como é ser cortada e sangrar. Eu me preparo ao abrir a capa e pressiono a mão na boca, engolindo um soluço. Claro que há uma dedicatória. Você nunca perderia a chance de dar a última palavra. Eu não havia me preparado para sua voz, que enche minha mente assim que leio as palavras que você rabiscou na primeira página – uma flecha apontada bem para minha consciência.

Como, Belle? Depois de tudo... como pôde?

UM

ASHLYN

Não há nada tão vivo quanto um livro que foi bem amado.
— Ashlyn Greer, *O cuidado e a alimentação de livros antigos*

23 de setembro de 1984
Portsmouth, Nova Hampshire

Como costumava acontecer nas tardes de domingo, Ashlyn Greer estava caçando. Dessa vez, na bagunçada sala dos fundos de uma butique de antiguidades situada a dois quarteirões de Uma História Improvável, a rara livraria da qual era proprietária havia quase quatro anos.

No dia anterior, ela tinha recebido um telefonema de Kevin Petri, dono da butique, alertando-a de que um homem de Rye havia trazido várias caixas de livros e que não tinha espaço para armazená-los. Será que ela ia querer dar uma olhada?

Não era a primeira vez que ela passava seu único dia de folga vasculhando caixas em busca de tesouros perdidos. Na maioria das vezes, saía de mãos vazias – mas nem sempre. Certa vez, conseguiu uma primeira edição de *All Creatures Great and Small,* jamais lida, pelo que pôde perceber. Outra vez, resgatou uma primeira edição de *Horizonte perdido* de uma caixa de antigos livros de receitas. Tinha sido muito negligenciado, mas depois de uma extensa reabilitação, ela conseguiu um belo lucro. Descobertas assim não aconteciam com frequência – na verdade, quase nunca aconteciam –, mas, nas raras ocasiões em que ocorriam, a emoção fazia com que toda a procura valesse a pena.

Infelizmente, as caixas daquele dia não pareciam tão promissoras.

A maioria dos livros era de capa dura, recentes best-sellers de Danielle Steel, Diane Chamberlain e do muito elogiado rei dos romances de "arrancar lágrimas", Hugh Garret. Autores estimados, sem dúvida, mas longe de serem raros. A segunda caixa oferecia uma mistura mais eclética, incluindo vários livros de saúde e nutrição, um que prometia uma barriga lisa em trinta dias, outro que apregoava os benefícios de uma dieta macrobiótica.

Ela trabalhou depressa, tomando cuidado para não segurar nenhum dos livros por tempo demais, mas era difícil não captar vibrações sutis ao devolvê-los à caixa. Eles pertenceram a alguém que estava doente e com medo, alguém que temia não ter mais tempo. Uma mulher, muito provável.

Era uma *coisa* que Ashlyn tinha, um dom, como o ouvido absoluto ou o nariz de um perfumista. A capacidade de *ler* os ecos que se ligavam a certos objetos inanimados – livros, para ser mais exata. Não tinha ideia de como funcionava. Apenas sabia que tudo havia começado aos doze anos.

Seus pais estavam tendo uma de suas discussões violentas e ela saiu pela porta dos fundos, montou na bicicleta e pedalou furiosamente até chegar à pequena livraria apertada na Market Street. Seu lugar seguro, como ela passara a pensar – e ainda pensava assim.

Frank Atwater, o dono da loja, cumprimentou-a com um de seus taciturnos acenos de cabeça. Ele sabia como era a situação da menina em casa – todos na cidade sabiam –, mas nunca tocou no assunto, optando por oferecer um refúgio quando as coisas entre os pais dela se tornavam insuportáveis. Era uma gentileza que ela jamais esqueceria.

Naquele dia fatídico, ela foi direto para seu cantinho favorito, onde os livros infantis ficavam. Ela sabia de cor cada título e autor, bem como a ordem exata em que estavam guardados. Já tinha lido todos pelo menos uma vez. Mas naquele dia, três novos livros haviam aparecido. Ela passou os dedos pelas lombadas desconhecidas. *The Story of Doctor Dolittle, The Mystery of the Ivory Char* e *The Water-Babies*. Puxou *The Water-Babies* da estante.

Foi quando aconteceu. Um pequeno choque agradável percorreu seus braços até o peito. E tanta tristeza que de repente não conseguiu respirar. Ela deixou cair o livro, que aterrissou aos seus pés, esparramado no tapete como um pássaro caído.

Foi imaginação sua?

Não. Tinha *sentido*. Fisicamente. Uma dor tão real, tão crua, que por um instante lágrimas brotaram em seus olhos. Mas como?

Cautelosa, ela pegou o livro do chão. Dessa vez, permitiu que os sentimentos viessem. Uma garganta ardia com lágrimas. Ombros atormentados pela perda. Do tipo que não demonstrava piedade e não havia limite. Naquela época, ela não tinha nenhuma referência para esse tipo de angústia, aquele que se imprimia no corpo, se gravava na alma. Apenas ficou ali sentada, tentando entender aquilo – fosse lá o que *fosse*.

Depois de algum tempo, a angústia diminuiu, perdendo um pouco da intensidade. Ou ela se acostumou à sensação ou as emoções simplesmente se esgotaram. Não tinha certeza do quê. Todos esses anos depois, ainda não tinha certeza. Será que um livro poderia mudar seus ecos ou as emoções que ela registrava eram de natureza mais indelével, fixadas no tempo para sempre?

No dia seguinte, ela perguntou a Frank de onde tinham vindo os novos livros.

Ele contou que haviam sido trazidos pela irmã de uma mulher cujo filho morrera em um acidente de carro. Enfim, ela entendeu. A tristeza sufocante, a sensação esmagadora sob suas costelas, era luto. O luto de uma mãe. Mas o *como* ainda lhe escapava. Seria mesmo possível registrar as emoções de outra pessoa só por tocar em um objeto que lhe pertencera?

Nas semanas seguintes, tentou recriar a sensação, pegando títulos aleatórios nas estantes, esperando ansiosamente por outro choque peculiar de emoção. Dia após dia, nada aconteceu. Então, uma tarde, ela pegou um exemplar surrado de *Villette,* de Charlotte Brontë, e uma forte onda de alegria percorreu seus dedos, como um jato de água fria, leve e borbulhante, mas surpreendente em sua intensidade.

Depois apareceu um terceiro livro. Um volume de poemas de Ella Wheeler Wilcox chamado *The Kingdom of Love*. Mas a energia masculina estagnada do livro parecia estranhamente em contradição com o título romântico, prova de que os ecos de um livro tinham pouco a ver com gênero ou temática. Em vez disso, a energia de um livro parecia ser um reflexo de quem o possuía.

Por fim, ela teve coragem de contar a Frank sobre os ecos. Temia que ele lhe dissesse que ela estava lendo contos de fadas demais. Em vez disso, ele ouviu com atenção enquanto ela contava tudo e então a surpreendeu com sua resposta.

– Os livros são como as pessoas, Ashlyn. Eles absorvem o que está no ar ao redor deles. Fumaça. Graxa. Esporos de mofo. E por que *não* sentimentos? São tão reais quanto essas outras coisas. Não há nada mais íntimo que um livro, especialmente aquele que se tornou parte importante da vida de alguém.

Seus olhos ficaram bem arregalados.

– Livros têm sentimentos?

– Livros *são* sentimentos – respondeu ele com simplicidade. – Eles *existem* para nos fazer sentir. Para nos conectar com o que está dentro, às vezes, com coisas que nem sabemos que estão lá. Faz muito sentido que parte do que sentimos quando lemos acabe... por impregná-los.

– O senhor consegue? Sentir o que impregnou?

– Não. Mas isso não significa que outros não consigam. Duvido muito que você seja a primeira. Ou que será a última.

– Então eu não deveria ficar com medo quando acontecer?

– Acho que não. – Ele esfregou o queixo por um momento. – O que você está descrevendo é uma espécie de dom. E dons foram feitos para serem usados. Caso contrário, para que tê-los? Se eu fosse você, descobriria como melhorar, praticaria, para saber como funciona. Assim, não vai ter medo quando acontecer.

Então ela praticou. E também fez algumas investigações. Com a ajuda de Frank, descobriu que havia um nome de verdade para o que tinha vivenciado. *Psicometria.* O termo havia sido cunhado em 1842 pelo médico Joseph Rodes Buchanan, e em 1863 um geólogo chamado Denton publicou um livro intitulado *A alma das coisas.* Resumindo, ela era uma espécie de empática, mas com livros.

Frank tinha razão. Os livros *eram* como pessoas. Cada um carregava uma energia única, como uma assinatura ou impressão digital e, às vezes, essa energia ficava impregnada. Ashlyn esfregou a palma das mãos na calça jeans, tentando apagar a tristeza que se instalara em seus dedos da caixa de livros de receitas descartados. Essa era a desvantagem do seu chamado dom. Nem todos os ecos eram felizes. Tal como os humanos, livros vivenciavam sua parte de sofrimento e, tal como os humanos, eles se lembravam.

Com o passar dos anos, ela aprendeu a limitar sua exposição a livros imbuídos de ecos negativos e a evitar por completo determinados livros. Mas em dias como aquele, não era possível evitar. Tudo o que podia fazer era trabalhar depressa.

A última caixa continha mais romances, todos em ótimo estado, mas nada que pudesse usar na loja. Então, ao se aproximar do fundo da caixa, deparou-se com uma edição em brochura de *Os vestígios do dia*, de Kazuo Ishiguro.

Não tinha nada de especial. Na verdade, estava bastante surrado, as páginas amareladas, quase marrons, a lombada bastante vincada. Mas era impossível ignorar seu eco. Intrigada, ela colocou o livro no colo, pressionando a palma da mão na capa. Era um jogo que fazia às vezes, tentar adivinhar se um livro continha uma dedicatória e, se tivesse, o que estaria escrito.

Ela adorava imaginar como um volume específico tinha chegado às mãos do leitor, e por quê. Por que esse livro em particular e por qual ocasião? Aniversário ou formatura? Uma promoção?

Leu muitas dedicatórias ao longo dos anos, algumas fofas, outras engraçadas, algumas tão comoventes que lhe trouxeram lágrimas aos olhos. Havia algo deliciosamente íntimo em abrir um livro e encontrar aquelas poucas linhas rabiscadas na primeira página, era como ter um vislumbre da vida emocional do livro, que nada tinha a ver com o autor e tudo a ver com o leitor. Sem um leitor, um livro era uma lousa em branco, um objeto sem respiração ou pulsação próprias. Mas quando um livro se tornava parte do mundo de uma pessoa, ganhava vida, com um passado e um presente – e, se bem cuidado, um futuro. Essa força vital permanecia para sempre com um livro, uma assinatura energética que combinava com a de seu dono.

Alguns livros traziam assinaturas misturadas e eram mais difíceis de ler, o que costumava acontecer no caso de vários donos. Essa era a vibração que estava recebendo da cópia de *Os vestígios do dia*. Várias camadas.

Muito intenso. O tipo de livro que quase sempre tinha uma dedicatória. E quando ela abriu a capa, viu que de fato tinha.

Querido,
Honra não tem a ver com sangue ou nome.
Tem a ver com coragem e defender o que é certo. Você,
meu amor, sempre escolheu com honra.
Disso poderá sempre se orgulhar, assim como eu tenho
orgulho do homem com quem me casei.
– Catherine

Parecia algum tipo de confirmação, palavras de consolo oferecidas a um coração perturbado, mas a energia que o livro exalava, uma sensação desagradável e pesada que se assemelhava a dúvida, acompanhada de fios de culpa e arrependimento, sugeria que *Querido* – quem quer que fosse – estivera menos do que convencido.

Ashlyn fechou o livro, colocando-o com firmeza na pilha do *não,* depois pegou o último livro da caixa. Seu estômago deu uma pequena cambalhota quando ela o retirou, do tipo que significava que enfim talvez tivesse descoberto algo que valesse a pena. Era um volume pequeno, mas muito bonito. Encadernação de três quartos em couro marroquino, lombada com nervuras, capas azuis marmorizadas – e, a menos que ela tenha errado o palpite, encadernado à mão.

Ela prendeu a respiração enquanto o examinava. Pouco ou nenhum desgaste de uso. Encadernação firme e alinhada. Miolo amarelado, mas sólido. Ela olhou para as letras douradas em relevo na lombada. *Lamentando Belle.* Não era um título que conhecia. Franziu a testa enquanto continuava a estudar o livro. Não havia sinal de nome de autor. Nenhum nome de editora também. Estranho, mas não inédito. Mas algo estava *errado.*

O livro estava estranhamente quieto. Silencioso, na verdade. A sensação de um livro novo antes que o eco do proprietário fosse transmitido. Um presente indesejado, talvez, que não foi lido? A ideia a deixou triste. Livros dados como presentes deveriam *sempre* ser lidos. Ela abriu a capa, procurando a página de créditos. Não havia nenhuma. Havia, no entanto, uma dedicatória.

Como, Belle? Depois de tudo... como pôde?

Ashlyn encarou a linha solitária. A escrita era irregular, as palavras pareciam estilhaços, destinadas a cortar, a ferir. Mas também havia tristeza nos espaços intermediários, entrelaçada nas elipses, a desolação de uma pergunta não respondida. A dedicatória não estava assinada nem datada, sugerindo que a destinatária não precisaria de nenhuma das duas coisas. Um conhecido íntimo, então. Um amante, talvez, ou cônjuge. *Belle.* O nome saltava da página. Será que a destinatária do livro também era a homônima? O presenteador é o autor?

Intrigada, ela começou a folhear as páginas, em busca do nome de um autor, da marca de uma editora. Mas não havia nada. Nenhum vestígio de como aquele estranho e belo livro veio ao mundo. A ausência de uma página de créditos sugeria que o livro poderia ser de domínio público, o que significava que tinha que ter sido escrito antes de 1923. Caso tivesse, estava em condições incríveis. Mas havia outra possibilidade, que parecia mais provável. O livro pode ter sido reencadernado em algum momento e o encadernador não conseguiu incluir a página de créditos original.

Algumas das páginas podiam ter sido danificadas ou perdidas. Era algo que de fato acontecia. Havia sido encarregada de reencadernar livros que chegavam à loja em sacolas de mercado, páginas soltas presas com barbante ou elástico, capas deformadas, largadas para mofar em porões úmidos, livros encontrados em sótãos cujas páginas estavam tão secas que se esfarelavam ao toque. Mas ela nunca havia encontrado um livro sem *qualquer* vestígio de suas origens.

As pessoas recuperavam livros antigos por vários motivos, mas esses motivos quase sempre se enquadravam em uma de duas categorias: valor sentimental ou colecionável. Em ambos os casos, preservar o nome do autor seria fundamental. Por que alguém se daria ao trabalho e às despesas de recuperar o livro e depois omitiria detalhes tão importantes? A menos que a omissão tenha sido intencional. Mas por quê?

Atraída pela promessa de um mistério literário, Ashlyn folheou o livro. Tinha acabado de abrir o primeiro capítulo quando uma onda do que parecia ser uma corrente passou por seus dedos. Assustada, ela puxou a mão de volta. O que havia acabado de acontecer? Um momento antes, o livro estava em silêncio – sem pulsação –, até que ela o abriu e despertou o que quer que estivesse dentro dele, como a combustão espontânea que ocorre quando uma porta é aberta de repente e um pequeno fogo irrompe em um incêndio que envolve tudo. Essa era uma nova experiência que Ashlyn com certeza pretendia explorar.

Prendendo a respiração, ela repousou a palma de ambas as mãos nas páginas abertas, se preparando para o que agora sabia que estava por vir. Cada livro se apresentava de forma diferente. A maioria era registrada como uma sensação física sutil. Um zumbido na mandíbula, uma vibração repentina na barriga. Outras vezes, os ecos eram mais intensos. Um zumbido nos ouvidos ou uma sensação de ardor nas bochechas, como se ela tivesse acabado de levar um tapa. De vez em quando, eles se registravam como sabores ou aromas. Baunilha. Cerejas maduras. Vinagre. Fumaça. Mas esse parecia diferente, de alguma forma, mais profundo e mais visceral. O gosto de cinzas ficou acentuado em sua língua. A dor de lágrimas ardentes na garganta. Uma dor lancinante no centro do peito.

Um coração em ruínas.

E, no entanto, ela não tinha sentido nada até abrir o livro, como se os ecos estivessem prendendo a respiração, aguardando o momento certo. Mas por quanto tempo? E *de quem* eram os ecos? A dedicatória – *Como, Belle?* – tinha sido, sem dúvida, destinada a uma mulher, mas o livro exalava uma energia decididamente masculina.

Ela examinou mais uma vez a lombada, vasculhou a folha de rosto, o verso, as folhas de guarda, na esperança de encontrar alguma pista sobre a origem do livro. Mais uma vez, não encontrou nada. Era como se o livro tivesse simplesmente se materializado, um volume fantasma que existia fora do tempo e do espaço literário. Só que ela o tinha nas mãos. E seus ecos eram muito reais.

Ashlyn ergueu as mãos das páginas, sacudindo os dedos da mão direita na tentativa de dissipar a leve dor na palma. A cicatriz estava incomodando novamente. Olhou para a lesão em forma de lua crescente que ia do dedo mínimo até a base do polegar. Um caco de vidro agarrado por acidente em um momento de pânico.

A ferida cicatrizou sem incidentes, deixando uma linha curva de carne branca e enrugada que atravessava sua linha da vida. Ashlyn pressionou o polegar bem fundo na palma da mão e flexionou os dedos algumas vezes, um exercício que lhe passaram após o acidente para evitar contraturas. Talvez fosse hora de desacelerar um pouco na encadernação e dar um descanso à mão. E por falar em encadernação, era hora de voltar para a loja.

Depois de devolver os livros *recusados* às respectivas caixas, ela levou o volume misterioso para a frente, onde encontrou Kevin polindo com carinho um rádio de baquelite rosa.

– Parece que você teve sorte desta vez. – Ele pegou o livro, abriu-o brevemente e depois voltou a fechá-lo com um dar de ombros. – Nunca ouvi falar. De quem é?

Ashlyn olhou para ele, surpresa por estar alheio às emoções que fervilhavam do livro.

– Eu não faço ideia. Não há nome de autor, nem página de créditos, nem mesmo nada sobre quem publicou. Estou achando que pode ter sido reencadernado em algum momento. Ou pode ser de uma gráfica por encomenda; alguns exemplares do romance do tio John impressos para familiares e amigos.

– E alguém vai mesmo querer um livro como esse?

Ashlyn lhe lançou uma piscadela conspiratória.

– É provável que não. Mas eu adoro um mistério.

DOIS

ASHLYN

Onde a natureza humana é tão fraca quanto em uma livraria?
— Henry Ward Beecher

Ashlyn trancou a porta, saboreando a calma reconfortante que repousava cada vez que passava pela porta da Uma História Improvável, a sensação de que ela estava inteira e completamente onde pertencia.

A loja era dela há quase quatro anos, embora, de certa forma, tivesse *sempre* lhe pertencido. Tal como Ashlyn sempre pertencera à loja. Desde que se entendia por gente, a loja parecera um lar, os livros alinhados, em suas estantes desordenadas, amigos de confiança. Os livros eram seguros. Tinham enredos que seguiam padrões, começos, meios e finais previsíveis. Em geral felizes, embora nem sempre. Mas se algo trágico acontecesse em um livro, você podia apenas fechá-lo e escolher um novo, ao contrário da vida real, em que os eventos muitas vezes ocorrem sem o consentimento do protagonista.

Como um pai que não conseguia manter um emprego. Não porque ele não fosse inteligente ou habilidoso o bastante, mas porque era simplesmente raivoso demais. Toda a vizinhança sabia do temperamento de Gerald Greer. Já haviam experimentado em primeira mão ou escutado transbordar pelas janelas quase todo dia. Criticando a mãe dela por cozinhar demais as costeletas de porco, por comprar a marca errada de batatas fritas ou por engomar demais as camisas dele. Nada nunca estava certo ou bom o suficiente.

As pessoas costumavam comentar que ele tinha problemas com bebida, mas ela nunca viu bebidas alcoólicas em casa. Ainda bem, segundo a vovó Trina, que uma vez reclamou que a cada jantar arruinado, seu genro estava prestes a incendiar a casa. A última coisa que ele precisava era de um combustível.

E também havia sua mãe, a figura sombria que em geral podia ser encontrada no quarto, assistindo a programas de jogos ou dormindo à tarde, auxiliada pelo frasco aparentemente sem fim de pílulas amarelas na mesa de cabeceira. Suas *pílulas de suporte,* ela as chamava.

No verão em que Ashlyn completou quinze anos, Willa Greer foi diagnosticada com câncer de útero. Falou-se de uma operação, seguida de quimioterapia e radioterapia, mas a mãe recusou o tratamento, concluindo que não havia nada em sua vida para que valesse a pena ficar. Ela morreu um ano depois, enterrada quatro semanas antes do aniversário de dezesseis anos de Ashlyn. Ela escolheu a morte em vez da família – em vez da filha.

O pai de Ashlyn ficou estranhamente desamparado com a perda da esposa, fechando-se no quarto ou ficando longe de casa por completo. Comia pouco e quase não falava, e seus olhos adquiriram um vazio inquietante. E então, na tarde do aniversário de dezesseis anos de Ashlyn, durante a festa que a avó insistiu em lhe dar – uma festa que ela não queria –, o pai subiu até o sótão, apoiou um rifle Winchester de cano duplo carregado sob o queixo e puxou o gatilho.

Ele também havia *escolhido.*

Depois disso, Ashlyn foi morar com a avó e passava as tardes de quinta-feira com um terapeuta especializado em jovens e luto. Não que tenha feito muita diferença. Os dois pais partiram no espaço de um mês e ambos tinham *escolhido* deixá-la. Com certeza a culpa era dela. Algo que fez ou *deixou* de fazer, alguma falha terrível e imperdoável. Como uma marca de nascença desfigurante ou um gene defeituoso, a dúvida se tornou uma parte permanente dela. Como a cicatriz na palma da mão.

Após a morte dos pais, a loja se tornou seu santuário, um lugar para se refugiar dos olhares e sussurros, onde ninguém a olhava de soslaio e ria da garota cujo pai havia se apagado enquanto ela apagava as velas de aniversário. Mas não foi apenas o suicídio do pai que prejudicou seus primeiros anos. Ela sempre foi diferente, esquiva e retraída.

Uma aberração.

Foi um rótulo que Ashlyn ganhou no primeiro dia da sétima série, quando começou a chorar depois de receber um livro de estudos sociais surrado e encharcado de autodepreciação. Os ecos eram tão sombrios e insondáveis – tão desconfortavelmente familiares – que ela achou quase insuportável tocar no livro. Implorou à garota ao seu lado que trocasse, mas se recusou a dizer o motivo. Por fim, a professora lhe deu um livro diferente, mas não antes de toda a turma dar uma boa risada à sua custa.

Anos depois, a lembrança ainda doía, mas Ashlyn aprendeu a aceitar seu estranho dom. Como a habilidade de pintar ou tocar violino, havia se tornado parte dela e, às vezes, era até um consolo, e os ecos eram substitutos para amigos de verdade, que poderiam julgá-la ou abandoná-la.

Ashlyn afastou o pensamento, enquanto colocava a bolsa no balcão e corria os olhos pela loja. Adorava cada centímetro daquela bagunça aconchegante, os tapetes surrados e os pisos de carvalho empenados, o cheiro de cera de abelha misturado com vestígios persistentes do tabaco para cachimbo de Frank Atwater, mas enquanto observava a pilha de livros que a esperavam no balcão da frente, as estantes que tinha que espanar, as janelas que há muito precisavam ser lavadas, arrependeu-se de não ter seguido seu plano de finalmente contratar alguém para ajudar nas tarefas do dia a dia.

Quase fez um anúncio no mês passado, chegou até a escrever o texto, mas acabou mudando de ideia. Não era o dinheiro. Com o sucesso do negócio de encadernação, a loja arrecadava mais do que o suficiente para ter um funcionário. Sua relutância tinha a ver com a preservação do santuário que construíra para si mesma, um mundo insular de tinta, papel e ecos familiares. Ela não estava pronta para deixar outra pessoa entrar, mesmo que significasse ter mais tempo livre. *Ainda mais* se significasse ter mais tempo livre.

Ashlyn olhou para o antigo relógio de parede enquanto tirava a jaqueta e a jogava no balcão. Eram quase quatro horas e ela tinha uma hora para arrumar as estantes antes de trocar de função e ir para a encadernação. A pilha daquele dia era particularmente diversificada e incluía títulos como *The Art of Cooking with Herbs & Spices*, *A Guide to Bird Behavior: Volumes I e II*, *The Poetical Works of Sir Walter Scott* e *The Four Dimensions of Philosophy*.

Os interesses variados de seus clientes nunca deixavam de surpreendê-la. Se alguém, em algum lugar, estivesse interessado em um assunto, por mais obscuro que fosse, havia um livro sobre ele. E se houvesse um livro sobre um assunto, alguém, em algum lugar, queria lê-lo. Seu trabalho era conectar os dois, e ela o levava muito a sério. Crescera acreditando que uma pessoa poderia aprender absolutamente qualquer coisa com os livros e ainda acreditava nisso. Como não acreditaria, quando passava os dias em ar tão rarefeito?

Quando terminou de colocar os livros nas estantes, passou um pano no balcão e reabasteceu os folhetos no rack na frente da loja, incluindo a última edição do boletim informativo mensal da loja. As janelas teriam que esperar mais um dia. Depois de sessenta anos de atividade, fazia muito tempo que o lugar tinha perdido o brilho, mas havia uma pátina aconchegante nos pisos arranhados e nas estantes superlotadas que seus clientes pareciam apreciar, e talvez até esperar.

Na encadernação, nos fundos da loja, Ashlyn acendeu as lâmpadas fluorescentes do teto, fortes a ponto de quase serem desconfortáveis comparadas às lâmpadas de leitura mais suaves da loja. A sala era pequena e atravancada, mas havia um caos organizado na desordem. À direita, logo após a porta, ficava o bastidor de costura, usado para unir as páginas, e uma estante cheia de folhas de guarda de diversas cores e padrões. O lado esquerdo da sala era dominado por uma antiga prensa de ferro fundido, que outrora evocara imagens da Inquisição Espanhola, até que Frank lhe mostrou como era usada para prensar livros.

Uma bancada ocupava a maior parte da parede dos fundos. Acima dela, prateleiras guardavam as diversas ferramentas do ofício: pesos para livros, furadores, blocos de lixa, dobradeiras de osso, uma variedade de martelos e espátulas. Havia também uma variedade de apetrechos especializados, utensílios domésticos como papel encerado, clipes para fichários e o velho secador de cabelo que Ashlyn usava para remover etiquetas adesivas de achados em vendas de garagem. No final da bancada, uma caixa com tampa de vidro abrigava uma variedade de solventes e adesivos, potes de corantes e tubos de tinta, talagarça e fita adesiva para fortalecer as lombadas, papel japonês para restaurar páginas rasgadas.

A visão de tudo isso a intimidara no passado. Agora, cada ferramenta parecia uma extensão de seu amor pelos livros, uma extensão de si mesma. Depois do *acidente* do pai, como a vovó Trina insistia em chamar, Frank lhe ofereceu um emprego de verdade. No começo, era apenas tirar o pó e esvaziar cestos de lixo, mas um dia, quando ele a pegou rondando a porta da encadernação, observando com a respiração presa enquanto ele dissecava meticulosamente uma primeira edição de Steinbeck, acenou para ela e lhe deu sua primeira lição em restauração de livros.

Ela aprendeu depressa e, depois de algumas semanas, foi autorizada a ajudar com certa regularidade na encadernação, primeiro lidando com livros menos valiosos e depois passando para volumes mais raros e mais caros. Anos mais tarde, a restauração de livros havia se tornado como uma vocação quase sagrada. Havia algo imensamente gratificante em pegar algo que havia sido negligenciado, até mesmo maltratado, e fazê-lo ficar novo de novo, desconstruí-lo com o maior cuidado e depois voltar a montá-lo, a lombada endireitada, as cicatrizes removidas, a beleza desgastada restaurada. Cada restauração era um trabalho de amor, como uma espécie de ressurreição, uma coisa quebrada e descartada que ganhava vida nova.

Naquele dia, sua primeira tarefa era verificar várias páginas de um volume de Tom Swift que ela havia deixado de molho em uma grande banheira esmaltada, na esperança de remover as grandes quantidades de cola aplicadas durante uma imprudente tentativa de reencadernação caseira. Cola podia ser um pouco difícil de manejar, mesmo para um encadernador habilidoso. Nas mãos de um amador entusiasta, costumava significar desastre.

Usando uma pequena espátula, colocou a mão na água, empurrando com delicadeza a mistura de cola e fita adesiva velha da borda da página inicial. Ainda não estava pronta, porém mais algumas horas deviam bastar. Depois de secá-las, ela remontaria o miolo, acrescentaria novas capas e folhas de guardas e, em seguida, gravaria novamente a lombada reparada. Não seria barato, mas o livro sairia da loja com uma vida nova e, com alguma sorte, o sr. Lanier aprenderia que não deveria tentar qualquer reparo caseiro no futuro.

Quando teve certeza de ter feito o que podia, Ashlyn secou as mãos e apagou as luzes, sua mente já vagava escada acima rumo a seu apartamento, à sua cadeira de leitura e às palavras já gravadas em sua mente.

Como, Belle? Depois de tudo... como pôde?

As palavras ainda a acompanhavam quando ela atravessou a porta de seu apartamento e tirou os sapatos. Assim como a loja, o apartamento de Frank Atwater se tornou uma segunda casa quando ela era mais nova. Agora, também era dela.

Quando as coisas estavam difíceis em casa, Frank e a esposa, Tiny, ofereciam um lugar para ir depois da escola, fazer um lanche e a lição de casa ou apenas para se aconchegar no sofá e assistir a *Dark Shadows*. Quando Tiny sofreu um aneurisma e morreu de repente, Ashlyn fez tudo ao seu alcance para preencher o vazio deixado por sua ausência. Em troca, Frank deixou tudo para ela quando faleceu, seis anos depois. *A filha com a qual eu nunca fui abençoado,* dizia o testamento. *Uma alegria e um consolo em meus momentos de tristeza.*

Ela sentia muita saudade dele. Sua bondade infalível, sua sabedoria tranquila, seu amor por todas as coisas escritas. Mas ele ainda estava ali, no velho relógio de ouropel sobre a lareira, na desgastada poltrona de couro perto da janela, na querida coleção de clássicos vitorianos, cada um repleto de ecos de uma vida bem vivida. Ashlyn fez algumas atualizações antes de se mudar, resultando em uma mistura eclética de estilo vitoriano, contemporâneo e *arts and crafts* que combinava surpreendentemente bem com as janelas altas e as paredes de tijolos expostos do apartamento.

Na cozinha, colocou o kung pao que sobrara da noite anterior no micro-ondas e comeu direto da caixa, em pé de frente para a pia. Estava ansiosa para mergulhar no *Lamentando Belle,* mas tinha regras rígidas sobre comida e livros – ou um ou outro, nunca os dois juntos.

Enfim, depois de trocar o jeans por um moletom, ela pegou o livro da bolsa, acendeu a luminária de leitura estilo *arts and crafts* descolada que havia encontrado em uma venda de garagem no verão passado e se acomodou na velha poltrona perto da janela. Parou por um momento com o livro equilibrado nos joelhos, se preparando para a tempestade emocional que sabia que estava por vir.

Então, respirou fundo e abriu na primeira página.

Lamentando Belle

(págs. 1–13)

27 de março de 1953
Nova York, Nova York

Talvez você se pergunte por que me dei a tanto trabalho. Por que, depois de tantos anos, comprometi-me a empreender tal projeto. Um livro. Mas no começo, não era para ser um livro. Começou como uma carta. Um daqueles desabafos catárticos que nunca pretendemos enviar. Mas quando minha caneta começou a se mover, descobri que eu tinha muito a dizer. Arrependimento demais para caber em uma única página – ou mesmo várias. E então passei para minha mesa, para minha máquina de escrever – a velha Underwood nº 5 de meu pai – diante da qual estou sentado agora, martelando as palavras que engoli por décadas, a pergunta que continua a me assombrar.

Como? Como, Belle?

Mesmo agora, depois de todos os erros que cometi na vida – e eu cometi vários –, você é aquele do qual mais me arrependo. Você foi o maior erro da minha vida, o único arrependimento para o qual não pode haver absolvição, nem paz. Para você ou para mim.

Nesta vida, há perdas que nunca podem ser previstas. Perdas que saem da escuridão e avançam sobre nós. Golpes que acertam com tamanha velocidade e habilidade que simplesmente não há como se preparar para eles. Mas às vezes é possível ver o golpe chegando. E até vemos, mas ficamos ali parados e deixamos que nos derrube. E mais tarde – anos mais tarde –, ainda nos perguntamos como pudemos ter sido tão tolos. Você foi esse tipo de golpe. Porque vi você chegar naquela primeira noite. E deixei que você me derrubasse do mesmo jeito.

A lembrança daquele encontro ainda está gravada na minha mente, um câncer que, não importa quanto eu viva, não será extirpado, e embora revivê-la agora não me dê prazer, fazer isso talvez ainda possa me trazer um pouco de paz. E, sendo assim, devo começar e voltar no tempo. De volta à noite em que tudo começou.

∿

27 de agosto de 1941
Nova York, Nova York

Corro os olhos pelo salão de baile do hotel St. Regis, tentando não me remexer em meu terno alugado. Nada denuncia tanto um impostor quanto ficar se remexendo, e com toda a certeza sou um impostor.

Ao estudar a companhia reunida – homens de negócio e suas esposas mimadas da alta sociedade, engolindo bolinhos de caranguejo com Veuve Clicquot gelado –, é quase possível esquecer que alguma vez existiu algo como a Grande Depressão. Talvez porque tenha tocado com mais suavidade esse grupo brilhante e sedoso do que o resto, reservando o pior possível para aqueles com recursos mais modestos.

Não é surpreendente. Merecido ou não, os ricos sempre desfrutarão de uma aterrisagem suave. Mas, para piorar a situação, muitos daqueles cujas fortunas permaneceram intactas agora parecem determinados a exibir sua sobrevivência com flagrantes exibições de riqueza – como a que estou testemunhando esta noite.

A festa está a todo vapor, regada a excessos e bom gosto, o champanhe flui, a pista de dança é um mar de gravatas brancas e vestidos de grife que nunca mais serão usados. Há uma orquestra completa, as mesas gemem sob o peso de camarões e tigelas de cristal lapidado cheias de caviar, esculturas de gelo de querubins de bochechas rechonchudas, e coquetéis de champanhe circulam sem parar em bandejas reluzentes de prata. A opulência é de tirar o fôlego. E sem remorso algum. Mas nada menos é esperado para uma noite como esta. Uma de suas princesas ficou noiva de um de seus príncipes, e estou aqui para testemunhar os bons votos – e para dar uma olhada na princesa em seu habitat natural.

Não estou aqui como convidado, mas como convidado de uma amiga, com a intenção de me misturar, se conseguir, com os formadores de opinião da grande cidade americana.

Os estimados descendentes dos renomados "quatrocentos" de Nova York, cuja denominação surgiu do número de convidados que o salão de baile de Caroline Astor comportava. E, como no salão de baile da sra. Astor, apenas o crème de la crème da sociedade nova-iorquina estava presente esta noite. Eu, é claro, jamais estaria nessa lista. Não tenho pedigree para isso. Ou qualquer pedigree. Em vez disso, sou um parasita inteligente e bem posicionado, um alpinista social em missão.

Avistei duas das irmãs Cushing no meio da multidão, Minnie e a recém-casada Babe, junto com a mãe casamenteira, Kate, conhecida entre os amigos como "Gogsie", imagine só. Também estão representados os Whitney, os Mortimer, os Winthrop, os Ripley, os Jaffray e os Schermerhorn.

Ostensivamente ausentes das festividades da noite – embora não de forma inesperada – estão os membros do clã Roosevelt, que supostamente saíram das graças de nosso anfitrião. Ninguém parece se importar. Há muita qualidade disponível para compensar. Pessoas bonitas que fazem coisas bonitas em roupas bonitas. E ali, a alguns metros de distância, parecendo um buldogue impecável em suas roupas de baile, o homem que está pagando por tudo isso – o Grande Homem em pessoa –, cercado por seus novos e poderosos amigos.

E não muito longe – nunca muito longe –, a filha do Grande Homem. Não estou falando de Cee-Cee, que foi leiloada há alguns anos para o filho e herdeiro do Rei do Alumínio. Refiro-me à filha mais nova, aquela que está dando a festa de noivado para a qual fui arrastado. De você, querida Belle, cuja fotografia apareceu recentemente no Sunday News, *junto com a de seu noivo jogador de polo – Theodore. O terceiro descendente de seu homônimo original.*

Passei alguns momentos desconfortáveis vendo vocês dois dançarem quando cheguei, calculando as qualidades dele e comparando-as às minhas – como temos tendência a fazer. O corte impecável de seu paletó, a largura de seus ombros, as ondas douradas e brilhantes penteadas para trás. E seu rosto, cinzelado como um bom pedaço de mármore, bronzeado e quadrado, e um pouco entediado enquanto guiava você pelo assoalho, como se ele preferisse estar em um dos aposentos lá em cima, fumando charutos e apostando partes da fortuna do pai em uma mão ruim de cartas. (Supondo que se deva acreditar na fofoca, é claro.)

Achei que vocês dois combinavam naquele instante, com os braços frouxamente unidos enquanto andavam pelo salão com precisão mecânica. Cheguei à mesma conclusão de quando vi a foto do seu noivado no jornal: um par de lindos espécimes vazios. Igualmente privilegiados. Igualmente entediados. Agora, porém, enquanto a estudo do outro lado do salão, finalmente separada dele, você não se parece em nada com a mulher no jornal e, por um momento, enquanto a observo, perco a linha de raciocínio por completo.

Você está perfeitamente deslumbrante, envolta em uma seda em tom de azul-petróleo que adere ao seu corpo como uma segunda pele e parece mudar de cor conforme você se move. Azul, depois verde, depois um leve prateado, como as escamas de um grande peixe. Ou de uma sereia em um conto de fadas.

Você está usando longas luvas verde-azuladas para combinar e um colar simples de pérolas cinza-prateado no pescoço. Seu cabelo, escuro e brilhante, está penteado para trás, empilhado em ondas no alto da cabeça, expondo o coração pálido e perfeito de seu rosto, a pequena boca arqueada, o queixo pontudo com uma leve fenda. Um rosto cativante. Do tipo que se imprime na alma como um negativo fotográfico. Ou um hematoma.

Você beberica, distraída, uma taça de champanhe e, conforme seus olhos vagam pelo ambiente, encontram os meus. É um momento estranho, como se alguma corrente invisível passasse entre nós, como a atração de um ímã. Uma força da natureza.

Inclino um pouco a cabeça, o mais simples e frio dos acenos. Suponho que imaginava estar sendo charmoso. Mas devia estar fazendo papel de idiota. Você dá as costas, como se não tivesse visto, e começa a conversar com uma mulher que está usando uma peruca bastante infeliz, e percebo que as pérolas que você está usando passam das suas omoplatas, balançando como um pêndulo até a metade de suas costas nuas. O efeito é hipnotizante.

Ainda estou olhando quando você dispensa sua companheira e se vira para olhar para mim, como se estivesse ciente do meu olhar o tempo todo.

Você me encara. Uma censura? Um convite? Eu não faço ideia. Seu rosto está inexpressivo, não revela nada. Eu deveria saber então, naquele instante de incandescência gelada, que você sempre esconderia uma parte de si de mim. Mas não enxergo isso. Porque não quero.

Em parte espero que você se afaste quando me aproximo, que desapareça na multidão, mas você se mantém firme, os olhos ainda nos meus por cima da borda de sua taça coupé. De repente, você parece jovem, vulnerável de uma forma que não tinha notado até agora, e tenho que me lembrar que você acabou de comemorar seu vigésimo primeiro aniversário.

— Cuidado — digo, sorrindo de leve, enquanto me esgueiro ao seu lado. — Vai pegá-la de surpresa. Ainda mais se não estiver acostumada.

Você me lança um olhar frio.

— Não pareço estar acostumada a beber?

Meu olhar desliza sobre você, demorando-se em seu pescoço, no arco delgado de sua clavícula, o movimento da sua respiração, um pouco mais rápida do que estava momentos atrás.

— Não — respondo por fim. — Não, agora que observo mais de perto.

Estendo a mão e lhe digo meu nome. Você me diz o seu em troca, como se fosse possível estar no salão sem saber.

Meus olhos permanecem por um instante no diamante reluzente em seu dedo anelar.

Em forma de pera e com pelo menos três quilates, embora eu não seja um especialista nessas coisas.

— Felicidades pelo seu noivado.

— Obrigada — você responde, deixando seus olhos se desviarem. — Foi gentil da sua parte vir.

Sua voz, surpreendentemente baixa para alguém tão jovem, me deixa sem ação, mas também me divirto com seu tom tranquilo. Você claramente não tem ideia de quem eu sou. Se tivesse, dificilmente seria tão educada.

Você me olha de cima a baixo mais uma vez, demorando-se em minhas mãos vazias.

— Não está bebendo. — Você estica o pescoço, procurando um garçom. — Deixe-me pegar uma taça de champanhe para você.

— Não, obrigado. Prefiro mais um gim-tônica.

– *Você é britânico* – você comenta, como se tivesse acabado de descobrir que não sou um do seu grupo.

– *Sou.*

– *Bem, sem dúvida está muito longe de casa. Posso perguntar o que o trouxe para nossas praias? Porque tenho certeza de que você não atravessou o grande oceano azul só para participar da minha festa de noivado.*

– *Aventura* – apenas digo, evasivo, porque não seria bom admitir o que de fato me trouxe a St. Regis. Ou aos Estados Unidos, por sinal. – *Estou aqui em busca de aventura.*

– *Aventuras podem ser perigosas.*

– *Por isso são atraentes.*

Você passa seus olhos âmbar muito separados sobre mim de novo, longa e demoradamente, e fico me perguntando o que você vê – e o quanto vê.

– *E que tipo de aventura combina com você?* – você pergunta, com aquele ar de tédio que às vezes assume como forma de defesa. – *O que você...* faz?

– *Sou escritor.* – Outra evasão, porém menor.

– *É mesmo? O que você escreve?*

– *Histórias.*

Está ficando mais quente agora, mais próximo da verdade, mas nem tanto. Posso ver que seu interesse foi despertado. A palavra escritor tem esse efeito nas pessoas.

– *Igual a Hemingway?*

– *Um dia, talvez* – respondo, porque pelo menos essa parte é verdade. Um dia talvez eu escreva como Hemingway. Ou Fitzgerald. Ou Wolfe. Pelo menos, esse é o plano.

Você torce o nariz, mas não faz comentários.

– *Não é fã do sr. Hemingway?*

– *Não muito. Todo aquele machismo gritante.* – Seus olhos vagam para a pista de dança, e por um momento acho que você se cansou da nossa conversa.

– *Sou mais uma garota Brontë* – você finalmente diz por cima do som abafado de "Never in a Million Years" que flutua do palco.

Dou de ombros vagamente.

– *Heróis taciturnos e charnecas varridas pelo vento. Muito... atmosférico. Mas um pouco gótico demais para o meu gosto.*

Você vira a taça, esvaziando-a, e então me olha de soslaio.

– Achei que os ingleses eram terrivelmente esnobes em relação aos livros. Nada além dos clássicos.

– Nem todos. Alguns de nós são bastante modernos, mas admito que sou fã de Dickens. Ele não era muito romântico, mas sabia como contar uma história.

Você ergue a sobrancelha escura e sedosa.

– Você se esqueceu da questionável srta. Havisham e do bolo horrível dela. Isso não é gótico?

– Tudo bem, concedo-lhe essa. Ele se desviava de vez em quando para jovens amantes condenados e mulheres reclusas em vestidos de noiva arruinados, mas, via de regra, escrevia sobre questões sociais. Os ricos e os pobres. A disparidade entre classes.

Eu espero, mantendo o rosto inexpressivo, imaginando se você morderá a isca. Estou tentando atraí-la. Porque já formei uma opinião a seu respeito e, de repente, sem explicação, quero muito estar errado.

– E qual é você? – Você atira de volta, virando a mesa com habilidade. – Rico ou pobre?

– Ah, com certeza o segundo, embora eu aspire a mais. Um dia.

Você inclina a cabeça, estreitando um pouco os olhos, e vejo uma nova pergunta se formando neles. Um aventureiro assumido, sem dinheiro nem perspectivas, e ali estou eu, me misturando em sua linda festinha. Bebendo o champanhe do seu pai e sendo impertinente. Você quer saber quem sou e como alguém como eu passou pela porta. Mas antes que você possa perguntar, uma mulher corpulenta, vestida de tafetá preto antiquado, lhe agarra pelo braço, toda sorridente sob suas camadas pálidas de pó.

Ela me lança um olhar, me descartando como alguém sem importância, e dá um beijo em sua bochecha.

– Bonne chance, minha querida. Para você e Teddy. Não há dúvida de que seu pai está satisfeito. Você fez muito por si. E por ele.

Você responde com um sorriso. Não o seu sorriso verdadeiro, mas com aquele que você reserva para eventos como este. Praticado e mecânico. E enquanto observo você sorrir, não consigo escapar da sensação de que a mulher que está ao meu lado, essa beldade brilhante com sua seda e suas pérolas, é

*uma farsa, uma atriz em um luxuoso drama de fantasia, um ser bem lubri-
ficado e composto de rodas e engrenagens.*

*O sorriso desaparece no instante em que a mulher se afasta, sumindo
tão repentinamente quanto apareceu. Você parece murcha sem ele, de alguma
forma menos brilhante, de modo que quase sinto pena de você. É a última
coisa que esperava sentir agora e fico irritado. A simpatia é uma indulgência
pela qual homens no meu ramo não podem pagar.*

Inclino a cabeça, no menor dos acenos.

*– Se eu não soubesse melhor, e suponho que não saiba, quase pensaria
que a senhorita está infeliz. O que é surpreendente, considerando que conseguiu
um dos solteiros mais cobiçados de toda a Nova York. Petróleo. Propriedades.
Cavalos. Um belo exemplar também. Um rapaz de ouro, pode-se dizer.*

*Você se enrijece, irritada pelo meu tom. E pelo fato de eu ter visto
através do seu verniz brilhante.*

– Parece saber bastante sobre meu noivo. É amigo de Teddy?

*– Não, amigo, não. Mas sei um pouco sobre seu rapaz e a família dele.
Coleção interessante de amigos com os quais eles conseguiram se cercar. Nem
todos de primeira linha, mas sem dúvida... úteis.*

Um pequeno vinco tenso aparece entre suas sobrancelhas.

– Úteis?

Respondo com um sorriso frio.

– Todo mundo precisa de amigos em lugares baixos, não acha?

*Você está desconcertada agora. Não sabe como interpretar minhas
palavras.*

*Serão uma ameaça? Um pedido para ser apresentado? Uma referência
sexual? Você leva a taça aos lábios, esquecendo que já a esvaziou, e depois
volta a abaixá-la com um bufo.*

– Você está aqui a convite?

*– Estou sim. Embora receie que minha acompanhante tenha desapa-
recido. Ela saiu há algum tempo para retocar o pó e não voltou.*

*– E quem seria seu par? Detesto ter que perguntar, porém a festa é
minha.*

*– Estou aqui com Goldie – respondo apenas, porque nenhum sobrenome
é necessário quando se fala de Goldie.*

Suas narinas se dilatam com a menção do nome dela.

– Eu teria pensado que alguém que parece tão preocupado com a qualidade dos amigos do meu noivo seria mais cuidadoso com a própria escolha de companheiros.

– Suponho que você não aprova.

– Não cabe a mim aprovar ou desaprovar. Eu simplesmente não sabia que ela havia sido convidada. Não estou acostumada a conviver com o tipo de mulher que possui uma série de tabloides.

– Apenas um é "tabloide", como você o chama. O restante são jornais legítimos. – Você balança a cabeça e desvia o olhar. – Não acha que mulheres devam estar no ramo jornalístico?

Seus olhos se voltam para os meus, nítidos e brilhantes demais.

– Acredito que uma mulher deva estar em qualquer negócio que escolher, desde que seja respeitável. Mas aquela mulher... – Você se cala quando um garçom se aproxima, trocando a taça de champanhe vazia por uma cheia. Você toma um pequeno gole, esperando até que o garçom se afaste, e então se inclina para mais perto. – Já deveria saber que não há nada remotamente respeitável naquela mulher.

– Suponho que se trate do grupo de rapazes dela.

Você pisca para mim, assustada com minha franqueza. Ou pelo menos fingindo estar. Você é do tipo que julga superficialidades em vez de se preocupar em descobrir o que pode estar por trás. Decepcionante, mas provavelmente melhor para mim no longo prazo.

– Você sabia? E ainda assim veio com ela? Para um evento como este?

– Ela tinha um convite e eu queria vir.

– Por quê?

– Para ver sua espécie em seu habitat natural. Além do mais, ela não esconde nada. Para mim ou para qualquer outra pessoa.

– E você se sente à vontade fazendo parte de um... grupo?

Dou de ombros, saboreando sua indignação.

– É uma questão de simbiose, um arranjo que funciona para nós dois.

– Entendo.

Suas bochechas adquiriram um tom profundo de rosa e me lembro mais uma vez do quanto você é jovem. Cinco anos mais nova que eu, mas para um homem, esses anos equivalem a uma eternidade. Talvez você tenha

*sido protegida do mundo real dos homens e das mulheres, de como tudo...
funciona. De repente, pego-me imaginando o que exatamente você sabe – e
como sabe. Luto contra a vontade de recuar, de colocar distância entre nós.
De súbito, você me parece perigosa, sua frieza imaculada incompatível com
a chama baixa que começou a arder em minha barriga. Pigarreio e forço o
cérebro a pegar o fio da nossa conversa.*

*– É gentil de sua parte se preocupar com minha reputação, mas sou
um homem adulto. Mas vou lhe dar um conselho. Às vezes, nem tudo que
reluz é ouro e vice-versa.*

Você me encara, perplexa.

– O que isso quer dizer?

*– Quer dizer que, na minha experiência, um exterior opaco muitas
vezes mascara algo muito bom, enquanto um brilho de respeitabilidade com
frequência disfarça o oposto.*

*Suas narinas se dilatam novamente, como se estivesse farejando o
inimigo. Eu sou o inimigo – ou serei quando você me conhecer melhor. Por
enquanto, porém, você está intrigada com nosso jogo de palavras. Um sorriso
repuxa os cantos de sua boca. Mais próximo do seu sorriso verdadeiro, creio
eu, embora cuidadosamente controlado.*

– Essa é a sua ideia de gracejos para festas? Metáforas complexas?

– Apenas um lembrete de que as pessoas nem sempre são quem fingem ser.

Você passa o olhar sobre mim, devagar, avaliando.

– Isso vale para você também?

É a minha vez de conter um sorriso.

– Ah, para mim acima de tudo.

*Aceno educadamente e me afasto. Acabei de avistar Goldie, que rea-
pareceu com uma nova camada de verniz e um brilho intenso nos olhos.*

*Junto-me a ela em um dos bares, contente pelo gim-tônica que ela co-
loca em minha mão. Dou um longo gole, lutando contra a vontade de olhar
para você. Você é um fio que não me atrevo a puxar. Não porque tenha medo
de que você não sobreviva ao desenrolar, mas porque tenho certeza, mesmo
neste momento inicial, de que eu não sobreviverei.*

*No fim das contas, eu me viro e encontro seu olhar ainda em mim,
e percebo que, mesmo à distância, não estou seguro. Você é simplesmente*

deslumbrante, uma Eva gélida em sua seda verde-azulada escorregadia – a belle *do baile*.

Belle.

Foi assim que pensei em você naquela noite, como sempre pensarei em você. Não pelo nome que sua família lhe deu, mas como minha Belle. Porque pressinto de novo, enquanto finjo não sentir seus olhos sobre mim, a certeza de que há outra mulher escondida por trás da fachada fria – uma que não tem nada a ver com a farsa brilhante que se desenrola ao seu redor.

Ou talvez seja apenas aquilo em que preciso acreditar agora – tantos anos depois, sentado diante da máquina de escrever, botando tudo para fora – uma ilusão à qual me apego, porque é mais fácil do que admitir que algum dia pude ter me deixado ser tão enganado.

TRÊS

ASHLYN

Por baixo de cada capa desbotada e lombada marcada há uma vida, um feito nobre, um coração ferido, um amor perdido, uma jornada empreendida.
— Ashlyn Greer, *O cuidado e a alimentação de livros antigos*

26 de setembro de 1984
Portsmouth, Nova Hampshire

Ashlyn bebericou seu gole de café com os olhos fechados, lutando contra uma dor de cabeça irritante e uma leve sensação de náusea na boca do estômago. Acontecia algumas vezes depois de manusear um livro com ecos intensos. Como uma ressaca ou os primeiros sintomas de uma gripe. Sabia que não deveria passar tempo demais lendo um livro como *Lamentando Belle*. Livros sombrios, ela os chamava, livros com ecos intensos demais para serem guardados com o estoque normal.

O fato de os clientes não saberem da existência de ecos não significava que não pudessem senti-los. Ela viu em primeira mão os efeitos que um livro sombrio poderia ter sobre os desavisados. Tontura. Dor de cabeça. Uma onda inesperada de lágrimas. Certa vez, uma cliente tirou um exemplar de *Feira das vaidades* da estante e ficou tão emocionada que teve que pedir um copo d'água. Coitada. Foi nesse dia que Ashlyn decidiu expurgar as estantes.

Ela pendurou uma placa de FECHADO PARA INVENTÁRIO na porta e, ao longo dos três dias seguintes, percorreu estante por estante, tocando em cada livro da loja, selecionando aqueles com ecos que ela considerava sombrios demais para serem manuseados pelos desavisados. Foram vinte e oito ao todo, alguns bastante valiosos. Estavam todos fora de alcance agora, em quarentena em um armário com porta de vidro no depósito da loja. *Lamentando Belle* quase com certeza pararia ali quando ela o terminasse.

Ela olhou para o livro, que estava agora ao lado de sua bolsa no balcão da cozinha. Depois de três leituras, o primeiro capítulo ficou gravado em seu cérebro. Um primeiro encontro incendiário entre amantes – e em uma festa de noivado ainda por cima. Longe de ser um começo auspicioso. Mas o título também deixava claro que não haveria final feliz para os amantes.

O que devia explicar por que ela não conseguiu passar para o segundo capítulo. A verdade é que ainda não tinha certeza sobre o que estava lendo. Era um livro de memórias? O primeiro capítulo de um romance? Uma carta de término lindamente encadernada? Ela não fazia ideia. O que sabia era que se permitir mergulhar em um romance condenado – mesmo que em um livro – não era uma ideia muito boa. Não quando ela lutou tanto para sair do abismo depois que o próprio casamento implodiu de forma tão desastrosa.

Uma série de casos, um divórcio ainda não finalizado e uma morte que ela não esperava. E, no entanto, não parecia certo se considerar viúva depois da morte de Daniel – nem podia se dizer divorciada com exatidão, embora o casamento deles tivesse, para todos os efeitos, terminado meses antes. E, assim, via-se em uma espécie de limbo, com um terapeuta totalmente novo e sem fazer ideia do que viria a seguir. Mais uma vez, ela recuou para seu lugar seguro. Mas a segurança tinha um preço.

Estava dolorosamente consciente da contração que sua vida tinha sofrido nos últimos quatro anos. Sua falta de vida social ou de qualquer círculo profissional sério. Sua fuga completa de qualquer coisa que pudesse levar a um envolvimento romântico. Isso criava uma existência limitada, um borrão de mesmice com pouco para distinguir um dia do outro. Por outro lado, não havia desastres, o que fazia a mesmice valer a pena. Na maior parte do tempo.

Talvez isso explicasse por que achava *Lamentando Belle* tão cativante. Porque oferecia uma fuga da mesmice, uma viagem que não exigia deixar a relativa segurança da costa.

Contudo, era mais do que isso e ela soube assim que abriu o livro na sala dos fundos da loja de Kevin. Havia uma conexão que ela não conseguia identificar, algo espinhoso e familiar, escondido sob toda a amargura e traição – uma sensação de coisas inacabadas. Era assim que a sua própria vida parecia, como se ela tivesse sido colocada em um estado de suspensão, esperando, prendendo a respiração, que algum mal inesperado acontecesse. Como uma história interrompida ou um acorde não concluído.

A constatação era desconfortável. E não seria posta de lado com facilidade agora que estava ciente disso. Tudo porque um cara de Rye tinha deixado algumas caixas de livros na loja de Kevin.

Não que fosse a primeira vez que tivesse sido pega de surpresa pelos ecos de um livro. Acontecia com bastante frequência, na verdade. Segredos tão escandalosos que lhe chamuscavam a ponta dos dedos. Tristeza que parecia uma pedra presa na garganta. Alegria tão feroz que fazia o couro cabeludo se arrepiar. Não havia muita coisa que ela não tivesse encontrado. Mas jamais experimentara nada parecido com o que sentia ao segurar *Lamentando Belle*.

Seus olhos se voltaram para o livro. Mesmo fechado, ela conseguia sentir sua atração, o fascínio de seu anonimato, sua prosa cuidadosa e inescrutável, acenando para ser lida depois de sabe-se lá quanto tempo.

E os ecos.

Ao longo dos anos, ela passou a pensar neles tal como um perfumista descrevia as notas de um perfume. Alguns eram simples, outros mais complexos; camadas sutis de emoção combinadas para criar um todo. Topo, coração e base.

Em *Lamentando Belle*, os ecos eram complexos, pesados e se levantavam devagar. Contrariando o bom senso, ela colocou a mão sobre a capa. Foi amargura que veio primeiro, quente e afiada contra a ponta de seus dedos. Essa era a nota de topo, a impressão inicial. Em seguida vinha a nota de coração mais profunda e encorpada, traição, que esculpiu um espaço vazio sob suas costelas. E, por fim, vinha a nota de base, a mais ressonante de todas as camadas: dor. Mas dor *de quem*?

Como, Belle?

Quanto mais ela pensava no assunto, mais convencida ficava de que a linda e misteriosa Belle tinha sido mais do que um produto da imaginação do autor. Ele deixou claro que Belle era um apelido que lhe dera. O nome *verdadeiro* dela foi cuidadosamente omitido, assim como o dele. Na realidade, nenhum dos personagens recebeu nomes de verdade. Talvez porque seus nomes verdadeiros fossem facilmente reconhecidos.

Franzindo a testa, folheou as páginas, como se as respostas pudessem estar entre elas, como uma velha carta de amor ou um buquê de baile. Não estavam, é claro. Se ela quisesse respostas, teria que se esforçar para obtê--las. Com certeza havia alguém em sua agenda telefônica, um professor ou bibliotecário, capaz de lançar alguma luz sobre o mistério. Ou talvez houvesse um meio mais fácil. Se Kevin soubesse o nome do homem que trouxe as caixas, ela poderia entrar em contato com ele.

Lá embaixo, na loja, ela folheou os Gs em sua agenda telefônica, localizando o número de Kevin. Depois de dois toques, uma mulher atendeu. Ashlyn reconheceu a voz. Era Cassie, a aspirante a Madonna mascadora de chicletes que trabalhava na butique quando sua banda estava em um hiato entre shows.

— Oi, Cassie, é a Ashlyn da Uma História Improvável. Kevin está por aí?

— Ah, oi. Não. Ele e Greg viajaram hoje de manhã para passar uma semana nas Bahamas. Estou morrendo de inveja.

— Então, quem está na chefia da loja?

— Acho que eu. Algo em que posso ajudá-la?

— Eu queria conversar com ele sobre alguns livros que chegaram semana passada. Comprei um dos livros e tenho algumas dúvidas sobre ele. Estava contando que Kevin pudesse ter o contato do homem que os levou.

— Ah, ok... não sei nada mesmo sobre isso.

Ashlyn a imaginou estourando uma bola de chiclete ao telefone e tentou não ficar irritada.

— Você sabe se Kevin guarda informações sobre as pessoas que vão vender coisas?

— Sinto muito. Isso é tudo com ele. Mas ele vai estar de volta na próxima quarta.

— Obrigada. Ligo para ele depois então.

Ashlyn desligou e voltou para sua agenda telefônica. Uma semana era tempo demais para esperar.

Quando Ashlyn virou a placa de FECHADO naquela noite, já tinha passado uma hora e meia esperando e deixado sete mensagens, incluindo uma para Clifford Westin, um velho amigo de Daniel e atual chefe do departamento de inglês da Universidade de Nova Hampshire; outra para George Bartholomew, professor da Universidade de Massachusetts, que por acaso era um cliente; mais duas para dois negociantes de livros raros rivais; e três para bibliotecários.

Infelizmente, acabou de mãos vazias. Ninguém nunca tinha ouvido falar de *Lamentando Belle*. Teria que expandir sua busca. A divisão local da Associação de Livreiros Antiquários talvez pudesse ajudar. Ou a Liga Internacional de Livreiros Antiquários. E ainda havia o escritório de direitos autorais na Biblioteca do Congresso, mas a ideia de ter que lidar com toda aquela burocracia era assustadora. Ainda assim, talvez ela fosse parar lá.

Agora, enquanto fechava o caixa do dia, seus olhos se voltaram para o livro, mais determinada do que nunca a desvendar seus segredos. A possibilidade de fazer alguma descoberta acadêmica bombástica, de tropeçar em uma obra até então desconhecida e ver essa descoberta registrada em uma revista especializada, como a *The Review of English Studies* ou a *New Literary History*, era o sonho oculto de todo negociante de livros raros. Mas seu interesse não era acadêmico. Era visceral, pessoal de uma forma que ela não conseguia explicar.

Portanto, continuaria lendo.

Lamentando Belle

(págs. 14–29)

4 de setembro de 1941
Nova York, Nova York

Uma semana depois do nosso primeiro encontro, estou em um jantar oferecido por Violet Whittier e o marido dela, um encontro íntimo realizado em homenagem ao seu noivado com o ilustre Teddy. A noite foi ideia de Goldie, embora eu não tenha certeza de como ela a organizou. Talvez tenha relação com alguma dívida anterior, uma disposição para de vez em quando abafar uma história nada lisonjeira, embora eu não tenha nenhuma prova disso.

Você fica tensa por um instante quando me vê entre os outros convidados, não tanto a ponto de os outros notarem, mas eu percebo e me pego sorrindo, enquanto você retoma seu passeio pelo salão, uma chama fria em seda cinza-estanho, flutuando entre todas as pessoas bonitas, parando de vez em quando, deixando um rastro de frescor à medida que avança.

As pessoas usam a expressão de tirar o fôlego – sem dúvida, eu mesmo já a usei –, mas, ao observá-la por cima do meu gim-tônica aguado, percebo que nunca entendi de verdade o significado da expressão. Isto é, até agora, quando de repente descubro que todo o ar escapou do salão.

Há um brilho sutil em você, um jogo de luz que parece se agarrar à sua pele, e por um momento imagino conseguir ver o frio exalando de você em pequenas ondas prateadas, da mesma forma que o calor sobe da calçada no verão. Sinto-me um completo idiota, um garoto apaixonado. Absurdo, já que não sou mais garoto. Ainda assim, não consigo desviar o olhar. Você é gelo e aço, isolada por sua frieza, mas seu exterior gélido tem o efeito oposto em mim, a atração dele – a sua – é tão forte que parece uma ameaça.

Estar perto de você é uma necessidade, lembro a mim mesmo. Um meio para um fim. Mas não deveria me dar tanto prazer. Ou tamanha descompostura. Meu trabalho exige certo nível de indiferença, a capacidade de me manter afastado, de observar à distância. Clareza, firmeza, sempre, sempre mantendo a ilusão. É uma vocação para a qual sou particularmente adequado. E, no entanto, parado atrás de seu rastro, olhando para você, tenho tudo, menos clareza.

Você me confunde, madame, transformando todas as minhas intenções em pó até que eu quase esqueça que fui convidado por um motivo e que, se não fosse esse o caso, nossos caminhos jamais teriam se cruzado. O pensamento me atinge com força, uma consciência de que eu poderia ter sido poupado do que subitamente tenho certeza de que está por vir.

Sou uma mariposa fascinada por uma chama fria, perdida antes mesmo de o jogo começar.

Preciso ser mais cauteloso, lembro a mim mesmo, mas estou intrigado demais para ser cauteloso também... sim, vou dizer... encantado demais por você. Nossa anfitriã, à maneira de todas as boas anfitriãs – ou talvez como parte de algum plano anterior –, me pega por um braço e Goldie pelo outro, guiando-nos pela sala como um par de suportes de livros humanos, mencionando nossos nomes repetidas vezes até que estejamos finalmente cara a cara com os convidados de honra.

Seu Teddy é pura educação, sorrindo e balançando a cabeça como o grande e belo idiota que ele é. Você passa o braço pelo dele, mas há um tipo de exibição no gesto, uma demonstração de solidariedade em vez de afeto. Ou é uma necessidade instintiva de se proteger, uma percepção desconfortável da corrente invisível que corre entre nós? Talvez seja apenas o que eu desejo ver. Talvez vocês dois sejam de fato doidos um pelo outro e você não fique tão entediada com ele quanto imaginei naquela primeira noite.

Você consegue sorrir quando somos apresentados – aquele sorriso falso de novo –, mas mesmo assim vacila quando nossa anfitriã apresenta Goldie e logo em seguida escapa, deixando nós quatro pouco à vontade e a sós. Seus olhos permanecem na mão repleta de joias que descansa sobre minha manga, *depois deslizam para o seio bastante avantajado pressionado no meu braço. É tudo o que você pode fazer para não franzir os lábios de nojo.*

Você encontra meu olhar, uma sobrancelha escura um pouco erguida. Presumo que o olhar seja para me envergonhar. Não consegue. Aceno rigidamente com a cabeça antes de pedir licença. Seus olhos perfuram minhas costas, enquanto Goldie e eu nos afastamos, e sinto uma pequena pontada de aborrecimento direcionada entre minhas omoplatas. Você está aliviada por se ver livre de mim, mas também irritada por ter sido dispensada tão publicamente. Uma novidade, tenho certeza.

Mais tarde, consigo ficar um tempo a sós com o loiro Teddy. Fiz minha lição de casa e conheço detalhes sobre ele. Theodore. Teddy, para abreviar. Nome do meio Lawrence, como o pai e o avô antes dele. Nascido em 14 de abril de 1917. Frequentou a Browning School até a primeira metade do décimo primeiro ano, onde conseguiu destaque em três esportes ₐ ₜₛ de sua partida abrupta e cuidadosamente abafada. Serviu o último ano e meio de escola primária com os padres na Iona Prep antes de finalmente se mudar para Princeton, onde se destacou como capitão do time de polo, solidificou sua reputação como um brutamontes e beberrão exuberante, e foi eleito o menos provável a estar sóbrio na formatura. Cavalos não eram as únicas coisas em que Teddy gostava de montar naquela época, e não posso deixar de me perguntar o quanto você sabe – e se ele mudou.

Ele está com uma bebida quando me aproximo. Uísque, creio eu. E a julgar pelo brilho vítreo de seus olhos verde-prateados, não é o primeiro. Ele dá um sorriso rápido quando estendo a mão, fingindo se lembrar de mim. Parabenizo-o por sua boa sorte e por sua futura noiva, só para quebrar o gelo, e depois direciono a conversa para as notícias do dia. O que ele pensa sobre a adesão dos Estados Unidos ao esforço de guerra na Europa. Como ele se sente com o fato de Roosevelt ficar enrolando, apesar dos repetidos pedidos de ajuda de Churchill. Qual é a opinião dele sobre Vichy ter entregado Paris aos alemães.

Ele franze a testa para o copo quase vazio por um momento antes de voltar a erguer os olhos. Ele pisca aqueles olhos úmidos e arregalados demais para mim e balança o queixo quadrado como um tijolo, como se estivesse procurando a resposta apropriada. O silêncio começa a ficar desagradável quando ele finalmente encontra as palavras.

– Eu diria que os franceses deveriam travar as próprias batalhas desta vez e nos deixar de fora de suas guerras. Se me pergunta, os americanos deveriam estar mais preocupados com o que está acontecendo bem aqui, debaixo do nosso nariz, do que com o que está acontecendo do outro lado do Atlântico.

E aí está, o motivo da minha vinda. Mantenho o rosto inexpressivo.

– O quê, por exemplo?

– O dinheiro, é claro. E quem o controla. Se não tomarmos cuidado, logo nos encontraremos à mercê dos bastardos, se é que já não estamos.

– E quais bastardos seriam?

– Os Stein. Os Berg. Os Rosen. Pode escolher.

Ele se refere aos judeus, é claro.

– Todos eles?

Ele pisca, lento e pesado, imune ao meu sarcasmo.

– Bem, os ricos, pelo menos. Que são a maioria deles. Ganhando dinheiro à custa de todos os outros em vez trabalhar com honestidade. Comprando tudo o que conseguem.

A ironia do momento é quase maior do que posso suportar. Tenho que cerrar os dentes para não salientar que ele nunca trabalhou um dia na vida e que sua família possui ações de metade das ferrovias, companhias petrolíferas e estaleiros dos Estados Unidos, sem mencionar quilômetros de imóveis em ambos os lados das costas leste e oeste.

Ele está com a cabeça quente agora, o rosto vermelho pelo esforço de juntar tantas frases. Mas também se orgulha de ter conseguido fazer seu pequeno discurso no momento certo, como se estivesse esperando uma oportunidade para expressar sua opinião – mesmo que não seja inteiramente sua.

Faço um gesto sombrio com a cabeça por trás do meu gim-tônica.

– Parece que você pensou bastante sobre isso; quero dizer, sobre quem é o culpado pela situação atual do seu país. Os Rosen e os da laia deles.

Ele franze a testa como se eu tivesse dito algo ridículo.

– Não é preciso pensar muito, é? Quem você acha que causou a maldita queda da bolsa? Agora estão tentando nos levar à falência com a guerra dos outros. E vão mesmo, se não impedirmos. Eles e os comunistas com os bandidos dos sindicatos. Eles já estão com o saco de Roosevelt amarrado. O Congresso será o próximo, escreva o que estou dizendo.

Suas palavras têm sabor de regurgitação, como um estudante imitando o diretor, e suspeito que ele esteja apenas repetindo a opinião de outra pessoa. Deve ser porque ele nunca se preocupou em formar uma própria. Guardo essa suspeita para mim mesmo, é claro, junto com o resto das minhas suspeitas. Goldie não orquestrou nosso convite para esta festinha chique só para me ver sendo atirado para fora.

Teddy, tendo cuspido o último de seus argumentos políticos, muda abruptamente para tópicos mais gerais, por fim faz a conversa chegar a cavalos e polo. Não que eu esteja surpreso. Aposto que são os únicos assuntos sobre os quais ele de fato possui opinião própria. Mas então suponho que quando se é tão rico e bonito quanto o jovem Teddy, não precisa ser inteligente. O mundo sempre perdoará um Adônis com uma herança, por mais estúpido que ele seja.

Aguento o suficiente para conseguir ser apresentado a alguns de seus amigos – ou, para ser mais exato, aos amigos de seu pai, com quem pode ser vantajoso ter uma conexão –, portanto nossa conversa não é um completo desperdício. Afinal, as conexões são o objetivo. Mas quando o diálogo começa a se esgotar, aponto para meu copo vazio e peço licença, sem saber quem desprezo mais: ele, por ser um idiota total, ou você, por considerar se casar com um homem tão evidentemente inferior a você.

Mal reabasteci minha bebida quando nossa anfitriã nos chama para jantar. Finjo surpresa ao saber que você e eu estamos sentados um ao lado do outro. Na verdade, não é por acaso, nem o fato de Teddy ter sido colocado no extremo oposto da mesa, o mais longe possível de nós. Goldie está sentada ao lado dele, flertando abertamente para mantê-lo ocupado. Observo, achando graça, quando ela apoia uma daquelas mãos repletas de joias em seu braço e inclina a cabeça em direção à dele, sussurrando em seu ouvido. Você não está gostando.

Seus olhos, que não param de vagar até o final da mesa, revelam isso. Mais uma vez, não tanto a ponto de outros perceberem, mas o bastante para que eu note. Por fim, quando a sopa já está pela metade, consigo chamar sua atenção por tempo suficiente para iniciar uma conversa.

– Fico satisfeito e ao mesmo tempo surpreso – digo, com meu sorriso mais encantador – por me encontrar sentado ao lado da convidada de honra.

– Um deles – você responde, seca. – Somos dois.

– Sim, claro. Mas tenho a sorte de estar sentado ao lado da melhor metade.

Você funga, deixando de lado o elogio.

– Você não preferiria estar sentado ao lado da sua... acompanhante? Tenho certeza de que ela está sentindo muita falta de você.

– Ah, não sei não. – Dou um sorriso suave, olhando incisivamente para a ponta da mesa, onde Goldie e Teddy parecem estar se dando muito bem. – Ela me parece estar se divertindo bastante. Seu noivo parece bastante interessado.

– Tenho certeza de que ela é uma conversadora brilhante.

Seu comentário é cheio de veneno, e faço tudo o que posso para não soltar uma gargalhada.

– Você não está de modo algum preocupada com a possibilidade de Teddy ser vítima dos encantos de Goldie.

Você solta sua colher de sopa e me olha com frieza.

– Não seja ridículo. Ela está longe de ser o tipo de Teddy.

Tenho vontade de dizer que Goldie é exatamente o tipo de Teddy – barulhenta, loira e atrevida – e que ele não é bom o suficiente para ela, nem para você. Tenho vontade, mas não o faço. Uma das duas coisas é verdade. Ou você não acreditaria em mim ou já sabe que tenho razão.

– Quem é o tipo dele? – digo em vez disso. – Você?

Seu olhar se volta para a ponta da mesa, se demorando friamente.

– Com certeza não é alguém que se autodenomina Goldie. É um nome para um spaniel. Ou uma artista de vaudeville.

Sorrio, entretido com sua malícia.

– Acho que tem a ver com o cabelo. O pai dela costumava chamá-la de Cachinhos Dourados quando ela era pequena. Pegou.

– Que história encantadora. Suponho que ela mesma tenha lhe contado isso.

– Contou. Pelo visto, eles eram bem próximos. E você? Seu pai tinha um apelido carinhoso para você?

– Nunca fui a queridinha do meu pai. Essa seria minha irmã.

Sua fria indiferença desapareceu, expondo os nervos deixados em carne viva por alguma ferida de infância. Não é uma porta pela qual eu esperava ser convidado a entrar – pelo menos não tão cedo –, mas não tenho intenção de ignorá-la.

– Que apelido ele deu à sua irmã?

– Tesouro. Ele a chamava de Meu Tesouro.

Há em sua voz uma nota de vidro quebrado que eu não deveria notar. Entretanto, eu noto. Como não poderia, quando de repente, apesar do burburinho coletivo da conversa, parecemos ser as únicas pessoas no salão? O vinho soltou sua língua e o momento vulnerável parece estranho e esclarecedor. Aqui, enfim, está a verdadeira Belle, a mulher que eu suspeitei desde o início estar escondida sob aquele sorriso falso. Aquela não governada por engrenagens e alavancas. É neste momento, neste instante fugaz e evanescente em que o véu se afasta e você fica brevemente exposta, que percebo que estou de fato perdido.

Maldita seja.

Mudo de assunto à medida que passamos para o prato de peixe, comentando como o sabor de tudo parece muito melhor quando se está longe de casa.

– Ou talvez tenha a ver com a guerra e como as coisas estão escassas em casa. Açúcar, manteiga e bacon estão todos racionados agora, e fala-se em mais se a coisa se arrastar. Espero que os Estados Unidos estejam mais bem-preparados do que nós.

– Meu pai diz que desta vez não vamos ser arrastados para isso. A última guerra ensinou que precisamos ficar em casa. Teddy também pensa assim.

– E o que você acha?

Seus ombros se contraem, não chega a ser um dar de ombros.

– Eu não penso sobre isso. Na verdade.

Sua resposta me irrita. Tão vaga, como se eu tivesse acabado de perguntar sua opinião sobre algum problema matemático obscuro.

– Ocupada demais?

– Em geral as mulheres não são consultadas sobre guerras. Enviamos nossos maridos, irmãos e namorados para morrer, seguramos as pontas enquanto eles estão fora e depois recolhemos o que sobrou quando voltam para casa, se eles voltarem para casa, mas não costumam perguntar o que pensamos.

Meu aborrecimento desaparece enquanto absorvo sua resposta. Estou surpreso e aliviado ao descobrir que você não é tão fria – ou tão vazia – como a princípio temia. A revelação me deixa estranhamente feliz.

– Essa é uma resposta e tanto para alguém que não pensou muito no assunto.

– E quais são seus pensamentos? Tem alguns, imagino. Me conte, está tão bravo conosco, os ianques, quanto todo mundo no seu país?

– Não é uma questão de ficar bravo. Temos medo do que poderá acontecer se os Estados Unidos ficarem de fora. Hitler sem dúvida espera que vocês façam isso. E até agora, ele parece estar conseguindo o que quer.

– Imagino que você seja um intervencionista.

– Sou um observador, observando de uma costa distante.

– Falando em costas distantes, você nunca disse o que o trouxe até a nossa.

Continuo concentrado no meu prato, tirando um pedaço de osso do salmão.

– Não?

– Não. Você apenas disse que estava procurando por uma aventura.

Ergo o olhar com um sorriso inocente.

– E todo mundo não está? Você não está?

Você acena com a cabeça, reconhecendo a evasão.

– E encontrou? Essa aventura que está procurando?

– Ainda não, mas só faz algumas semanas que estou aqui.

– E quanto tempo vai ficar?

– Está em aberto no momento. Até conseguir o que procuro, suponho.

– Que é?

– Ah, não, não vamos fazer isso de novo. Pergunte-me outra coisa.

– Tudo bem. – Você limpa a boca com um belo gesto, deixando uma mancha de grená no guardanapo. – Há quanto tempo escreve?

Meus olhos ainda estão fixos no guardanapo, na marca da sua boca, e por um momento, me sinto irritantemente perturbado. É uma pergunta simples, bastante segura. O tipo de coisa que alguém poderia perguntar no primeiro encontro. Digo a mim mesmo para respirar, para me endireitar.

– Não consigo me lembrar de uma época em que não tenha escrito – finalmente consigo responder. – Meu pai era jornalista e eu queria ser igual a ele quando crescesse. Quando eu tinha dez anos, ele montou uma pequena mesa para mim no escritório dele e me deu uma de suas máquinas de escrever antigas, uma coisa preta, grande e brilhante que ainda uso. Era a mesma *máquina em que Hemingway escreveu. Meu pai era um grande fã. Eu ficava ali sentado por horas, martelando bobagens. Quando eu terminava, ele lia o que eu havia escrito, marcando a lápis, fazendo anotações nas margens:* Verbos mais fortes. Menos hesitação nas descrições. Conte o que é importante e deixe o resto de fora. *Ele foi meu primeiro editor e um amante das queridas antigas colônias, como as chamava. Essa deve ser a verdadeira razão pela qual estou aqui. Ele amava Nova York e sempre fazia com que tudo parecesse maravilhoso.*

– *Suponho que ele esteja muito orgulhoso de você.*

– *Ele está morto, lamento. Há quase dez anos agora. Mas gosto de pensar que ele está.*

Seus olhos se suavizam.

– *Meus pêsames.*

É a resposta correta quando alguém menciona uma morte, a resposta educada, mas o tom de sua voz me diz que você está falando sério. E então me lembro de quando Goldie me contou que você perdeu sua mãe ainda jovem. Uma doença prolongada, não recordo o quê. Só lembro que ela morreu em algum hospital particular no norte do estado. É uma daquelas informações que você simplesmente arquiva, caso precise em algum momento para ter contexto, mas nunca associei a morte a uma pessoa de carne e osso, porque você não era de carne e osso àquela altura. Agora, com você sentada tão perto que nossos cotovelos de vez em quando se tocam, a história é registrada de maneira bem diferente.

– *Obrigado. É muita gentileza da sua parte.*

– *E a sua mãe? Ela está...*

– *Ainda viva, mas receio que em Berkshire. Eu esperava que ela viesse comigo, mas meu pai está enterrado no cemitério da igreja em Cookham e ela se recusou a deixá-lo. Teimosa como uma cabra; exatamente o que ela costumava falar do meu pai. São farinha do mesmo saco, aqueles dois. Um casamento perfeito, se você acredita nesse tipo de coisa.*

– *Você acredita?*

Seu rosto não revela nada, mas há um toque de tristeza na pergunta, um sopro de resignação que você não consegue esconder de todo. Consigo sorrir, embora pareça um pedido de desculpas.

– Eu vi isso em primeira mão, então acho que devo acreditar. Mas não fui eu quem acabou de ficar noivo. A pergunta mais pertinente é: você acredita?

Você é poupada de ter que responder quando um garçom aparece para retirar nossos pratos e servir o próximo. Beberico o vinho enquanto os pratos são retirados e substituídos por novos. Percebo que tenho sido bastante livre na minha conversa, permitindo que detalhes pessoais se insinuem onde não devem. Raramente sou descuidado, em especial com algo tão perigoso quanto a verdade, mas você exerce um efeito estranho sobre mim. Você me faz esquecer o que estou fazendo – e por que estou fazendo.

Durante a maior parte do prato seguinte, você conversa com seu outro vizinho – um ferroviário chamado Brady, com quem conversei um pouco durante os coquetéis.

Finjo que me concentro no maldito pedaço de carne que está no meu prato enquanto ouço a discussão que se desenrola à mesa, um apoio caloroso a Charles Lindbergh – ou Lindy Lanzudo, como é agora chamado – e à sua declaração estridente de que a brutalidade de Hitler na Europa nada tem a ver com os Estados Unidos. Um tema que parece estar emergindo.

Enfim, você empurra seu prato intocado e se vira para mim, retomando a conversa de onde paramos.

– Nunca conheci um escritor antes. Me conte mais sobre o seu trabalho.

– O que você gostaria de saber?

– Está trabalhando em uma história agora? Uma sobre um britânico aventureiro, talvez, que viaja através do grande oceano azul para aprender tudo sobre os glamorosos americanos?

– Sim – respondo, porque é exatamente isso que vim escrever. Mas não é toda a verdade. A verdade completa você descobrirá mais tarde, mas então o estrago estará feito. É hora de mudar de rumo antes que você fique curiosa demais. – E agora é minha vez de fazer uma pergunta. Um passarinho me contou que você adquiriu recentemente vários cavalos da Irlanda. Isso é um interesse seu ou tem a ver com o amor do seu pretendente por todas as coisas equinas?

– Esse passarinho... ela está aqui com você?

– Eu nunca disse que o passarinho era ela, mas sim.

Seus olhos vão para o lado oposto da mesa, onde Goldie está rindo do que quer que seu noivo tenha acabado de dizer. Você deixa seu olhar se demorar, pensativo, discreto. *Quando finalmente volta a olhar para mim, os cantos da sua boca estão inclinados para cima, dando-lhe uma aparência levemente felina.*

– Ela não se importa que meu nome apareça durante a sua... conversa íntima?

Dou de ombros para causar efeito.

– Ela não é muito territorial, pelo menos não no que me diz respeito. Ela não se importa que eu esteja curioso sobre você.

– Vou fazer parte da sua história, então? Foi por isso que você apareceu duas vezes agora? Estudar a mulher americana moderna e depois escrever sobre suas observações?

Olho para você por cima da minha taça de vinho, com a cabeça inclinada para o lado.

– Gostaria que escrevessem sobre você dessa maneira? Um artigo de duas páginas completas com fotos: Um dia na vida de uma herdeira americana?

Seus olhos faíscam um aviso, caso minha pergunta não seja hipotética.

– Não gostaria que escrevessem sobre mim de forma alguma.

Ofereço mais um dos meus sorrisos desarmantes.

– Não precisa ter medo. Prefiro deixar esse tipo de coisa para o seu sr. Winchell. Ele é melhor nisso do que eu jamais poderia ser. Estou genuinamente curioso sobre os cavalos. Você não me parece do tipo que gosta de estábulos.

Você arqueia uma sobrancelha.

– Não pareço?

– Não.

– Que tipo pareço ser?

Você está flertando comigo, usando de sua voz e de seus olhos cor de âmbar esfumaçados de uma forma que seu noivo com certeza vai notar. Dando-lhe um pouco do próprio remédio. Fico contente em entrar no jogar. Só me pergunto se você está preparada para um jogo tão adulto.

– Ainda não sei – respondo com sinceridade. – Não consigo compreendê-la. Mas eu vou... com o tempo.

Você pisca para mim, surpresa com minha franqueza.

– Você é sempre tão seguro de si?

– Nem sempre. Mas às vezes olho para um quebra-cabeça e já sei para onde vão todas as peças.

– *Entendo. Eu sou um quebra-cabeça agora.*

Tomo um gole de vinho, sem pressa para responder.

– *Toda mulher é um quebra-cabeça* – *respondo, por fim.* – *Algumas mais difíceis de resolver do que outras. Mas descobri que são as difíceis que mais valem o esforço.*

É uma besteira, na verdade, uma bobagem de um hedonista inventada no calor do momento, mas soa correto ao sair da minha boca. Misterioso e um pouquinho sinistro, uma luva de veludo lançada no meio do jantar. Fico bastante satisfeito comigo mesmo quando vejo um leve tom rosado surgir naquelas bochechas pálidas. Um rubor combina com você.

– *Você está errado* – *afirma você em um tom caloroso demais para ser convincente.* – *Eu sou do tipo que gosta de estábulos. Ou pelo menos estou tentando ser.*

– *Porque boas esposas se interessam pelas coisas que interessam seus maridos?*

– *Não tem nada a ver com Teddy. Ou quase nada. Na primavera passada, ele me levou até Saratoga para ver alguns de seus puros-sangues. Eles estavam se preparando para sua primeira corrida de bebês. Acordamos cedo para observar os jóqueis de exercício os conduzindo. Eram tão lindos, elegantes, fortes e rápidos como o vento. Soube naquele momento que queria um para mim. Mantemos alguns cavalos em nossa casa nos Hamptons, mas eles são apenas para passeio. Os puros-sangues são atletas. Demorou um pouco, mas acabei convencendo meu pai a me comprar um par de presente de aniversário.*

Fico olhando para você, digerindo o que acabou de dizer e a maneira como disse. Como se não fosse nada demais.

– *Seu pai comprou um par de cavalos de corrida para você... para o seu aniversário?*

– *Uma doce potranca e um potro castanho. E reformou o estábulo para mantê-los. Eu sei, parece terrivelmente arrogante, mas foi mais para me fazer calar a boca. Ele está convencido de que vou perder o interesse agora que cedeu. Ele diz que tenho pouca atenção.*

– *E você tem?*

– *Depende.*

– *De quê?*

– De quão interessante considero algo.

– E você considera cavalos interessantes?

– Considero. Há muito para saber. Há toda uma linguagem relacionada. Essa é a primeira coisa que se aprende se você quiser ser levado a sério, e eu quero. Também precisei me inteirar sobre todo o negócio da reprodução. Eu não fazia ideia de que havia tantos fatores a serem considerados quando se trata de machos e fêmeas. É muito necessário saber o que se está fazendo para que tudo funcione direito.

Você está tão tagarela de um jeito charmoso, tão absorta em discutir seu novo passatempo, enquanto a sobremesa é servida, que não percebe que um bisbilhoteiro casual, como o jovem que está colocando uma fatia de torta de pera à sua frente, pode confundir nossa conversa com algo muito diferente. Mal consigo manter uma expressão neutra.

– É mesmo?

– Ah, sim. É uma verdadeira ciência. Há muita literatura sobre o assunto, mas livros só o levarão até certo ponto. Minhas amigas me consideram muito pouco elegante por estar interessada nessa parte do negócio, mas descobri que se quer se tornar bom em algo, precisa de experiência de verdade. – Há um tipo de ronronar em sua voz agora, rouco e felino. Você faz uma pausa, me dando um sorrisinho astuto. – Não se pode ser tímido quanto às coisas. É necessário se jogar, pulando com vontade e se sujar. Não concorda?

Quase cuspi o vinho. Eu confundi você com uma moça inocente, inexperiente e ingênua. Agora vejo que estava errado. Você está perfeitamente ciente do que está falando – e de como pode ser mal interpretado. Na verdade, você está se divertindo bastante.

– Sim, suponho que sim – concordo, lutando para manter a expressão neutra. – E o que se jogar e pular com vontade lhe ensinou?

– Ah, muita coisa. Por exemplo, é preciso ser muito seletivo ao escolher um macho. Há temperamento a considerar. E desempenho passado. Tamanho e resistência. Tudo muito importante para um resultado satisfatório.

Pouso a taça e paro um momento para limpar a boca. Se você quer brincar, quem sou eu para estragar sua diversão? Também gosto de jogos. Mas eu jogo para vencer.

– E você considera que escolheu com sabedoria?

Seu sorriso se alarga. Você está satisfeita por eu ter decidido entrar no jogo.

— Receio que seja cedo demais para saber no momento. O tempo dirá, suponho.

Aceno em agradecimento ao jovem que acabou de encher minha xícara de café, depois ergo a xícara para esconder meu próprio sorriso.

— Eu gostaria de ver esses seus cavalos.

— E eu gostaria de mostrá-los a você — *responde você, com doçura, enquanto corta sua torta de pera.* — Talvez possamos marcar algum dia.

— Estou livre amanhã à tarde e adoraria fazer uma visita aos Hamptons. Ouvi dizer que é uma região bonita.

Seus olhos se voltam para os meus, como um coelho numa armadilha. Você não tinha se preparado para isso, para o que acontece quando o caçador que conduziu em uma perseguição tão divertida finalmente a alcança — mas tendo acionado a armadilha, você resiste nobremente.

— Você cavalga?

— Razoavelmente — *respondo com frieza, encantado em vê-la se contorcer.* — Já faz um tempo, mas não é o tipo de coisa que se esquece, é?

— Suponho que não.

— Estamos combinados para amanhã, então?

Para minha surpresa, depois do mais breve olhar para Teddy, você concorda em me encontrar nos estábulos de seu pai às duas da tarde do dia seguinte. Percebo o discreto aceno de felicitação de Goldie. Ela não pode saber do encontro que acabei de marcar, mas sente que estou satisfeito comigo mesmo.

Talvez satisfeito demais.

A refeição está terminando depressa, e estou ciente de que assim que sairmos do salão de jantar, nos separaremos por ora, e que por enquanto deverei observá-la pairar ao lado de Teddy e me contentar com pensamentos sobre o dia seguinte.

QUATRO

ASHLYN

Lemos não para escapar da vida, mas para aprender como vi-vê-la de forma mais profunda e rica, para vivenciar o mundo pelos olhos do outro.
— Ashlyn Greer, *O cuidado e a alimentação de livros antigos*

27 de setembro de 1984
Portsmouth, Nova Hampshire

Ashlyn estremeceu ao abrir a encadernação, desejando ter tomado uma segunda xícara de café. Chegou cedo para começar a trabalhar no último resgate de venda de garagem de Gertrude Maxwell – um conjunto de mistérios de Nancy Drew encadernados em tecido, destinado a ser presente de Natal para a neta dela –, mas não estava se sentindo particularmente motivada.

Seus olhos pareciam estar remelentos e ela ainda podia sentir os vestígios de uma dor de cabeça na parte de trás do crânio. Ficou acordada até tarde mais uma vez, revisitando passagens de *Lamentando Belle* que havia achado muito intrigantes. E *tudo* era intrigante. Pistas que indicavam que os motivos do autor poderiam ser menos que honrados. Referências enigmáticas à ilustre Goldie. O delicioso jogo de palavras trocado durante o jantar.

Foi necessário um supremo ato de vontade para finalmente deixar o livro de lado e apagar a luz. Ela ansiava por saber o que aconteceria no dia seguinte nos estábulos, mas, acima de tudo, queria resolver o mistério da origem do livro.

Talvez fosse um manuscrito perdido, abandonado pelo autor, encontrado e encadernado algum tempo depois. Ou, ainda mais provável, o trabalho de um aspirante a escritor que não conseguiu encontrar uma editora. Mas nenhum dos cenários explicava a falta do nome do autor.

O que deixava... o quê?

Ela praticamente descartou um descuido por parte do encadernador. Era possível, claro. Mas achava improvável que alguém capaz de produzir um livro tão bonito tivesse sido desleixado o bastante para omitir o nome do autor, da editora *e* a página de créditos. E havia a própria prosa, cheia de desdém. Pelo pai de Belle. Pelo Teddy. Às vezes, pela própria Belle. Mas nada que pudesse revelar os nomes dos verdadeiros jogadores. Tudo parecia cuidadoso demais.

Ela havia anotado dois nomes na noite passada. Kenneth Graham, que a ajudara a encontrar um comprador para um excelente exemplar de *O vigário de Wakefield* que ela adquirira em uma venda de bens no ano passado, e Mason Devaney, dono de uma loja em Boston, que escrevia artigos periódicos sobre investigação literária.

Ashlyn verificou o relógio acima da bancada. Ainda era um pouco cedo para telefonemas. Talvez ela conseguisse trabalhar antes de a loja abrir e adiasse as ligações até a hora do almoço, quando era mais provável que conseguisse falar com alguém.

Tinha acabado de calçar um par de luvas brancas de algodão, preparando-se para um exame mais aprofundado de *The Hidden Staircase*, quando ouviu o telefone da loja tocar. Gemendo, tirou as luvas e correu para a frente da loja. Frank tinha sido inflexível em não ser incomodado enquanto trabalhava em projetos de encadernação, mas tinha funcionários para cuidar da loja enquanto trabalhava nos fundos. Pelo menos por ora, ela estava por conta própria.

– Bom dia. Uma História Improvável – atendeu ela, evocando um pouco de alegria matinal.

– Disseram que você ligou.

– Kevin?

– A seu dispor.

– Pensei que você e Greg estivessem nas Bahamas.

– E estávamos. Mas a tempestade tropical Isidore também estava, então demos o fora enquanto ainda podíamos pegar um voo. Mas tudo bem. Estava terrivelmente quente e nós dois ficamos vermelhos como lagostas. De qualquer forma, estou de volta e ligando, mas não porque você pediu. Eu estava na sala dos fundos agora mesmo, examinando algumas caixas que chegaram um dia antes de partirmos, e encontrei algo que pode lhe interessar.

– O quê? – Ela não perguntou se era um livro. Claro que era um livro. – O que você encontrou? E quanto vai me custar?

– Isso é para eu saber e você descobrir. Tudo o que direi é que você com certeza vai querer passar aqui.

– Só me conte, Kevin.

– Ora, onde está a diversão nisso?

– Você pode pelo menos me dizer do que estamos falando? Devo levar um talão de cheques ou o certificado de propriedade do meu carro?

Kevin soltou uma risada.

– Não estamos falando da Bíblia de Gutenberg. Só disse que você ficaria interessada. E vai ficar. Eu mesmo ficaria, mas estou sozinho, o que significa que você terá que vir buscá-lo.

– Está bem. Mas você está sendo muito cruel. Sabe que só posso ir até aí quando fechar.

– Vejo você às seis, então.

Houve um clique abrupto e a linha ficou muda. Ashlyn olhou para o pesado receptor preto, percebendo que em sua empolgação, ela tinha esquecido de perguntar a ele sobre o cara de Rye.

Às seis em ponto, Ashlyn trancou a loja e caminhou os dois quarteirões até a Dou-lhe Duas. Kevin estava atrás do balcão, trabalhando em uma folha de etiquetas de preços.

Ele olhou para ela com um sorriso suave.

– Olá. O que traz você até aqui?

– Muito engraçado.

– Ei, minhas férias foram canceladas. Você tem que deixar eu me divertir.

– Você já está terminando?

– Está bem – respondeu ele, fingindo fazer beicinho. – Mas você vai desejar ter sido mais gentil comigo. – Ele sorriu de um jeito conspiratório enquanto enfiava a mão embaixo do balcão, por fim, revelando um pequeno livro com capas azuis marmorizadas. – Tcharam!

Ashlyn sentiu os fios da nuca se arrepiarem quando pegou o livro da mão dele. Era uma cópia exata – ou quase exata – daquele que ela agora carregava na bolsa. O mesmo tamanho, o mesmo couro marroquino, a mesma lombada arredondada. Embora não fossem exatamente iguais, ela notou ao olhar mais de perto. O azul era um pouco diferente, um pouco mais verde. Ela olhou a lombada, o título gravado em dourado.

Para sempre e outras mentiras.

Mais uma vez, o nome do autor e da editora estavam ausentes, bem como quaisquer vestígios de eco discernível. Ela ficou tentada a abrir a capa naquele momento para verificar o que suspeitava estar ali dentro, mas não foi *necessário*. Já sabia o que estava segurando e queria ficar sozinha quando enfim o abrisse.

– Eu não consigo acreditar. É quase idêntico. Onde você achou isso?

– O cara, aquele de Rye, trouxe mais quatro caixas no dia em que saí de férias. Não tive oportunidade de mexer nelas até hoje. Eu sabia que você ia querer isso no instante em que o vi. O que descobriu sobre o primeiro?

– Nada ainda. Ninguém nunca ouviu falar dele. É como se o livro nunca tivesse existido.

– Isso é estranho, não é?

– Bem estranho, sim. – E agora havia dois, o que devia significar que tudo ficaria ainda mais estranho. – Fiz algumas ligações para algumas pessoas que pensei que pudessem ajudar, mas até agora não tive sorte. Talvez eu me saia melhor com este. Quer quanto por ele?

– Você não quer pelo menos dar uma folheada? Para ter certeza de que é o que pensa?

Ashlyn balançou a cabeça.

– Já tenho certeza. Quanto?

Kevin esfregou o queixo, com os olhos estreitos, pensativo.

– Eu nunca cobrei você por um livro. Na verdade, dei o último para você. Mas agora é diferente. Você *quer* esse livro. *Precisa* dele.

Ashlyn olhou para Kevin, surpresa. Nunca soube que ele tinha uma veia mercenária, mas não estava errado. Ela *precisava* do livro.

– Tudo bem. Diga seu preço.

– É seu... – começou ele, fazendo uma pausa para causar efeito – em troca de uma caixa de bombas de cacau da Seacoast Sweets. E não tente pechinchar. Esse preço é inegociável.

Ashlyn abriu um sorriso.

– Negócio fechado. Acho que a loja já fechou por hoje. Posso enviá-las amanhã? Prometo que mando.

– Está bem. Mas lembre-se, eu sei onde você mora.

– Além disso... preciso de mais um favor.

Kevin respondeu, revirando os olhos com exagero.

– Você está se tornando um problema, garota.

– Eu sei. Mas isso é fácil. O cara. Aquele que trouxe as caixas. Eu tinha esperança de que você pudesse ter um telefone dele. Não vou assediá-lo nem nada. Só quero fazer algumas perguntas.

O rosto de Kevin ficou inexpressivo.

– Temo que não possa ajudá-la nisso. Tudo o que sei é que o pai dele morreu há alguns meses e ele está limpando a casa do velho. Trouxe algumas coisas muito boas também, incluindo alguns vinis antigos que vou acabar guardando para mim.

– Você não teve que passar um cheque para ele por todas essas coisas muito boas?

– Em geral, eu faria isso, mas o cara não aceitou um centavo. Ele disse que não queria pensar em todas as coisas jogados no lixo. Não ficou nem quinze minutos aqui, e isso contando as duas viagens.

– Você não precisa manter registros, como uma casa de penhores?

– Não. Isso é para caso alguém esteja tentando receptar propriedade roubada... joias, aparelhos de som, esse tipo de coisa. Ninguém vai para a cadeia por causa de um álbum velho da Família Dó-Ré-Mi. Já rabisquei nomes e endereços em um caderno antigo, mas acabei ficando com preguiça e parei de fazer. Só que coisas estranhas acontecem. Parentes aparecem exigindo a devolução das coisas da vovó depois que você desembolsa dinheiro por elas. As coisas podem ficar complicadas. Pensando bem, talvez eu devesse comprar um caderno novo. Mas não vai ajudar você no momento. Desculpe.

Ashlyn dispensou o pedido de desculpas.

– Deixa pra lá. Foi um tiro no escuro. Vou continuar investigando.

– Acha que podem mesmo valer alguma coisa?

– Não, não é nada disso. Eu só nunca encontrei nada parecido com... seja lá o que isso for. Não avancei muito no primeiro livro, mas o que li até agora parece muito pessoal. Como se tivesse sido escrito para um público de uma pessoa.

– Como uma carta?

– Uma carta muito *longa*. Ou um diário, talvez. Mas por que se dar ao trabalho de ter algo assim encadernado profissionalmente?

Kevin deu de ombros e coçou a cabeça.

– Se há algo que administrar esta loja me ensinou é que não há fim para o peso emocional que as pessoas atribuem às suas coisas. Quem sabe? Talvez a resposta esteja no segundo livro.

– Talvez. – Ashlyn deslizou a bolsa no ombro. – Acho melhor eu começar a ler.

Ashlyn podia sentir o novo livro queimando em sua bolsa enquanto fazia a rápida caminhada de dois quarteirões de volta à loja. Uma sequência ou uma prequela? Um livro único sem conexão? Ainda não tinha ideia do que era, mas pretendia descobrir. Com a chave na mão, subiu as escadas até o apartamento, sem nem se preocupar em tirar os sapatos antes de se sentar na poltrona de leitura e acender a luminária.

Não havia dúvida de que a intenção era que os livros fossem parecidos, mas lado a lado as diferenças ficavam mais evidentes. Um couro um pouco mais ceroso foi usado para encadernar *Para sempre e outras mentiras*, e as faixas na lombada eram mais limpas e nítidas.

Ela pegou *Para sempre e outras mentiras*, segurando-o na palma da mão. Tal como o seu companheiro, apresentava poucos sinais de desgaste.

E, como seu companheiro, estava estranhamente quieto. Nenhum tipo de eco – pelo menos enquanto estava fechado.

Prendendo a respiração, Ashlyn virou a capa, se preparando para as ondas de angústia lancinante que tinha passado a esperar de *Lamentando Belle*. A princípio, não houve nada, mas depois de um momento, ela percebeu um leve formigamento na ponta dos dedos. Era uma sensação fria e arrepiante, bem diferente daquela para a qual estava se preparando. Ela se forçou a permanecer imóvel, deixando a sensação crescer, uma curiosa mistura de dormência e formigamento subia por seu braço como uma geada que se espalhava devagar, enrolando-se em torno de suas costelas e ao longo de sua garganta. Nota de topo... nota de coração... nota de base.

Acusação. Traição. Mágoa.

Ashlyn exalou com força à medida que a intensidade aumentava. Isso não era nada parecido com *Lamentando Belle*, que quase tinha queimado seus dedos com sua hostilidade inflamada e dor reprimida. Na verdade, isso era exatamente o oposto. Era frio e cortante, como um vento de janeiro, e estranhamente... *exangue*.

Era uma maneira estranha de descrever a raiva, que em geral se marcava como quente e cortante, igual a um tapa. Mas não havia calor ali, apenas uma conflagração branco-azulada que parecia fogo, mas não era. Não, não era isso. Não era raiva que ela estava captando. Era desalento. Um vazio tão profundo, tão dolorosamente familiar, que fez sua garganta se apertar.

Os ecos eram femininos.

Ashlyn ficou encarando o livro aberto, tentando entender o que de fato estava segurando – e tinha quase certeza de quem o escrevera. Prendeu a respiração enquanto passava para a primeira página. E ali estava. Uma única linha de escrita inclinada.

Como??? Depois de tudo, você é capaz de <u>me</u> perguntar isso?

A palavra *me* estava sublinhada, não uma, mas duas vezes, e havia uma mancha de tinta raivosa borrando o ponto de interrogação. Por instinto, ela abriu *Lamentando Belle* e leu as inscrições juntas. Uma pergunta e uma resposta.

Como, Belle? Depois de tudo... como pôde?

Como??? Depois de tudo, você é capaz de <u>me</u> perguntar isso?

Para sempre e outras mentiras

(págs. 1–6)

27 de agosto de 1941
Nova York, Nova York

Uma garota não deveria se apaixonar na própria festa de noivado.

Não deveria, mas eu me apaixonei. Mas também, para um farsante habilidoso, eu era uma presa fácil. E você era bastante habilidoso, como logo descobri.

Mas não vou me adiantar. Devo preparar o cenário primeiro, se quiser contar a história direito. E é disso que se trata. Contá-la direito – como de fato aconteceu, e não como você a reinventou em seu lindo livrinho. Portanto, começarei do início, na noite em que tudo começou, no salão de baile do hotel St. Regis.

Aceitei uma proposta de casamento de um jovem com quem mais ou menos cresci. Teddy, cujo pai era um dos homens mais ricos e proeminentes de Nova York e sócio de meu pai. Era tudo muito apropriado. Ou foi o que meu pai pensou quando organizou tudo. Uma fusão das fortunas de nossas famílias.

Ah, eu lutei contra isso. Não tinha vontade de me casar com ninguém naquela época. Eu tinha apenas vinte e um anos – ainda uma criança em muitos aspectos – e havia visto minha irmã se casar por obediência, tinha observado como ela murchava sob a mão pesada do marido e as necessidades incessantes dos filhos que ela produzia em intervalos alarmantemente regulares.

Cee-Cee foi uma figura proeminente na minha infância, principalmente depois da morte da minha mãe. Nove anos mais velha que eu, ela foi firme ao me criar, mas naquela época, ela era em quase tudo. Cuidava da casa de meu pai com uma eficiência surpreendente, administrando os empregados, planejando as refeições e, aos dezessete anos, assumindo o papel de anfitriã quando ele recebia pessoas. Ela se tornou, aos meus olhos – e também aos de meu pai, por algum tempo –, a senhora da casa. Mas vi como o casamento a diminuía, deixando-a de alguma forma menor, menos visível e menos valiosa.

Pelo que pude perceber, a principal contribuição de minha irmã como esposa era a de uma égua reprodutora, e achei a perspectiva terrível. Queria uma vida própria: estudos, viagens, arte, aventura. E eu pretendia tê-la de verdade. Então, você pode imaginar minha surpresa ao me encontrar no salão de baile do St. Regis, ao lado de Teddy, com um vestido novo da Worth, sendo brindada por uma verdadeira lista de quem é quem da sociedade nova-iorquina. Mas meu pai pode ser bastante persuasivo quando toma uma decisão sobre algo. E ele havia se decidido sobre Teddy.

– Ao casal feliz!

O grito coletivo ressoa em meus ouvidos depois de mais um brinde. Levanto a taça quando devo, sorrio quando devo. Afinal, sou filha do meu pai e fui bem-treinada. Mas por dentro, estou entorpecida. É como se eu estivesse espiando por uma janela, vendo tudo acontecer com outra pessoa. Mas não está. Está acontecendo comigo e não consigo imaginar como permiti isso.

Escapo assim que posso, deixando Teddy conversando sobre pôneis de polo com seus amigos do clube e procuro um canto tranquilo. O calor de muitos corpos combinado com o burburinho das conversas e da música está me dando dor de cabeça. Mas, na verdade, estou enjoada com a ideia de que em breve acabarei como minha irmã. Entediada. Amarga. Invisível.

Teddy não é George, lembro a mim mesma enquanto pego uma taça de champanhe de um garçom que passa e a tomo de uma vez. Teddy é atlético e arrojado, muito bem-sucedido para os padrões masculinos – que aprendi serem os únicos que importam – e é considerado um ótimo partido por quase todas as mulheres de Nova York. O problema, percebo enquanto procuro outra bandeja de champanhe, é que não quero nenhum partido. Festas, e jantares, e conversas sem graça. Férias em todos os lugares da moda e infinitas trocas de roupa. Deus me livre.

Maleável, meu pai chamou Cee-Cee certa vez. Porque ela entendia coisas como lealdade e dever. Foi o dia em que ele me informou que eu me casaria com Teddy. Quando respondi que não estava interessada em me casar, ele explicou com a paciência no limite que às vezes precisamos fazer o que é necessário para um bem maior. Ele estava falando sobre o próprio bem maior, é claro, protegendo o império nada seguro que ele conseguiu construir quando a Lei Volstead foi aprovada.

Teddy e seu pedigree deveriam ajudar nisso, nosso casamento era uma aliança estratégica destinada a promover a causa coletiva da família e remover o fedor de dinheiro novo e uma década de uísque canadense ilegal. Mas o casamento deveria ser mais do que uma aliança. Foi o que presumi com ingenuidade. Gosto de Teddy, como alguém gosta de um cachorrinho desobediente ou de um primo desajeitado, mas não sinto nada quando ele me beija, nada quente ou excitante.

Minha experiência com homens nesse momento da minha vida foi limitada, conforme deveria ser para uma jovem que saiu de uma escola só para meninas há apenas três anos. Mas em algum ponto do caminho, desenvolvi a ideia de que deveria haver mais nos negócios entre homens e mulheres do que submissão e dever, algo visceral que nos ligue, algo químico e elementar.

Esses são os pensamentos que passam pela minha cabeça enquanto olho ao redor e vejo você pela primeira vez. Desvio o olhar, assustada com meus próprios pensamentos e com o calor crescente que sinto subir pelo meu pescoço e chegar às minhas bochechas. Mas depois de mais alguns goles de champanhe, procuro por você mais uma vez. E ali está você, alto, de cabelo escuro, rosto alongado e olhos azuis penetrantes, ainda me observando. A sugestão de um sorriso repuxa os cantos de sua boca, como se você estivesse se divertindo, mas preferisse não demonstrar.

Há um ar zombeteiro em sua expressão que me deixa constrangida e um pouco irritada também, uma audácia que faz minha pele formigar. Encontro seu olhar, esforçando-me para não desviar o meu, mesmo quando você começa a caminhar em minha direção. Engulo o que resta na minha taça quando você para ao meu lado.

– Cuidado – você diz, sua voz baixa e sinuosa. – Vai pegá-la de surpresa. Ainda mais se não estiver acostumada.

Olho você de alto a baixo, fazendo o melhor que consigo para parecer indiferente.

– Não pareço estar acostumada a beber?

– Não – você responde, tirando uma mecha de cabelo escuro da testa enquanto passa os olhos por mim. – Não, agora que observo mais de perto.

Algo em seu olhar me perturba, como se uma onda de frio tivesse se desencadeado em minha barriga de repente. Ou talvez seja apenas porque você está tão perto. Há uma sugestão de barba por fazer crescendo ao longo de sua mandíbula, insinuando que você não teve tempo de se barbear antes da festa. Suas roupas de baile, embora sejam a white tie apropriada, parecem não cair tão bem quanto poderiam, seu paletó está um pouquinho curto nos punhos, as costuras nos ombros, um pouco franzidas. Deve ser um terno alugado, em vez de um de sua posse para ocasiões como esta.

Percebo que você não está bebendo e sugiro uma taça de champanhe, mas você recusa em seu tom britânico, frio e cortante. Educado, mas não tão elegante. De repente me ocorre que não o conheço, apesar de você ter obviamente sido convidado para minha festa de noivado.

Examino seu rosto enquanto falamos de livros, tentando discernir o que o torna bonito, já que, vistos um de cada vez, seus traços ficam um pouco aquém da definição clássica. Seu nariz é estreito e um pouco longo, dando-lhe a aparência de um corvo, sua boca larga demais e cheia demais acima de um queixo com uma fenda bem marcada. Não, decido. Não tão perfeito quanto pensei à primeira vista. Mas seus olhos, de um azul pálido cativante com um anel escuro na borda externa, encaram os meus por mais tempo do que é confortável, e de repente não consigo pensar em nada para dizer.

Fico aliviada quando Elaine Forester aparece. Ela é mãe de um dos amigos de Cee-Cee, e seu marido, cuja fortuna familiar vinda do chá evaporou depois da quebra da Bolsa, é um associado de longa data do meu pai. Espero que você entenda a deixa e se afaste, mas depois de algumas bobagens sobre Teddy e minha boa sorte, Elaine se afasta e ficamos sozinhos mais uma vez.

Você se inclina e me parabeniza, baixinho, como se estivesse me contando um segredo. Não posso deixar de sentir que estou sendo ridicularizada. Eu dispenso as palavras, mal me lembrando de agradecer. Mas você ainda não terminou a insolência. Nem de longe. Você começa a listar um dossiê sobre meu noivo, um catálogo de todas as características e realizações dele. Mas suas palavras são mais um insulto do que um elogio. Você até sugere que estou insatisfeita com o noivado. Como se não tivéssemos acabado de nos conhecer e você, de alguma forma, tivesse o direito a ter uma opinião.

Ignoro a impertinência e pergunto como você está na minha festa, já que não o conheço. Seu nome, quando você o diz, não é familiar. O nome da sua companheira, no entanto, que você menciona sem pestanejar, é familiar, embora não de uma forma que reflita bem em você. Todo mundo em Nova York conhece a infame Goldie.

Mesmo assim, fico sem palavras, surpresa por ela estar em algum lugar no meio da multidão, bebendo o champanhe do meu pai e fazendo sabe-se lá o quê. Como é que uma das mulheres mais notórias da cidade – uma que se autodenomina jornalista, entre todas as coisas – conseguiu um convite para minha festa de noivado? Sem dúvida obra do meu noivo, que nunca perde a oportunidade de publicar seu nome e rosto no jornal.

Naquele momento, eu já deveria saber que tipo de homem você é, andando por aí com uma mulher pelo menos dez anos mais velha que você. Uma mulher, devo acrescentar, conhecida por manter um grupo de rapazes à sua disposição. Tudo o que consigo pensar é: que tipo de homem se envolve com uma mulher dessas? Acredito que até digo algo nesse sentido. Você enrijece um pouco, me informando com aquele seu sotaque esnobe que as pessoas nem sempre são quem fingem ser – você muito menos.

Que tola eu fui por não acreditar na sua palavra.

Para sempre e outras mentiras

(págs. 7–10)

4 de setembro de 1941
Nova York, Nova York

Imagine minha surpresa ao ver você uma semana depois no jantar dos Whittier. Você está com ela de novo. A mulher do cabelo amarelo demais, do vestido apertado demais e da risada alta como um zurro. A mulher de passado duvidoso e de nome bobo.

Goldie.

Vocês andam pelo salão juntos, de braços dados, sorrindo friamente enquanto são apresentados aos meus amigos. Você com seu smoking de corte magnífico – um presente, presumo, e muito generoso. Ela em moiré cor de ameixa que gruda como uma segunda pele. Ela é belíssima, admito. Bem-arrumada e perfeitamente maquiada. Mas rodada demais para que a maioria dos homens da sua idade a achasse atraente. Mas talvez você goste desse tipo de mulher.

Observo a maneira como seus olhos percorrem o ambiente, como se você estivesse tomando notas, recolhendo nomes e rostos, talvez os associando a fortunas. Finjo não me importar com onde você está enquanto os coquetéis se arrastam, sem notar você conversando com Teddy, mas é impossível. Sua presença – você em si – deixa meus nervos à flor da pele. Não é a forma que seus olhos capturam os meus de vez em quando. Ou o sorrisinho que ergue os cantos da sua boca quando isso acontece. É que não consigo entender por que você apareceu de novo como uma erva daninha. O que você quer conosco? Comigo?

Fico aliviada quando finalmente somos chamados para jantar. A disposição dos assentos foi decidida com antecedência, delimitada com cartões de lugar de veludo cor de marfim cremoso, o que me permitirá ficar de olho em você a uma distância segura.

Estranho que a palavra "segura" surja na minha mente em um momento desses, como se sua mera presença representasse algum tipo de perigo. É realmente ridículo. Como eu podia me sentir insegura em um salão tão lindo, cercado por pessoas com linhagens tão impecáveis?

Sorrio serenamente enquanto procuro Teddy, esperando que ele se junte a mim. E então vejo que o seu cartão de lugar, e não o dele, está ao lado do meu. Um fato que não parece surpreender você em nada.

Meu noivo está sentado no extremo oposto da mesa – convenientemente ao lado da sua companheira. Os olhos dela encontram os meus quando me sento, como se ela soubesse que estou observando. Espero ver ciúme, o olhar petulante de uma mulher cujo acompanhante foi atraído por outra. Eu me acostumei com esse tipo de olhar das mulheres. Em especial daquelas que tinham esperanças de conseguir Teddy para si. Mas há apenas fria avaliação no olhar que ela me dá. Vigilante. Curioso. Como se estivesse tentando decidir o que pensar de mim.

Sou a primeira a desviar o olhar, perturbada pela atenção explícita dela, mas vejo seus olhos encontrarem os dela por um breve instante. Não sei como organizou isso – você nunca contou –, mas algo no olhar me confirma que esse segundo encontro não foi acidental. Por educação – ou talvez porque já tinha tomado coquetéis demais –, permito que você me envolva em uma conversa. Falamos de cavalos, ou pelo menos começamos assim. Meu novo interesse em corridas de puros-sangues, minha recente viagem a Saratoga para a corrida de Spinaway Stakes, o presente de aniversário que meu pai me deu.

No final das contas, ou talvez algo inevitável, chegamos ao tema da reprodução. Se foi menção minha ou sua, não me lembro. Você pergunta como me interessei por esse assunto. É tão condescendente e sarcástico, tão seguro de si e de seu suave charme britânico, que me pego cerrando os dentes. Você está me provocando com esse seu sorriso leve, me descartando como uma mocinha rica que pediu um pônei de aniversário e ganhou dois, mas me recuso a ser subestimada. De repente, quero muito dar uma lição em você.

E num piscar de olhos não estamos mais falando de cavalos. Você sabe disso e eu sei, mas nós dois continuamos duelando, aumentando as apostas com cada indireta e comentário de duplo sentido inteligente, nos aproximando perigosamente do limite da indecência.

É um lugar onde nunca estive, essa guerra de palavras sensual. E, ainda assim, parece surpreendentemente familiar. Um déjà-vu do corpo. Um conhecimento de para onde isso pode levar e como pode acabar. De repente, entendo o perigo que pressenti antes. É isto. Este momento de precisar provar algo para você. E talvez para mim mesma. Algo que nem mesmo eu entendo.

Você está sorrindo, claramente satisfeito consigo mesmo, e estou furiosa por ter me enredado em minha própria teia. Não sei como sair dessa sem me expor como a novata que sou, e preferiria morder a própria língua a lhe dar essa satisfação. E assim continuo jogando, impetuosa, imprudente e completamente além das minhas capacidades, como suspeito que você bem sabe. Quero chocá-lo, mas você não está nem um pouco chocado. Longe disso.

No final, você desafia meu blefe.

Seus olhos se fixam nos meus – de um azul mais profundo do que eu havia notado antes, com pequenas manchas douradas ao redor das pupilas – e de repente sinto um calor terrível, o que suponho que seja o que costuma acontecer quando se brinca com fogo.

– Eu gostaria muito de ver esses seus belos animais – declara você com aquele sorriso preguiçoso que aperfeiçoou para manter pequenos tolos como eu desconcertados.

– E eu gostaria muito de mostrá-los a você – respondo, porque o que mais posso dizer? Você colocou suas cartas na mesa e devo fazer o mesmo. – Talvez possamos marcar algum dia.

– Estou livre amanhã à tarde – você sugere suavemente. – E eu adoraria fazer uma visita aos Hamptons. Ouvi dizer que é uma região bonita.

E assim, fui pega.

CINCO

ASHLYN

A restauração é um negócio longo e complexo, em especial quando os danos são extensos. O progresso será lento. Espere contratempos. Exercite a paciência. Persista.
— Ashlyn Greer, *O cuidado e a alimentação de livros antigos*

28 de setembro de 1984
Portsmouth, Nova Hampshire

Ashlyn lembrou a si mesma de se concentrar na tarefa em questão enquanto trabalhava para remover uma tira de fita de linho velha do segundo livro de Nancy Drew de Gertrude, mas era difícil quando tudo em que conseguia pensar era no mistério que cercava sua última descoberta literária.

Depois de vários capítulos de *Lamentando Belle*, com seu cunho decididamente masculino, foi fascinante mergulhar em *Para sempre e outras mentiras* e ver o primeiro encontro dos amantes pelos olhos de Belle. Os detalhes daquela noite no salão de baile do St. Regis. As linhas de diálogo quase idênticas. A atração mútua e lenta. Tudo sincronizado com perfeição.

Talvez... perfeito até demais?

Ela estava convencida de que os livros não eram obras de ficção, que os personagens eram reais, que a história de amor – se é que podia ser chamada de história de amor – era real. Mas e se estivesse errada? E se fossem algo completamente diferente? E se tivessem sido concebidos como uma espécie de *metaficção*, um artifício literário concebido para fisgar os leitores com a *ilusão* de duas vozes distintas? Um casal de amantes com velhos assuntos a resolver. Um tipo de investigação romântica.

Era um conceito intrigante e poderia explicar a falta da marca da editora em ambos os livros. Ficção experimental do tipo peculiar e violador de regras ainda era um tema acalorado entre os literatos. Trinta anos atrás, esses livros provavelmente teriam sido preteridos em favor de projetos mais seguros. Talvez o autor tenha recorrido a uma editora de impressão sob encomenda, como Ernest Vincent Wright fez em 1939, quando não conseguiu encontrar uma editora para seu romance *Gadsby*. (Não deve ser confundido com *O Grande Gatsby*, de Fitzgerald.)

Por definição, o livro de Wright não incluía sequer uma palavra contendo a letra *E* – a letra mais comum na língua inglesa. Diz a lenda que o autor amarrou a tecla *E* em sua máquina de escrever, garantindo que nenhuma ocorrência perdida da vogal apareceria no manuscrito. O livro mal chamou atenção na época, mas acabou ganhando o próprio e curioso tipo de notoriedade. Agora, um colecionador que tivesse a sorte de localizar uma cópia teria nas mãos cinco mil dólares.

Seria possível que ela tivesse tropeçado em algo do tipo? Talvez. Mas isso não explicava os ecos. Nenhuma escrita habilidosa poderia explicar o que ela sentia quando os tocava. Os ecos não eram um artifício. Eram vestígios reais, sombrios e viscerais do passado. Mas do passado de *quem*?

Suas mãos ficaram quietas enquanto imaginava *Lamentando Belle* e *Para sempre e outras mentiras* sendo retirados da estante e embalados em caixas, com destino à loja de Kevin, com suas luminárias de lava e rádios de baquelite. E, agora, eles chegaram até ela. Seria possível que houvesse alguma razão para ter sido ela a resgatá-los da sala dos fundos de Kevin? Que ela estava *destinada* a resolver o mistério?

A ideia continuou a incomodá-la enquanto pegava uma faca de encadernação e fazia o primeiro corte, depois destacava com cuidado a frente e o verso do miolo. Era uma ideia intrigante, mas Ashlyn não tinha quase nada em que se basear. Nenhum dos personagens tinha nomes próprios e não havia muito que pudesse fazer com nomes como Belle e Cee-Cee. Havia Goldie, claro, mas esse também parecia ser um apelido. No entanto, Belle não havia mencionado que todos em Nova York conheciam Goldie?

Com certeza valia a pena investigar. Quantas mulheres eram proprietárias de jornais em 1941?

Ela sentiu uma onda de animação ao ir direto para a seção de jornalismo da loja. Devia ser um tiro no escuro, mas era um ponto de partida. Infelizmente, a estante de jornalismo continha exatos oito livros, todos relacionados a correspondentes estrangeiros durante a primeira e a segunda Guerras Mundiais, incluindo um exemplar desgastado de *Paris é uma festa*, uma bela edição de *Hemingway on War* e um exemplar de *A face da guerra*, de Martha Gellhorn, terceira esposa de Hemingway. Não era surpresa. Frank era fascinado por tudo que dizia respeito a Hemingway.

Ela verificou a seção de história americana em seguida, mas a maioria dos títulos tratava de guerra ou política. Passando para as de comércio e indústria, encontrou muitos livros sobre mineração, ferrovias e indústria automobilística, mas nada relacionado ao ramo jornalístico.

Esse com certeza era um trabalho para Ruth Truman. Na verdade, Ruth deveria ter sido sua primeira ligação. Embora agora trabalhasse meio período, ela acumulava quase trinta anos como bibliotecária e era uma dádiva divina quando se tratava de pesquisa.

Ashlyn folheou sua agenda telefônica, localizou o número da Biblioteca Pública de Portsmouth e pegou o velho telefone preto.

– Bom dia. Aqui é a sra. Truman. Como posso ajudar?

Ashlyn se viu sorrindo. Ruth Truman soava exatamente como uma bibliotecária deveria soar: capaz, cortês e bastante eficiente.

– Oi, Rute. É a Ashlyn de Uma História Improvável.

– Ashlyn. Que bom falar com você, querida. Faz tempo.

– Que eu incomodei você, você quer dizer?

– Não seja boba. Fico sempre feliz em ajudar se puder. Do que você precisa?

– Encontrei um livro que estou tentando rastrear. O título é *Lamentando Belle*, mas não sei quem o escreveu. E não quis dizer que estou tentando encontrar o livro. Na verdade, eu *tenho* o livro. Mas não há nome do autor em lugar nenhum. Nem página de créditos. Nada. É completamente anônimo.

– E espera que eu possa dizer quem o escreveu?

– Na verdade, espero que você possa me ajudar a identificar uma das personagens. Uma mulher que atendia pelo apelido de Goldie.

– Hum. *Lamentando Belle* e Goldie. Isso não é muito com o que trabalhar. O que mais você tem?

– Ela morava em Nova York e era proprietária de uma série de jornais em 1941. Isso é tudo que sei, na verdade. Ah, e ela era meio... – Fez uma pausa, procurando uma palavra apropriada. – Liberal – finalmente ofereceu. – Gostava de homens jovens, até demais.

– Bem, sorte a dela – Ruth respondeu com uma risada. – É bom saber que alguém estava se divertindo naquela época.

– Então, o que você acha? É possível rastrear essa mulher misteriosa com tão pouco em que se basear?

– Bem, não posso garantir nada, mas farei o melhor que posso. Me deixe apenas ter certeza de que anotei tudo: 1941. Goldie, alguém de Nova York. Possuía uma série de jornais e gostava de rapazes. Certo?

– Isso mesmo.

– Tudo bem. Vou começar a pesquisar. Estou sozinha na recepção esta semana, então pode não ser agora, mas se o nome dela estiver impresso, eu vou encontrá-lo.

– Você é um anjo, Ruth. Vou ficar devendo.

Ashlyn mal tinha desligado quando ouviu as sinetas da porta da loja tocarem. Ergueu o olhar, surpresa ao ver Kevin.

– O que está fazendo aqui no meio do dia? Matando o trabalho?

– Saí para almoçar, então pensei em trazer isto para você. – Ele enfiou a mão no bolso de trás, tirando um pedaço de papel.

Ashlyn franziu a testa ao ver o envelope dobrado que ele lhe entregou.

– O que é?

– Dá uma olhada. Não dentro... do lado de fora.

Ela o desdobrou, examinando o endereço cuidadosamente digitado: *Richard Hillard. Harbor Road, 58. Rye, Nova Hampshire.* Então levantou o olhar, perplexa.

– O que é isso?

– Encontrei no fundo de uma das caixas que o cara misterioso trouxe. Não tinha certeza se você ainda precisava contatá-lo, mas pensei em trazer.

Ashlyn quase o abraçou.

– Obrigada! E, sim, ainda quero entrar em contato com ele. Isso é fabuloso!

– Então qual é a situação? São obras há muito perdidas de Fitzgerald ou de alguém? Por favor, me diga que eu não deixei uma fortuna escapar pelos dedos.

Ashlyn lhe lançou um sorriso.

– Duvido muito. Achados como esse são bastante raros, embora os livros sejam bem *incomuns*, então suponho que possam ser de interesse acadêmico para alguém. Só espero descobrir quem os escreveu. É apenas um palpite por enquanto, mas meu instinto me diz que não são ficção. Espero que o sr. Hillard pelo menos consiga confirmar isso.

– Só deixe meu nome fora disso se planeja dar uma de perseguidora, está bem?

– Eu não vou dar uma de perseguidora. Prometo. Só quero fazer algumas perguntas. – Ela ergueu o envelope, olhando com mais atenção, e sentiu suas esperanças se esvaírem. – O carimbo é de 4 de abril de 1976. Oito anos atrás. E é da Associação Americana de Aposentados[1]. Quantos anos tinha o cara que trouxe as caixas?

– Ele parecia ter mais ou menos a minha idade, mas disse que os livros pertenceram ao pai dele. Acho que Richard Hillard era o pai. De qualquer modo, vale a pena conferir. Disque 411 e peça o número de Richard Hillard em Rye. Se conseguir um número, ligue e veja quem atende. Mas não tenha muitas esperanças. O filho não parecia muito tagarela. Tive a impressão de que ele só queria terminar a limpeza logo.

O aviso de Kevin ecoou na mente de Ashlyn enquanto discava o número de Richard Hillard. No final das contas, para conseguir o número, foram necessários um telefonema e exatamente dois minutos. A parte complicada seria abordar o assunto com um estranho sem parecer assustadora ou perturbada – ou, como Kevin disse, uma verdadeira perseguidora.

---

1   No original, AARP, conhecida como American Association of Retired Persons. (N. E.)

Ainda estava pensando no que dizer quando começou a discar. Depois de quatro toques, houve um clique abrupto.

– Não estou. Deixe um recado.

Nenhum nome. Nem um cumprimento. Nem uma indicação de que qualquer mensagem que ela deixasse chegaria a alguém chamado Hillard. Por um momento, pensou em desligar. Odiava secretárias eletrônicas. Nunca estava bem preparada, nunca tinha certeza se teria tempo suficiente para dizer o que precisava. Mas, no momento, era a única pista que ela tinha.

– Oi – deixou escapar alegre demais, sem fôlego demais. – Meu nome é Ashlyn Greer. Sou dona de uma livraria de livros raros no centro de Portsmouth. Estou tentando entrar em contato com o sr. Hillard sobre um livro dele, que adquiri recentemente. Bem, dois livros, na verdade. Tenho só algumas perguntas. Não vou ocupar muito do seu tempo. Se o senhor puder me ligar de volta, eu agradeceria.

Ela estava tão nervosa que quase desligou sem deixar o número, que acabou dizendo duas vezes, sem jeito, e depois fez outro apelo bastante lamentável por uma chamada de retorno. Lá se foi o esforço para não parecer assustadora.

Ashlyn tinha acabado de mudar a placa de ABERTO para FECHADO quando o telefone da loja começou a tocar. Ela correu de volta até o balcão e pegou o fone.

– Uma História Improvável.

– Olá, estou retornando uma ligação de uma srta. Greer.

O pulso de Ashlyn acelerou.

– Quem fala?

– Ethan Hillard. Alguém deixou uma mensagem na secretária eletrônica do meu pai à tarde.

– Sim! – ela deixou escapar. – Aqui é a srta. Greer. Muito obrigada por retornar minha ligação. Eu não tinha certeza se realmente receberia uma resposta.

– Sua mensagem dizia que você é de Portsmouth.

– Sim. Na Market Street. Detesto ligar do nada, mas tive algumas dúvidas sobre alguns livros que adquiri recentemente. Esperava que o senhor pudesse respondê-las.

– Acho que sim. Em que posso ajudar?

A mente de Ashlyn disparou. Por que ela não fez uma lista de perguntas? Agora que estava com ele ao telefone, não sabia por onde começar.

– Acho que minha primeira pergunta é sobre a idade deles. Você sabe quando foram publicados?

– Se eu sei... – Houve uma longa pausa. – De quais livros estamos falando?

– Ah, me desculpe. Claro. Você não tem ideia de quais livros me refiro. Eu estava perguntando sobre *Lamentando Belle* e *Para sempre e outras mentiras*.

– Receio que você tenha pegado o cara errado. Pensando bem, *como foi* que conseguiu meu número?

– O dono da Dou-lhe Duas, a butique onde o senhor deixou os livros, ele encontrou um envelope em uma das caixas com o endereço do seu pai. Liguei para a assistência e consegui o número. Em geral eu não o incomodaria, mas dadas as circunstâncias... Bem, esses são livros muito especiais.

Houve outro longo suspiro. Aborrecimento ou impaciência.

– Podem muito bem ser, srta. Greer. Mas receio não ter escrito nenhum dos dois.

– Não, não pensei que o senhor tivesse escrito. Só esperava que o senhor pudesse me dizer quem os escreveu... ou qualquer coisa sobre eles, na verdade.

– Desculpe. Você disse que possui uma livraria?

– Sim. Em Portsmouth.

– Acho que estou confuso. Está me ligando por causa de dois livros dos quais nunca ouvi falar e quer que eu diga quem os escreveu?

– Perdão. – Ela precisava se acalmar e começar do início. – Eu deveria ter sido mais clara. Sou dona de uma livraria chamada Uma História Improvável que trabalha com livros raros. Algumas semanas atrás, você trouxe várias caixas de livros para uma butique de antiguidades. O proprietário é meu amigo. Ele me liga quando recebe livros que acha que podem ser do interesse da minha loja.

– Me desculpe, mas tive a impressão de que você tinha ligado por causa dos *meus* livros. Livros que eu escrevi.

Livros que *ele* escreveu? Enfim, Ashlyn compreendeu.

– Certo. Agora entendo por que o senhor ficou confuso. Não sabia que o senhor era escritor. Que tipo de livro escreve?

– Soníferos, principalmente. Não ficção. História política. Bastante... acadêmicos.

– Parecem interessantes.

– Garanto que não são. Mas acho que entendo. Você está falando das caixas que doei há algumas semanas. Aqueles livros pertenciam ao meu pai.

Finalmente estavam chegando a algum lugar.

– Sim. Os livros do seu pai. A propósito, meus pêsames. Pela morte do seu pai.

– Obrigado. Ele era um tanto acumulador quando se tratava de livros, quando se tratava de tudo, na verdade. Eu precisava abrir espaço nas estantes para meus próprios livros. Um vizinho me deu o nome da loja em Portsmouth.

– Por acaso o senhor se lembra de um par de livros com capas de marmorizado azul? Encadernação de três quartos em couro marroquino? Gravação dourada?

– Não posso dizer que me lembro de algum deles em especial. Eram tantos. Suponho que você acha que eles podem valer alguma coisa.

– Não – Ashlyn respondeu com cuidado. – Não *valem* nada. Não exatamente. Mas são... intrigantes.

– Intrigantes como?

– Não há nome de autor em nenhum dos dois. Nem página de créditos. Mas as histórias também são incomuns. Fora do convencional, pode-se dizer.

– Então estamos falando de ficção?

– Não acho que sejam ficção.

– Memórias, então? Ou autobiografia?

– Esse é o problema. Não consigo dizer. Podem ser as duas coisas. Ou nenhuma. Fiz algumas ligações, mas até agora não encontrei ninguém que tenha ouvido falar de nenhum dos títulos, embora seja difícil pesquisar um livro quando não se sabe o nome do autor. Foi por isso que liguei para você. Esperava que pudesse lançar alguma luz sobre o mistério.

– Sinto muito. Como eu disse, os livros pertenciam ao meu pai. Alguns podem ter sido da minha mãe. Tudo o que fiz foi retirá-los das estantes e colocá-los em caixas. Além disso, não posso mesmo ajudar. Mas você parece bastante interessada em livros que não valem nada.

Ashlyn hesitou. Ele suspeitava que ela estivesse escondendo alguma coisa. E não estava? Mas como poderia explicar o que tinha experimentado na primeira vez que abriu *Lamentando Belle*, que seu toque havia desencadeado a tempestade emocional de outra pessoa? Ethan Hillard era a única pista que ela tinha. Não podia se dar ao luxo de assustá-lo com um monte de conversa esquisita. E faria isso se abrisse aquela porta específica.

– Estou interessada – respondeu por fim. – Mas não porque possam ser valiosos. Nunca encontrei nada parecido com eles. Suas histórias estão meio que entrelaçadas, como uma discussão ocorrendo nas páginas. Mas são completamente anônimos. Anônimos de propósito, ao que parece. Não consigo imaginar por que alguém se daria ao trabalho de escrever um livro e depois deixaria o nome fora dele.

– Escritores fazem isso há centenas de anos.

– Sim, mas em geral usam um pseudônimo, como Ben Franklin e Silence Dogood. Mas esses livros *não* têm autor. Literalmente nenhum nome de qualquer tipo, em lugar algum. Compreendo não querer que os detalhes de uma vida amorosa sejam divulgados por todo lado, mas então por que escrevê-los?

– Então está dizendo que os personagens são reais? Que o que está escrito neles aconteceu de verdade?

Ele não se preocupou em esconder seu ceticismo e isso a irritou.

– Sim, acredito que possam ser. Os livros se encaixam com perfeição no que diz respeito à narrativa, mas as vozes são completamente diferentes. Um foi escrito por um homem, o outro, por uma mulher, mas contam a mesma história. Um caso de amor que claramente terminou mal. A escrita é tão torturada e crua. Linda, na verdade, mas no fim das contas, triste. Ambos determinados a se absolverem da culpa pelo que quer que tenha acontecido entre eles. São extraordinários.

– Um amor que acabou mal? Parece tudo *menos* extraordinário, se quer minha opinião. Porém, é uma premissa interessante, contada em dois livros. Uma maneira inteligente de dobrar as vendas.

– Eu também pensei isso no começo, mas meu instinto me diz que não é isso. Acho que de fato aconteceu. Tudo, exatamente como está escrito. Só não sei com *quem* aconteceu.

– E você achou que eu poderia saber?

– Valeu tentar. Achei que talvez o senhor tivesse visto os livros quando era mais jovem ou até mesmo os tivesse lido.

– Não leio muita ficção, para falar a verdade. Não, não é verdade; eu não leio *nenhuma* ficção.

– Compreendo. Só achei que seu pai pudesse ter mencionado os livros em algum momento, ou que você poderia ter alguma ideia de como chegaram às estantes dele.

– Sinto muito. Não posso ajudá-la nisso. Não vou fingir que entendo por que você se interessa por algo que pode ou não ter acontecido entre pessoas que podem ou não ter existido, mas lhe desejo sorte na investigação.

– Tudo bem – disse Ashlyn, reconhecendo o desejo dele de encerrar a conversa. – Muito obrigada por retornar minha ligação. Lamento tê-lo incomodado.

Na verdade, não esperava que Ethan resolvesse o mistério com um único telefonema, mas não pôde deixar de se sentir desanimada ao desligar.

A menos que Ruth descobrisse alguma coisa sobre a ilustre Goldie, suas chances de descobrir o que de fato aconteceu entre os amantes eram praticamente nulas.

Talvez Ethan tivesse razão. Talvez a coisa toda fosse ridícula e ela devesse deixar para lá antes de ficar ainda mais distraída. Os livros já estavam ocupando horas que seriam mais bem aproveitadas na encadernação.

Mas mesmo reconhecendo a sabedoria de abandonar essa estranha nova obsessão, Ashlyn sentia a atração dela. *Deles* – quem quer que fossem – e de sua história inacabada, convidando-a a continuar lendo.

Para sempre e outras mentiras

(págs. 11–28)

5 de setembro de 1941
Water Mill, Nova York

Chego à fazenda duas horas mais cedo e paro no pátio atrás dos estábulos. Cheguei cedo de propósito, para me firmar e me lembrar de que hoje estaremos no meu território – e que não vou deixar você ter vantagem. Fui pega de surpresa ontem à noite, surpresa ao encontrá-lo perambulando pelo salão dos Whittier com sua amante madura colada ao seu lado. Mas estou preparada agora para qualquer jogo que você esteja jogando. Mais vale prevenir, como dizem, que remediar.

Verifico o relógio pelo que deve ser a centésima vez, lamentando com cada fibra do meu ser a imprudência da noite passada e desejando ter tido o bom senso de dar alguma desculpa quando você se convidou. Pelo menos fui esperta o bastante para recusar sua oferta de virmos juntos de carro, optando, em vez disso, por pegar emprestado um dos carros do meu pai. Ninguém perguntou para onde eu estava indo quando saí de casa e não ofereci a informação. Tenho sorte nesse sentido. Quando ninguém se importa com você, não perguntam aonde você está ou quando voltará.

Dou outra olhada no relógio. Estou nervosa depois da longa viagem desde a cidade, ainda questionando minha decisão de vir. Eu poderia ter telefonado para você pela manhã e desmarcado, culpando o tempo ou um compromisso esquecido. O número de Goldie teria sido fácil de rastrear e ela quase com certeza saberia como entrar em contato com você. Mas teria sido como me render, e acho que já me rendi bastante nos últimos tempos. Ao meu pai, à minha irmã, ao Teddy. Recuso-me a adicionar você à lista. Portanto, estou aqui, esperando sob o beiral, observando a chuva cair e esperando o ruído dos pneus no caminho de cascalho.

Sempre adorei Rose Hollow, mesmo em dias chuvosos. Adoro a sensação de espaço aberto e o céu azul limpo, a ampla casa de pedra cinzenta desgastada pelo tempo, com suas chaminés, águas-furtadas e rosas trepadeiras. E mais adiante, além do estábulo e das macieiras, o chão verde e ondulante que sobe e depois desce, criando a bacia rasa onde minha mãe costumava me levar para andar de trenó quando eu era pequena.

Ela também adorava estar aqui, longe do barulho e da agitação da cidade. Sou como ela nesse aspecto. Em muitos aspectos, na verdade. Mais do que eu sabia naquela época e mais do que deixa meu pai e minha irmã à vontade. Mas me faz bem vir, em particular agora que ninguém mais vem. Pertence a mim agora, por costume, se não de fato, embora estar aqui às vezes me deixe triste. Talvez seja por isso que meu pai parou de vir. Lembranças que ele não aguenta encarar – dos dias antes de mandar minha mãe embora. Mas eu lembro. Mesmo que ele deseje que eu não lembrasse.

Lembro-me de Helene – Maman, *como eu a chamava quando estávamos sozinhas. Como ela cheirava a lírios, e água da chuva, e falava como uma duquesa com sua suave cadência francesa. Como os olhos dela – castanho-âmbar como os meus e sempre tão tristes – se fechavam quando ela orava. Orações estranhas que ela me ensinou a dizer também, com palavras estranhas que pareciam grandes demais para minha boca. Como ela folheava o álbum de fotos antigas que guardava escondido debaixo do colchão, as histórias que contava, histórias destinadas apenas a nós duas. E lembro como ela foi punida por tudo isso quando meu pai descobriu – e como acabou a destruindo.*

Mesmo agora, minha garganta dói com a lembrança dela. Ela era delicada demais para um homem como meu pai, frágil demais para o tipo de vida que ele esperava que ela levasse. Afastada da família na França e isolada dos amigos nos Estados Unidos, ela foi deixada para se virar sozinha após o nascimento de cada um de seus filhos, atolada na solidão e na depressão. E o abismo de culpa depois que o irmão que eu nunca conheci se afastou durante um almoço na casa de um amigo e caiu em um lago. Ernest, morto aos quatro anos.

Tudo isso a deixou frágil, propensa a crises de melancolia, às vezes debili-tantes, uma falha de caráter que meu pai não foi capaz de perdoar. Lágrimas são uma perda de tempo, *ele costumava dizer.* Um sinal de fraqueza, de fracasso. *E ele estava falando sério, como aprendi em primeira mão quando comecei a chorar em resposta ao seu decreto de que ficaria noiva até o final do ano.*

Ele está bastante feliz agora, suponho. Agora que finalmente concordei em me casar com Teddy. Lutei contra isso o máximo que pude, mas meu pai acabou vencendo, como sempre ele soube que venceria. Eu, no entanto, não estou feliz – como você de alguma forma adivinhou.

Não tenho nenhum desejo de me tornar uma sombra, que é o que as mulheres em famílias como a minha se tornam: coisas obedientes e vazias que somem no plano de fundo no momento em que a sua utilidade como moeda de troca termina. Cuidamos dos cardápios, criamos os filhos, acompanhamos as últimas modas, enfeitamos a mesa de nosso marido quando ele recebe visita e fingimos que não vemos quando um rosto jovem e belo lhe volta cabeça. Mas sempre quis mais para mim. Imaginei uma vida que de fato contasse para alguma coisa, que deixasse algo de valor em seu rastro. Não faço ideia de que forma essa vida poderia ter assumido. Algo relacionado às artes talvez, ou quem sabe professora, mas agora, sendo esposa de Teddy, nunca *saberei.*

Por um instante, fico surpresa ao descobrir que meus pensamentos vagam quase melancolicamente para sua Goldie com o império jornalístico e a vida sem arrependimentos. Como seria? Capitanear o próprio navio e comandar a própria fortuna, para viver livre das opiniões dos outros?

Também nunca vou saber.

Essa constatação me traz de volta à realidade com um solavanco en-quanto olho para o diamante na minha mão esquerda – um lembrete des-confortável. Vou me casar em breve, que é tudo o que esperam que eu queira. Terei uma grande propriedade em Nova York, um sobrenome respeitado e alguns filhos para levar tudo adiante. Minhas filhas vão se casar bem, por obediência, como Cee-Cee fez vários anos atrás. Como eu também farei, assim que tiver coragem de definir uma data de fato.

Fin, *como Maman costumava dizer: o fim.*

Mas não há tempo para remoer o caráter definitivo de tais pensamen-tos. Acabei de ouvir o som dos seus pneus e meu estômago dá uma pequena cambalhota. Olho para o gramado e vejo um carro chegando e percebo que, enquanto parte de mim esperava que você não aparecesse, outra parte esperava muito que aparecesse.

Observo você sair do carro, uma coisa prateada elegante e vistosa com muitos detalhes cromados, e sei, sem perguntar, que você pegou emprestado dela. Não é o seu estilo, o que parece uma coisa estranha de saber sobre você, já que não o conheço de verdade.

Você parece relaxado com seu casaco de tweed da Harris e calça larga de lã, um par de sapatos desgastados nos pés e um chapéu empoleirado em um ângulo elegante na cabeça. Essas são suas roupas de verdade, digo a mim mesma quando você se aproxima. Esse é quem você é de verdade. Não um membro do grupo de coquetéis elegantes, mas um tipo do campo, que não se incomoda com a chuva, à vontade tanto em suas roupas quanto em sua pele.

Estou com roupas de equitação tradicionais, um casaco de flanela cinza, calça cor de osso e botas de equitação castanhas cujo brilho de novas em folha me caracteriza como uma novata na vida equestre. Um presente de Teddy, que é muito exigente com coisas como trajes de montaria. Não sei por que me preocupei, na verdade. O tempo deixou claro que não haveria cavalgada hoje, mas me senti obrigada a fazer um esforço de verdade. Os membros do nosso círculo têm um uniforme para cada ocasião, de preferência com a etiqueta correta costurada. Nós os usamos não porque sejam confortáveis ou mesmo apropriados para a atividade do momento, mas porque é o esperado, e nunca devemos nos desviar do que é esperado.

Você tira o chapéu enquanto se abaixa sob o beiral, sacudindo-o para tirar as gotas de chuva grudadas na aba.

– Dia ruim para um passeio – você diz, sorrindo. – O que vamos fazer em vez disso?

Você parece mais jovem ao ar livre, mais robusto, sem suas roupas noturnas caras, embora eu não possa negar que elas caem muito bem em você. Suspeito que seja uma espécie de camaleão, o tipo de homem capaz de se misturar ao ambiente quando necessário. Fico me perguntando por que alguém precisaria de tal habilidade, então me recordo de seus olhos na noite passada, movendo-se metodicamente pelo salão, como se estivesse tirando fotos sem câmera.

De que ou de quem?

Ocorre-me de repente que esta é a primeira vez que estamos sozinhos. Os rapazes que cuidam dos estábulos foram almoçar e o treinador, liberado causa do tempo. Não há olhos sobre nós agora, nem sutilezas a serem observadas. Por que isso deveria me abalar, não sei, mas abala. Não é que eu tenha medo de você. Não tenho. Na maioria das vezes. Mas não me sinto muito à vontade quando você está por perto.

Você está me encarando, percebo, esperando por uma resposta.

– Suponho que eu posso lhe mostrar os estábulos – ofereço. – E apresentá-lo aos cavalos.

– Seus presentes de aniversário, você quer dizer?

Você está zombando de mim de novo, com aquele sorrisinho e frios olhos azuis, mas em vez de ficar irritada, vejo-me sorrindo.

– Sim. Meus presentes de aniversário.

Seu casaco e gravata estão salpicados de chuva, sua camisa cheia de manchas translúcidas. Você cheira a goma e lã quente e úmida, com um toque de sabonete de barbear por baixo. Afasto-me do ataque, masculino e vagamente enervante.

– Vou ver se consigo arrumar uma toalha para que você possa se secar.

– Estou bem. Mas eu adoraria o passeio. – Seus olhos deslizam pelo meu corpo, parando brevemente nas minhas botas antes de voltarem a subir. – Belas roupas, a propósito. Muito... hípica. Uma pena desperdiçá-las. Mas talvez cavalguemos outro dia e você possa usá-las de forma adequada.

Dou-lhe as costas, menos encantada com sua provocação agora. Você me segue pela passagem aberta até as portas duplas de correr que levam ao estábulo. O tamborilar da chuva diminui quando entramos, substituído por um silêncio denso e isolado.

Está frio e escuro lá dentro, com um ar de sonolência com os cheiros de feno úmido e esterco de cavalo pairando no ar, e me recordo do dia em que fui pega cochilando na baia do cavalo, na época em que meus pais mantinham um pônei para mim e minha irmã. Estava chovendo naquele dia também, e eu odiava que o sr. Oliver não tivesse permissão para entrar na casa onde era quente, então me enrolei em sua baia para lhe fazer companhia. Meus pais reviraram a casa à minha procura, minha mãe desesperada temia que, como o pobre Ernest, eu tivesse encontrado um destino terrível. Quando o cavalariço finalmente me encontrou e me levou para casa, meu pai me sacudiu com tanta força que quebrei um dos meus dentes de leite.

Um assobio suave me traz de volta ao presente. Você está ao meu lado com o pescoço inclinado, absorvendo tudo. O teto alto de madeira e as janelas recém-adicionadas, o corredor central recém-emparedado, as portas brilhantes e as divisórias ornamentadas das baias.

– Que belo lugar – você diz por fim. – Bem elegante para um estábulo. Mas não é novo, imagino, pela aparência da pedra.

– Não. A casa foi construída em 1807. O estábulo veio um pouco mais tarde, embora naquela época, suspeito que abrigasse porcos ou ovelhas. Bastava para um pônei quando eu era pequena, mas tivemos que levantar o telhado antes de podermos trazer os novos cavalos.

– Aposto que isso custou um bocado para o velho Pater.

Dou de ombros, percebendo que não tenho ideia de quanto isso custou.

– Ele considerou uma despesa comercial.

Você parece surpreso.

– Ele acha que você tem uma chance de ganhar dinheiro com esse seu novo passatempo?

– Não esse tipo de negócio.

– Posso ousar perguntar?

Quase rio. Mal o conheço – não o conheço, na verdade –, mas minha primeira impressão é que você é um homem que ousaria quase tudo.

– Tinha a ver com Teddy – explico, baixinho. – E o fato de eu concordar em casar com ele.

– Entendo. Seu pai pensou que se ele cedesse em relação aos cavalos, você veria os méritos da vida que teria como esposa de Teddy e teria maior probabilidade de aceitar a proposta dele.

– Algo do tipo.

– Então... um suborno.

– É assim que ele trabalha. Ele compra o que quer. – E esmaga o que não quer, penso, porém não falo. Já falei mais do que deveria. – Vamos ver os cavalos.

Fico grata quando você me acompanha, sem dizer o que quer que esteja pensando. Com alguma sorte, você se distrairá demais com os cavalos para voltar ao assunto. Conversar com você sobre meu pai parece errado. Não porque qualquer coisa que eu possa dizer seja falsa, mas porque fui educada para manter os assuntos familiares dentro da família. É um código que meu pai inculcou em todas nós, em minha mãe, em minha irmã e em mim. Lealdade à família e obediência ao seu chefe – a ele. Já vi o que acontece quando alguém trai o código.

– Quantos cavalos são mantidos aqui? – você pergunta, forçando-me a voltar ao momento.

– Há seis baias, mas apenas quatro cavalos no momento. – Aponto para as duas primeiras baias à esquerda. – Esses dois são cavalos de passeio. Estritamente para cavalgar.

Dois pares de olhos curiosos se voltam para nós, o primeiro pertence a uma calma égua ruã chamada Bela Garota, o segundo a um robusto capão preto que minha irmã batizou de Mordedor por causa de sua tendência a morder quando ele era jovem. Ele nunca me mordeu. Mas também Cee-Cee nunca gostou muito de animais – nem de gente, para falar a verdade.

Bela Garota relincha quando nos aproximamos, as narinas dilatadas, as orelhas em alerta. Sente o cheiro da liberdade, sente o gosto, e fico triste por não poder atendê-la. Ela relincha mais uma vez e acaricia minha palma. Viro o rosto para o dela, dando-lhe um beijo no focinho vermelho aveludado, desejando ter lembrado pelo menos de trazer uma guloseima para eles.

– Desculpe, garota. – Ela cutuca minha bochecha como se quisesse me absolver da minha negligência. Dou-lhe um tapinha carinhoso e outro beijo.

– Ela gosta de você.

– Estamos juntas há muito tempo. Meus pais os compraram quando meu pônei cresceu demais. Um para mim e outro para minha irmã.

– Qual era qual?

Abro a boca para dizer algo que não deveria, mas me contenho e dou de ombros.

– Cee-Cee não gostava muito de cavalos, então acabei ficando com os dois. Estão ficando velhos agora, mas ainda cavalgam bem.

– Esses são os cavalos em que íamos montar hoje?

Concordo com a cabeça, estendendo a mão para acariciar o topete de Mordedor.

– *Detesto não poder dar um passeio com eles. Já não venho tanto quanto antes. Acho que eles teriam aproveitado um dia fora.*

Você sorri e dá um tapinha no pescoço de Mordedor.

– *Acho que eu também teria gostado.*

Mordedor relincha e evita o toque, mas logo se inclina para outro. Desconfiado, mas faminto por conexão, precisando ser tocado, visto. Observo-o em sua baia, obediente, na expectativa, na esperança de que eu abra a trava da baia e o leve para fora, e de repente sinto uma onda de tristeza.

– *Coitadinho – digo, baixinho. – Não é divertido ficar preso o tempo todo, não é? Esperando que alguém o solte?*

Você abaixa a mão e se vira, sem dizer nada por um momento. Finjo não perceber você me estudando, mas o peso de seu olhar faz minha nuca formigar. O que foi?, desejo gritar. O que está vendo? Mas parte de mim tem medo de saber. A maior parte de mim, na verdade. Sempre fui tão cuidadosa com o quanto deixo que o mundo veja. Mas isso não parece importar. Você vê tudo, especialmente as partes de que não gosto. E quer que eu saiba que você as vê.

– *Ainda estamos falando sobre os cavalos? – você comenta quando o silêncio fica estranho. – Esperando para serem soltos, quero dizer.*

Sua voz é pesada no silêncio e vagamente perturbadora. Finjo achar graça, sabendo muito bem que não consigo. Ainda assim, devo manter o fingimento.

– *Claro que estou falando dos cavalos. Do que mais eu estaria falando? – Afasto-me então, um pouco de repente, e caminho em direção às baias no lado oposto do corredor. – Venha ver meus presentes.*

Você se aproxima de mim, seus olhos ainda no meu rosto. Você quer me pressionar para saber mais, mas não o faz, como se temesse que eu pudesse me assustar e fugir. Tem razão quanto a isso. Talvez eu o fizesse.

– *Este é o Campeão Surpresa – digo, apontando para um baio escuro e elegante com olhos brilhantes e uma fina mancha branca no focinho. – Ele foi parido em 39, o que significa que ainda é um bebê na idade dos cavalos.*

– *Muito bonito.*

– *Não é? Os treinadores dizem que ele será um campeão. Um bom cérebro e um excelente pedigree. O pai dele foi o Arrivista Escuro, de Lexington, um grande ganhador até ter que ser aposentado por causa de uma fratura na perna.*

Você parece surpreso e um pouco impressionado.

– *E aqui estava eu pensando que você é uma novata. Parece uma profissional com todo esse jargão sobre cavalos.*

Sorrio e relaxo um pouco, satisfeita com seu elogio.

– *Eu falei. Muita leitura.*

– *Ele parece um pouco reservado em comparação com os outros.*

– *Cavalos não são como pessoas. Não é amor à primeira vista. Leva tempo para desenvolver um vínculo. Praticamente cresci com o Mordedor e a Bela Garota. Eles eram como animais de estimação. Mas é diferente com cavalos de corrida. Eles são atletas e não companheiros. E nenhum dos dois ficará aqui por muito tempo. Esta é apenas uma visita para "nos conhecermos" até que estejam domados.*

– *O que significa?*

– *Responsivos a sinais. À vontade com uma sela. Mas isso é só o começo. Quando tiverem idade suficiente para treinar, serão transferidos para Saratoga.*

– *Com os cavalos de Teddy?*

Fico rígida, perturbada pelo nome dele ter voltado a surgir.

– *Suponho que sim. Campeão Surpresa será preparado durante o inverno e a primavera e esperamos que comece a correr aos dois anos de idade no próximo verão.*

Você passa por mim para espiar a última baia.

– *E quem é essa belezura?*

Olho para a potranca castanha com rosto fortemente esculpido e manchas parecendo meias que combinam com perfeição, uma beleza apesar de seu pedigree nada chique, e sinto uma nova pontada de culpa.

– *Na verdade, não sei. Ainda não lhe dei um nome. Os treinadores não gostam tanto dela, mas acho que promete muito. Pelo menos assim espero. Por enquanto, eu a chamo de Menininha. Não é muito original, mas vai servir até que ela receba um nome oficial. Preciso me apressar e decidir antes que eu não tenha mais tempo.*

– *Como não ter mais tempo?*

– *Nomear um puro-sangue é um negócio importante. Há todo tipo de regras que se deve seguir, como nomes que não tenham mais de dezoito* caracteres. E há todo um processo. Você envia seis nomes em ordem de preferência ao Jockey Club e eles dão a palavra final.

— Como isso é justo?

Dou de ombros.

— Essas são as regras. Estou inclinada a Doce Fugitiva como minha primeira opção. Não há garantia de que vão nos deixar ficar com ele, mas no momento é minha escolha principal.

Você tem uma expressão estranha no rosto enquanto me ouve falar, uma intensidade que me faz querer desviar o olhar.

— Chame-a de Promessa de Belle — sugere você de repente.

— Promessa de Belle?

— Você disse que acha que ela é promissora.

— Eu disse, mas quem é Belle?

— Você. — Você desvia o olhar por um instante, quase como um garotinho. — É o nome que eu lhe dei na noite em que nos conhecemos. Você foi a belle do baile naquela noite. Como suspeito que seja em qualquer noite, em qualquer lugar em que se encontre. De qualquer forma, é assim que tenho pensado em você desde então.

Suas palavras fazem minhas bochechas esquentarem.

— Você tem pensado em mim?

— Não seja tímida. Não combina com você.

— Somos desconhecidos — lembro a você, minha voz alarmantemente sem fôlego. — Você não tem ideia do que combina comigo.

— Eu gostaria de mudar isso.

Jogo a cabeça para trás com uma risada nervosa.

— Bem, então, se eu serei Belle, como devo chamá-lo? Hemingway, talvez? Ou Hemi?

— Não me importo. Contanto que me chame.

Desvio o olhar. Você está flertando comigo e eu não gosto disso. Ou talvez goste até demais. Tento me afastar, mas sua mão roça meu braço, um leve toque.

— Não vá. Por favor.

— Por que você está aqui? — pergunto sem rodeios. — O que você quer?

— Eu falei para você... conversar. Provavelmente, teríamos conversado enquanto cavalgávamos. Vamos fazer isso sem os cavalos.

Você volta em direção às portas abertas do estábulo e encontra um par de banquinhos surrados, depois os arrasta até a porta. Observo, exasperada, enquanto você pendura o chapéu em um prego próximo, se senta em um dos bancos e espera – outro homem acostumado a conseguir o que quer. Contra o meu bom senso, me junto a você.

A chuva está caindo com mais força agora, e é como se uma espessa cortina cinza tivesse sido puxada ao nosso redor. Somos apenas nós e o tamborilar da chuva no telhado. Meus sentidos se aguçam de repente, todos os nervos em alerta.

Você sorri, tentando me desarmar.

– Sobre o que deveríamos conversar?

Arranco um fiapo imaginário da manga e o afasto.

– Você convocou o encontro. A primeira pergunta é sua.

– Muito bem. Me conte sobre como foi sua infância.

Pisco para você, intrigada.

– Minha infância?

– Quero saber tudo. Você usava tranças no cabelo? Quem foi seu primeiro namorado? Gostava da escola?

– Não com relação às tranças – respondo, embora não tenha ideia de por que você se importaria com tal coisa. – Não me lembro do nome do meu primeiro namorado. E eu odiava a escola. Não, não é verdade. Eu não odiava tudo. Eu odiava as meninas com quem eu estudava. E a diretora, a sra. Cavanaugh, que não gostava de mim porque eu fazia perguntas demais e rabiscava durante a aula.

– Rabiscava?

– No meu caderno de redação.

– O nome do seu namorado?

– Poemas – digo sem rodeios.

– Você escreve poesia?

Noto que o surpreendi. Também me surpreendi. Faz anos que não penso nesses poemas bobos e me pergunto por que, de repente, eles me vieram à mente.

– Eu era uma menina. É o que meninas fazem. Escrevemos poemas bobos sobre nossa angústia.

– Poemas de amor?

Jogo a cabeça para trás com uma risadinha, vagamente consciente de que o gesto pode ser confundido com um flerte.

– *O que eu sabia sobre o amor? Eu era uma criança. Não. Eu escrevia bobagens. Besteiras sobre um pássaro engaiolado que sonhava em deixar suas grades para trás, em sobrevoar alto acima da cidade e voar para muito, muito longe. E havia um sobre estar perdida em um daqueles labirintos de cercas vivas. As sebes ficavam cada vez mais altas e eu não conseguia encontrar a saída.*

– *Parece profundo.*

– *Era puro disparate, como dizem no seu lado do oceano. Mas eu era louca por poesia naquela época. Lia tudo o que conseguia encontrar, algumas coisas inadmissíveis para uma garota da minha idade. Eu estava convencida de que seria Elizabeth Barrett Browning quando crescesse.*

Você me estuda de um modo estranho, como se estivesse procurando algo.

– *Quando ia me contar isso?*

A pergunta parece estranha, o tipo de pergunta que se faz a alguém que se conhece há anos.

– *Contar como? Quando? Acabamos de nos conhecer.*

Sua boca se curva de uma forma vagamente sensual.

– *Eu vivo me esquecendo.*

Não sei como você conseguiu, mas parece que está sentado mais perto agora, como se o mundo de repente tivesse se reduzido a apenas esta porta, a apenas você, eu e nossas palavras, misturados à chuva que cai. E, ainda assim, quando pisco, vejo que seu banco está exatamente onde você o colocara. Baixo os olhos e observo minhas botas.

– *Na noite em que nos conhecemos* – *comenta você, e depois acrescenta:* – *no St. Regis* – *como se eu precisasse ser lembrada –, conversamos sobre livros, sobre Hemingway, e Dickens, e as Brontë, e você nunca deixou transparecer que escrevia.*

– *Porque não escrevo.* – *Meu tom é enfático demais, defensivo demais. Eu o suavizo.* – *Foi só uma daquelas fantasias infantis que abandonamos quando crescemos. Sabe como é. De repente você se apaixona por alguma coisa, se apaixona tanto que por um tempo isso consome você; então algo acontece e acaba.*

– *O que aconteceu?*

Contorço-me um pouco, desconfortável com a lembrança. Mas você está me observando com tanto cuidado, tão absorto.

– A sra. Cavanaugh – *respondo por fim.* – Ela confiscou um dos meus cadernos e mostrou ao meu pai. Era... eu estava na minha fase Safo naquela época. A doce maçã, os colhedores esqueceram; não, não esqueceram, não puderam atingir. *Eu não tinha ideia do que significava e não me importava. O que importava eram as palavras, seu ritmo, a dor que transmitiam. Eu ansiava por recriá-las de alguma forma, com minhas próprias palavras, então comecei a experimentar, tentando emular aquele belo lirismo. Meu pai ficou chocado com o que eu escrevi.* Obscenidade, *ele chamou. Ele me fez entregar todos os meus cadernos, depois me fez assistir enquanto ele arrancava as páginas e as despedaçava. Fui proibida até de ler poesia. Por um tempo, mantive um diário debaixo da cama e continuei a escrever, mas minha irmã o encontrou e dedurou. Esse foi o fim da minha carreira poética.*

– *Quantos anos você tinha?*

– *Quatorze. Quinze, talvez.*

– *E não escreveu mais desde então?*

– *Não.*

– *Mas você poderia. Agora, quero dizer.*

Dou de ombros, desvio os olhos dos seus.

– *Não há razão.*

– *Além de ter algo a dizer?*

– *Mas eu não tenho.*

– *Não acredito nisso.*

– *Eu não sou como você* – declaro, categórica, porque você pode muito bem saber disso agora, antes que esse estranho desvendamento do meu eu interior vá longe demais. – *Não tenho profundidade. Nenhuma... substância, acho que você chamaria assim. A menos que você considere uma herança como substância. Não sou do tipo que navega pelo mundo perseguindo sonhos ou despreza convenções como sua amiga Goldie. Pensei que fosse por um tempo, mas logo fui dissuadida dessa ideia. Sou exatamente o que você pensou quando me perguntou sobre cavalos: a filha mimada de um homem muito rico que está acostumada a ter tudo o que quer.*

– *E o preço de tudo é a obediência?*

Encaro seu olhar, enfrentando os olhos que parecem ver através de mim.

— Não tenha pena de mim.

— Não tenho. Todos nós fazemos nossas escolhas. Negócios. Política. Casamento com alguém com quem nunca seremos felizes. Isso se chama concessão.

— É isso que você está fazendo com Goldie? — questiono, querendo desesperadamente virar o jogo. — Uma concessão?

Você suspira.

— Goldie de novo. Está bem. O que você quer saber?

— Vocês dois são...

— Amantes? — você oferece. — Não precisa ser tímida. Fico feliz em compartilhar todos os detalhes picantes, apenas se prepare. É bastante sórdido.

Fico sentada muito quieta, determinada a não permitir que você me choque.

— A verdade é que meu relacionamento com Goldie é... — Você faz uma pausa, esfregando a mão no queixo. — Como posso colocar isso de um jeito delicado? De natureza financeira.

Meus olhos se arregalam contra minha vontade.

— Você está tirando dinheiro dela? Para... Não. — Levanto a mão. — Deixa pra lá. Não quero saber.

— Ora, ora, ora. Você tem uma mente suja, não tem?

— Eu? Foi você que...

Você sorri, como se eu tivesse dito algo terrivelmente engraçado.

— Ela vai acrescentar uma revista à lista de publicações e me ofereceu uma vaga como escritor. Coisas sobre vida cotidiana. Um artigo ou outro sobre a vida social. Não exatamente Hemingway, mas pagará as contas até que algo melhor apareça. E poderei conviver com ricaços americanos como você. Quem sabe posso até conseguir uma ou duas viagens pagas com isso.

— E o romance que você mencionou que pensa em publicar em algum momento? Quando isso vai acontecer?

É a sua vez de desviar o olhar.

— Receio que esse sonho esteja muito distante.

— Sem tempo?

— Sem pulso.

Franzo o cenho.

– O que quer dizer com isso?

– Quero dizer que não há sangue indo para ele. Então, até eu descobrir como ressuscitá-lo...

– Você escreve artigos sobre a vida cotidiana e acompanha sua chefe em eventos sociais?

– Em prol da revelação completa, vou ficar na casa de Goldie até encontrar meu próprio apartamento. Quartos separados.

Olho para você com ceticismo.

– Não dormi com ela – afirma você com firmeza. – Nem pretendo dormir com ela.

Reviro os olhos.

– Não tenho certeza se alguém planeja dormir com ela. Ela é como uma grande aranha loira.

– Estou detectando uma nota de ciúme aí?

– Ciúme? – Eu lhe lanço um olhar frio. – Estou noiva de um dos homens mais cobiçados de Nova York.

Você desliza do banquinho e vai em direção às portas abertas com as mãos nos bolsos, olhando para o pátio do estábulo encharcado de chuva.

– Antes, quando falei sobre casar com alguém com quem você nunca seria feliz, eu estava falando sobre Teddy. Devo dizer por quê?

– Não estou interessada no que você pensa de meu noivo.

– Tem medo do que eu vou dizer? Tem medo de que eu esteja certo?

– Não tenho medo de nada que você possa me dizer.

– Não tem?

Antes que eu perceba, você está na minha frente de novo. Eu fico rígida, nervosa com sua repentina proximidade. Preciso abrir espaço entre nós, mas, a menos que eu passe por baixo do seu braço e saia na chuva, não há para onde ir. Em vez disso, inclino a cabeça para trás e encontro seus olhos frios e claros.

– Não.

– Nem mesmo se eu dissesse que quero beijar você?

Você não espera por permissão, mas eu a dou quando seus lábios se fecham sobre os meus, e me ocorre, enquanto meu corpo oscila contra o seu, que este sempre foi o lugar para onde você e eu estávamos nos encaminhando.

Que o fogo silencioso que surgiu na primeira vez que vi você ia se elevar um dia e me pegar desprevenida. Caso tivesse a oportunidade, ia me consumir. E que eu permitiria.

É assim que deve ser, *penso, enquanto nossas respirações se misturam e meus ossos começam a derreter.*

Assim. Assim. Assim.

Lamentando Belle

(págs. 30–39)

5 de setembro de 1941
Water Mill, Nova York

Existem centenas de razões para não beijar você, mil, um milhão, mas não consigo pensar em nenhuma delas quando seus olhos encontram os meus. Sua boca está ali para ser tomada, sua respiração fica rasa, uma pulsação minúscula na base de sua garganta, frenética, como a de um pássaro.

Presumo que você vai se afastar e em parte tenho a esperança que o faça, para nos poupar da confusão que estamos prestes a causar. Em vez disso, você cede com uma plenitude tão impressionante que não tenho certeza de qual de nós é o doador e qual de nós é o recebedor. Eu me perco na sensação e no sabor de você, na necessidade de você da qual venho tentando me dissuadir desde o primeiro momento em que a vi. Este fato – essa coisa que foi feita e agora nunca poderá ser desfeita – acaba comigo enquanto nossas bocas continuam a explorar. Encontrando. Tomando. Cedendo.

Ainda assim, isso nunca foi parte do plano, e não consigo acreditar que estou me permitindo ser tão imprudente. Parte de mim – a parte que ainda é capaz de pensar racionalmente – de alguma forma tem certeza de que isso é novidade para você, de que você nunca se rendeu a ninguém dessa forma. O pensamento é inebriante, como suspeito que seja morfina injetada na veia. Um tipo de desenrolar eufórico que nunca queremos que acabe. Mas precisa chegar ao fim – e chega.

~

Mesmo agora, tantos anos depois, não consigo dizer qual de nós final-mente caiu em si e se afastou. Gostaria de pensar que fui eu, mas é difícil imaginar.

Aquele beijo foi o começo de tanta coisa. Mais do que eu jamais imaginei que queria. Mais do que jamais pensei que poderia suportar perder. Mas não foi apenas o beijo. Desde o primeiro momento, desde as primeiras palavras que você falou, fui pego pela sua correnteza, atraído para tão longe no mar que a água estava acima da minha cabeça quase antes que eu percebesse. E você deixou que eu acreditasse que também sentia o mesmo.

Até hoje não entendo como você pôde me beijar daquele jeito – como se não houvesse nada que não fosse capaz de me dar – e não ter sido sincera. Ou talvez você estivesse sendo sincera naquele primeiro momento de fraqueza e em todos os momentos ofegantes que se seguiram. Talvez tenha sido só mais tarde, quando a novidade começou a se esvair e a realidade do que teria comigo – e do que não teria – ficou clara, que você mudou de ideia.

Nós nos vimos no dia seguinte e no seguinte. Você se lembra? Encontrávamo-nos nos estábulos à tarde e cavalgávamos juntos ou caminhá-vamos pela floresta onde sabíamos que não seríamos vistos, de mãos dadas, parando de vez em quando para trocar beijos longos e lentos. Eu me sentia ridiculamente feliz, contente por apenas estar com você, fingindo que não era estranho nunca falarmos sobre seu noivado.

Como uma mina terrestre cuidadosamente contornada, fingimos que Teddy não existia. Porque dizer o nome dele, reconhecer a existência dele, poderia quebrar o feitiço que nos envolvera.

Parecíamos existir fora do tempo naqueles momentos roubados em Rose Hollow, em um mundo criado por nós mesmos, um mundo só nosso. E naque-les primeiros dias de... como posso chamar? Loucura? Sim, era isso. Naqueles primeiros dias de loucura, quase esqueci o que vim fazer nos Estados Unidos. Eu estava enfeitiçado, crédulo e desesperadamente louco por você. E me deixei acreditar que você também estava louca por mim. As lembranças ainda são cruas. Como coisas que respiram, elas esperam por mim quando as luzes se apagam e, de repente, contra a minha vontade – ou talvez não – é ontem.

É o primeiro dia de outono e você preparou uma cesta. Dirigimos até o lago e estendemos um cobertor na grama. Comemos salada de pepino e frango assado frio, sentados de pernas cruzadas sobre um cobertor encontrado no porta-malas do Zephyr emprestado de Goldie.

É a sua vez de perguntar sobre minha infância. Conto sobre meus pais e o tipo de casamento que eles tiveram, que meu pai era meu herói. Há histórias sobre férias com orçamentos limitados na costa de Bournemouth, minha breve passagem pelo time de críquete, meus dias perdidos na universidade. Por fim, conto-lhe sobre a morte do meu pai há alguns anos – um coágulo sanguíneo que ninguém esperava – e como seu antigo chefe no London Observer me contratou por lealdade, embora eu nunca vá ser o escritor que o meu pai foi.

Você ouve tudo com os olhos fechados e o rosto voltado para o sol, uma sugestão de sorriso brincando nos cantos da boca, como se estivesse vendo, cheirando e saboreando cada palavra. Mas seus olhos se abrem quando digo a última parte e examinam meu rosto.

– Você acredita nisso? Que nunca será tão bom quanto seu pai?

– Todo mundo acredita. Exceto minha mãe, é claro. – Consigo dar um sorriso indiferente. – Ela acha que eu sou um gênio. Mas é trabalho dela acreditar em mim.

– Eu acredito em você – declara você com suavidade.

Desvio o olhar, engolindo as palavras que estão na ponta da língua. Que você não deveria – e que não acreditará quando souber o que de fato estou buscando.

– Como pode acreditar? – digo em vez disso. – Você nunca leu uma palavra do que escrevi.

– Não é verdade. Eu li todas as suas histórias. Já faz semanas.
Dispenso as palavras.

– Aquelas não sou eu. São apenas o que escrevo para ser pago.

– Então me deixe ler o romance.

– Não.

– Pela falta de pulsação?

– Sim.

– Ainda não entendo o que isso significa.

– Foi algo que meu pai me disse uma vez depois de ler algo que escrevi. Eu nunca mais esqueci. Ele disse que todos os escritos verdadeiramente

bons, de ficção ou não ficção, têm uma pulsação, uma força vital que vem do escritor, como um cordão invisível que os conecta ao leitor. Sem isso, o trabalho já chega morto.

– A escrita do seu pai tinha pulsação?

Sorrio. Não consigo evitar.

– Como um trovão. Infelizmente, não é genético. Não se herda e não dá para imitar. É algo único de cada escritor. Mas precisa ser encontrado.

– E como encontrar a pulsação?

– Perguntei a mesma coisa ao meu pai.

– E qual foi a resposta dele?

– Escrevendo. E depois escrevendo mais. Ele exigia muito de mim.

– Porque ele acreditava em você – comenta você, baixinho. – Você teve sorte de ter alguém assim em sua vida, alguém que queria que você fosse e tivesse o que queria.

Estudo seu rosto enquanto cravo os dentes em uma das maçãs da cesta, refletindo sobre a tristeza que de repente surgiu em seu tom. Quero saber quem a colocou ali e por quê, e como posso fazer com que desapareça. Não é a primeira vez que o sinto, o ar melancólico que se instala ao seu redor quando você pensa que ninguém está olhando. A maneira como seu olhar se desvia do meu quando faço certas perguntas.

– Não consigo imaginar que você já tenha ficado sem muita coisa quando criança – digo entre mordidas, ciente de que estou arriscando aquele verniz gelado que você costuma usar quando sondo fundo demais.

Você arranca várias folhas de grama e começa a trançá-las no colo. Fica em silêncio por algum tempo, os olhos cuidadosamente desviados, e presumo que tenha decidido deixar o comentário passar. Por fim, ergue o olhar.

– Eu teria gostado de passar férias com a família na praia – comenta você, baixinho. – Eu teria dado qualquer coisa por um verão como esse.

Estico o pescoço, observando o cenário bucólico, o suave relevo das colinas verde-escuras, a superfície cintilante do lago além das árvores de folhas brilhantes, e não consigo sentir pena de você.

– Que trágico – respondo com ironia. – Ter que sofrer todos aqueles verões num lugar como este. E depois ter que esperar tanto para receber seus pôneis de aniversário. Como você conseguiu sobreviver?

– Sim, essa sou eu – você responde, atirando as folhas trançadas para longe. – Uma criança mimada que nunca conheceu um dia de decepção.

Você fica emburrada agora, na esperança de mascarar a fragilidade que sempre tenta tão corajosamente esconder, mas eu a vejo. Eu sempre a vi. Sua tristeza inexplicável e incandescente.

Não, percebo de súbito, em surpresa. Tristeza, não. Resignação. Por coisas não terminadas, não tentadas, não correspondidas. Pelo que poderia ter sido, mas nunca será, porque você escolheu outra coisa. Algo menor. Algo seguro.

– Vá em frente – você diz, irritada. – Diga o que mais pensa de mim.

Jogo a maçã pela metade nas árvores e limpo as mãos na calça. Quero pegar sua mão, enrolar os dedos nos seus e nunca mais soltá-la, mas não é uma boa ideia. Não quando você está olhando para mim com um olhar perigoso.

– Acho – comento gentilmente – que quando alguém cresce com os tipos de privilégios que você cresceu, é fácil esquecer que nem todo mundo teve uma infância tão confortável. Isso não faz de você uma necessariamente mimada, mas significa que é menos provável que entenda como o mundo real funciona. O dinheiro tem um jeito de poupar os abastados dos tipos de provações que os pobres enfrentam todos os dias. Não há nada que você não possa comprar ou organizar. Nada fora de alcance.

– Então, depois de algumas tardes juntos, você sabe tudo sobre meus sonhos e decepções, não é? – Seu queixo se ergue um pouco. – Pode ser do seu interesse saber que eu trocaria cada um dos meus verões nos Hamptons por umas férias baratas em Bournemouth.

O calor em sua voz, tão diferente da frieza que você costuma exalar quando fica irritada, me surpreende. Acertei um nervo. Não é orgulho. É algo mais.

– Eu não tive a intenção de presumir...

– Esqueça. Não quero mais falar sobre verões.

– Então conte sobre sua mãe.

Você fica estranhamente imóvel.

– Por quê?

Minha consciência se arrepia. Estou ciente de que entrei em território desconfortável. Mesmo assim, continuo determinado a fazer você se abrir.

– *Porque ninguém nunca a menciona. Seu pai é mencionado várias vezes, mas você nunca fala sobre sua mãe. Como ela era?*

Seus olhos ficam nublados e se afastam dos meus. Você fica em silêncio por um longo tempo. Tanto que acho que decidiu não responder. Finalmente, você responde sem olhar para mim.

– *Ela era francesa.*

– *Com certeza havia mais sobre ela do que isso.*

Observo enquanto você delibera. Sou digno de suas lembranças, de expor seus pontos vulneráveis? Finalmente, sua expressão se suaviza e vejo o quanto você quer falar sobre ela – como se estivesse esperando a chance de compartilhá-la com alguém.

– *Havia. Muito mais. Ela era maravilhosa e tão adorável. Sempre a mulher mais deslumbrante do lugar.*

– *A belle do baile – comento, baixinho. – Como a filha.*

– *Não. Não como eu. Diferente de qualquer pessoa que já conheci. – Seus olhos ficam nublados mais uma vez e sua expressão, melancólica. – Ela era... excepcional. Tinha uma qualidade sonhadora e distante. Como se viesse de um mundo totalmente diferente do restante de nós. É o que eu mais amava nela. Mas meu pai nunca a perdoou por isso.*

– *Porque ela era francesa?*

– *Não. Não era isso. Ou não era só isso. – Então você sorri e, por um instante, seus olhos se acendem com lembranças de menina. – Tínhamos segredos, ela e eu, do meu pai e da minha irmã. Histórias que ela só contava para mim e depois me fazia jurar que não contaria para ninguém. Ela costumava me chamar de* ma toute-petite, *minha pequenina.*

– *Ela parece maravilhosa.*

– *O nome dela era Helene. – Seu rosto se suaviza quando você diz o nome, de modo que ele sai como um suspiro. – Combinava perfeitamente com ela. Ela era como uma bela peça de porcelana; linda, porém não tinha sido feita para ser manuseada todos os dias. – A luz em seus olhos desaparece e sua voz assume um tom monótono. – Ela ficou doente quando eu era pequena.*

– *Sinto muito – ofereço. E sinto mesmo. Porque já sei o que está por vir. Ouvi coisas. E não só de Goldie. Mesmo assim, tenho que perguntar, porque você não pode saber que eu sei. – O que aconteceu?*

– *Ela teve um tipo de episódio certa noite, em um jantar que meu pai estava oferecendo para alguns investidores importantes. Houve uma cena horrível. O médico veio e deu algo para acalmá-la, mas no dia seguinte, ela foi embora... para um hospital. Um sanatório. Nunca mais voltou para casa. Um ano depois, recebemos uma ligação informando que ela tinha morrido.*

Sua voz falha e você para de falar. Sei que há mais, mas não pressiono. Em vez disso, espero. Quando você continua, seus olhos brilham com lágrimas não derramadas.

– *Nunca pude dizer adeus.*

Pego sua mão, observando-a com atenção enquanto entrelaço seus dedos com os meus.

– *Deve ter sido terrível para você perder a mãe tão jovem. E seu pai... ele deve ter ficado arrasado quando recebeu a ligação.*

– *Arrasado* – *repete você friamente, olhando para nossas mãos unidas.* – *Sim, tenho certeza de que ele ficou. A conversa depois que ela foi embora já tinha sido ruim o bastante. Uma esposa que perde a sanidade no meio de um jantar é terrível, mas morrer em um hospício e ter isso publicado em todos os jornais foi nada menos que um desastre para um homem que tinha passado a maior parte da vida controlando as aparências. Ainda assim, ele sabia como manipular a situação. O marido sofredor se tornou viúvo trágico. Os tabloides adoraram. A maioria, pelo menos.*

É a primeira vez que a ouço proferir uma palavra contra o pai, e a dureza do seu tom torna isso ainda mais surpreendente.

– *Você não gosta muito dele, não é?*

Você estremece com a pergunta, como se percebesse que falou demais.

– *Por favor, esqueça que eu falei isso. Eu era criança e estava sofrendo. Precisava de alguém a quem culpar.*

– *E sua irmã?*

– *O que tem ela?*

– *Como ela recebeu a notícia?*

Você oferece outro de seus dar de ombros evasivos.

– *As pessoas lidam com a perda de maneiras diferentes.*

– *Vocês duas eram próximas?*

– *Ela me criou* – você responde, não é bem uma resposta. – *Depois que minha mãe foi embora. Ela tinha acabado de completar dezessete anos, mas assumiu o lugar de minha mãe como se tivesse sido treinada para isso a vida toda. Ela dedicou todos os momentos do dia para cuidar de meu pai, administrando a casa, escrevendo as cartas, organizando os jantares. Ela se tornou indispensável para ele.*

Havia algo vagamente desconcertante na descrição, nada ostensivamente desagradável, mas também com pouca naturalidade.

– *Um pouco estranho, não é? Uma mocinha de dezessete anos bancando a senhora da casa? Nessa idade, a maioria das meninas estão preocupadas com roupas e meninos, não com aprovar o cardápio semanal e serem anfitriãs.*

Você sorri, um sorriso frágil que suga o calor de seus olhos.

– *Cee-Cee nunca foi como a maioria das garotas. Ela era tão motivada, mesmo naquela época, disposta a se atirar sobre uma granada de verdade se meu pai exigisse isso dela; o que ele exigia de vez em quando. Nunca fomos próximas, nem antes nem depois da morte de minha mãe, mas ela cuidou de mim. Ela cuidou de tudo. É difícil reprovar esse tipo de lealdade.*

– *E ainda assim, algo me diz que você reprova.*

– *Claro que não.*

– *Somos só nós dois* – insisto gentilmente. – *Não precisa defendê-la. Ou a seu pai. Não para mim.*

– *Não sei do que você está falando.*

– *Só quero dizer que você parece um pouco protetora. Você se fecha no minuto em que pergunto sobre qualquer um deles. E quando acontece de você escorregar e dizer o que pensa, logo recua.*

– *Privacidade significa muito para meu pai. E lealdade. Na verdade, significam tudo. A família em primeiro lugar. A família em último. Mas ele tem bons motivos.*

– *Tem?*

– *Meu pai é um homem muito rico e há pessoas que não acham isso certo. Adorariam vê-lo humilhado.*

– *Quem são... eles?*

– *Rivais de negócios, em sua maioria. E os jornais.*

– *Como aquele para o qual eu trabalho* – lembro a você. *Estamos entrando em território complicado agora.* – *Por que os jornais deveriam* querer humilhar um cidadão comum? Seu pai fez algo que justificasse ser humilhado?

– Ao longo dos anos, houve... histórias. Boatos. – Você baixa os olhos e desvia o olhar. – Não são bons.

– Que tipo de boatos?

Você solta a mão e me encara com a boca bem fechada.

– Você está parecendo um jornalista.

– Ou um homem que quer saber tudo sobre você.

– E qual dos dois você é?

Seu manto gélido está de volta conforme você me estuda. Mesmo assim, fico deslumbrado enquanto olho para você, a maneira como o sol cria sombras sob suas maçãs do rosto, o movimento da brisa, afastando seu cabelo da face.

– O segundo – respondo, baixinho. – Com certeza o segundo.

Tomo sua mão de novo, entrelaçando os dedos nos seus, depois me inclino para beijá-la. Sinto sua desconfiança quando nossos lábios se tocam, sua cautela reacendida, e depois a sinto derreter conforme sua boca se abre aos poucos para a minha. Deito você de volta no cobertor áspero e a beijo até ficar tonto, e uma parte de mim percebe que estamos nos encaminhando para um ponto do qual não haverá retorno. Tudo o que posso fazer é me afastar, lembrar que você não é minha, que pertence a outro mundo – e a outro homem.

Como eu gostaria de poder dizer que foi isso que me impediu naquele dia, que minha contenção tinha a ver com alguma nobre pontada de consciência, mas não foi nada disso. Parei porque sabia que você ia se arrepender – se arrepender de mim – e a ideia de ser um arrependimento, um lapso de julgamento imprudente pelo qual um dia você sentiria remorso, foi o suficiente para me trazer de volta o bom senso. Isso e a certeza absoluta de que eu não sobreviveria enquanto você sobreviveria. Quem dera eu tivesse me lembrado disso mais tarde. Porque você de fato se arrependeu de mim, não foi?

Embora não tanto quanto me arrependi de você, querida Belle. Não tanto.

Para sempre e outras mentiras

(págs. 29–36)

22 de setembro de 1941
Water Mill, Nova York

Você fala de arrependimento. Você entre todas as pessoas. Como se fosse o único com motivos para tal. Garanto-lhe que tenho causas próprias suficientes, todas começam e terminam com você. O fato de você mencionar aquele dia, entre todos os dias, me surpreende.

Quando penso em como você arrancou coisas de mim. Persuadindo-me com o sorriso que carrega – aquele sorriso bem treinado – que diz que você quer saber, precisa saber tudo sobre mim e em cada mínimo detalhe. A maneira como você fingiu se importar. A forma como você mentiu. A boca, tão habilidosa. Palavras. Beijos. Tudo falso. Você pergunta se eu me lembro. É claro que me lembro. Como não poderia?

Somos só nós dois. Foi o que você disse.

Mas não era verdade, era? Ela estava lá conosco. Sua senhora generosa com sua série de jornais. Naquele dia e desde o início. Sussurrando em seu ouvido. Manipulando suas cordas.

Foi ela que o ensinou? Eu me pergunto. Como suavizar o terreno com seu charme e suas histórias familiares? Ou as mentiras vinham com naturalidade? Talvez você devesse ter ido para os palcos. Com certeza me convenceu. Por que outro motivo eu abriria o coração para você? Dar-lhe munição para me ferir? Para ferir todos nós?

Foi só o começo, aquele dia no cobertor, mas sim, eu me lembro. E me pergunto, enquanto escrevo isto, como foi possível não enxergar para onde tudo estava indo, para onde você estava indo.

Você perguntou sobre minha mãe e eu lhe contei um pouco da história dela. Durante toda a minha vida, ela foi um tipo de figura sombria, um lampejo de imagens que oscilavam de leve, aparecendo, depois desaparecendo e em seguida voltando, de modo que às vezes parece que eu a inventei. Mas não a inventei, por mais que meu pai desejasse que isso fosse verdade. Ela era bem real. E por um tempo, foi meu mundo inteiro.

Aqui estão as coisas que não lhe contei, as coisas adoráveis sobre ela que você talvez soubesse, mas nunca se preocupou em perguntar – porque você estava interessado apenas nas partes feias. E você trabalhou rápido com essas partes quando pôs as mãos nelas, não foi? Que belo dia deve ter sido para você. Que risada você deve ter dado à minha custa, tola que fui. Mas vou lhe contar o resto agora; não porque imagino que você seja capaz de sentir remorso; eu o conheço bem demais para esperar isso, mas porque quero que você conheça a mulher que conheci.

Eu lhe disse que minha mãe era linda. A mulher mais bela de Nova York, diziam alguns. Mas não contei para você que as pessoas costumavam dizer que eu parecia com ela. Tenho o cabelo escuro e os olhos cor de âmbar dela, e a estrutura óssea também, suponho. Talvez seja por isso que meu pai nunca olhava para mim naquela época, porque eu o lembrava da jovem com quem ele havia se casado, embora eu nunca pudesse chegar aos pés daquela garota.

Eu costumava chamá-la de Maman, mas só quando estávamos sozinhas. Meu pai não gostava que ela falasse francês em casa. Passávamos as tardes juntas, apenas nós duas, fechadas no quarto dela, que cheirava a lírios e ao sabonete francês cremoso que ela usava no banho. Ela pegava o álbum de fotos, aquele que mantinha escondido do meu pai – de couro liso com as iniciais dela gravadas em dourado na frente – e folheávamos as páginas. Eu não conseguia ler as legendas. As letras eram engraçadas, não eram palavras exatamente inglesas, mas ela as lia em voz alta e me contava histórias sobre elas.

Havia uma foto dela quando era estudante, parecendo tensa e desajeitada, com o cabelo penteado para trás em um enorme laço. Essa era minha favorita – porque eu conseguia me ver nela e queria muito ser como ela quando crescesse –, mas eu amava todas elas. Férias à beira-mar passadas em Les Sables d'Olonned. Jantares em família à luz de velas. Celebrações de feriados que se prolongavam por dias. E todos sorriam. Sempre me perguntei o que aconteceu com aquele álbum.

Quando perguntei a Cee-Cee, ela alegou que nunca o tinha visto, mas pouco depois de recebermos a ligação do hospital, eu a peguei no quarto de nossa mãe, mexendo nas coisas dela. Alguns dias depois, entrei novamente e tudo havia desaparecido. As gavetas da cômoda estavam vazias. O armário estava vazio. Até a penteadeira onde ela guardava seus perfumes e cremes estava limpa. Era como se ela nunca tivesse estado ali, como se tivesse sido apagada.

Naquele momento jurei jamais esquecê-la. Porque era isso que eles queriam, meu pai e Cee-Cee, que todos esquecessem que ela alguma vez tinha feito parte de nossa vida. Mas eu me lembro dela. Lembro-me do bom e do ruim.

Ela costumava rir muito quando estávamos juntas, mas mesmo quando criança, eu sentia que havia algo de falso em sua alegria. Nunca deixei transparecer que percebi, mas com o passar do tempo ficou mais difícil fingir. Uma súbita tempestade de lágrimas, bandejas de comida intocadas, visitas do médico a qualquer hora do dia e da noite. Acontecia de repente, ela se curvava sobre si mesma, como se alguém tivesse colocado uma nuvem escura sobre o sol.

Segundo o pessoal da cozinha – que escutei certa vez –, tudo começou depois que minha irmã nasceu. Tristeza pós-parto, o médico chamou. Aconteceu novamente depois que meu irmão nasceu, mas meu pai ficou tão feliz por ter um filho homem que fez o possível para tolerar o humor choroso dela. Ela lhe dera seu jovem príncipe e, por um tempo, isso bastou. Mas depois que arrastaram o pobre Ernest para fora do lago, ela caiu em uma espiral terrível. Alguns anos depois, vim eu: uma filha em vez do filho substituto que meu pai esperava. Mais uma vez, minha mãe lutou contra a depressão. Depois de enterrar o filho, um terceiro ataque de tristeza pós-parto foi mais do que ela era capaz de suportar. Ela jamais se recuperou e foi piorando. Muito.

Não tenho certeza de quantos anos eu tinha quando percebi. No começo foi gradual, coisas pequenas. Ela parou de cantar. E dormia muito, às vezes tardes inteiras.

Quando eu pedia para ela recontar algumas de nossas histórias, ela dizia que estava cansada demais ou que não conseguia se lembrar delas. Mas parecia outra coisa. Parecia que estava com medo. Eu não saberia dizer do quê. Eu achava que os adultos não tinham medo de nada. Mas a vida parecia ser demais para ela. Ela se trancava no quarto e não saía por dias. Não comia, nem tomava banho, nem deixava ninguém vê-la. E então, do nada, ela reaparecia como se nada tivesse acontecido, e o sol voltava a brilhar. Melancolia, *como chamavam naquela época.*

Meu pai não ajudava em nada. Ele não tinha paciência com ela quando ficava assim, então as brigas eram constantes. Minha irmã se esgueirava pelo corredor e escutava por trás da porta do quarto: ele esbravejava sobre ela desonrar seu bom nome, ela lamentava pelo que havia renunciado para ser sua esposa. Fui até a porta uma vez e tentei ouvir, mas não consegui suportar. Ele lançava coisas horríveis contra ela; palavras que eu não entendia naquela época, mas entendo agora. Ele tinha vergonha dela. Vergonha das fragilidades dela, como mulher e como ser humano.

Mas essa parte você sabe.

Os ataques dela se tornaram mais frequentes com o passar do tempo e duravam mais. Um dia, ela saiu de casa e ficou fora por três dias. Encontraram-na em um hotel em Nova Jersey, registrada com um nome falso. Os jornais fizeram a festa. Depois disso, meu pai dispensou o médico e chamou um especialista em queixas femininas. Ele também era conhecido por sua discrição. Receitou comprimidos para os nervos dela. Ela ficou melhor por um tempo, mais controlável. Até que, certa noite, meu pai estava realizando um jantar importante para potenciais investidores em algum novo empreendimento, e ali mesmo, à mesa, no meio de uma discussão sobre o jornal de Henry Ford, o Michigan Independent, *e sua cruzada renovada contra os judeus internacionais, ela teve uma espécie de colapso.*

Nunca esqueci aquela noite, embora não por falta de tentativa. A comoção foi tão barulhenta que Cee-Cee e eu saímos correndo de nossos quartos e nos agachamos no topo da escadaria, observando tudo se desenrolar. Meu pai, com o rosto vermelho e sombrio, tirando minha mãe da mesa. Os gritos de minha mãe ricocheteavam nas paredes, enquanto ela era empurrada escada acima com força. Tivemos que correr para sair de vista, mas entramos em um dos quartos de hóspedes e observamos pela porta entreaberta meu pai abrir a porta do quarto de minha mãe, empurrá-la para dentro e trancá-la.

A visão me deixou nauseada. Vê-la tão destruída. Ver que ele não se importava. Havia tanta coisa que eu não entendia naquela época. Mas minha irmã entendeu. Pelo menos, pareceu entender. Lembro-me de ela voltar para o corredor quando tudo acabou, ouvindo os gemidos abafados de minha mãe com uma expressão estranha no rosto, não exatamente um sorriso, mas quase. E depois a voz de meu pai subiu as escadas vinda do salão de jantar, explicando aos convidados em tom muito grave que sua esposa estava sofrendo desde a morte do filho deles.

— Ela se culpa, entendem. Não importa quantas vezes garantimos a ela que foi um acidente, ela se recusa a perdoar a si mesma. Esperávamos que as coisas melhorassem com o tempo, mas temo que tenha tido o efeito inverso. Tudo tem piorado desde a chegada da nossa filha mais nova.

Eu. Ele estava falando de mim. Culpando-me.

Isso não era novidade. Ouvi-o se referir a mim como um erro uma vez, enquanto conversava com Cee-Cee, mas de alguma forma foi pior, ouvi-lo dizer isso para desconhecidos. Eu fui a culpada pelo colapso da minha mãe.

Houve murmúrios de pena, principalmente vozes femininas, das esposas dos investidores, embora eu não conseguisse distinguir as palavras exatas.

— Sim. — Ouvi meu pai dizer em resposta à pergunta de alguém. — Tem sido difícil. Mas é com as meninas que me preocupo. O médico teme que o comportamento da mãe possa ter um impacto duradouro sobre elas. Ele sugeriu um pouco de descanso para ela e, embora eu tenha resistido até agora, acredito que ele possa ter razão.

Mais uma vez, o sorrisinho brincou na boca de Cee-Cee, como um gato que acaba de lamber todo o leite.

— Agora veremos — sussurrou ela, mais para si mesma do que para mim. — Agora veremos.

Lembro-me de pensar: agora veremos o quê? Mas eu ainda estava chorando quando ela se virou e foi embora. O médico chegou algumas horas mais tarde, depois que todos os convidados já haviam saído. Na manhã seguinte, uma ambulância a levou para um lugar chamado Craig House, em Beacon. "Para descansar", disse meu pai, dando um tapinha na minha cabeça de sete anos, enquanto empurravam-na e passavam por mim, amarrada a uma maca, pálida e sem piscar.

Chorei tanto naquele dia que passei mal. O quarto dela – o quarto onde tínhamos partilhado tantas tardes especiais – estava fechado, a porta, trancada, a chave, retirada, como se o meu pai temesse que a doença de minha mãe pudesse ser contagiosa.

A casa, que nunca havia sido um lugar acolhedor, tornou-se um mausoléu, vazia e silenciosa demais. E com o passar dos dias, comecei a entender. Disseram-me que haveria visitas. Domingos em viagem para o norte do estado com flores e caixas de cerejas com cobertura de chocolate que ela adorava. Mas não houve. Nem uma vez. E não haveria. Um ano depois, na véspera do Natal, o primeiro desde que ela partira, houve um telefonema. Um dos enfermeiros a encontrara naquela manhã, morta. Uma queda. Uma faca. Um acidente terrível. Porém, não foi acidente. Foi de propósito. Eles encobriram. Ninguém queria falar a palavra suicídio – deixa as pessoas desconfortáveis –, mas todos sabiam.

Essas são as coisas que eu não contei naquele dia quando você perguntou sobre minha mãe. Porque são dolorosas. E porque são íntimas. Em vez disso, contei-lhe as coisas boas, as coisas que aguentava dizer em voz alta. Mas não era o suficiente para você. Ou para ela.

Você pergunta se me lembro do dia daquele piquenique? Como se fosse possível esquecer um só momento do turbilhão que nós fomos, daqueles breves meses em que você sussurrava para sempre – e eu me deixei acreditar. Lembro de você ouvir com a mão sobre a minha e que quando terminei, você não me pressionou por mais. Para falar a verdade, você nunca me pressionou por nada. Mas também, não precisava. Você tinha outras maneiras de conseguir o que queria – como logo descobri.

SEIS

ASHLYN

Tal como as pessoas, os livros com mais cicatrizes são os que viveram as vidas mais completas. Desbotados, amassados, empoeirados, despedaçados. Esses têm as melhores histórias para contar, os conselhos mais sábios para oferecer.

— Ashlyn Greer, *O cuidado e a alimentação de livros antigos*

29 de setembro de 1984
Portsmouth, Nova Hampshire

Suicídio.

A palavra latejava como uma dor de dente quando Ashlyn fechou o livro e o colocou de lado, com um nervo exposto despertado. Assim como Willa Greer, Helene *escolheu* tirar a própria vida, *escolheu* a morte em vez das filhas. Não um acidente, mas uma escolha consciente e deliberada.

Ashlyn conhecia em primeira mão esse tipo de perda, o buraco deixado quando alguém que você amava ia embora sem se despedir, sem se desculpar. Ela também entendia por que Belle não revelara esses detalhes a Hemi no dia do piquenique. Havia um tipo de vergonha em admitir que um dos pais, em especial a mãe, simplesmente tivesse optado por não ficar. Que você não era o bastante para que permanecesse, para que lutasse. Elas tinham isso em comum agora, faziam parte do clube sobre o qual ninguém gostava de falar: sobreviventes forçados a viver com a noção de que não tinham sido suficientes.

A recusa de sua própria mãe em prosseguir o tratamento de câncer tinha sido uma escolha passiva, até mesmo nobre, segundo alguns diziam, uma aceitação estoica da vontade de Deus, enquanto a escolha de seu pai – uma espingarda cuidadosamente posicionada embaixo do queixo – tinha sido gritante, uma revolta contra o Deus que havia levado sua esposa. Não porque ele se importasse com ela, mas porque algo que considerava seu lhe fora tomado. Tal coisa não poderia ficar impune. E então ele subiu até o sótão e, com um movimento de um dedo, deixou a filha órfã.

Isso daria uma lição em Deus.

Ele não tinha considerado o efeito que sua decisão poderia ter sobre ela, a profundidade das cicatrizes que um ato egoísta poderia infligir.

Mas poderia ter sido diferente para Helene, que foi separada à força da família e que parecia estar lutando contra uma doença mental. Talvez, em seu estado, ela não fosse capaz de levar em consideração os sentimentos de outra pessoa. *Melancolia*, Belle dissera, a *tristeza* pós-parto. Agora era denominada de *depressão* pós-parto, não que a terminologia importasse. Pelo que parecia, os sintomas de Helene eram graves e pareciam ter piorado a cada parto sucessivo. Adicione um marido insensível e a morte de um filho e terá uma receita para o desastre.

Mas como Helene morreu não foi a única revelação na leitura daquela tarde. Ela agora tinha um nome, ou pelo menos um apelido, para o autor de *Lamentando Belle*. Hemi – abreviação de Hemingway. Mais um disfarce engenhoso, mas pelo menos por ora sabia como chamá-lo.

E a descrição que ele fez daquele dia, do piquenique e da conversa, foi intrigante. Parte interrogatório. Parte sedução. E com habilidade em ambos os lados.

Belle o acusou de arrancar coisas dela, de persuadi-la com seu sorriso treinado. Mas ele praticamente admitiu tudo isso, insinuando segundas intenções, até sugerindo que poderiam ter a ver com a infame Goldie. No entanto, às vezes ele parecia estar em conflito, como se fosse um participante relutante na traição de outra pessoa. Teria sido essa traição o que os separou? E caso fosse, como Hemi podia insistir que a traição havia sido de Belle?

As perguntas continuaram a reverberar enquanto Ashlyn se levantava. Ela ficou surpresa quando olhou para o velho relógio de parede e viu que já passava das seis da tarde. Não era de admirar que suas costas e pescoço estivessem rígidos. Estivera sentada no mesmo banco desde o almoço e havia perdido a noção do tempo.

Acontecia algumas vezes. Passava uma tarde inteira sem que um único cliente aparecesse, ainda mais quando o tempo estava ruim, como naquele dia. Uma chuva fria tinha caído durante o dia todo, levando os compradores ao shopping e a outros locais fechados. Em geral, ela teria aproveitado o tempo de inatividade para se dedicar à encadernação, mas depois de ficar até tarde na noite anterior para recosturar as assinaturas de *O segredo do relógio antigo*, sentiu-se no direito de ficar atrás do balcão com *Para sempre e outras mentiras* aberto em seu colo.

Lamentando Belle estava ao seu alcance, nunca longe de seu par. Era assim que ela pensava neles agora, como um par... um casal. Era uma ideia estranha, até mesmo para ela, mas em sua mente, os livros estavam intrinsecamente ligados. Como Hemi e Belle. Cada um como parte do outro.

E, ainda assim, quanto mais ela lia, mais perguntas parecia ter. Ela tinha certeza de que Hemi estava profunda e perdidamente apaixonado e que Belle retribuía o amor. Como acabaram magoando um ao outro de maneira tão intensa?

Entretanto, dado o seu próprio casamento desastroso, ela precisava perguntar mesmo? Quando se tratava de amor sempre havia um desequilíbrio, não havia? Não importava a relação – pais, filhos, irmãos, amantes –, uma parte sempre estava mais investida que a outra, mais disposta a entregar o seu poder, a tornar-se pequena, como preço para ser amada. Ela sempre tinha sido a mais disponível. Com os pais *e* o marido.

Daniel.

Eles se conheceram na Universidade de Nova Hampshire. Ela fazia literatura, ele era professor assistente em uma de suas aulas. Aspirante a escritor e fazendo o doutorado, ele sempre ficava feliz em orientar um jovem talento promissor, desde que esse talento fosse mulher e bonita. Ele era o pacote completo, de corpo atlético, com um sorriso ridiculamente sensual e olhos da cor de um céu tempestuoso, tudo envolto por um reluzente verniz acadêmico.

Eles começaram a se encontrar para tomar um café depois da aula, supostamente para discutir a escrita dela. O café evoluiu para vinho, e vinho evoluiu para cama. Seis semanas depois, ela saiu da casa da avó e se mudou para o luxuoso apartamento de Daniel. Seis semanas depois, eles se casaram e, por insistência de Daniel, ela largou a faculdade e foi trabalhar para Frank em tempo integral, para que ele pudesse se concentrar na escrita. Ele estava trabalhando em um livro, um romance que, segundo ele, iria abalar o mundo literário e finalmente permitiria que abandonasse o magistério.

Para ela, estava tudo bem em adiar o próprio diploma, enquanto Daniel terminava o livro, mas quando ele finalmente terminou e os meses começaram a se arrastar sem nenhum sinal de que ele retomaria sua carga horária de aulas completa, ela começou a insinuar que ia retornar à faculdade. Daniel foi firme em sua recusa. Até que o manuscrito fosse vendido, ele precisava que ela passasse o maior número de horas possível na loja para que ele pudesse se concentrar em oferecê-lo.

Só que o manuscrito não foi vendido. E cada vez que chegava outra carta de rejeição, ele inventava um motivo para *culpá-la*. Nunca tinha relação com o livro, nunca tinha relação com o fracasso dele. Era sempre relacionado a ela.

E depois havia os serões com a jovem Marybeth, cujo trabalho era *bastante inusitado, mas precisava de orientação*. A orientação dele. Quando ela lhe perguntou à queima-roupa se ele estava preparando sua substituta, ele a acusou de estar histérica. Mas isso também fazia parte do seu padrão. Negar tudo, não importava o que as evidências diziam. Distorcer. Manipular. Virar o jogo. Ele era mestre em deflexão.

Havia boatos, é claro, sussurros sobre outras estudantes. Uma delas supostamente ameaçou se afogar quando ele terminou tudo. Outra fez um aborto e deixou a faculdade com um cheque polpudo em troca de silêncio. Ela havia descartado isso na época, atribuindo a fofocas de *campus*. Até que certa tarde chegou cedo em casa e encontrou Marybeth e Daniel na cozinha, preparando ovos juntos. Daniel usava apenas a calça do pijama. Marybeth estava usando o roupão da Brooks Brothers que Ashlyn dera a Daniel no Natal, o cabelo ainda molhado do banho.

Fiel à sua tradição, Daniel a culpou. Por não ser solidária o suficiente, talentosa o suficiente, mulher o suficiente. E de repente, de maneira horrível, no meio de toda aquela culpa que lhe era atirada, ela percebeu que havia se tornado a mãe dele. Um capacho e uma vítima. Um saco de pancadas emocional para um homem fracassado e raivoso.

Ela foi embora naquela noite com nada além de sua bolsa. Só queria que aquilo acabasse. Mas ainda não tinha acabado para Daniel – nem *de longe*. Ela já deveria saber que ele encontraria uma maneira de puni-la, de ter a última palavra. Ela demorou muito para reconhecer quem ele era de verdade, um homem cruel e calculista, disposto a destruir os dois se não pudesse ter o que queria.

E ele chegou perto.

À luz fraca, a cicatriz em sua palma reluzia, branca, um crescente pálido e perfeito que dividia a linha da vida de sua mão direita. Apropriado, já que sua existência agora parecia dividida em duas metades: antes de Daniel e depois de Daniel. Andava incomodando-a nos últimos tempos, pequenos lampejos de dor que surgiam do nada, e ela se perguntava se tinha a ver com os ecos que vinha captando dos livros de Belle e Hemi. Se de alguma forma, como as vibrações de um diapasão, eles tivessem detectado e sincronizado com sua própria ferida.

Talvez fosse hora de recuar um pouco, focar no trabalho e deixar a obsessão esfriar antes de continuar lendo. Ou por completo. Precisava trabalhar no boletim informativo das festas e enviá-lo para a gráfica, depois concentrar sua energia em terminar os livros de Gertrude a tempo para o Natal.

Ela se levantou da cadeira, preparando-se para ir até a entrada e trancar a porta. Foi arrumando as coisas enquanto passava, reorganizando placas bagunçadas, endireitando as estantes e tinha acabado de começar a pensar nas opções para o jantar quando ouviu o toque revelador das sinetas da porta da loja.

Ela sufocou um gemido. *Nenhum cliente a tarde inteira e agora alguém chega às seis e meia.*

– Sinto muito – gritou, enquanto se aproximava da entrada. – Lamento, mas estamos fechados. Eu estava apenas trancando.

Um homem com um anoraque salpicado de chuva ergueu os olhos da estante de folhetos gratuitos perto da porta. Tinha trinta e poucos anos, era alto e magro, com olhos verde-claros e cabelo curto, que ela suspeitava que seria castanho cor de areia se não estivesse molhado. Ele ergueu uma cópia do boletim informativo dela.

– *O cuidado e a alimentação de livros antigos*. Título inteligente. Ideia sua?

Ashlyn franziu a testa, perturbada pelo que pareceu ser um desdenhar deliberado.

– Sim. Obrigada. Mas receio que...

– Boa foto sua também.

– Obrigada, mas como eu disse, estamos fechados. Estaremos abertos de novo às nove amanhã, caso esteja procurando por algo especial.

O homem devolveu o boletim informativo à estante, enfiou as mãos nos bolsos e correu os olhos pela loja. Ele era mais jovem do que ela pensara a princípio. Um pouco desconfortável na própria pele, porém bonito de um jeito úmido e despenteado.

Ela forçou um sorriso e tentou mais uma vez.

– Se estiver procurando por algo específico, um título ou autor em especial, ficarei contente em anotar seu nome e número e telefonar para você amanhã.

Ele a encarou, inexpressivo.

– Você já tem meu número. Conversamos há alguns dias. Meu nome é Ethan Hillard. Eu não tinha certeza de a que horas você fechava, mas resolvi arriscar. Queria saber se seria possível ver os livros.

Ashlyn piscou para ele, mais do que um pouco surpresa. Quando conversaram ao telefone, ele não pareceu nem um pouco interessado.

– Vê-los?

– Está bem, lê-los.

Sua súbita mudança de opinião disparou o alarme. Ele veio exigir que ela devolvesse os livros?

– Se tem a impressão de que os livros são valiosos, sr. Hillard...

– É Ethan – corrigiu ele, interrompendo-a. – E não se trata de dinheiro. Depois que conversamos naquela noite, o nome Belle ficou voltando à minha mente e eu não conseguia entender o porquê. E então ontem me lembrei. Tenho uma tia. É uma tia-avó, na verdade. A irmã da minha avó paterna. O nome verdadeiro dela é Marian, mas tenho quase certeza de que me lembro do nome Belle surgindo em conversas entre meus pais.

Ashlyn sentiu seu pulso acelerar.

– Marian – repetiu ela, devagar, como se estivesse testando o peso dele em sua língua. – Você acha que Belle era sua tia Marian?

– Não faço ideia. Mas os livros estavam no escritório do meu pai quando ele morreu, e Belle não é bem um nome comum, então eu vim. Achei que se desse uma olhada, poderia ser capaz de descartá-la ou não. Pode haver nomes que eu conheça, nomes de família, ou lugares que eu reconheça.

Uma onda de adrenalina percorreu as veias de Ashlyn ao pensar que poderia de fato estar prestes a confirmar suas suspeitas de que Belle e Hemi eram reais. Talvez ela pudesse poupá-lo algum tempo.

– Reconhece o nome Goldie?

Ethan pensou por um momento, depois balançou a cabeça.

– Não.

– Uma mulher? – incitou Ashlyn. – Ela tinha uma série de jornais?

Outra sacudida de cabeça.

– Não me lembra de nada. Mas nunca conheci minha tia, então não devo reconhecer os nomes dos amigos dela.

– Eu não diria que Goldie era amiga de Belle, mas o nome dela aparece nos dois livros. Pelo visto, ela era a chefe de Hemi.

Ethan olhou para ela, inexpressivo.

– Quem é Hemi?

A animação de Ashlyn desapareceu. Esperava que ele reconhecesse o nome.

– Ele é o autor de *Lamentando Belle*. Esse não é o nome verdadeiro dele. É só como Belle o chama. Abreviação de Hemingway, porque ele é um escritor. Goldie também parece ser um apelido, mas espero descobrir a identidade dela em breve. Assim que fizer isso, talvez consiga descobrir o nome de Hemi também, já que ele escreveu para um dos jornais dela. E Helene? Esse nome desperta alguma lembrança?

– Nenhuma. Quem era ela?

– A mãe de Belle. Pelo menos foi esse o nome que ela usou. Ela seria sua bisavó, avó do seu pai. Ela morreu quando Belle era apenas uma menina... por suicídio, de acordo com Belle. Parece que a família fez o possível para varrer isso para debaixo do tapete. – Ela fez uma pausa, notando o rosto inexpressivo de Ethan. – Nada disso desperta alguma lembrança?

Ethan balançou a cabeça.

– Não, mas com certeza parece com os Manning.

Ashlyn piscou para ele.

– Quem?

– Nós – respondeu ele sem rodeios. – Os Manning e os Hillard. Meu pai era um Hillard. A mãe dele era uma Manning até se casar. Você tem um nome para o marido de Helene?

Ashlyn encolheu os ombros.

– Ela nunca diz. Nem mesmo um apelido. Pelo menos não nos capítulos que li até agora. Só sei que ele era rico e um tipo de tirano. Há momentos em que Belle parece quase ter medo dele.

Ethan a estudou com os olhos verdes estreitados.

– Você fala sobre ela como se a conhecesse.

Ashlyn desviou o olhar. Como poderia explicar?

– Se você os tivesse lido...

– É por isso que estou aqui. Para lê-los. Ou pelo menos dar uma olhada.

– Certo. Claro. – Ashlyn pegou os livros do balcão e contornou Ethan para trancar a porta da loja. – Há algumas cadeiras boas nos fundos onde podemos ler.

– Ah, não quero prender você. Eu ia apenas levá-los comigo.

Ashlyn experimentou um momento de pânico ao pensar nos livros sendo levados da loja. E se ele decidisse não os devolver?

– Eu prefiro que eles fiquem aqui, se não se importa. Mas fique à vontade para ficar o tempo que quiser.

Ethan pareceu surpreso, mas se isso tinha a ver com a oferta dela de deixá-lo ficar e ler depois do expediente ou com a relutância em deixar os livros saírem de suas mãos, ela não soube dizer.

– Tudo bem – respondeu ele, tirando o anoraque. – Se você tem certeza.

Ashlyn o levou até os fundos da loja, carregando os livros na dobra do braço. Ethan ficou vários passos para trás, parando de vez em quando para examinar as paredes de tijolos expostos e o teto de telhas de estanho.

– Você tem um ótimo lugar aqui – comentou ele quando finalmente a alcançou. – Meu pai adorava lugares antigos como este. Parece que já está aqui há algum tempo. É uma empresa de família?

Ashlyn pensou em Frank e sorriu.

– Não. Embora eu meio que tenha crescido aqui. O antigo dono costumava me deixar ficar aqui quando eu era criança. Ele me deixava fazer tarefas em troca de livros. Quando fiquei mais velha, trabalhei aqui durante o ensino médio e a faculdade. Quando ele morreu, há alguns anos, deixou o lugar para mim.

As sobrancelhas de Ethan se ergueram.

– Foi generoso da parte dele.

– Ele não tinha família. Só a mim.

– Ainda assim.

Ashlyn assentiu.

– Ele foi um homem maravilhoso. Ainda sinto saudade dele.

Um silêncio constrangedor se instalou e por um momento eles ficaram encarando um ao outro, Ashlyn segurando os livros, Ethan com a jaqueta pendurada no ombro. Por fim, ele apontou para os braços entrelaçados dela.

– Suponho que esses são os livros.

– Ah, desculpe. Sim. Podemos sentar aqui. Pegue a cadeira à esquerda. É mais confortável.

Ethan olhou para a cadeira e depois para Ashlyn.

– Ficarei perfeitamente bem sozinho se você tiver algo de que precisa fazer.

– Está tudo bem – respondeu ela, sentando-se na cadeira mais próxima da janela. – Na verdade, eu estava planejando ler de qualquer maneira.

Ethan jogou a jaqueta nas costas da cadeira vizinha e se sentou.

– Certo. Obrigado.

– Como quer fazer isso?

– *Fazer* isso?

– Você quer ir direto para o livro de Belle? Ou começar pelo de Hemi, já que ele veio primeiro? Descobri que se você alternar entre eles, terá uma ideia dos dois lados da história.

– Não preciso ter uma ideia dos dois lados. Só quero saber se minha tia escreveu o segundo livro.

– E se ela tiver escrito?

Ele deu de ombros.

– Então ela o escreveu.

– Não, quero dizer, o que acontece com os livros? Vai querer levá-los de volta?

Ele a encarou com alguma surpresa.

– É por isso que acha que estou aqui? Para levá-los de volta?

– Só presumi que caso fossem sobre sua família...

Ethan endireitou-se na cadeira, como se não conseguisse ficar confortável.

– Meus pais eram minha família. É basicamente aí que tudo termina.

– Desculpe. Eu não quis dizer...

– Esqueça. Família simplesmente não é algo para os Manning e os Hillard. Pelo menos não como as outras famílias. Não ficamos todos calorosos e amorosos nos feriados, nem sopramos velas ou abrimos presentes. Compartilhamos organizadores imobiliários e advogados especializados em sucessões e não muito mais, a menos que você conte algumas linhas de DNA.

– É por isso que você nunca conheceu sua tia?

Ele assentiu.

– Algum tipo de animosidade. Encontrei os filhos dela certa vez, quando eles vieram nos visitar, mas não ficaram por muito tempo. Não consigo nem lembrar os nomes deles.

– Por acaso não sabe se ela ainda está viva?

– Não. Ela não entrou em contato quando meu pai morreu, mas nunca tentei contatá-la. Por quê?

– Não li os livros até o fim, mas o que li parece bastante pessoal. Se Belle *for* sua tia e estiver viva, ela pode não gostar de ter os detalhes íntimos da vida amorosa dela nas mãos de uma desconhecida. Pensando bem, como eles chegaram nas mãos de seu pai?

– Não faço ideia. Ele e Marian costumavam ser próximos, o sobrinho favorito ou algo do tipo, mas acabaram perdendo contato. Talvez tenham sido um presente.

Ashlyn logo descartou a possibilidade. As mulheres em geral não compartilhavam esse tipo de detalhe com os sobrinhos. Mesmo os *favoritos*.

– Há alguém que possa ter o endereço dela? Ou um número de telefone?

– Duvido. A última notícia que tive, Marian era *persona non grata* com a família. Mesmo que ela esteja viva, duvido que entre em contato com algum deles. Meu pai era de fato o único com quem ela mantinha contato. Ela ligava do nada de vez em quando e eles conversavam, ou ele recebia um cartão de aniversário, mas depois de um tempo, até isso parou. Nunca soube o porquê, mas também nunca perguntei. De qualquer forma, vamos lá? Há uma boa chance de toda essa conversa ter sido inútil.

Ashlyn assentiu.

– Qual livro você quer primeiro?

– Vamos com o de Belle. Com alguma sorte, não demorará muito. Romances condenados não são exatamente minha praia.

Ashlyn entregou-lhe *Para sempre e outras mentiras*, então percebeu que havia omitido uma informação importante.

– Há dedicatórias nos dois livros, uma de Belle e outra de Hemi, que você realmente precisa ler juntas.

Ele ergueu os olhos do livro, parecendo um pouco irritado.

– Por quê?

Ashlyn mordeu o lábio em um esforço para esconder o aborrecimento. Ele devia ser o homem menos curioso que ela já conhecera.

– Porque elas preparam toda a história. Ouça... – Ela abriu *Lamentando Belle* em seu colo, apontando para a linha escrita com raiva, por Hemi, enquanto lia as palavras em voz alta. – *Como, Belle? Depois de tudo... como pôde?* – Ela ergueu o olhar em seguida, encontrando o de Ethan. – Ele escreveu essas palavras diretamente para ela, uma acusação e uma pergunta. No livro que você está segurando, Belle responde de volta. Leia e verá o que quero dizer.

Ethan abriu a dedicatória, segurando o livro com uma das mãos enquanto lia.

– *Como??? Depois de tudo, você é capaz de* <u>me</u> *perguntar isso?* – Ele levantou o olhar, balançando a cabeça. – Está bem, entendo o que você quer dizer.

– É tudo assim. Indo e vindo, como uma discussão via papel.

Ethan lhe lançou um sorriso tenso.

– Só vou ler um pouco, se estiver tudo bem. Ver se alguma coisa parece familiar.

Ele estava dizendo para ela ficar quieta para que ele pudesse seguir em frente. E era um pedido justo. Ashlyn esteve interrogando-o desde que ele havia entrado, questionando-o sobre coisas que ele já dissera que não sabia. Se continuasse assim, ela iria espantá-lo e precisava da ajuda dele.

Ela voltou a atenção para a dedicatória de Hemi. Não para as palavras em si – ela as havia memorizado no primeiro dia –, mas para a forma como os traços da caneta penetravam fundo no papel, afiados e irregulares, como uma ferida. A questão era por quê.

Lamentando Belle

(págs. 40–47)

4 de novembro de 1941
Nova York, Nova York

A descoberta é uma ameaça constante. Mais para você do que para mim, embora eu tenha plena consciência de que corro o risco de receber a ira de Goldie se for descoberto. Do jeito que está, ela já suspeita dos meus frequentes e demorados almoços e começou a ficar de olho em mim, como se eu fosse um estudante que faltava às aulas. Álibis são mais difíceis de conseguir para nós dois, encontros, complicados de combinar. Mesmo assim, conseguimos nos ver, vivendo uma espécie de meia--vida precária, desligados da realidade e de todas as coisas que não deveríamos ter. Fingimos que é para sempre, mas à medida que os dias ficam mais curtos e o inverno se aproxima, as coisas mudam, como sempre soubemos que aconteceria.

É difícil identificar exatamente quando as coisas mudaram, mas lembro--me com grande clareza do dia em que, de repente, percebi que tinha acontecido.

Uma terça-feira gelada de novembro. Um céu da cor do estanho. A ameaça de neve no ar. Você disse à sua irmã que passaria a manhã na DuBarry, provando alguns vestidos novos que encomendou para a temporada, mas termina o negócio em menos de uma hora e está se demorando em frente à William Barthman, fingindo admirar uma vitrine chamativa de pulseiras, quando, por acaso, estaciono no meio-fio.

Você comprou um par de luvas, para dar peso ao seu álibi, e a sacola de compras está pendurada na dobra do seu braço. Fingimos que o encontro é puro acaso, embora já o tenhamos realizado muitas vezes em diferentes locais por toda a cidade. Você se tornou bastante hábil na arte do subterfúgio. Mas você bem que nasceu para interpretar a femme fatale, *uma exímia atriz, digna de uma daquelas estátuas de ouro que distribuem todos os anos.*

Abro a janela e aceno para você, depois ofereço uma carona. Você faz uma demonstração de objeção, mas logo abre a porta e desliza para o assento ao meu lado, sorrindo educadamente, enquanto eu me afasto do meio-fio. Dirigimos até Long Island para almoçar, um piquenique no carro com sanduíches em sacos de papel-manteiga e café em copos de papel, adquiridos na lanchonete à beira da estrada que já frequentamos uma dúzia de vezes antes.

É um dia sem sol, frio demais para um piquenique de verdade. Estaciono o carro perto da rampa de barcos para que possamos observar o lago e finalmente me inclino para beijar você. Minha cabeça está zonza enquanto minha boca se fecha sobre a sua, faminto depois de quase uma semana sem vê-la.

— Não temos muito tempo — você murmura entre beijos. — Há um jantar hoje à noite e preciso voltar a tempo de me vestir.

Eu me afasto, irritado. Acabei de desligar o carro e você já está falando em voltar. Sempre há algum lugar onde você deveria estar, algum lugar que exige roupas novas e um convite gravado, algum lugar para o qual não fui convidado. Solto um suspiro, enojado com minha própria petulância.

— Seu pai é um grande anfitrião — comento, olhando para o lago através do para-brisa. — Quem é hoje à noite? Eu diria Roosevelt, mas sei o bastante para não pensar que seu velho convidaria o presidente dos Estados Unidos para o escritório dele para uma rodada de conhaque e charutos.

Você ergue o queixo, irritada com meu tom.

— Por que diz isso?

— Não é nenhum segredo onde reside a lealdade de seu pai, Belle. Ele é um homem de Lindy, e não faz segredo disso. E tal como Lindy e o resto dos seus compatriotas do America First, ele é totalmente contra o envolvimento do governo na Europa. E mais do que aceita as políticas antissemitas de Hitler. Com certeza você já sabia.

Você dá de ombros.

— Eu falei para você, não me preocupo com política.

— Um luxo ao qual membros da sua classe podem se dar, já que seus interesses estarão sempre protegidos. Enquanto isso, há certa facção neste país:

homens que se autodenominam patriotas, que trabalham em segredo para minar os próprios valores que afirmam defender. E eles contam que pessoas como você não se importam. Afirmam ser patriotas, estimulando o público com conversas sobre pureza e verdadeiros americanos, mas o que de fato querem é marginalizar os judeus, removê-los de lugares poderosos, negar-lhes um lugar na sociedade por completo, se assim conseguirem. Foi assim que tudo começou na Europa, Belle, com um bando de alemães patriotas falando bobagens sobre pureza, e querem fazer o mesmo aqui. Eles estão se organizando agora, bem debaixo de seu nariz. O Bund. Lindbergh e sua turma. Charles Coughlin, um padre com um programa de rádio antissemita. E eles estão ganhando força. O Bund realizou um comício no Madison Square Garden. Vinte mil pessoas fizeram a saudação nazista em solo americano e ninguém está prestando atenção. Alguns estão até torcendo por eles. A única maneira de manter esses chamados patriotas longe do poder é prestar atenção, Belle, para decidir sua posição sobre as questões antes de, sem querer, se encontrar do lado errado.

Você espera até eu terminar e então me dá um de seus olhares frios.

– E sempre há um lado errado?

– Pode ser que nem sempre, mas agora... sim, há um lado errado. Nem todos os homens maus estão na Alemanha, Belle. As pessoas precisam perceber isso. Elas precisam prestar atenção.

Você me estuda por um momento, perplexa e um pouco irritada.

– Foi por isso que me trouxe até aqui? Para me dar um sermão sobre meu dever patriótico como americana? Porque parece um pouco estranho vindo de alguém que está aqui, dormindo no quarto de hóspedes da própria chefe, em vez de estar em seu próprio país, juntando-se à luta.

Eu fico tenso. Você já tocou no assunto antes. A minha falta de meios e o fato de eu ser britânico. Às vezes, acho que você diz isso tanto por você quanto por mim, um lembrete de que sou uma péssima ideia. Um forasteiro, não muito confiável. O que por acaso é verdade. Não sou confiável. Mas em compensação, você também não é quando se trata de nós dois. Eu sinto isso. Tenho sentido há muito tempo. Como uma mancha escura no horizonte, crescendo cada vez mais.

– Então – digo, precisando aliviar a conversa. – Não há como adivinhar quem será o convidado de honra da noite?

Você dá de ombros, claramente com indiferença.

– Eu nunca sei os nomes deles. Apenas apareço quando mandam. Mas são convidados, no plural. Alguns empresários de Chicago, um senador de Montana, de todos os lugares, e alguns homens de Los Angeles.

Chicago. Montana. Los Angeles. Minha mente vasculha uma lista de possíveis nomes. Cobb. Dillon. Regnery. Wheeler. Uma verdadeira lista dos mais importantes entre os não intervencionistas e simpatizantes do nazismo.

– Los Angeles é onde vocês guardam suas estrelas de cinema – comento, tentando parecer casual.

– Em Hollywood, sim.

– Talvez seu pai tenha convidado alguns magnatas do cinema. Ou astros do cinema. Errol Flynn ou aquele dançarino, Astaire. Talvez Aquele que Permanecerá Sem Nome devesse temer que um deles possa roubar você.

Você vira o rosto para a janela, uma punição por quebrar as regras. Ao tentar me desviar do meu próprio ciúme, tropecei em terreno proibido. Depois de todas essas semanas – oito gloriosas e torturantes semanas –, o assunto do seu noivado ainda é evitado. Entretanto, mais cedo ou mais tarde teremos que discutir isso. O que é, o que não é e o que fazer a respeito.

Um homem melhor já teria enfrentado isso, teria abordado o assunto de cara e forçado você a escolher. Mas não sou um homem melhor. Sou um homem egoísta que quer o que quer, embora seja covarde demais para insistir no assunto, porque no fundo, já sei o que você escolherá – e por quê. Não por amor. Você não ama aquele idiota. Mas você ficará com ele – e com todas as coisas belas que acompanham o sobrenome dele.

O dinheiro, a posição, as festas. Tudo com o que você está acostumada. Claro que vai. Qualquer mulher criada como você escolheria. Mas dizer isso em voz alta neste momento significaria o fim do que temos, por menor que seja, e não estou pronto para isso. Ainda não. E, assim, engulo o orgulho, de novo, e resolvo me contentar com o que posso ter de você.

Terminamos nossos sanduíches em silêncio, acompanhados por um café horrível e morno. Enfio a mão na sacola, tiro um pacote de biscoitos de melaço e entrego um para você. Você aceita minha oferta de paz e meus ombros relaxam.

– Sem dúvida você tem algo incrível para vestir hoje. Eu gostaria de poder vê-la no que quer que seja.

– *Veludo azul, ombro a ombro, corte bem baixo nas costas.*

Abro um sorriso, uma sobrancelha levantada.

– *Vou ter que imaginar.*

– *Não* – *você afirma de repente com um sorrisinho astuto.* – *Não vai ter não.*

– *O quê?*

– *Venha para o jantar.*

– *O quê?*

– *Venha para o jantar. Teddy teve que cancelar. Ele está preso no norte do estado, cuidando de um problema com seu mais novo garanhão, então estamos com um homem a menos. Você pode dar uma olhada nas estrelas de cinema.*

Pisco para você, repassando o que acabou de dizer. Jantar. À mesa do seu pai. Com os... convidados dele, que quase certamente não são estrelas de cinema. É a oportunidade que tenho buscado. E, ainda assim, minha consciência se irrita.

– *Acha que isso é sensato? Me exibir na frente de sua família?*

Você sorri, inocência pura.

– *Não tenho intenção de desfilar com você em lugar nenhum. E as pessoas raramente percebem o que está bem debaixo do nariz delas.*

– *Sua irmã não vai gostar de ter um penetra.*

– *Minha irmã vai ter que lidar com isso. A cozinha estava planejada para doze, e doze é o que vão ter. Estamos basicamente falando sobre reescrever um cartão de lugar. Eu mesma escrevo, se ela quiser.*

Há um cheiro alarmante de imprudência em suas palavras, uma mistura de alegria e ousadia que me dá vontade de lhe dar uma sacudida.

– *Não estou preocupado que o* foie gras *não dê, Belle. Estou pensando nos tipos de convidados que sua família está acostumada a receber à mesa. Nós dois sabemos que não estou à altura.*

Você me encara com um de seus olhares sombrios e firmes, do tipo que faz um homem se contorcer, e me pergunto onde você o aprendeu ou se é natural.

– *Você não quer conhecer meu pai?*

Não quis mais nada desde que coloquei os pés aqui, *penso comigo mesmo. Mas esse não é o ponto.*

– *Eu não sou um pretendente, Belle. Não é disso que estamos falando.*

– *Sobre o que estamos falando?*

Mordo o lábio, percebendo que, em minha frustração, quase falei demais.

– *Nada. Não estamos falando de nada.*

– *Então qual é o problema? Você estava pensando em não poder me ver em meu vestido. Vou dar um jeito para que veja. Pensei que você ficaria...*

– *Grato?*

Você pisca para mim.

– *Contente* – *você diz depois de um momento tenso.* – *Achei que você ficaria contente. Em vez disso, está me dando alfinetadas e inventando desculpas para não ir.*

– *Eu não estou dando alfinetadas. Mas parte de mim se questiona...*

– *O que, Hemi? O que você se questiona?*

– *O que estamos fazendo? Ou, para ser mais exato, o que você está fazendo. Comigo, quero dizer. Quando você tem...* – *Você me dá um aviso com os olhos e eu paro bruscamente.* – *Digamos apenas que sou um pouco insuficiente quanto à linhagem, para não mencionar a questão da fortuna, e não posso deixar de pensar que você me vê como um tipo de novidade. Uma distração para animar a temporada social. Rolar na lama, creio que é como vocês, ianques, chamam.*

Seus olhos ficam nublados e, por um momento, acho que você vai chorar. Em vez disso, quando seus olhos retornam para os meus, eles estão afiados e duros, como pedaços de sílex.

– *Rolar na lama?*

– *Ou talvez seja um ato de rebelião. Um golpe contra seu pai, que dificilmente me consideraria adequado para a filha, mesmo que ela já não fosse...*

Pressentindo em que direção estou indo, você abre a porta do carro. Antes que eu saiba o que está fazendo, você sai correndo em direção ao lago. Corro atrás de você, gritando contra a brisa forte que vem da água.

– *Aonde pensa que está indo? Está congelando aqui fora.*

Quase a alcanço quando você se vira, seu cabelo solto de repente das presilhas e caindo descontroladamente ao redor do rosto.

– *Já parou para pensar que eu posso querer você lá? Que eu gostaria de ter um... amigo... sentado àquela mesa, para variar? Alguém que de fato se importa com o que eu penso? Ou que posso estar cansada de ver você apenas na surdina? De almoços em cobertores ou dentro de carros, de beijos roubados, de encontros ao acaso em esquinas que não são nada ao acaso.*

Suas palavras me atordoam. Não pela crueza delas, ou mesmo pela maneira como seus olhos se enchem de lágrimas quando você as diz, mas porque você as atirou em mim como se fossem pedras, como se a causa de toda a sua infelicidade tivesse a ver comigo.

— Eu não sou o impedimento aqui, Belle. Se você quer que as coisas sejam diferentes, precisa fazê-las ser diferentes.

As palavras saem da minha boca antes que eu possa impedi-las. Não disse o nome dele, mas, de qualquer maneira, está entre nós, girando ao nosso redor no ar afiado de novembro. Teddy. O irritantemente rico, perfeito, sem um miolo na cabeça, Teddy.

— Por favor, me leve de volta — você pede com frieza ao passar por mim. — É um jantar importante e não me atrevo a atrasar.

Voltamos para a cidade em silêncio. Deixo-lhe a um quarteirão de distância de onde a peguei. Você sai do carro com seu pacote e fica parada por um momento na calçada.

— Você estará lá?

— Depende. Ainda me quer lá?

— Haverá um cartão de lugar com o seu nome. Venha ou não.

Lamentando Belle

(págs. 48–54)

Venha ou não, *você disse. Como se houvesse alguma dúvida sobre o assunto.*

Ainda assim, sua cabeça se vira bruscamente quando sou conduzido à sala de seu pai por um homem que presumo ser o mordomo. Você se contém depressa, deixando o rosto inexpressivo, e então murmura alguma desculpa para a mulher com quem está conversando, um tipo matronal cujo vestido muito apertado me lembra uma berinjela madura demais. Você sorri friamente, com a mão estendida, enquanto atravessa a sala para me cumprimentar, uma visão em veludo azul meia-noite. Tão educada. Tão graciosa.

– É muito gentil da sua parte completar nossa mesa em tão pouco tempo. – Sua voz é alta o suficiente para ser ouvida acima do zumbido da conversa. Um desempenho impecável. – Deixe-me pegar uma bebida para o senhor. O que gosta de beber?

– Gim-tônica, obrigado.

Sua boca se curva nos cantos, a mais leve sugestão de um sorriso.

– Claro. A bebida dos ingleses.

Sinto-me um pouco desorientado quando você se vira e repete o pedido para um dos garçons vestidos de branco, que seu pai contratou para a ocasião, como se o tempo tivesse de alguma forma se distorcido e me levado de volta à noite da sua festa de noivado, e então percebo que você pretendia exatamente isso. Você está me provocando, um gato com um rato.

Você segura meu cotovelo, pelo visto alheia ao absurdo do momento, e acena com a cabeça para o lado oposto da sala, onde seu pai está conversando com três homens em ternos que parecem muito caros.

– Venha, permita-me apresentá-lo ao seu anfitrião.

Seu pai ergue o olhar quando você se aproxima, um sorriso pronto aparece em seu rosto quadrado, e por um instante, vejo um pouco de você nele, a expressão suave e ensaiada, acionada como um interruptor. Você também tem esse olhar em seu repertório.

Ele estende o braço quando você chega ao lado dele.

– Senhores, minha linda filha e... – Ele faz uma pausa, me olhando de alto a baixo. – Sinto muito, acredito que não conheça seu amigo, minha querida.

Você dá a ele meu nome e nada mais. Há uma pausa silenciosa, como se ele estivesse esperando que eu preenchesse a lacuna. *Quando não o faço*, ele estende a mão, me encara por mais um momento, me avaliando, depois me apresenta aos seus companheiros. Wheeler, como eu suspeitava, é um deles. Cobb é outro. Dillon é o terceiro.

– E como você conhece minha garotinha? – pergunta ele com a voz estrondosa de um homem que acredita ter o mundo no bolso.

De alguma forma inconcebível, não me preparei para essa pergunta. Para meu alívio, você intervém.

– Ele é amigo de Teddy. Nós nos conhecemos no St. Regis na noite da minha festa de noivado e aconteceu de eu encontrá-lo hoje quando estava saindo da DuBarry. Estava um dia tão feio que ele ficou com pena e me ofereceu uma carona. E pensei que o mínimo que eu poderia fazer era convidá-lo para jantar como forma de agradecimento. Esqueci que teríamos convidados.

Que bela mentirosa você é, penso, mas consigo balançar a cabeça e sorrir. E então você me leva para me apresentar à sua irmã, onde a farsa do "velho amigo de Teddy" é repetida.

Avistei sua irmã apenas a distância naquela noite no St. Regis, porém, mais uma vez, fico impressionado com as diferenças entre vocês. Há semelhanças, é claro, apesar da diferença de idade, uma vaga semelhança se olhar bem, mas ela é uma versão exangue de você, menor e mais pálida, como se os anos tivessem desbotado toda a sua cor, e acabo me perguntando se ela sempre foi assim ou se é resultado da vida que viveu. Um marido escolhido pelo pai, um estábulo de filhos impecavelmente criados, anos vivendo de acordo com as expectativas que alguém estabeleceu para ela. Estremeço só de pensar que você pode acabar com essa aparência depois de alguns anos com Teddy.

Ela oferece a mão, me olhando com um pouco mais de atenção do que eu gostaria.

– Ora, ora. Um inglês. Parece que minha irmã tem escondido você de nós. Por qual razão será?

Eu me movo desconfortavelmente, esperando que você venha em meu socorro, mas você permanece curiosamente calada, como se estivesse gostando do meu desconforto.

– Bem – respondo, tentando não parecer constrangido. – Tenho estado bastante ocupado desde que cheguei. Me instalando, conhecendo o terreno. Receio não ter tido muito tempo para socializar.

Cee-Cee levanta uma sobrancelha bem desenhada. Curiosa e um pouco cética.

– Mas parece uma época estranha para viajar, com todos os problemas na Europa...

Suas palavras ficam em suspensão, incompletas. Não é exatamente uma pergunta, mas perto o bastante, e percebo que precisarei agir com muito cuidado. Ela se preocupa com política. Aceno com a cabeça, reconhecendo seu ponto de vista.

– De fato. Mas a vida deve continuar para o resto de nós.

– Seu sr. Churchill parece determinado a arrastar o mundo inteiro para a guerra dele – observa ela, seca, depois faz uma muxoxo de falsa reprovação. – Seria realmente sensato partir em um momento como este? Quando o seu país precisa de todos os homens fisicamente aptos no campo de batalha?

Busco meu sorriso mais agradável e dou uma piscadela.

– Consegue pensar em um momento melhor para partir?

O rosto dela se ilumina, como se tivesse acabado de reconhecer um amigo.

– Presumo que não seja fã de guerra, então?

– Sou da opinião de que a guerra deve sempre ser evitada. – Foi a coisa mais honesta que falei durante toda a noite e parece agradá-la.

– Entendo. Interessa-se por política, então?

– Infelizmente – digo, escolhendo as próximas palavras com cuidado especial –, foi-me salientado, muito recentemente na verdade, que, como visitante no seu país, não tenho o direito de me interessar por política. Pelo

menos não deste lado do oceano. Embora em certos assuntos eu admita ter opiniões muito particulares.

Cee-Cee está claramente intrigada, mas antes que ela possa perguntar quais são essas opiniões, sinto o seu braço passar pelo meu.

— Deveríamos continuar circulando e dar-lhe a chance de conhecer todo mundo antes de sentarmos para jantar.

Mas Cee-Cee logo repreende você, reivindicando meu outro braço. Os olhos dela faíscam em sua direção enquanto ela me puxa para o lado com um sorriso meloso.

— Não se atreva a levá-lo embora justo quando encontramos algo em comum. Por que não ser útil e circular entre as esposas? Elas estão todas vermelhas de inveja por causa desse seu vestido. E não se preocupe com seu amigo, querida. Vou providenciar para que ele chegue ao salão de jantar quando chegar a hora.

Você estufa um pouco o peito, como se estivesse prestes a protestar, mas no final, balança a cabeça friamente e se vira, bastante irritada porque sua irmã roubou seu ratinho.

SETE

ASHLYN

Os livros podem ser comparados às pessoas que entram em nossa vida. Alguns se tornarão preciosos para nós; outros serão postos de lado. A chave é discernir qual é qual.
— Ashlyn Greer, *O cuidado e a alimentação de livros antigos*

29 de setembro de 1984
Portsmouth, Nova Hampshire

– Foi ela – declarou Ethan, fechando *Para sempre outras mentiras* e o colocando na mesa entre eles. – Foi Marian.

Ashlyn ergueu os olhos de *Lamentando Belle*, seu elenco de convidados e garçons de paletó branco se dissolveram como uma cena de filme.

– Tem certeza?

– Meu pai costumava falar sobre passar os verões nos Hamptons, numa fazenda chamada Rose Hollow. E a irmã, a mulher chamada Cee-Cee, quase com certeza era Corinne Manning, minha avó. Nunca a vi, mas tudo se encaixa.

O estômago de Ashlyn deu uma pequena cambalhota. Marian. Corinne. Ambas reais.

– Belle menciona muito Cee-Cee, como a irmã praticamente a criou depois que a mãe delas morreu, mas não há muito sobre o pai dela, exceto que ele era um tanto tirano. Ela nem sequer o nomeia.

Ethan fez uma careta à menção do bisavô.

– O nome dele era Martin Manning. Podre de rico, segundo meu pai, e um completo cretino. Ele morreu pouco depois de eu nascer. Um derrame, acho.

Ashlyn sentou-se por um momento com a nova informação, organizando tudo como peças de um quebra-cabeça.

– Não consigo acreditar – sussurrou ela, finalmente. – Então a encontramos mesmo.

– *Você* a encontrou – corrigiu Ethan. – Tudo que fiz foi confirmar a identidade dela.

– E Hemi? Alguma ideia de quem ele possa ter sido?

– Nenhuma. E antes que pergunte, também não posso ajudar com Teddy. Nenhum dos nomes é familiar.

– Eu esperava que você pudesse me dizer se ela acabou se casando com ele.

– Ela nunca se casou com ninguém, até onde sei.

Ashlyn franziu a testa.

– Achei que você tivesse dito que conheceu os filhos dela.

– Os filhos *adotivos*. Um menino e uma menina. Órfãos de guerra.

– Ela adotou dois órfãos de guerra? De onde?

– Não me lembro. Pensando bem, não tenho certeza se alguma vez soube. Sei que ela viajou depois da guerra, mas não tenho ideia de para onde. Como eu disse, o pouco que sei é por entreouvir as conversas dos meus pais.

Ashlyn assentiu com ar sombrio.

– Então o que acontece agora?

– O que quer dizer?

– Quero dizer, o que vamos fazer depois disso?

Ethan se levantou e puxou o anoraque das costas da cadeira.

– Não fazemos nada. Belle era minha tia-avó Marian. Mistério resolvido.

Ashlyn olhou para ele, incrédula.

– Mas isso é apenas *uma parte* do mistério. Você não está curioso sobre o resto?

– Nem um pouco.

Ele estava vestindo a jaqueta agora, se preparando para sair. Ashlyn levantou-se, seguindo-o.

– Não quer saber o resto da história?

– Já sei tudo o que me interessa sobre a família Manning.

– Você não está curioso para saber quem era Hemi e o que os separou?

– Na verdade, não. Mas acho que está nos livros, se você continuar lendo. – Eles haviam chegado à entrada da loja. Ethan pegou uma cópia do boletim informativo da estante perto da porta e dobrou-a em quatro antes de enfiá-la no bolso. – Preciso correr. Tenho aula cedo amanhã. História do Pensamento Americano.

– Você está na faculdade?

– Sou professor adjunto da UNH. Ciência Política.

Igual ao Daniel, pensou Ashlyn, fechando o punho em volta da cicatriz na palma da mão. Mas Ethan não era Daniel. Ele era sobrinho-neto de Marian Manning – de Belle – e estava prestes a partir.

– Posso... Se eu me deparar com alguma coisa... haveria algum problema se eu ligasse para você? Prometo não ser uma praga. Eu só ligaria se precisasse verificar algo.

Ethan deu de ombros, sem jeito.

– Duvido que haja muito que eu possa acrescentar, e estou nos estágios iniciais de um novo livro. Não posso mesmo me permitir a distrações.

Um não suave, mas mesmo assim um não. Ashlyn contornou-o, girando a fechadura para deixá-lo sair, então decidiu tentar mais uma vez.

– Entendo o motivo de você não estar interessado em Cee-Cee e Martin, mas Hemi, quem quer que ele tenha sido, estava louco por sua tia, e ela estava claramente apaixonada por ele. Não quer saber o que aconteceu?

– Já sabemos o que aconteceu, não é? Alguém fez mal a alguém. Porque é isso que sempre acontece. Droga, alguém até já escreveu uma música sobre isso.

– B. J. Thomas. 1975.

Ethan franziu a testa e depois a surpreendeu abrindo um sorriso.

– Será que vou querer saber como você tem essa informação na ponta da língua?

– Acontece que eu adoro essa música.

– Certo, nunca admita isso para ninguém. É sério. *Nunca*. – Ele abaixou a cabeça, sem jeito, e acenou em direção à janela. – Parece que parou de chover.

– Certo. – Ashlyn deu um passo para o lado, abrindo caminho até a porta. – Obrigada pela ajuda. Pelo menos eu sei o nome de Belle agora. Já sei por onde começar.

Uma rajada de ar frio entrou quando Ethan abriu a porta. Ele demorou um momento, depois se virou para olhar para ela.

– Você não me conhece, então meu conselho não deve valer muito, mas eu não esperaria por um final feliz se fosse você. Isso não acontece com o lado Manning da família. Ou o lado Hillard, para falar a verdade. A menos que você conte meus pais, e eles eram claramente um ponto fora da curva. De qualquer forma, boa sorte com sua investigação.

Os sinos da porta da loja tilintaram de leve quando ela se fechou assim que ele saiu.

Ashlyn foi até a janela, observando Ethan seguir pela calçada. Mas suas palavras de despedida sobre finais felizes que não aconteciam em sua família continuaram a ressoar muito depois de seu anoraque amarelo ter desaparecido de vista. Talvez porque soassem tão verdadeiras. Ela olhou para a mão direita, para a linha de carne branca e enrugada que dividia sua palma.

Eles também não aconteciam na dela.

OITO

ASHLYN

Ler um livro é embarcar numa jornada, viajar rumo a um mundo desconhecido, ouvir as vozes de anjos tanto vivos quanto mortos.
— Ashlyn Greer, *O cuidado e a alimentação de livros antigos*

30 de setembro de 1984
Portsmouth, Nova Hampshire

Na tarde seguinte, Ashlyn estava na encadernação, ainda processando o que havia aprendido durante a visita inesperada de Ethan à loja, quando o telefone tocou. Largou o que estava fazendo e correu para a frente para atender.

– Quem é sua bibliotecária favorita? – a voz do outro lado da linha cantarolou.

Ashlyn sentiu uma pontada aguda de empolgação. Não esperava receber notícias de Ruth tão cedo, mas o tom triunfante da mulher com certeza parecia sinalizar boas notícias.

– Não é possível que você já a encontrou.

– Sim, embora tenha sido um pouco trabalhoso. Acontece que naquela época havia mais mulheres no ramo jornalístico do que qualquer uma de nós esperávamos. Grandes nomes, como Agnes Meyer do *The Washington Post* e Alicia Patterson do *Newsday*. Mas nenhuma das duas combinava com a mulher que você descreveu. Para começar, ambas eram casadas. Então continuei procurando. Você não acreditaria na quantidade de microfilmes que tive que vasculhar, mas acabei conseguindo.

– E?

– O nome verdadeiro dela era Geraldine Evelyn Spencer. Nascida em 1899. Chicago, Illinois. Filha de Ronald P. Spencer, que fez fortuna com carvão e possuía uma série de jornais diários de segunda categoria como passatempo. Ronald e a esposa, Edith, estavam no SS *Afrique*, com destino ao Senegal, quando o navio bateu em um recife e afundou, levando consigo seiscentos e três passageiros. Geraldine, ou Goldie, como seu pai a chamava, tinha vinte e um anos na época e herdou tudo e mais um pouco. Cerca de seis milhões em 1920, o que equivaleria a mais de trinta milhões hoje.

Ashlyn ficou em silêncio enquanto absorvia a informação. Herdeira de jornal aos vinte e um anos. O equivalente a mais de trinta milhões de dólares. Não era de admirar que Goldie não se importasse com o que as pessoas pensavam dela.

– Ashlyn? Ainda está aí?

– Ah. Desculpe. Eu estava apenas ordenando as informações. Como diabos você conseguiu juntar as peças?

– Como eu disse: microfilmes. Também pedi um favor a um colega em Albany. Depois que soube quem estava procurando, o resto foi fácil. A imprensa nunca teve vergonha de fofocar sobre os seus, não importa o quanto finjam. A propósito, há mais informações.

– Mais?

– A roupa suja, pode-se dizer. Deduzi que você também ia querer isso.

– O que quer que você tenha, eu quero.

– Bem, ela com certeza não era uma herdeira típica. Homens, bebida, uma verdadeira moça selvagem. Ninguém esperava que ela de fato assumisse e dirigisse o ramo editorial do império do pai. Causou bastante agitação. Ronald Spencer sempre foi bem moderado em sua política. Não gostava de incomodar ninguém. Não foi assim para a filhinha. Ela deixou claro desde o início que não pisaria em ovos por ninguém. Arregaçou as mangas e assumiu as questões sociais da época. Controle de natalidade. Salários para mulheres. Eugenia. Trabalho infantil. Também tinha muito a dizer sobre os nazistas. Não os da Europa. Aqueles que ela alegava que viviam aqui mesmo nos Estados Unidos da América. Dava os nomes também.

– Aposto que não fez muito sucesso.

– Ela não era muito popular entre o grupo do pai, posso garantir. Foi rotulada de esquerdista e comunista, mas nunca recuou. Tinha um talento especial para encontrar sujeira nos grandes. Suborno. Corrupção. Clientelismo. Se sentisse o cheiro de algo podre, ela desenterrava e depois imprimia. Derrubou mais de um figurão da época, e usando de todos os meios necessários. Mas nada disso alterou sua reputação de festeira. Na verdade, conseguiu ser apanhada em uma batida em algum clube de jazz no Harlem, com fotos dela sendo retirada em um camburão de verdade. Seus rivais tiveram um dia e tanto, mas ela nem se importou. A mulher não tinha vergonha. Existem muitas fotos dela. Sempre muito bem-vestida. E com joias sem igual.

– E os boatos sobre os homens que ela colecionava?

– Tudo verdade. Jovens. Velhos. Ricos. Pobres. Ela gostava de todos eles. Nunca se casou, pelo que posso dizer, mas finalmente sossegou quando alguém chamado Steven Schwab entrou em cena. Ele parece ter sido um protegido de longa data e um interesse amoroso. Parece que trabalhou para alguns jornais dela, embora eu não tenha certeza de qual ou em que função. Talvez ele estivesse só, como dizem... na folha de pagamento. Parece que eles foram e voltaram durante anos.

Ashlyn sentiu os pelos dos braços arrepiarem.

– Um interesse amoroso?

– Bem, essa parte é um pouco obscura, mas ele aparece ao lado dela em várias fotos. Sem dúvida mais jovem e muito bonito. Um artigo menciona sua total devoção a ela. Outra peça o descreve como um aspirante a romancista cujas aspirações superavam em muito seu talento. Pode ser verdade também. Procurei, mas não consegui encontrar um único livro atribuído a ele em lugar nenhum. De qualquer forma, ele morou com Goldie durante os últimos dez anos de vida dela e ela lhe deixou um bocado de dinheiro quando morreu. É óbvio que havia algo aí.

Ashlyn uniu as novas peças de ponta a ponta. Steven Schwab. Jovem e bonito. Trabalhou para um dos jornais de Goldie. Um aspirante a romancista sem nenhum livro no currículo. Seria possível que Hemi e Steven Schwab fossem a mesma pessoa? Se as contas dela estivessem certas, Hemi tinha vinte e seis anos quando ele e Belle se conheceram em 1941, o que significava que ele estaria na casa dos sessenta agora.

O pensamento levantou uma série de possibilidades.

– Ruth, por acaso você não encontrou nada que mencionasse onde o sr. Schwab poderia estar morando atualmente, não?

– Ele não mora em lugar nenhum. Está morto. Goldie morreu em 79 e ele faleceu alguns anos depois. Tentei descobrir mais sobre ele, mas, além de sua conexão com Goldie, ele parece ter sido bastante normal. De qualquer forma, está morto.

Morto. A palavra deixou Ashlyn se sentindo vagamente desanimada.

– Certo.

– Então *agora* vai me contar no que está trabalhando? Devo dizer que estou intrigada com a travessa srta. Spencer.

Ashlyn mordeu o lábio. Revelar o que descobrira, agora que sabia que a história de Belle e Hemi era verdadeira, seria como trair uma confiança.

– Eu não culpo você por estar curiosa sobre Goldie. Ela sem dúvida é uma personagem interessante. Mas a esta altura, acho que eu não deva compartilhar muito. Em parte porque não sei muito, mas também por questões de privacidade. Por enquanto, acredito que é melhor guardar o que sei para mim mesma e continuar pesquisando.

Ruth soltou um suspiro ao telefone, claramente decepcionada.

– Tudo bem. Entendo. Fiz cópias de alguns artigos e fotos. Suponho que você gostaria de tê-los.

– Gostaria sim. Mas não tenho certeza de quando poderei pegá-los.

– Eu saio às duas hoje. Vou levá-los até a loja, se puder.

– Obrigada. Devo muito a você, Ruth.

– Deve mesmo. Mas, sinceramente, foi divertido. Acho que posso ter perdido minha vocação. Talvez eu escreva uma série de romances sobre uma detetive literária rabugenta de Nova Inglaterra e dê a Agatha Christie e sua Miss Marple uma competição. Vejo você depois das duas.

Às duas e dez, Ruth Truman entrou correndo na loja, agitando um grande envelope de papel pardo. Ashlyn estava na seção de viagens, ajudando uma cliente a escolher um livro para o aniversário do marido, quando ouviu os sinos da porta da loja tocarem. Ela sinalizou com um aceno de mão, mas Ruth continuou se movendo, parando apenas tempo suficiente para colocar o envelope no balcão e explicar que havia estacionado em uma vaga proibida e que seu marido prometera tirar suas chaves se ela voltasse para casa com mais uma multa de estacionamento.

Ashlyn fez tudo o que pôde para não se afastar da cliente e dar uma espiada no envelope. Do jeito que estava, a cliente continuou a hesitar por quase uma hora e acabou saindo de mãos vazias. Ashlyn não se importou e mal esperou até que a mulher saísse pela porta antes de ir direto para o balcão.

Ela prendeu a respiração enquanto desenrolava o cordão do envelope e retirava o conteúdo. A visão das páginas fez seu estômago embrulhar. Algumas tinham sido cuidadosamente presas com clipes de papel. Outras eram folhas soltas com títulos em negrito e fotos granuladas em preto e branco. A qualidade da impressão não era boa – materiais de microfilme impressos quase nunca eram –, mas com uma lupa ela conseguiria distinguir a maior parte.

Dispôs as peças como se fosse um jogo de paciência, organizando-as em ordem cronológica. Quando terminou, tirou a enorme lupa de Frank de debaixo do balcão e pegou o primeiro item, um artigo do *Chicago Tribune* datado de 14 de janeiro de 1920.

Magnata dos negócios de Chicago, Ronald P. Spencer, dado como morto no mar

15 de janeiro de 1920 (Chicago) – Acredita-se que o famoso empresário e originário de Chicago Ronald Spencer e sua esposa, Edith, tenham morrido no naufrágio do SS *Afrique* na madrugada de 13 de janeiro, quando o navio que transportava cerca de 600 passageiros e uma tripulação de 135 foi desviado do curso e atingiu um recife na costa francesa. O navio, propriedade da companhia marítima francesa *Compagnie des Chargeurs Réunis*, tinha como destino o Senegal quando ocorreu o acidente. Diz-se que os geradores na casa de

máquinas falharam durante a tempestade, deixando o navio incapaz de manobrar. Às 23h58, o navio foi lançado contra um recife, danificando fatalmente o casco. Às 3 da manhã, todo o contato com o *Afrique* foi perdido e o navio afundou logo em seguida. Dos passageiros e tripulantes, apenas 34 sobreviveram. Ronald e Edith Spencer deixam uma filha, srta. Geraldine Spencer, 21.

O resto do artigo era sobre o patrimônio líquido e as participações comerciais de Ronald Spencer. Ashlyn não se importava com nada disso. Estava muito mais interessada na foto da jovem no final da página – GERALDINE "GOLDIE" SPENCER, 21 ANOS.

Ela pegou a lupa mais uma vez, estudando Goldie mais de perto. Cabelos platinados e olhos amendoados, com um arco de boca perfeitamente pintado, encarando a câmera, como se alguém a tivesse desafiado a fazer isso. Não era difícil imaginá-la como a mulher que Belle descrevera, descarada e extravagante, com gosto por festas e por homens jovens. Chefe de Hemi. E amante também, talvez.

O segundo artigo também era do *Tribune*, um artigo de opinião datado de doze semanas depois, lamentando a tomada da Spencer Publishing por uma "*melindrosa de 21 anos*" que logo transformaria as formidáveis propriedades de imprensa em jornalecos de entretenimento barato, cobrindo inaugurações de casas noturnas e as últimas tendências da moda. O artigo terminava com um apelo para que a diretoria tomasse medidas rápidas.

O terceiro artigo era muito mais escandaloso.

Proprietária do Tattler, Goldie Spencer, presa em uma batida no Jazz Club

14 de junho de 1928 (Nova York) – Nas primeiras horas da manhã de 13 de junho, a polícia realizou uma batida secreta no bar clandestino conhecido como Nitty Gritty Club. A polícia estava agindo com base em uma denúncia

de que bebidas alcoólicas importadas ilegalmente estavam sendo servidas no clube de jazz da West 125th Street. Um grande estoque de cerveja e destilados, descoberto atrás de uma parede falsa, foi confiscado e está programado para ser destruído. No local também foi encontrada uma pequena quantidade de maconha. Quarenta e dois clientes foram levados sob custódia, incluindo o proprietário Lively Abbot, o famoso ator e homem da sociedade Reginald Bennett e a herdeira de jornais Goldie Spencer. Bennett e Spencer foram indiciados no tribunal do condado e condenados a pagar uma multa de US$ 50. Abbot, que teve repetidos problemas com a lei, pode pegar até um ano de prisão e multas superiores a US$ 700.

Ashlyn examinou a foto granulada de Goldie, muito maquiada, sendo empurrada para a traseira de um camburão da polícia. Seu cabelo platinado estava curto e repartido ao meio, a testa adornada com um adereço de cabeça bordado – uma típica melindrosa. O fotógrafo a pegou de boca aberta, provavelmente no ato de lançar algum epíteto ao policial que a segurava pelo braço. Estava longe de ser uma foto lisonjeira, mas, mais uma vez, o desafio de Goldie estava em plena exibição.

Os dois artigos seguintes – Senador Thuneman exposto em esquema de suborno e O inimigo em nosso meio: nazistas americanos se escondem à vista de todos – obviamente foram incluídos como prova da bravura jornalística de Goldie. Ashlyn examinou este último por um instante, notando que tanto Henry Ford quanto Charles Lindbergh haviam sido mencionados no artigo. O seguinte, datado de 1971, detalhava o envolvimento de Goldie em uma manifestação em defesa de uma mulher chamada Shirley Wheeler, a primeira mulher a ser acusada de homicídio culposo por interromper ilegalmente uma gravidez.

E, por fim, um pequeno artigo de tabloide datado de 2 de novembro de 1974. Quem é o bonitão que anda com Goldie Spencer? A foto mostrava uma Goldie sorridente, mas visivelmente mais velha, em alguma festa de gala ou outra. Ela usava um vestido enfeitado com penas e um colar que poderia ter bancado um pequeno país do terceiro mundo. De braço dado com ela estava um Adônis impossivelmente alto, que fazia o tipo 007, com boa aparência e um largo sorriso branco, impecável em traje de gala. Ashlyn sentiu um pouco de emoção ao deixar a lupa pairar. Enfim, ali estava Steven Schwab, consideravelmente mais jovem que Goldie e ainda bastante elegante.

Ashlyn olhou mais de perto seu rosto, observando o sorriso cheio de dentes, o olhar enviesado enquanto procurava os de Goldie, como se tivessem acabado de dividir alguma piada particular. Seria esse o homem que Marian Manning tinha amado tanto, o homem que a havia enganado e partido o seu coração? E se sim, onde Goldie se encaixava? Talvez ela o tivesse amado primeiro e tivesse visto Marian Manning como a intrusa. Se tudo fosse válido no amor e na guerra – e Hemi e Steven Schwab fossem de fato a mesma pessoa – Goldie tinha sido claramente a vitoriosa.

Segundo Ruth, ele esteve com ela até o fim. E o artigo seguinte – HERDEIRA DE JORNAL GOLDIE SPENCER MORTA AOS 80 ANOS – parecia confirmar isso, mencionando que o apartamento de Goldie na Park Avenue, bem como uma parte considerável de sua fortuna ficaram para o companheiro de longa data Steven Schwab. De acordo com seu testamento, o restante de seu patrimônio foi dividido entre várias instituições de caridade que defendiam questões femininas, o que se encaixava perfeitamente com o item final do pacote, uma publicação de várias páginas que apareceu na *The New Yorker* no dia do funeral de Goldie. GOLDIE SPENCER: UM LEGADO FEMINISTA.

Voltando à foto de gala e ao ousado Steven Schwab, Ashlyn procurou algum detalhe que pudesse confirmar que ele havia sido o amor da vida de Marian Manning. Com o desfile de homens que ficavam entrando e saindo da órbita de Goldie, Hemi poderia ser qualquer um. Ainda assim, as peças se encaixavam muito bem. Ainda mais a parte sobre ele ser aspirante a romancista. E se o sr. Schwab tivesse feito mais do que apenas aspirar? E se ele de fato tivesse escrito um livro, um livro anônimo, sobre um caso de amor condenado com a filha de um homem poderoso?

Hemi... é você?

E mesmo que fosse, como ela poderia confirmar? Ele já não poderia responder a perguntas há muito tempo. Assim como Goldie. E quanto mais ela se aprofundava na história de Belle e Hemi, mais perguntas tinha. O que aconteceu com a poesia de Marian Manning? Quando ela rompeu o noivado com Teddy e por que, se não foi para se casar com Hemi? Poderia haver fotos guardadas em algum lugar que incluíssem Steven Schwab e Marian Manning, tiradas inadvertidamente durante alguma festa ou evento de gala? Se assim fosse, seria uma prova. Ou quase uma prova.

Nenhuma dessas coisas era da sua conta, é claro, e sabê-las também não mudaria o resultado infeliz. Mas a *necessidade* de saber era como uma coceira que ela não conseguia alcançar. A essa altura, havia apenas uma pessoa que poderia ajudar, embora habilidade e disposição fossem duas coisas diferentes. Ethan parecia relutante em se aprofundar no passado da tia, embora ela suspeitasse que ele sabia mais do que imaginava. Talvez os nomes Steven Schwab e Geraldine Spencer refrescassem sua memória.

Dessa vez, ela planejou a ligação antes de discar. A essa hora do dia, era provável que fosse atendida pela secretária eletrônica e queria ter tudo organizado. Quando finalmente teve certeza do que queria dizer, ensaiou o discurso mais uma vez e depois discou. Como esperado, a secretária eletrônica de Ethan atendeu.

– Oi, é Ashlyn da livraria. Sei que você disse que estava bastante ocupado agora, mas aconteceu uma coisa. Alguns nomes que eu esperava verificar com você. E algumas perguntas que esqueci de fazer na outra noite. Poderia retornar a ligação?

Pela hora de fechar, Ethan ainda não havia retornado a ligação e ela tinha acrescentado seis novas perguntas à sua lista. Disse a si mesma que isso não significava necessariamente que ele a estava ignorando. Talvez ainda não estivesse em casa ou tivesse esquecido de verificar o correio de voz. Ela discou mais uma vez, esperando encontrá-lo em pessoa.

– Não estou. Deixe uma mensagem.

Droga.

– Oi, sou eu de novo. Queria saber se você recebeu minha mensagem de tarde. Uma amiga minha fez algumas pesquisas e encontrou um nome: Steven Schwab. Eu esperava que isso pudesse significar alguma coisa para você. Acho que ele pode ser o Hemi. Estou prestes a fechar, mas pode entrar em contato comigo pelo número da minha casa. De qualquer forma... obrigada.

Depois de um banho quente e um jantar de salada e sobras de frango, Ashlyn espalhou o conteúdo do envelope pardo sobre o balcão da cozinha e leu-o todo de novo.

Ela estava quase tonta ao examiná-lo pela primeira vez, mas sua empolgação diminuiu um pouco desde então. Além do fato de que um homem chamado Steven Schwab pode ou não ter tido um relacionamento romântico com a infame Goldie, o que ela *de fato* havia aprendido? Que ele *poderia* ter trabalhado para um dos jornais de Spencer. Que ele *poderia* ter sido um romancista. Nada que ligasse Steven Schwab a Marian Manning.

Ela olhou para o telefone, consciente de que não havia tocado. Era domingo. Talvez Ethan tivesse viajado no fim de semana. Ou talvez ele tivesse um encontro. Pelo menos ela esperava que fosse algo assim e não uma decisão deliberada de ignorá-la. Não se atreveu a ligar de novo. Ainda não. Esperaria alguns dias. E enquanto isso, ela continuaria lendo e torceria para que Belle ou Hemi se descuidassem com um ou dois detalhes.

Para sempre e outras mentiras

(págs. 37–44)

4 de novembro de 1941
Nova York, Nova York

Observo enquanto minha irmã o leva para longe pelo braço e percebo que você não faz nenhum movimento para se desvencilhar dela. Ela sempre me lembrou uma aranha, com uma paciência infinita, esperando que os acontecimentos se moldassem de acordo com sua vontade. E então ela ataca, veloz e impiedosa. Uma perfeita oportunista.

Ainda não tenho certeza de quais são os planos dela para você; talvez a intenção seja apenas me irritar, lembrar-me, mais uma vez, de que ela está no comando. Como se algum de nós pudesse esquecer isso. De qualquer forma, você parece bastante confortável ao ser conduzido.

Como você se acha esperto, um camaleão andando pela sala, conversando e rindo com os convidados de meu pai. Alguém que estivesse observando jamais imaginaria que você não era um deles ou que a princípio recusou meu convite. Você desempenha seu papel com perfeição, com tanta perfeição que me pergunto se sua relutância em vir aqui esta noite foi simulada.

Você sorri e acena com a cabeça enquanto toma seu gim-tônica, discutindo disputas trabalhistas e política monetária como se fosse um diplomata visitante em um jantar oferecido em sua homenagem. E nem mesmo lança um olhar em minha direção enquanto circula. Nem mesmo quando quase queimo seu paletó com os olhos, desejando que você se vire e olhe para mim. Percebo que é para me irritar, para se vingar de nossa discussão da tarde no lago. Viro as costas e deixo você com Cee-Cee.

Mais tarde, quando somos chamados para jantar, percebo que ela mandou trocar os cartões de lugares. Você agora está sentado no outro extremo da mesa, o mais longe possível de mim, e sou forçada a observá-lo bajular a sra. Viola Wheeler, sorrindo aquele seu sorriso fácil, encantando os ouvidos criados em Montana da sra. Wheeler com seu suave sotaque britânico.

Fico enojada ao observá-la, uma velha deselegante com um vestido da cor de um hematoma, rindo como uma colegial por algo que você acabou de dizer. O som rouco da sua risada desce pela mesa. Seu hábito inconsciente de afastar o cabelo da testa. Tão familiar agora. No entanto, você mal sorriu para mim desde que chegou. É como se fôssemos mesmo os estranhos que fingimos ser. Anseio que o jantar acabe para que eu possa finalmente separar você do restante deles e encontrar algum pretexto para tê-lo só para mim. Em vez disso, depois da sobremesa e do café, bebido, meu pai sugere que os homens se separem das mulheres e vão para o escritório dele fumar charutos. Fico mais do que um pouco surpresa quando ele inclui você especificamente no convite, mas quando os homens se afastam da mesa, vejo um olhar trocado entre Cee-Cee e meu pai e percebo que ela aprova, e pode até ter sido a responsável por sugerir incluí-lo.

As senhoras permanecem à mesa com delicados copos de xerez, tagarelando sobre como é difícil manter um cozinheiro decente e sua total decepção com a temporada teatral deste ano. Concordo com vagos acenos de cabeça, fingindo acompanhar, mas só consigo pensar em você, sentado em uma das poltronas de couro no escritório do meu pai, fumando e conversando com os amigos dele. Sinto-me grosseira por pensar isso, petulante e ressentida, mas não o convidei para vir aqui para fumar charutos e socializar com um bando de velhos odiosos.

Mas, ao tomar um segundo copo de xerez de um só gole, percebo que esses velhos são exatamente o motivo pelo qual você veio aqui. Por sua riqueza e conexões e pelo que quer que possam fazer por você. Eu não deveria estar surpresa. Você se apresentou como um aventureiro na primeira vez que o encontrei. E agora ali está você sob o teto do meu pai, convidado para o santuário interior dele. Como você manejou isso com cuidado. E com que rapidez. Graças a mim.

Encho meu copo de novo, de repente à beira das lágrimas. Cee-Cee me lança um aviso silencioso. Finjo não notar, mas não consigo deixar de me perguntar o que ela vê quando olha para mim. Sou tão transparente quanto temo?

Sinto-me uma completa idiota.

Eu queria você aqui por você mesmo. Por como me sinto quando estou com você – como se meu coração fosse grande demais para o peito. Como se eu finalmente pertencesse a alguém sem ligação com esta casa miserável e com minha família miserável. Mas estava óbvio que você tinha motivos diferentes para vir. Razões que parecem não ter nada a ver comigo. As mulheres ainda estão tagarelando sobre chapéus e comprimentos de bainhas e de repente não consigo suportar mais nenhuma palavra vazia ou outro gole de xerez. Levanto-me e peço licença, deixando escapar algo sobre uma dor de cabeça.

Minha irmã me lança outro olhar mordaz enquanto me dirijo para a porta. Não me importo; já me acostumei à desaprovação dela ao longo dos anos. E parte de mim a culpa pela noite, por levá-lo embora e desfilar com você.

Sempre fui invisível para ela, jovem demais para ser de qualquer interesse. Eu não me importava – minha mãe me amava o suficiente por todos –, mas quando ela morreu, a perda foi como um buraco no peito. E, portanto, agarrei-me a Cee-Cee, seguindo-a de aposento em aposento, espiando quando ela estava lendo ou escrevendo cartas, pedindo-lhe para jogar um jogo ou me contar uma história. Eu precisava de alguém com quem conversar, alguém que se lembrasse de Maman e de como eram as coisas antes de ela ficar doente. Mas minha irmã não tinha paciência para minha carência.

Lembro-me de entrar de fininho no quarto dela uma noite e engatinhar ao lado dela, desesperada para ser consolada depois de um sonho horrível. Em vez de conforto, recebi uma cotovelada nas costelas e fui mandada de volta para o meu quarto. Ela acabou aceitando o papel de mãe substituta, embora apenas após um pedido de meu pai. Ela nunca seria capaz de negar nada a ele. Incluindo se casar com o filho pomposo de um dos amigos dele de negócios. Mas também, Cee-Cee era tão ambiciosa quanto ele e desejosa de ajudar a família a recuperar o equilíbrio após a quebra da Bolsa. No mundo do meu pai, tudo tem um preço.

Doze anos, um marido morto e quatro filhos depois, ela se tornou a matriarca da nossa família, a árbitra do bom gosto e do bom comportamento – e um tipo de carcereira no que me diz respeito. Ela considera seu dever me manter devidamente alinhada com os desejos do meu pai, e em geral faço o que esperam de mim. Porque é mais fácil. Mas não hoje.

Saio para o corredor e me dirijo para as escadas. Não tenho ideia de quanto tempo meu pai ficará entretido no escritório ou o que você pensará quando for liberado e descobrir que me recolhi para dormir e deixei você se virar sozinho. Você fez muitos novos amigos. Que um deles o conduza à saída. Ou talvez Cee-Cee faça as honras. Ela parece bastante interessada em você.

Estou quase chegando à escadaria quando ouço passos abafados atrás de mim. Viro-me e encontro você vindo em minha direção, mas você para de repente, mantendo uma distância desconfortável.

– Estou indo embora – informa você, categórico.

– Embora? Mas por quê?

– Estou farto da noite. Vamos deixar por isso mesmo.

Você está tão frio. Tão raivoso.

– Aconteceu alguma coisa? Houve uma discussão?

Você dá um de seus sorrisos duros.

– Muito pelo contrário. Fui recebido de braços abertos. Mais algumas semanas e terei aprendido o aperto de mão secreto.

Franzo a testa, tentando entender suas palavras, seu tom. É a nossa segunda discussão no espaço de um dia e isso me assusta.

– Não estou entendendo. Não foi por isso que veio?

– Eu vim por você, Belle. Porque você me pediu, lembra? Você disse... Já parou para pensar que eu posso querer você lá? Então eu vim.

– E assim que você colocou o pé para dentro da porta, eu me tornei invisível.

Você me estuda pelo que parece ser um longo momento, com os cantos da boca voltados para baixo. Por fim, se aproxima mais um passo. Espero que me toque, que me beije, já que não há ninguém por perto. Em vez disso, você balança a cabeça.

– Você me exibe na frente do seu pai e da sua irmã como um maldito troféu, fingindo que mal me conhece, depois fica com raiva porque não passei a noite inteira suspirando por você do outro lado do salão.

– Eu não esperava...

Você levanta a mão, me interrompendo.

– Você parece pensar que isso é algum tipo de jogo, Belle. Você me deixa à deriva por dias e depois puxa minha corrente. E eu devo vir correndo quando você chama. Fiquei feliz em brincar, por um tempo. Mas as coisas estão diferentes agora. Não posso mais jogar.

Suas palavras são como pedrinhas. Elas ardem quando pousam.

– O que quer dizer?

– Quero dizer que, no futuro, deve ter mais cuidado com seus convites.

Você dá as costas neste momento e se afasta pelo corredor. Observo você se afastar, com os ombros rígidos enquanto passa pela sala e desaparece de vista. Os saltos dos seus sapatos ecoam nos ladrilhos de mármore do hall de entrada, e então ouço a batida da porta da frente, firme e definitiva.

Definitiva demais.

Na manhã seguinte, tento ligar para você no apartamento de Goldie. Um homem atende – não sei quem –, mas quando peço para falar com você, ele me diz que você não está mais morando lá, que retirou suas coisas pela manhã. A notícia me pega desprevenida e provoca um pânico irracional em mim. Pergunto se ele sabe por que você saiu tão de repente e depois se sabe para onde você foi, mas ele não ajuda em nada.

Minhas mãos tremem quando disco o número do Review. Tínhamos combinado que eu não ligaria para você no trabalho, assim como combinamos que você não ligaria para mim aqui. A mulher que atende é brusca e eficiente. Ela me informa, em meio aos ruídos da agitação do escritório, que você ainda não apareceu para trabalhar e que ninguém teve notícias suas. Sugere que eu tente outra vez depois do almoço e após um momento pergunta se quero deixar recado.

Por um instante, fico tentada a ditar algum comentário petulante sobre sua partida brusca na noite passada, a atacá-lo da única maneira agora à minha disposição. Mas depois que você o ler, o que acontecerá? Acabarei apenas me desculpando por minha petulância.

– Não – respondo. – Nenhum recado. – Estou prestes a desligar quando deixo escapar que gostaria de falar com Goldie.

– *Receio que a sra. Spencer esteja ocupada no momento. Gostaria de deixar...*

Suas palavras foram interrompidas abruptamente, seguidas por uma pausa abafada, como se uma mão tivesse sido colocada sobre o receptor. Um momento depois, a voz de Goldie surge na linha.

– *O que é que você quer?*

– *Estou ligando...*

– *Eu sei por que você está ligando, querida. Porém, um pouco cedo demais, até para você. Achei que seu caso fosse mais para a hora do almoço.*

Caso. *A palavra me deixa atordoada. A natureza transitória dela, a impermanência. Mas então é isso, não é? O que estamos fazendo? Tendo um caso? Talvez não no sentido mais completo – nós dois conseguimos manter nossas roupas –, mas em todos os sentidos que importam. Escapulindo para encontros secretos. Mentindo sobre onde estivemos. Fingindo que é diferente do que outras pessoas fazem. Porque estamos* apaixonados.

Exceto que nunca dissemos a palavra. Eu, porque não tenho permissão para dizê-la. Não para você. E você, porque... Bem, suponho que faça parte do acordo que fizemos, evitar a verdade. Nomear alguma coisa significa sentir saudade dela quando devemos deixá-la partir. E não tenho certeza se sou capaz de suportar a saudade. Ou de abrir mão.

Só que agora parece ser você quem está abrindo mão.

O silêncio áspero na linha me lembra de que Goldie ainda está lá, esperando minha resposta. Considero negar, mas então percebo o quanto seria inútil. Só há uma forma de ela saber de nossos encontros na hora do almoço. Você contou para ela. Tudo, ao que parece.

Desligo, desço as escadas dos fundos e saio pela porta da cozinha. Na garagem, digo a Banks, o homem que cuida dos carros, que vou à cidade fazer compras e depois encontrar amigas para almoçar. Ao dizer isso, percebo como a mentira desliza facilmente pela minha língua e como me tornei boa em contá-la.

Espero quase duas horas do outro lado da rua dos escritórios do Review, *vigiando a entrada, esperando você aparecer. É uma atitude desesperada, eu sei. Algo bobo, imprudente e impetuoso. Mas algo aconteceu ontem à noite, e você parece acreditar que foi culpa minha, e acho que tenho o direito de pelo* menos saber a natureza de minha transgressão e se ela pode ter algo a ver com a sua mudança abrupta de endereço. Você e Goldie brigaram? Por minha causa? E caso sim, você perdeu o emprego e também o quarto de hóspedes?

A possibilidade de você já estar voltando para a Inglaterra me atormenta enquanto observo táxi após táxi parar no meio-fio, deixando passageiros que não são você. Até que, finalmente, você aparece.

Toco a buzina, três toques curtos, até você se virar em direção ao carro. Seu rosto fica inexpressivo a princípio, e em seguida você atravessa a rua com passos longos e determinados. Você não fala nada ao se aproximar, apenas abre a porta do passageiro e entra.

– O que está fazendo aqui, Belle?

– Eu liguei... disseram que você não estava... Eu precisava ver você.

– Achei que tivéssemos combinado...

– Não me importo com o que combinamos. Disseram que você se mudou hoje de manhã.

– Quem disse?

– Quem quer que tenha atendido o telefone. O que aconteceu?

Você tira o chapéu e passa a mão pelo cabelo. Pela primeira vez, percebo o quanto você parece cansado, como se não tivesse dormido nem tomado banho. Você me estuda com olhos estreitados.

– Há quanto tempo está aqui? Seus lábios estão roxos.

Desvio o olhar, com a garganta apertada.

– Não sei. Algumas horas. Precisamos conversar sobre ontem à noite, Hemi. Por favor.

– Não podemos ficar aqui. Ligue o carro.

– Para onde vamos?

– Minha casa.

Lamentando Belle

(págs. 55–65)

5 de novembro de 1941
Nova York, Nova York

Você não diz nada enquanto manobra o Chrysler do seu pai no trânsito da hora do almoço, virando quando eu digo, estacionando onde indico.

Coloco uma moeda no parquímetro e aponto para um prédio de tijolos de seis andares, espremido entre seus vizinhos mais altos na Thirty-Seventh Street. Depois de um olhar furtivo em ambas as direções, você me segue até o prédio, passando por uma série de caixas de correio de metal e algumas cadeiras e mesas desgastadas. Pergunto-me o que você está pensando enquanto me segue pelo estreito lance de escadas, com a mão pairando um pouco acima do corrimão, para não sujar as luvas.

Paro em frente ao apartamento 2-B e procuro a chave, ainda solta no bolso. A porta geme quando eu a empurro e fico de lado. Você entra, hesitante, temerosa do interior escuro e vagamente estagnado. Há um momento desconfortável quando acendo a luminária da sala e você observa o punhado de cômodos escassamente mobiliados. Não é ruim, mas também não é muito. Sem dúvida muito diferente do escritório do seu pai, com suas paredes revestidas de mogno e suntuosas cadeiras de couro.

Há um sofá coberto com algum material simples e utilitário; uma poltrona combinando; e um par de mesas de canto baixas. A cozinha fica aos fundos, compacta como a cozinha de um navio, com cortinas vermelhas e brancas e uma mesa embutida na parede. No final de um pequeno corredor, o quarto está visível, totalmente mobiliado com uma cômoda, uma pequena escrivaninha e uma cama de casal com uma colcha de chenille desbotada. Minhas malas estão ao lado da porta, junto com o estojo da máquina de escrever e um punhado de livros surrados.

Você corre os olhos pelo lugar, depois se vira e pisca para mim.

– Este lugar... é seu?

– Desde as nove e meia da manhã de hoje, sim. Goldie e eu estávamos tendo... um pouco de atrito, então pensei que era hora de seguir por conta própria. Não é um palácio, mas é um lugar onde posso escrever e dormir, que é tudo de que preciso.

Observo enquanto seus olhos se enchem de lágrimas. Você tenta afastá-las, mas já é tarde demais. Elas escorrem pelas suas bochechas. Fico assustado quando você cai em mim com um soluço.

– Achei que você estava indo embora... – você sussurra com voz rouca, depois inclina a cabeça para trás para olhar para mim. – Quando soube que você saiu da casa da Goldie hoje de manhã, pensei que você estava voltando para a Inglaterra.

– Por que pensaria isso?

– Ontem à noite, quando você foi embora... – Você desvia o olhar e depois baixa os olhos para o chão. – Por que você saiu da casa da Goldie?

Então me afasto, precisando colocar distância entre nós, e me pego desejando ter começado a fumar. Eu gostaria de ter uma distração agora, uma tática para protelar, algo para ter o que fazer com as mãos. Em vez disso, enfio-as nos bolsos.

– Nós tivemos uma discussão – respondo, curto, relutante.

– Sobre mim?

– Entre outras coisas.

– Ela sabe sobre nós.

Há um toque de acusação em seu tom. Merecido, suponho.

– Sim.

Seu rosto endurece, suas lágrimas esquecidas.

– Como pôde? Dentre todas as pessoas na face da terra, como pôde contar para ela? As coisas que ela me disse ao telefone...

– Desculpe. Nós tivemos uma conversa ontem à noite quando voltei para a casa dela. E então discutimos de novo hoje de manhã. Ela tem boas intenções...

– Não invente desculpas para ela.

– Ela acha que ultrapassei os limites com você – respondo, uma resposta que é ao mesmo tempo honesta e não tão verdadeira. – Que perdi meu senso de perspectiva.

– Ultrapassou os limites de quem... dela?

– Não. Os meus. Mas ela não está errada. E percebi isso ontem à noite. No jantar.

– O que isso significa?

Respiro fundo, como se estivesse me preparando para a cauterização de uma ferida, e então digo:

– Significa que temos que parar com isso, Belle. Seja lá o que for. Tem que acabar. Agora.

Seu rosto fica inexpressivo.

– Por causa dela?

– Por causa de nós. Por causa de você, e de mim, e do que acontecerá se esse...

– Caso? – você oferece com uma voz que mal reconheço.

– Sim, tudo bem. Vamos chamá-lo do que é. O que acha que acontecerá se formos descobertos? Você é filha de um dos homens mais ricos do país, noiva de um dos jovens mais proeminentes de Nova York. E eu sou...

Você inclina o queixo para cima.

– Você é o quê?

– Um tolo – respondo. – Envolvido com uma mulher que está prestes a subir no altar com outro homem. Alguém cuja única qualidade redentora, além dos ombros largos e uma prateleira cheia de troféus de polo, é a inclusão no testamento do pai. E você pode ficar aí, olhando para mim, como se eu estivesse do lado errado. Não consegue ver a ironia?

– Eu não escolhi o Teddy. Eu nunca o quis.

– Você não recusou, não é? Você colocou o anel dele no dedo e sorriu quando brindaram ao casal feliz. Eu estava lá, lembra?

– Não... – Sua voz falha e seu olhar desliza para o diamante que ainda brilha em seu dedo anelar. – Por favor, não fale sobre aquela noite.

Atingi um nervo e fico satisfeito. É bom finalmente ter seu noivo exposto, um homem de carne e osso com um nome, em vez de uma sombra que ambos fingimos não ver.

– *Por que eu não deveria mencionar isso? Foi o ponto alto da tempo-rada.* Uma noite elegante e inesquecível, *acredito que foi como o* Times *a descreveu.*

– *Gostaria de poder* esquecê-la. *Cada minuto dela.* – *Você se inter-rompe abruptamente e sacode a cabeça.* – *Não, não é verdade. Nem todos os minutos. Em algum ponto no meio dela, lá estava você, me estudando, usando seu terno alugado, sorrindo e vendo através de mim.*

– *Não bem através de você* – corrijo. – *Se eu tivesse, você dificilmen-te estaria aqui agora. Eu teria pensado melhor e teríamos evitado muitos aborrecimentos.*

– *Aborrecimentos?* – *Você me encara, arrasada.* – *De todas as palavras do seu repertório de escritor, essa é a que você escolhe no momento?*

Deixo cair as mãos ao lado do corpo, balançando a cabeça. Pensei que poderia tornar o momento mais fácil magoando você, mas não há satisfação nisso. Suavizo a voz, mas não faço nenhum movimento para consolá-la. Não me atrevo.

– *Nós dois sabíamos que isso ia acabar, Belle. Nunca conversamos sobre isso, mas sabíamos.*

Você engole em seco, mas consegue acenar com a cabeça, reconhecendo pelo menos isso.

– *Mas por que agora? Quando ainda temos tempo?*

– *Quando achou que isso iria acabar? Imaginou que fôssemos continuar até a véspera do seu casamento? Talvez até depois?*

Você enrijece com a sugestão.

– *Certamente não.*

– *Não. Certamente não. Mas você presumiu que seria você quem co-locaria um ponto-final. E até que você fizesse isso, eu deveria ficar satisfeito em vê-la em segredo. Brincar como fizemos ontem à noite. Jogos perigosos para nós dois. E houve o tempo em que eu poderia ficar bem com isso. Mas está mais confuso agora. Por diversas razões.*

– *Sempre foi um caos, Hemi. Cada caminhada, cada piquenique, cada beijo foi um caos. Isso nunca teve importância... até agora.*

– *Sempre teve importância. Eu só esquecia.*

Você fica aí, tão inflexível.

– *Entendo. E foi preciso Goldie, de todas as pessoas, para lembrá-lo. Mas por que expulsar você do ninho? Ela está conseguindo o que quer. Me colocar fora de cena.*

– *Ela não me expulsou. Eu saí. Foi isso que deu início à briga. Quando contei para ela que aluguei meu próprio apartamento. Ela achou que era uma péssima ideia.*

– *Aposto que sim.*

– *Não pelas razões que você pensa. Ela pensou que eu estava cometendo um erro... com você. Que tudo isso era um jogo para você. E ontem à noite, acho que finalmente enxerguei isso também. Estou tentando me firmar aqui para fazer algo que vale a pena. Foi por isso que vim para os Estados Unidos. E pela primeira vez na vida, estou trabalhando em algo importante. Achei que poderia manter as duas coisas separadas, mas não consigo. E não posso me dar ao luxo de me distrair. Não nesta história.*

– *É sobre o quê?*

– *Seu pai.*

Você fica quieta.

– *Meu... O que sobre meu pai?*

– *Há... boatos.*

– *Boatos que você ouviu de Goldie?*

– *Alguns vieram de Goldie, mas não todos. Você mesma me disse, há anos que comentam por aí. Dizem que seu pai costumava gerir um belo esquema nos anos 20. Uísque do Canadá. Rum de Bimini. Também tinha alguns amigos bastante desagradáveis naquela época. Do tipo que é útil ter quando se está envolvido em negócios escusos.*

Você fica pálida agora. Não porque lhe contei algo que você já não suspeitasse, mas porque eu confirmei. Você não está acostumada com as pessoas lhe dizendo a verdade. Mas precisa ouvir isso agora, porque pode chegar o momento em que você será forçada a escolher um lado e, quando esse momento chegar, você deve ter todos os fatos.

– *Subornos* – continuo com calma. – *Extorsão, até mesmo um desaparecimento não solucionado, embora nunca tenham conseguido provar a ligação. Ele sempre teve o cuidado de ficar acima da briga. E agora ele se reinventou, converteu todo aquele dinheiro difícil de explicar em ações e títulos* e construiu para si um império de verdade. Também reuniu alguns aliados poderosos, úteis para tirá-lo das ocasionais encrencas, embora eu suspeite que ele mantenha alguns dos antigos por perto também. Só por precaução. Ele se esconde por trás da aparência de empresário discreto, mas por baixo de tudo, é apenas um bandido com um armário cheio de ternos feitos sob medida.

— Você não teve problemas em conviver com os amigos dele ontem à noite. Se ele é tão terrível, tão perigoso, por que beber o conhaque e fumar os charutos dele? Por que aceitar meu convite?

— Aceitei seu convite pelo mesmo motivo que você aceitou o anel de Teddy: porque me traria vantagem. Seu pai parece ter gostado de mim. Ele acha que eu posso ser... útil.

Você me encara com cautela.

— Útil como?

— Ele quer que eu faça uma matéria para o Review.

— Que tipo de matéria?

— Um artigo de relações públicas para ajudar a melhorar a imagem dele.

— E é isso que você está planejando escrever? Um artigo para... melhorá-lo?

— Não.

— Mas você vai escrever alguma coisa?

— Sim.

— Algo... que não é bom.

— Vou escrever a verdade, Belle, aonde quer que isso me leve.

— E agora que você já está onde quer, não precisa mais de mim.

— Não descreva assim.

— Como devo descrever?

— Seu pai não é um homem para se contrariar. Você mesma me disse isso. O que acha que aconteceria se ele descobrisse que tenho tido um caso com a filha já comprometida publicamente?

— Compreendo. — Você fica tensa, com o queixo erguido e os braços ao lado do corpo. — Você está com medo que eu prejudique suas aspirações jornalísticas.

Espero lágrimas. Estou preparado para lágrimas. Mas essa versão gélida de você causa estragos em minha força de vontade. Invoco as palavras de

Goldie desta manhã, sua afirmação de que perdi de vista o que é importante, que estou perdendo a cabeça. Ela não estava errada.

– Estou sendo honesto, Belle. Isto é o que precisa acontecer. Para nós dois. Antes que alguém se machuque.

Seus olhos se fecham por um instante, como se quisessem bloquear minhas palavras.

– Por que está fazendo isso?

Contenho a expressão enquanto absorvo a pergunta e me preparo para o que sei que virá em seguida. Não vou ser levado a me sentir culpado. Não por você. Não por nada disso. Não quando você está preparada para se casar com outro homem. Pelo menos você não está olhando para mim. Não tenho certeza se conseguiria seguir em frente se você estivesse olhando para mim.

– Não vamos representar a cena inteira, Belle. Nós dois sabíamos que este dia chegaria. Você está magoada por eu ter escolhido a hora e o lugar em vez de deixar isso para você, mas é hora de ficarmos livres um do outro, não acha?

Você pisca para mim.

– Livres?

Estamos chegando ao ponto agora, a parte que eu vinha temendo. O olhar de traição quando você finalmente entende o que eu queria de verdade – e por quê. Mas é necessária, esta revelação da verdade, colocar um ponto-final em nós dois. Porque se eu não acabar com isso, você terminará. Talvez não hoje, mas em breve, e prefiro assumir o controle do momento.

– Quatro meses atrás, eu era um estranho no seu mundo, um cara com as roupas erradas e um sotaque engraçado que veio para cá fazer um trabalho. Mas primeiro eu precisava de uma entrada, ser admitido nos tipos de festas que seu pai e a turma dele dão. Goldie forneceu isso, mas só até certo ponto. Eu precisava de um contato mais... íntimo. – Engulo. Em seco. – Foi aí que você entrou.

Vejo a negação invadir seu semblante, vejo que você não quer acreditar no que adivinhou que estou prestes a lhe dizer.

– O que você está dizendo?

– Estou dizendo que nosso encontro não foi por acaso. Que havia uma razão para eu aparecer na noite da sua festa de noivado. Vim para os Estados Unidos para escrever uma história e precisava de uma forma de entrar.

– Uma história para Goldie?

– Ela estava em Londres, visitando amigos no ano passado, e nos conhecemos em uma palestra. Acabamos saindo para tomar uma bebida depois e começamos a conversar sobre corrupção, política e guerra. O nome do seu pai surgiu em determinado momento. Ela já sabia bastante sobre o passado dele. O que ela queria saber de verdade eram as atividades atuais dele. Os planos dele.

– Então ela contratou você para ajudar com isso.

– Sim.

– E aquela noite no St. Regis, o flerte comigo no jantar da semana seguinte, o beijo no celeiro... isso também foi por causa do meu pai?

– Sim.

Vejo seus olhos escurecerem, como um vento cortante apagando uma vela. Você queria que eu negasse ou pelo menos suavizasse a resposta, mas prometi a mim mesmo que contaria tudo. Mesmo assim, agora que acabei, sinto como se uma parte de mim tivesse sido decepada.

Seu silêncio ameaça me desfazer e, por um momento, considero voltar atrás e contar a realidade: que tinha sido verdade, mas não é mais. Que a reportagem na qual estou trabalhando tomou um rumo que eu nunca imaginei, um rumo que eu gostaria de não ter que seguir. Que estou imaginando abandonar toda essa maldita reportagem e levar você para algum lugar muito distante. E então me recordo, como Goldie me lembrou ontem à noite e mais uma vez pela manhã, que você fez seus planos e que eles não me incluem.

Se eu não falar agora, se não terminar o que comecei, nunca o farei. Vai doer por um tempo, como um tapa inesperado – eu a levei para um passeio e depois larguei você –, mas você terá Teddy para suavizar o golpe e logo serei esquecido.

Lembrar de Teddy ajuda. Pigarreio e me forço a encontrar seu olhar.

– O que tivemos, o que temos sido nos últimos meses, serviu a um propósito para nós dois.

Seus olhos brilham com lágrimas não derramadas.

– Por que está fazendo isso?

Achei que aguentaria tudo o que você atirasse em mim, mas estava errado.

De repente, em desespero, preciso que isso acabe.

– Belle...

– Nada disso significou alguma coisa para você? Todas essas semanas, todas as tardes? Foi tudo por ela? Por Goldie? Quando você sabia que eu o amava?

Amor.

A palavra me corta como uma lâmina. Nenhum de nós jamais a disse antes. Muito menos eu. Em vez disso, vivi sabendo que um dia, de repente, seria o nosso último dia. Teria sido inútil, para não dizer imprudente, permitir que meu coração vagueasse por terreno tão perigoso. Agora, de súbito, a verdade me atinge de maneira direta e inevitável. Eu amei você desde a primeira noite, desde o primeiro olhar, desde a primeira mentira. Deixei-me acreditar que estava no comando das emoções, que poderia dominá-las, matá-las de fome. Agora compreendo que essa foi a maior mentira de todas.

De repente, sinto-me desamparado, à deriva, agora que abandonei todos os meus fingimentos.

– Fui tão cuidadoso – digo por fim, de forma absurda. – Achei que poderia evitar sentir... que eu poderia dizer adeus antes de você.

– E agora você disse. – Você afasta com raiva um novo derramamento de lágrimas, como se estivesse irritada por ter permitido que escapassem. – Que idiota que eu fui. Todo esse tempo, pensei... acreditei que você sentia o mesmo que eu.

Suas palavras ficam presas quando você tenta pegar sua bolsa. Eu alcanço seu braço, interrompendo-a.

– Eu sentia. E sinto. – Quando seus olhos finalmente encontram os meus, úmidos, arregalados e cheios de esperança, sinto que estou caindo neles, despencando às cambalhotas. Tonto. Livre. Perdido. – Eu amo você, Belle. Desde aquela primeira noite, quando entrei de penetra na sua festa de noivado.

Puxo você para mim neste momento, um homem que sabe que está irrevogavelmente perdido.

Goldie tinha razão quando atirou suas palavras de despedida às minhas costas. Estou mergulhando fundo demais. Estava preparado para abrir mão de você quando a deixei pela manhã. Tanto por mim quanto por você. Agora a ideia parece impensável. Você é a resposta a uma oração que nunca pensei em fazer – e uma ameaça a todos os meus planos –, mas não sou forte o bastante para ir embora. Eu quero você. Da forma que for possível tê-la, por quanto tempo for possível. Sabendo que é um erro, sabendo que não resolve nada. Sabendo que um dia estaremos aqui mais uma vez, à beira do adeus.

Para sempre e outras mentiras

(págs. 45–49)

5 de novembro de 1941
Nova York, Nova York

Mal registro o som da minha bolsa caindo no chão, enquanto você me puxa para si. Você me envolve com tanta força que mal consigo dizer onde termino e você começa. E não quero. Porque é certo. Este anseio por estar perto de você, de pertencer a você, faz parte de mim desde aquela primeira noite, e agora sei que faz parte de você também.

Você me ama.

Não há palavras de nenhum de nós depois disso. Seus lábios nos meus, tão febris, tão desesperados, dizem tudo o que precisa ser dito. E tudo o que não pode ser dito. A promessa que você não pode me pedir, porque já a dei a outro. A promessa que, por tantos motivos, não sou livre para quebrar. E, no entanto, neste momento febril, vertiginoso e extraordinário, sei que pretendo quebrá-la – de alguma forma – e danem-se as consequências.

Nós dois estamos sem fôlego quando você se afasta e, por um momento, temo que você tenha mudado de ideia. Então seus olhos encontram os meus e vejo ali a pergunta, silenciosa, desejosa. A vontade de terminar o que começamos, de consumar, enfim, tudo o que estivemos fingindo não sentir.

Coloco a mão na sua e permito que você me conduza pelo corredor, passando por suas malas e sua máquina de escrever, até o quarto. Há uma janela que dá para uma viela e uma imponente fileira de prédios de tijolos. A luz da tarde que entra é fria e forte, uma lembrança gritante do mundo lá fora.

E então você fecha as cortinas e, sem dizer uma palavra, começa a abrir os botões das minhas luvas. É uma sensação surpreendentemente íntima, seus dedos, quentes e cuidadosos, afastam o tecido. De repente, sinto-me vulnerável e exposta, como se minha pele estivesse sendo removida.

Estou trêmula e sem fôlego, com medo não sei do quê. E, no entanto, nunca pensei em impedi-lo enquanto você vai me despindo aos poucos e me pressiona na colcha. Há muito tempo temos avançado devagar em direção a este limite, sempre tendo o cuidado de recuar no último segundo para preservar alguma fingida decência, mas não haverá meias medidas hoje, nem paradas às margens. A decência que se dane.

Há certa urgência em seu toque, um poço de necessidade reprimida que finalmente é liberada. Eu respondo com instinto, respondendo sua fome com a minha, de repente, sem medo, sem vergonha. O poder disto – de nós dois – é diferente de tudo que imaginei. Sou ao mesmo tempo poderosa e impotente, conquistadora e conquistada. Completa em seus braços de uma maneira que jamais pensei ser possível e, ao mesmo tempo, totalmente despedaçada, enquanto desabamos juntos no precipício. E naquele momento, não há como voltar atrás. Eu sou sua para sempre. Irrevogavelmente. Indelevelmente.

Acordo com o som da sua respiração, profunda e ritmada ao meu lado. A luz mudou e as sombras se estendem pela parede e pelo carpete. Corro os olhos pelo quarto, mas não há relógio em lugar nenhum. Não tenho ideia de que horas são ou há quanto tempo estamos dormindo.

Seu braço está ao redor da minha cintura, pesado sobre minhas costelas. O peso dele, a realidade dele, me enche de uma onda selvagem de alegria. Assim seria a sensação de ser sua esposa, de acordar todas as manhãs em um emaranhado de lençóis quentes, sua respiração na minha nuca, seu peito aconchegado à curva da minha coluna. Imagino o café da manhã na cama nos fins de semana. Ovos e torradas em uma bandeja com seu jornal. E café. Eu teria que aprender a fazer café. Ou talvez você prefira chá. Nunca pensei em perguntar.

A constatação me traz à terra com um solavanco. Há tantas coisas que não sei sobre você, tantas coisas que você não sabe sobre mim. As pequenas intimidades que se desenvolvem com o tempo, as coisas que unem os amantes intrinsecamente, não fazem parte do que temos. Na verdade, ainda somos desconhecidos em muitos aspectos, duas pessoas que tropeçaram às cegas no amor, sem nunca imaginarem um felizes para sempre.

O pensamento ainda está comigo quando sinto sua respiração mudar. Seu braço aperta minha cintura e você me puxa para mais perto, acariciando a curva do meu ombro com o nariz. De repente, fico assustada, com medo de que esta alegria feroz e nascente murche à luz fria da realidade.

Eu me viro, segurando seu rosto com as duas mãos, guardando suas feições na memória, como se fosse possível esquecê-las algum dia. A fenda sutil na base do queixo, a ruga que nunca desaparece entre as sobrancelhas, mesmo quando você ri, a pequena cicatriz em forma de meia-lua no canto do olho, resultado de uma queda de balanço na infância. Tudo isso está gravado em minha memória até hoje, a perda ainda tão crua que dói.

Você cobre minha mão com a sua e o vinco entre suas sobrancelhas se aprofunda.

– O que foi? Qual é o problema?

– Nada – respondo, baixinho. – Estou apenas... memorizando seu rosto. Por precaução.

– Precaução contra... o quê?

Dou de ombros e pego o lençol, puxando-o sobre os ombros.

– Eu só não consigo acreditar que estou aqui. Que estamos aqui, juntos. Parece um sonho.

– É um sonho – você murmura, sua voz ainda rouca de sono. – Um que tive mais vezes do que posso contar. Só que desta vez você não desapareceu quando abri os olhos.

Você me beija nesse momento, um beijo cheio de ternura e admiração. Mas que se transforma em outra coisa para mim, algo feroz e assustador. Agarro-me a você, desesperada para provar a mim mesma que isto é real, que somos reais.

Fazemos amor de novo, desta vez mais devagar, explorando a terna topografia que não visitamos em nossa primeira união frenética. Nós desfrutamos um do outro, cada toque, sabor e murmúrio. Sussurramos promessas enquanto a tarde se transforma em noite. Palavras como hoje, *e* amanhã, *e* para sempre. *E somos sinceros quando as dizemos. Ou pelo menos eu sou.*

Porque ainda não comecei a refletir sobre nada disso. O que isso vai significar. O que vai custar. Aonde tudo isso pode levar.

    Nos dias que se seguem, passamos todos os momentos que podemos roubar juntos. Invento passeios com amigas que não vejo há meses, compro ingressos para concertos aos quais não vou, invento saídas para comprar roupas de que não preciso nem quero, tudo para criar álibis plausíveis para minhas ausências cada vez mais frequentes de casa. Quando Cee-Cee presume que comecei a comprar meu enxoval, não a corrijo. Concordo com um aceno de cabeça e sorrio, enquanto tento encontrar uma maneira de me livrar do meu noivado. Porque eu vou me livrar. Assim que Teddy e o pai dele retornarem de sua última viagem para onde quer que os cavalos estejam competindo esta semana. Mas, por enquanto, meu tempo é meu e é fácil adiar esses planos e apenas aproveitar esses doces momentos roubados com você.

    Tento estar no apartamento sempre que posso quando você chega do trabalho. Uso a chave que mantenho escondida em meu estojo de pó compacto para entrar e finjo ignorar os olhares que às vezes recebo da mulher que mora do outro lado do corredor. Os olhares que dizem: "Eu sei o que você está fazendo, entrando e saindo no meio do dia". Suponho que sim, mas não me importa. Não é provável que ela faça parte do círculo do meu pai.

    Brinco de cozinhar de vez em quando, para surpreender você, mas não sou muito boa nisso. É isso que acontece quando as pessoas fazem as coisas por você a vida toda. Mesmo assim, você nunca reclama. Comemos juntos na sua pequena cozinha e ouvimos as notícias no rádio, acompanhando com atenção os acontecimentos na Europa e na Grã-Bretanha. Lavamos a louça quando terminamos, lado a lado, como verdadeiros recém-casados. Mas não somos de fato recém-casados. Não somos nada, na verdade. E quando a louça finalmente está guardada e o noticiário termina, devo pegar meu chapéu e luvas e dar um beijo de despedida em você.

    E ensaiar um novo álibi a caminho de casa.

    Está cada vez mais difícil deixar você, voltar para minha vida fria e para minha família fria. Ainda estou usando o anel de Teddy, o símbolo da minha promessa quebrada. Só que ainda não a quebrei, não oficialmente – de modo algum, na verdade – e Cee-Cee começou a me perturbar sobre marcar uma data. Teddy, por outro lado, parece não ter muita pressa em chegar ao altar. Seus telegramas chegam com pouca frequência e, quando chegam, são abençoadamente breves, superficiais e quase comicamente educados.

Talvez haja uma mulher como eu em algum lugar que mantém uma chave escondida em seu estojo de pó compacto e que entra e sai da vida dele quando consegue. Eu certamente não guardaria rancor dele se houvesse. Não que ele tenha sido tão discreto com relação a essas coisas. E sendo homem não lhe é exigida discrição.

Sigo na esperança de que seja ele quem termine, que encontre alguém a quem prefira ou apenas reconheça que nunca seremos felizes juntos, mas por que ele faria isso? Ele não perde nada ao se casar comigo. Eu, por outro lado, vou perder tudo. E então devo ser eu quem vai acabar com isso. E eu vou.

O como *é o problema. E quando.*

Para sempre e outras mentiras

(págs. 50–56)

20 de novembro de 1941
Nova York, Nova York

Teddy voltou.

Nós nos encontramos duas vezes. Ambas as ocasiões foram constrangedoras, já que ele parecia ainda menos animado para me ver do que eu para vê-lo. Percebi, para meu alívio, que ele não resistirá muito quando eu disser que mudei de ideia. É a ira de meu pai que temo. Preciso estar com você como preciso da minha próxima respiração, mas a ideia de desafiar meu pai me aterroriza.

E, assim, não faço nada.

Você está ficando impaciente, começando a perder a fé em mim. Não falou abertamente, mas estou a par de um atrito crescente entre nós, comentários jogados, silêncios taciturnos quando o nome de Teddy inevitavelmente surge. Você não entende minha reticência. Não o culpo. Eu mesma mal a entendo, exceto para dizer que estou com medo.

E então, certa tarde – você se lembra, eu tenho certeza –, tudo vem à tona.

Tínhamos passado uma tarde especialmente apaixonada, mas é hora de ir embora. Haverá um jantar no início da noite – ao qual você comparecerá como convidado de meu pai – e precisarei de tempo para me vestir. Teddy também estará lá, e eu ficarei no braço dele. Não será a primeira vez que você e eu teremos que navegar uma noite assim. Já conseguimos fazer isso antes. Mas você ficou pensativo a tarde toda e sinto uma tempestade se formando enquanto pego minhas roupas e começo a me vestir.

Você ainda está na cama, apoiado no cotovelo, me olhando no espelho com uma cara carrancuda.

— Sinto muito — digo ao seu reflexo. — Sei que a noite será constrangedora.

— É isso que você acha? Que será constrangedor? Assistir à mulher que amo, a mulher com quem acabei de fazer amor, pendurada no braço de outro homem, respondendo a perguntas sobre seu casamento que se aproxima?

Dou as costas ao espelho e fico de frente para você.

— Eu sei, Hemi. Eu sei. E eu prometo...

— Não. — Você tira os lençóis e se senta, pegando a calça. — Não me prometa nada, Belle. Nós dois sabemos que são apenas palavras. Mas esta noite será a última vez. Estou farto de qualquer que seja o jogo que você está jogando.

Suas palavras me perfuram como dardos. Eu estava esperando alguma coisa, mas não isso.

— Acha que eu gosto de fingir que você é apenas um estranho na casa do meu pai? De abrir meu sorriso mais charmoso e perguntar se você precisa de mais uma bebida? Devo lembrá-lo que você mentiu para mim para ter acesso ao meu pai. Agora você conseguiu exatamente o que queria e a culpa é minha.

— Não diga que se trata de mim, Belle. Você sabe que eu abandonaria tudo sem pestanejar.

— Então por que você ainda não fez isso?

— Por que eu abandonaria tudo, quando você não vai fazer? Você não desistiu de praticamente nada por mim.

— Não é tão simples, Hemi. Você sabe que não é.

— Mas é, Belle. Você diz ao seu pai que não vai se casar com Teddy e vai embora. Sairemos de Nova York. Droga, deixaremos o país se você quiser. Mas você tem que colocar as coisas em movimento. E você não vai. Porque quando você pesa as coisas de que estaria abrindo mão em relação ao que estaria ganhando, a balança não se equilibra. Eu fico aquém.

— Você acha mesmo que é isso que está me impedindo? Dinheiro?

— Não, não só dinheiro. Mas você está acostumada a um estilo de vida que nunca poderei lhe dar, e quanto mais avançamos, mais você começa a perceber isso.

Pisco para você no espelho, irritada, embora não tenha o direito de ficar com raiva.

— Perceber o quê?

– *Que a aventura seguiu seu curso. Foi emocionante no começo, a novidade, o risco de ser pega, mas a emoção está começando a passar, e tudo o que resta é um apartamento sujo e um homem com possibilidades limitadas.*

E, assim, minha raiva é subitamente justificada.

– *Você acha que isso foi algum tipo de experimento? Um jogo?*

– *Eu não falei isso.*

– *Falou, sim* – respondo. – *Você falou exatamente isso.*

Eu lhe dou as costas e volto a me vestir. Momentos depois, ouço você vestir a calça e sair do quarto. Lágrimas ardem em meus olhos. Eu as seco, magoada demais para permitir que você as veja. O fato de você ser capaz de me acusar de tal coisa me lembra de novo quão pouco você me conhece – e quão pouco eu conheço você.

Nunca lhe contei como acabei no salão de baile do hotel St. Regis na noite em que nos conhecemos, mas vou lhe contar agora, para que você entenda. Se eu estivesse prestando mais atenção, poderia ter percebido o que estava por vir, mas ainda não sei o que poderia ter feito para evitá-lo.

Tudo começou como tantas coisas em nosso mundo antes que meu pai caísse em desgraça, com um jantar e muito planejamento. Certa noite, parece que do nada, desci e encontrei Teddy e os pais dele entre os convidados para o jantar de meu pai. Teddy ergueu o copo quando entrei no cômodo, dando um rápido sorriso quase de desculpas. Crescemos nos mesmos círculos, em grande parte à distância, mas frequentamos alguns bailes juntos e fomos ao cinema uma ou duas vezes quando ele estava em casa durante as férias escolares. Houve alguns beijos do tipo casto de boa noite, mas nunca foi além disso. Ele era bonito, porém impetuoso demais para o meu gosto, e não tão inteligente, como você mesmo observou. Ele também nunca expressou qualquer interesse sério em mim. Nossos pais que eram próximos. Parceiros em vários empreendimentos de grande porte e membros dos mesmos clubes.

Meu pai me viu enquanto eu descia as escadas e acenou para mim, todo sorridente, ao me apresentar à mãe de Teddy, que, até aquela noite, nunca havia sido convidada para nossa casa, assim como sua filha querida. Acenei com a cabeça educadamente e apertei a mão dela, com uma sensação de vazio na boca do estômago, porque de repente entendi o que estava acontecendo. Mas eu não tinha intenção de me casar com Teddy. No momento em que o jantar terminou, aleguei que estava com dor de cabeça e, para horror de minha irmã, pedi licença pelo resto da noite.

Na manhã seguinte, paguei pela minha insensatez. Fui severamente repreendida no café da manhã por ter sido mal-educada com meus convidados. Meu pai não achou graça quando salientei que Teddy e os pais dele não eram meus convidados, mas dele. Também lhe informei que não tinha intenção de me casar com ninguém. Eu iria para a faculdade para estudar arte ou educação. Dobrei o guardanapo, coloquei-o de lado e me levantei. Meu pai também se levantou e me deu um tapa tão forte que caí de volta na cadeira.

Ele nunca tinha me batido antes e deu um passo abrupto para trás, como se tivesse se surpreendido.

– Você deveria ter cuidado – avisou ele, a voz suave como aço. – Sempre foi parecida demais com sua mãe. Muito boba e sentimental para o próprio bem. Sugiro que, no futuro, tente ser mais maleável. Isso poupou sua irmã de uma série de sofrimentos.

– É bobagem querer amar o homem com quem eu vou me casar?

– O que você quer não me importa. Você tem um dever para com esta família e o cumprirá, se souber o que é bom para você. Fim de discussão.

Só que não foi o fim. De repente, deixei escapar a pergunta que sempre quis fazer:

– Essa foi a única razão para o senhor ter se casado com mamãe? Por dever?

Eu sabia que estava em terreno perigoso, mas não pude evitar. Por um momento, seus olhos suavizaram e desviaram dos meus, focando novamente na extremidade da mesa, onde minha mãe costumava se sentar. Mas a suavidade desapareceu tão de repente quanto surgiu, substituída por algo sinistro e rígido.

– Você nunca mais deve falar de sua mãe comigo, entendeu? Nunca. – Ele espanou as migalhas de torrada da frente do colete e pigarreou. – Quanto aos outros assuntos, já está decidido. Seus futuros sogros estão planejando um jantar para vocês dois na próxima semana. Não haverá dores de cabeça, nem cenas, nem drama de qualquer tipo. Você será atenciosa e charmosa e manterá a mãe desmiolada dele entretida, enquanto o marido dela e eu cuidamos de alguns negócios. Não quero ter que persuadi-la, mas farei isso se me pressionar. Estamos entendidos?

Eu o encarei, atordoada. Isso é o que minha vida era para ele, meu futuro. Negócios. Havia centenas de coisas que eu desejava jogar de volta na cara dele. Em vez disso, assenti com a cabeça e desviei o olhar.

– Sou o chefe desta casa – continuou ele, num tom mais suave, quase magnânimo: um homem que sabia que tinha vencido. – Cada um de nós tem um papel a desempenhar nesta família. O seu é se casar com o homem que eu escolher para você, e eu escolhi Teddy. Ele é da estirpe certa. Seus filhos serão da estirpe certa.

Eu estava prestes a protestar quando Cee-Cee chamou minha atenção, enviando um aviso silencioso. Mordi o lábio e não disse nada, furiosa quando meu pai se virou e saiu da sala.

Quando ficamos sozinhas, Cee-Cee pegou a cafeteira, encheu a xícara e colocou dois cubos de açúcar.

– Pronto – comentou, mexendo-se distraidamente. – Não foi tão difícil, foi?

Sufoquei um gemido, seu tom quase mais elevado do que eu poderia suportar.

– Você nunca se cansa de ficar do lado dele?

– É o único lado a ficar nesta casa. Achei que você já entendia isso a essa altura.

– Não vou acabar como você, uma marionete que pula toda vez que o pai puxa seus fios.

Cee-Cee tomou um gole de café com uma indiferença irritante e depois colocou a xícara com cuidado de volta no pires.

– Temo que você terá um despertar abrupto, querida irmã. Você vai acabar exatamente como eu. Você o ouviu. O que você quer não importa. Tudo o que importa é o que pode fazer por ele. Acha que entende o que está acontecendo aqui, que se trata de dinheiro e imóveis, do império de nosso pai, mas é maior que isso. E você precisa tomar cuidado onde pisa.

– Isso deveria me assustar?

Ela ignorou a pergunta enquanto casualmente passava geleia em uma torrada.

– Ele tinha razão, sabia? Você é igual a ela. E acabará igual a ela se não tomar cuidado. Por que continuar a mencioná-la quando sabe que ele não quer ouvir?

– *É como se ele estivesse tentando fingir que ela nunca existiu. Apagá-la. Isso não incomoda você?*

– *O que espera que ele faça? Que continue a ressuscitando? Fingindo que ela não envergonhou esta família com sua histrionice?*

– *Ela estava doente!*

Cee-Cee revirou os olhos enquanto jogava os restos da torrada no prato.

– *Como pode ser tão ingênua? As coisas no mundo real funcionam de certa maneira. Uma maneira dura, talvez, mas uma vez que a aceita, as coisas ficam... mais fáceis. Foi isso que o pai quis dizer quando usou a palavra* maleável. *Aceitar a maneira como as coisas funcionam.*

– *Que coisas?*

– *Tudo na vida tem uma hierarquia. Os fortes vão para o topo da fila, enquanto os fracos devem abrir caminho. Helene era fraca.*

A resposta dela, tão vazia e fria, me deixou enojada.

– *Você a chama de Helene. Como se ela fosse uma estranha que morava em nossa casa? Ela era nossa mãe.*

Cee-Cee bufa e revira os olhos para o teto.

– *Francamente, você nunca aprende. Famílias como a nossa têm um dever para com as gerações futuras, de preservar o nosso modo de vida, quem somos, o que construímos. Papai tem um plano para nós. Para todos nós.*

– *E se eu decidir não fazer parte do plano dele?*

– *Você não estava ouvindo? Não há escolha. Somos peças de um tabuleiro de xadrez, você e eu. Nada mais. Ele nos moverá para onde e como quiser e não vai parar até ter todas as peças.* – *Ela se afastou da mesa e se levantou, depois hesitou, encarando-me com um olhar gélido.* – *Você também deve saber que, algumas vezes, algumas peças desapareceram. Peças problemáticas que não eram muito importantes para ninguém. Jamais pense que ele não fará o mesmo com você.*

Então ela partiu, deixando-me para refletir sobre seu aviso.

Um mês depois, conheci você no St. Regis. Você com seu sorriso astuto e roupas de gala alugadas. Mesmo assim, você estava me julgando, se perguntando como, em nome de Deus, eu permiti que isso acontecesse.

Eu também estava me perguntando.

NOVE

ASHLYN

Perder-se nas páginas de um livro é muitas vezes se encontrar.
— Ashlyn Greer, *O cuidado e a alimentação de livros antigos*

7 de outubro de 1984
Rye, Nova Hampshire

Ashlyn diminuiu a velocidade do carro e virou na Harbor Road, um trecho estreito de cascalho e conchas de ostras esmagadas, que fazia uma curva em direção ao cais aberto. Havia uma pequena ponte de madeira e, além dela, vários telhados, um dos quais pertencia a Ethan Hillard.

Ela atravessou a ponte, passou por um casal em bicicletas iguais e começou a procurar os números das casas. A estrada ia mais longe do que ela pensava, serpenteando ao longo da costa rochosa por mais de um quilômetro e meio. As casas ficavam todas à sua direita e variavam em tamanho e estilo, todas compartilhavam uma vista absolutamente deslumbrante do cais.

Ashlyn tentou imaginar acordar com aquela vista gloriosa todas as manhãs. Céu azul, mar prateado, o brilho do sol nas asas brancas e radiantes. Quão diferente o mundo deve parecer para aqueles que acordam diante de tais coisas. Quão lindo e limpo. Quão fácil.

De repente, ela se sentiu deslocada, uma invasora naquela idílica comunidade à beira-mar, e pensou em dar meia-volta. Não teve notícias de Ethan desde sua última mensagem telefônica, uma semana atrás. O que ela espera conseguir ao emboscá-lo em casa? Por outro lado, o que tinha a perder?

Tinha acabado de fazer uma curva fechada quando avistou uma caixa de correio com o número 58 na lateral. Tirou o pé do acelerador, hesitando um instante antes de estacionar na entrada.

A casa era grande e imponente, uma clássica de dois andares com telhado de quatro águas, um passadiço central e uma cúpula voltada para o cais. Parecia ter acabado de ser pintada, tudo de cinza e branco limpos, exceto a porta da frente, que tinha um tom extravagante de limão.

À esquerda da entrada, havia uma garagem para três carros, mas nenhum sinal de veículo em lugar algum. Ashlyn tirou *Para sempre e outras mentiras* da bolsa, olhando para as notas amarelas que apareciam entre as páginas. Tinha passado várias horas naquela manhã escrevendo cada pergunta e depois as afixando na página apropriada. Quando ficou pronto, ela escreveu um bilhete educado pedindo a ajuda dele mais uma vez, depois selou o livro e o bilhete em uma capa protetora de plástico.

Agora tudo que precisava fazer era colocar o livro nas mãos Ethan, o que significava abrir mão dele por um tempo, o que não foi uma decisão que ela tomou com facilidade, mas Ethan havia deixado bem claro que não tinha interesse em ficar com nenhum dos dois para si. Ela teria que confiar nele.

Não era bem seu ponto forte, a confiança. Mas não tinha muita escolha se quisesse a ajuda de Ethan. Antes que pudesse mudar de ideia, subiu na varanda de pedra e tocou a campainha. Depois de um segundo e então de um terceiro toque sem resposta, recorreu ao seu plano alternativo, que era deixar o livro na caixa de correio.

Espiou por cima do ombro enquanto descia pelo caminho, ciente de que, sendo uma desconhecida naquela pequena e abastada comunidade, na certa pensariam que ela não estava fazendo nada de bom caso fosse flagrada bisbilhotando a caixa de correio de Ethan Hillard. Quando teve certeza de que o caminho estava livre, abriu a caixa de correio e a encontrou cheia de correspondências não solicitadas e propagandas de jornais. Talvez Ethan não a estivesse ignorando, afinal. Talvez estivesse apenas fora da cidade.

Ashlyn olhou para a casa de novo, focando na porta de vidro transparente contra tempestades. Se estivesse destrancada, poderia colocar o livro entre as duas portas. Estaria protegido de qualquer clima em sua capa de plástico, e não haveria como não o ver quando Ethan voltasse para casa, já que teria que passar por cima dele para entrar.

Colocando o livro debaixo do braço, refez os passos de volta pelo caminho da garagem. Um teste hesitante na porta contra tempestades lhe mostrou que ela estava destrancada. Tinha acabado de verificar os arredores novamente e estava se preparando para fechá-la quando a porta da frente se abriu.

– O que está fazendo?

Ashlyn ficou tão assustada com a aparição repentina de Ethan que se atrapalhou com o livro, quase o deixando cair nos degraus.

– Eu só estava... Pensei que você não estivesse em casa. Toquei a campainha, mas ninguém atendeu.

– Então você pensou em entrar?

– Não! – Ela ergueu o livro em sua defesa. – Eu ia deixar isto dentro da porta contra tempestades, depois ligar e deixar uma mensagem quando voltasse para a loja. Tentei a caixa de correio, mas está cheia.

Ethan olhou para o livro e depois para ela, franzindo a testa.

– É ilegal mexer na caixa de correio dos outros.

Ashlyn piscou para ele. *É mesmo?*

– Eu não ia *tirar* nada. Só ia deixar o livro.

– Por quê?

Ashlyn lhe lançou um sorriso nervoso. Isso não estava indo exatamente como esperava.

– Eu tenho algumas perguntas. E descobri algumas coisas desde a noite em que você foi lá na loja. Deixei várias mensagens para você, mas não tive retorno.

– Então você veio até minha casa.

Pareceu ruim quando ele disse isso. Invasivo e um pouco assustador.

– Não para *ver* você. Bem, eu teria que ver você, mas não estava planejando incomodar. Anotei as perguntas em notas adesivas e as colei nas páginas para que você pudesse lê-las quando tivesse tempo. Se eu soubesse que você estava aqui, não teria... – Ashlyn deixou as palavras penderem. Ele parecia cansado e irritado, como se ela o tivesse pegado no meio de alguma coisa. – Desculpe. Parece que escolhi um momento ruim.

Ela estava prestes a descer as escadas quando ele a interrompeu.

– Não recebi suas mensagens. Foi por isso que não retornei as ligações. Fiquei enfurnado com o telefone desligado nos últimos dias. Não tenho certeza de quantos. Perdi a noção do tempo. – Ele fez uma pausa, passando a mão pelo cabelo. – Que dia é hoje?

– Domingo.

Ele assentiu com cansaço.

– Uma semana. Minha nossa.

Agora ela viu: a sombra da barba por fazer ao longo de seu queixo e roupas que pareciam estar sendo usadas há vários dias.

– Você está escrevendo?

– Prometi ao meu editor enviar os primeiros cinco capítulos para ele dar uma olhada na próxima semana e não está indo bem. Não consigo começar. – Ele empurrou o cabelo para trás, deixando-o em pé. – Desculpe por esbravejar. Não fico bem sem dormir.

– Sou eu quem deveria estar se desculpando. Desculpe por incomodá-lo enquanto você estava trabalhando.

Ashlyn estava esperando por uma resposta quando percebeu que a atenção de Ethan havia se desviado. Ela se virou, seguindo o olhar dele, e viu uma mulher rechonchuda usando um agasalho lilás parada no final do caminho da garagem com um springer spaniel igualmente rechonchudo. À primeira vista, parecia que ela estava tendo problemas com a coleira do cachorro, mas um olhar mais atento sugeriu que sua atenção estava focada neles, na verdade.

– Aquela é a sra. Warren – explicou Ethan. – Nosso comitê de vigilância do bairro formado por uma mulher só. – Ele deu um sorriso forçado, oferecendo à mulher um aceno quase cômico. – Eu costumava roubar picles do quintal dela quando era criança. Frascos inteiros arrancados da mesa de piquenique. Ela disse para a minha mãe que eu acabaria na prisão. Tem ficado de olho em mim desde que voltei, esperando que eu cometa um deslize. É melhor você entrar antes que ela considere você minha cúmplice. Tenho certeza de que já memorizou até a placa do seu carro.

Ashlyn ficou surpresa com o convite, mas o seguiu feliz para dentro. No último minuto, ela se virou na porta para acenar para a sra. Warren.

Ethan deu uma risada abafada enquanto fechava a porta.

– Pela manhã a fofoca já vai ter se espalhado.

– Desculpe. Enxeridos me deixam louca. Eles adoram espiar por entre as cortinas, mas a maioria não levantaria um dedo se sua casa pegasse fogo.

As sobrancelhas de Ethan se ergueram.

– Essa é a voz da experiência falando?

– Algo do tipo.

Eles estavam em um grande saguão de entrada com piso de parquet polido e um enorme espelho que refletia a luz de uma luminária de bronze e vidro lapidado. Além de um arco curvo, Ashlyn teve um vislumbre de uma espaçosa sala decorada em tons suaves de creme e cinza.

– Que sala linda.

– Quer dar uma olhada na casa?

Ela assentiu sem jeito.

– Se você tiver tempo para isso.

Ethan falou pouco enquanto a conduzia de cômodo em cômodo, apontando uma característica aqui e ali, mas deixando os aposentos falarem por si. A casa era um estudo de sofisticação e estilo, mas com uma elegância descontraída em todos os detalhes. Paredes elegantemente forradas com papel, tecidos em tons frios e tranquilos, móveis escolhidos para conforto e não para exibição.

– É tudo tão lindo – comentou ela quando voltaram para a cozinha. – Como algo saído de *Casa & Jardim*, mas ainda aconchegante e acolhedor.

– Obrigado. Coisa da minha mãe. Quando descobriu que estava doente, ela decidiu redecorar o local de cima a baixo. Para que tudo ficasse em ordem para meu pai. E para mim quando ele falecesse. Ela era assim, sempre pensando nos outros. Ela ficou maluca tentando deixar tudo certo. Ficou com medo de não terminar a tempo.

Ashlyn se lembrou das caixas que ela havia examinado antes de se deparar com *Lamentando Belle* e os ecos que captou por acidente. Ecos de alguém que estava doente e com medo de ficar sem tempo. Ecos, agora percebeu, que pertenciam à mãe de Ethan.

– Sinto muito – disse com voz suave. – Qual era o nome dela?

– Catherine.

– Ela parece adorável.

Ethan sorriu, mas também havia tristeza.

– Ela era. E uma verdadeira guerreira. Deram um ano quando foi diagnosticada. Ela aguentou três.

– E ela os passou garantindo que as coisas seriam mais fáceis para você e seu pai depois que ela se fosse.

– Ela era assim. Fez dezenas de listas, números de telefone de todos os vizinhos, para quem ligar para consertar isso ou aquilo, onde guardava os papéis importantes. Até fez a governanta jurar que ficaria e cuidaria do meu pai. Agora ela cuida de mim. Ou tenta.

Ashlyn conseguiu sorrir, mas não pôde deixar de comparar as escolhas que a própria mãe fez após seu diagnóstico com as de Catherine Hillard, que fez tudo ao alcance para garantir que aqueles que ela amava fossem cuidados. Ela escolheu ficar. Escolheu lutar.

Eles haviam voltado para a cozinha agora. Ethan apontou para o fogão, onde havia uma panela grande em fogo baixo.

– Posso lhe oferecer uma tigela de sopa de frutos do mar?

– Você fez sopa?

– Isso parece tão impossível assim?

– Não foi o que quis dizer. É que Daniel era um completo desastre na cozinha. Duvido que ele conseguisse encontrar uma colher de sopa, muito menos fazer sopa de fato.

– Daniel é seu ex?

– Quase ex – corrigiu ela sem jeito. – Ele morreu antes do nosso divórcio ser finalizado.

– Acidente?

Ashlyn desviou o olhar. Ela odiava a pergunta. Ainda mais porque nunca sabia como responder.

– Um carro acertou ele. Um caminhão, na verdade. Quatro anos atrás.

– Caramba. Sinto muito.

– Obrigada.

Houve um silêncio, tornando-se mais pesado à medida que os segundos passavam. Ethan foi até o fogão e levantou a tampa da panela de sopa, examinando o conteúdo.

– Para ser bastante honesto, não fui eu que fiz a sopa. Penny, minha governanta herdada, trouxe para cá hoje de manhã. Ela está convencida de que vou morrer de fome se não me alimentar pelo menos duas vezes por semana e parei de tentar convencê-la de que está errada. A sopa dela é praticamente lendária e sempre há o suficiente para um exército. – Ele fez uma pausa, erguendo as sobrancelhas. – Fico feliz em compartilhar.

– Não. É sério. Não vim para incomodar. – Ashlyn tirou o livro de debaixo do braço e o colocou sobre o balcão. – Vou deixar isto aqui se estiver tudo bem. Talvez você possa dar uma olhada nas páginas que marquei e nas perguntas que anotei.

Ethan olhou para o livro com suas notas adesivas amarelas.

– Que tipo de perguntas?

– A maioria sobre Goldie Spencer.

– Quem é Goldie mesmo?

– Eu mencionei ela na noite em que você foi à loja, mas naquele dia, eu só tinha um apelido. O nome verdadeiro dela era Geraldine Spencer. Ela herdou o negócio jornalístico do pai quando tinha apenas vinte e um anos e o usou para expor a corrupção. Hemi trabalhava para ela, embora esteja começando a parecer que o relacionamento deles foi mais profundo do que isso. E há um novo nome que espero que seja familiar para você. Steven Schwab. Está tudo nas notas, anexadas às páginas correspondentes. E há algumas fotocópias no verso. Fotos que eu esperava que fossem familiares.

Ethan tirou o livro da capa protetora e passou o polegar pelas notas adesivas amarelas, projetando-se para fora do volume.

– São muitas anotações.

– Eu sei. E sei que você não se importa muito com os livros, mas esperava que pudesse esclarecer algumas das coisas que eu descobri.

– Tudo bem – concordou Ethan de má vontade. – Vou dar uma olhada. Mas sopa primeiro. Estou morrendo de fome. Podemos conversar enquanto comemos. Você pode fazer uma salada? As coisas estão na gaveta de vegetais. Talvez você queira tirar a jaqueta primeiro.

Ashlyn assentiu enquanto tirava a jaqueta e depois foi até a geladeira.

Ethan ligou o fogão e tirou uma colher de pau de uma gaveta próxima.

– Você disse que tem dúvidas sobre algumas coisas novas que descobriu. De que tipo de coisa estamos falando?

Ashlyn examinou sua lista mental de perguntas. Eram tantas que ela mal sabia por onde começar.

– Marian mencionou escrever poesia quando era menina. Fiquei me perguntando se algum dos poemas dela ainda existiam. Eu também esperava que você conseguisse encontrar uma ou duas fotos antigas.

Ethan deu de ombros.

– Não sei nada sobre poemas. Marian não estava muito no meu radar quando eu era pequeno, mas pode haver algumas fotos em algum lugar. E até que estou curioso sobre a herdeira de jornais batalhadora. Goldie, não é?

– Esse é o nome que ela usava. Parece que foi uma mulher e tanto. Quebrava todas as regras e nunca se desculpou por nada. Ela também pode ser a razão para Belle e Hemi terem se separado. O que nos leva a Steven Schwab.

Ethan tirou um par de tigelas de um armário próximo e as colocou ao lado do fogão.

– Quem é Steven Schwab?

– Ele pode ter sido o homem que partiu o coração da sua tia. Ou pode não ser. É uma longa história.

– Então é melhor abrirmos um vinho. Tinto ou branco?

– Eu não ligo. Pode escolher.

O que estava acontecendo? Ela veio deixar um livro. Agora Ethan estava abrindo uma garrafa de Malbec e ela estava fazendo uma salada. E ainda assim era estranhamente bom, quase confortável, apesar do ambiente desconhecido. Talvez ele estivesse feliz pela distração. Qualquer que fosse o motivo, ela tinha a atenção dele e planejava aproveitar ao máximo.

DEZ

ASHLYN

Tal como acontece com todas as coisas raras, cuidados reparadores regulares são essenciais. A negligência crônica pode resultar em enfraquecimento, distorção ou outras vulnerabilidades persistentes.
— Ashlyn Greer, *O cuidado e a alimentação de livros antigos*

Eles comeram lado a lado no balcão, debruçados sobre os artigos fotocopiados que Ruth havia desenterrado, incluindo aquele com a foto de Steven Schwab. Ashlyn elaborou suas suspeitas de que Hemi e Goldie estavam envolvidos romanticamente, bem como suas razões para suspeitar que Hemi e Steven Schwab eram a mesma pessoa.

Ethan ouviu com atenção, interrompendo de vez em quando para fazer uma pergunta. O interesse dele foi uma surpresa agradável, mas à medida que ela avançava rumo ao território mais espinhoso, recordou a si mesma para agir com cuidado. Martin Manning fazia parte do passado dele, da família dele. E família era família, não importava o que Ethan gostava de fingir.

– Odeio ter que perguntar isso, mas você se lembra de seu pai alguma vez mencionar que Martin pode ter estado envolvido em alguma coisa...? – Ela fez uma pausa, procurando uma maneira delicada de falar. – Menos que honesta?

Ethan franziu a testa.

– Não, mas eu não ficaria muito chocado. Estamos falando de coisas de colarinho branco?

– Mais como vender bebidas alcoólicas durante o período da Lei Seca. Hemi mencionou isso para Belle e tive a impressão de que Marian já sabia. Não creio que ele tenha sido preso por isso, mas parece que o seu bisavô teve um passado bastante turbulento. Havia outras coisas também, coisas sobre a guerra.

– Como o quê?

– Como se talvez ele estivesse torcendo para o lado errado.

Ethan fez uma careta.

– Com certeza nunca ouvi nada sobre isso nem sobre bebidas alcoólicas ilegais. Mas não ficaria surpreso. Sei que houve um grande escândalo em determinado momento. Que basicamente o arruinou. Não tenho ideia do que se tratava, meu pai era bastante calado sobre essas coisas. Minha mãe era um pouco mais aberta com as opiniões dela. Uma vez eu a ouvi dizer que Martin era tão corrupto que teriam que parafusá-lo no chão quando ele morresse.

– Parece que ela não morria de amores por ele.

– Nem um pouco. E com razão. Martin era totalmente contra o casamento dos meus pais. Corinne ficou do lado dele, é claro, e eles se uniram contra meu pai. Disseram que ele teria que escolher. Minha mãe ou a família. Então ele escolheu.

– É por isso que você sabe tão pouco sobre eles.

Ele assentiu.

– Quando eu tinha idade suficiente para entender tudo, meu pai e Marian já haviam se desentendido. Minha mãe tentou fazer as pazes. Ela gostava da minha tia e parece que o sentimento era recíproco. Na verdade, Marian disse para o meu pai fugir e se casar com minha mãe na primeira vez que se viram. – Ele balançou a cabeça, sorrindo. – Mamãe jurava que era só para se vingar de Martin e Corinne.

– Ela pode ter tido razão. Belle teve uma escolha semelhante. Embora, no caso dela, eu não tenho certeza se foi de fato uma escolha. Martin parece ter sido um grande tirano.

– Esse sempre foi o consenso geral.

– Havia um filho também, Ernest. Você sabia?

– O menino que se afogou – disse Ethan com tom severo. – Sim, eu sabia. Triste.

– A mãe dele, a mãe de Marian, nunca se recuperou da perda. Ela se culpou e acabou num sanatório. Ela morreu lá quando Marian ainda era menina.

– Você mencionou, mas acho que nunca ouvi isso dos meus pais. Só sabia que ela morreu antes de o meu pai nascer. – Ethan fez uma pausa, esfregando a mão no queixo. – Sabe, é engraçado. Eu teria apostado meu último dólar que não sabia quase nada sobre a história dos Hillard ou dos Manning, mas estou começando a perceber que sei muito mais do que pensava. Quando eu era pequeno, éramos só meus pais e eu. Os outros eram... fantasmas. Odeio admitir, mas estou curioso de verdade sobre *o que mais* não sei.

Ashlyn não pôde deixar de sorrir. Curiosidade era uma coisa boa.

– Então você deveria ler os livros. Pelo menos o de Belle. Mas eu adoraria a sua opinião sobre o lado de Hemi também, a opinião de um homem.

Ethan se levantou e começou a recolher as tigelas.

– E existe mesmo a opinião de um homem *versus* a opinião de uma mulher? Ou se trata apenas de tomar partido com base no gênero?

– Não foi isso o que eu quis dizer. – Ashlyn o seguiu até a pia com os talheres. – Só quis dizer que gostaria de uma opinião objetiva, alguém que me dissesse se estou lendo coisas na história que não estão de fato lá. Quando se trata de romance, não sou a pessoa mais objetiva do planeta. Pode-se dizer que tenho dificuldades para confiar.

Ethan desligou a torneira da cozinha e pegou uma toalha para secar as mãos.

– Seu ex traiu você?

Ashlyn assentiu.

– A minha também.

Nunca lhe ocorreu que ele pudesse ter tido uma esposa.

– Você foi casado?

– Não por muito tempo. Só o tempo suficiente.

– Sinto muito.

Ethan deu de ombros, conseguindo abrir algo parecido com um sorriso.

– Só mais uma canção como "Another Somebody Done Somebody Wrong", não é? E eu aqui pensando que não tínhamos nada em comum.

Ashlyn sorriu sem jeito, vendo o momento como uma oportunidade para pressioná-lo mais uma vez.

– Você vai lê-los?

Ethan suspirou.

– Você não vai desistir, vai? Está bem. – Ele terminou de secar as mãos e pegou o exemplar de *Para sempre e outras mentiras* com seus papéis amarelos protuberantes. – Vou ler o livro de Belle. E tentarei responder às perguntas. O que ainda não abordamos?

Ashlyn revisou sua lista novamente. Já haviam visto bastante. Mas ainda havia coisas sobre as quais estava curiosa, e talvez nunca mais o encontrasse com um humor tão prestativo.

– Gostaria de saber mais sobre os filhos de Marian. Onde estão agora. O que estão fazendo.

Ethan se sentou no banco e pegou sua taça de vinho.

– Não posso ajudá-la nisso. Só os encontrei uma vez, quando era criança. Marian teve que ir a uma conferência em Boston e eles passaram o fim de semana conosco. Não tenho certeza de como o assunto surgiu, mas o garoto, não lembro o nome dele, estava falando sobre seu Bar Mitzvah, falando sem parar sobre todos os presentes que ganhou. Eu disse para a minha mãe que também queria um Bar Mitzvah, mas ela explicou que os católicos não têm Bar Mitzvah. Fiquei bem chateado.

Ashlyn recebeu isso com alguma surpresa.

– Eu não sabia que Marian era judia.

– Ela não era. Mas os filhos dela eram, então ela se converteu. Sei que os jornais deram grande importância a isso. – Ele ficou imóvel de repente. – Pensando bem... – Ele se afastou do balcão de repente e se levantou. – Venha comigo.

– Para onde vamos?

– Para o escritório do meu pai.

Ashlyn o seguiu por uma escada acarpetada até o segundo andar, depois por uma longa galeria aberta decorada com aquarelas em tons suaves. A última porta à esquerda estava aberta. Ela hesitou quando Ethan entrou, optando por permanecer perto da porta. Era um aposento de cavalheiro com carpete escuro, móveis pesados e estantes lotadas. No centro do cômodo, de frente para uma grande janela, havia uma mesa ricamente esculpida, repleta de blocos de notas e várias páginas amassadas. Uma velha máquina de escrever IBM Selectric havia sido colocada de lado, com uma folha em branco caindo sobre o teclado.

– É aqui que você escreve?

– É onde tento escrever. É também onde meu pai escrevia.

– Seu pai também era escritor? – *Igual a Hemi e o pai dele.* – Que maravilha.

Ele estava vasculhando um armário agora, retirando uma série de caixas brancas de escritório.

– Na verdade, ele era professor, mas seu verdadeiro dom eram as palavras. Ele tinha um jeito de iluminar as coisas que as pessoas não queriam ver. Como o nosso governo tinha vendido a alma em nome do lucro. Como nossa humanidade estava desaparecendo. O quanto a intolerância ainda é predominante na América moderna e a necessidade de se proteger contra ela.

– Parece que ele e Goldie Spencer teriam se tornado amigos rápido.

Ethan ergueu os olhos das caixas e sorriu.

– Talvez sim.

Ashlyn avançou um pouco mais para dentro do cômodo.

– O que está procurando?

– É provável que nada. Mas meu pai era um acumulador incurável, para a tristeza de minha mãe. Joguei muita coisa fora, mas não tive a chance de verificar este armário. Tenho enrolado, na verdade. Mas talvez acabe sendo algo bom.

– Bom por quê?

– Antes, quando eu estava contando sobre o filho de Marian, me lembrei dos meus pais na cozinha, conversando sobre um artigo de jornal que ela tinha enviado para eles, e como Corinne ficou chateada ao saber por meio de um jornal que a irmã havia adotado duas crianças judias.

O pulso de Ashlyn acelerou.

– Você acha que pode ter o artigo?

– É provável que não. – Ele levantou a tampa de uma caixa, fechou-a e a colocou de lado. – Minha mãe deve ter jogado fora durante a reforma, ela jogou fora uma tonelada de coisas, mas vale a pena dar uma olhada. É claro que ela deixou o meu pai ficar com parte do tesouro dele.

Ashlyn olhou para a pilha de caixas, duvidosa.

– Ao menos sabe o que está procurando?

– Um álbum de recortes. Só o vi algumas vezes. Meus pais não eram muito nostálgicos quando se tratava da família do meu pai, mas lembro que acontecia de vez em quando. Era de couro verde. Ou azul, talvez. Tinha aquelas coisas de metal nos cantos. Será um milagre se ainda estiver aqui.

– Posso ajudar?

– Pegue uma caixa e comece a fuçar. Mas podemos acabar passando a noite toda aqui.

Ashlyn não se importava. Ela *tinha* a noite toda. Pegando uma caixa da pilha, ela se pôs de joelhos e levantou a tampa. Lá dentro, encontrou uma pilha de blocos de notas com orelhas, meia dúzia de registros de contabilidade em vermelho e preto, mas nenhum álbum de recortes. O conteúdo da próxima caixa produziu resultados semelhantes. Estava prestes a pegar um terceiro quando Ethan gritou de repente: "Ahá!".

– Encontrou?

– Encontrei. – Ele acenou para ela com o álbum de recortes, verde-escuro com abas nos cantos, exatamente como ele havia descrito. – Se o artigo estiver em algum lugar, estará aqui.

Ashlyn prendeu a respiração quando ele colocou o livro sobre os joelhos e começou a folheá-lo. Estava perto da última página quando parou de repente.

– Aí está – declarou ele, triunfante, apontando para um pequeno recorte de jornal no final da página. O recorte estava dobrado ao meio e amarelado pelo tempo, colado com fita adesiva que tinha ficado de cor marrom pegajosa.

Ethan leu em voz alta:

– *7 de fevereiro de 1950. Herdeira Manning retorna aos EUA com órfãos de guerra.* – Ele apontou e entregou o álbum a Ashlyn. – É ela.

O coração de Ashlyn acelerou quando ela ficou cara a cara com Marian Manning. Era um retrato em preto e branco, do tipo tirado por um profissional. Perfil em três quartos, cabeça e ombros. Ela tinha visto fotos semelhantes da mesma época. Recatada. Jovial. Posada com precisão. Mas Marian Manning não era nenhuma dessas coisas. Ela encarava a lente da câmera como se esta fosse um par de olhos, desafiadora, impenitente, fascinada.

Não era de admirar que Hemi havia se apaixonado à primeira vista naquela primeira noite no St. Regis.

Ashlyn passou os dedos pela fotografia, sentindo uma conexão instantânea. Como se tivessem se conhecido em outra vida, o que, de certa forma, acontecera.

– Sinto como se a conhecesse.

Ela tornou a olhar para a foto. Belle... Marian... tinha um rosto agora. Um rosto incrivelmente lindo. E uma camada inteiramente nova na história. Uma mãe e uma judia convertida. Escolhas que ela fez depois de perder Hemi. Talvez para preencher o espaço vazio deixado pela perda. Voltou a atenção para o artigo em si, lendo em voz alta.

7 de fevereiro de 1950 (Nova York) – A senhorita Manning surpreendeu toda a Nova York esta semana, retornando sem aviso prévio aos Estados Unidos com dois órfãos de guerra recém-adotados a reboque: um irmão e uma irmã, com idades aproximadas de 7 e 5 anos, cujos nomes são desconhecidos no momento. De acordo com uma fonte que não quis ser identificada, essa surpresa se estendeu à sua própria família, que não foi informada de seus planos. A senhorita Manning deixou os EUA depois da guerra e passou os últimos três anos na França, onde se tornou ativa na causa das crianças refugiadas em toda a Europa, muitas das quais perderam famílias inteiras nos campos de extermínio nazistas. Quando questionada sobre sua decisão de adotar, apesar de solteira, ela respondeu que espera chamar a atenção para os milhares de crianças que ainda aguardam realocação por todo o mundo e espera servir de exemplo para outras famílias americanas. Ela pede privacidade enquanto instala os filhos nos EUA e se compromete a continuar o seu trabalho em nome dos órfãos de guerra em todo o mundo.

– Ela liderou pelo exemplo – comentou Ashlyn quando terminou de ler. – Que coisa maravilhosa e altruísta de fazer.

– Foi, apesar de achar que foi a gota d'água para Martin. Ele não pode ter ficado feliz por ter sido enganado dessa maneira. O que, estou começando a suspeitar, deve ter dado satisfação infinita para Marian. Também acho que foi por isso que ela acabou sendo excluída do testamento e proibida de colocar os pés na casa, embora devesse saber que estava trilhando um caminho sem volta.

– O que torna tudo ainda mais incrível. Ela o desafiou, sabendo quais seriam as repercussões. Ela foi corajosa.

– Acho que é por isso que ela e meu pai se deram bem. Eles foram os únicos a enfrentar o sistema. – Ethan pegou o álbum de recortes, passando para a primeira página. – Vamos ver o que mais pode estar aqui.

Havia várias fotos soltas entre as páginas, a fita que antes as mantinha no lugar sem cola. Ethan as estudou uma de cada vez, virando cada foto com a face para baixo quando terminava com cada uma.

– Não conheço nenhuma dessas pessoas – declarou ele por fim. – Tias e tios, imagino, e primos. Meu pai tinha três irmãos.

– Algum dos irmãos dele ainda está vivo?

Ethan deu de ombros.

– Pode ser que sim. Sei que Robert foi morto no Vietnã, morto durante a Ofensiva do Tet. Uma das irmãs dele morreu há alguns anos. Ele recebeu uma carta de um antigo amigo de faculdade, dizendo que tinha visto um anúncio no jornal. E isso é tudo o que sei. Eles nunca fizeram parte da nossa vida.

Ele enfiou as fotos de volta entre as páginas e continuou, ignorando fotos e recortes de jornais que não lhe diziam nada. De repente, parou e apontou para a foto de uma mulher séria e com uma franja pesada. Ao lado dela estava um homem alto, de rosto anguloso e olhos pequenos e escuros. Ele também não sorria.

– Acho que são Corinne e o marido dela. Também não sei o nome dele. Ele morreu quando meu pai era menino. Acho que alguma coisa no pulmão.

– George – disse Ashlyn. – O nome dele era George.

Ethan lançou um olhar para ela.

– É estranho que você saiba disso e eu não.

– O nome dele é *tudo* o que sei. Ele não é muito mencionado em nenhum dos livros. E quanto ao Martin? Quando foi que ele morreu?

– Não muito depois de eu nascer. Não sei como. Só sei que morreu e que Corinne assumiu o trono.

Ashlyn olhou para a foto de Corinne, Cee-Cee, como passou a conhecê-la. Ela não tinha a beleza da irmã. Na verdade, havia pouca semelhança. Mas teria sido incorreto dizer que ela não era atraente. Seu rosto era quadrado, com olhos bem separados e uma boca carnuda, mas de alguma forma, pouco generosa. Um rosto moldado pela infelicidade.

– Ela não se parece muito com a Marian – observou Ashlyn.

– Ela é exatamente do jeito que imaginei – comentou Ethan, carrancudo, enquanto virava para a última página. – Ei. Essas aqui são as crianças. Os filhos da Marian. Eu não fazia ideia de que meus pais tinham isso. Ela deve ter enviado. – Ele passou o polegar pelas bordas da foto, levantando-a com cuidado da página e virando-a. – Zachary e Ilese na praia. 11 de julho de 1952.

– São mesmo eles?

– São. Eles estão mais jovens nesta foto do que quando os conheci, mas com certeza são eles. Lembro que ele era bem brincalhão. Sempre rindo. Nunca ficava parado. Ela era o exato oposto. Sempre com o nariz enfiado em um livro. Ela mal disse uma palavra durante todo o fim de semana.

Ashlyn sentiu uma súbita onda de empatia pela garota da foto. Ela entendia a necessidade de se esconder atrás de um livro, de criar uma barreira física entre si e o mundo. Fazia isso há anos, buscando refúgio nas histórias de outras pessoas.

Ela estudou as crianças com mais atenção. A menina, Ilese, era pálida e pequena e parecia ter oito ou nove anos. Zachary era claramente mais velho, alto e dentuço, já insinuando o destruidor de corações que quase com certeza se tornaria.

– Eles são muito diferentes, não? Ela é tão pálida, quase frágil. Mas o menino é puro charme. É uma pena que você tenha perdido o contato com eles.

– Não tenho certeza se poderia dizer que alguma vez *mantivemos* contato. Os dois eram mais velhos que eu. Mal me lembro deles.

– Sabe onde Marian se estabeleceu quando voltou para os Estados Unidos? Ela voltou para Nova York?

– Não faço ideia. Mas duvido. Não vejo como ela ia querer estar perto de Martin.

– Você não teve notícias dela quando seu pai faleceu?

– Não. Pelo que sei, ela também está morta. E se não estiver, há uma boa chance de ela não saber que ele morreu. – Ele fez uma pausa, fechando o álbum de recortes e deixando-o de lado. – Por quê?

– Só por curiosidade mesmo.

Seus olhos se estreitaram um pouco.

– Você quer tentar encontrá-la, não é?

Ashlyn nem tentou esconder seu entusiasmo.

– Você acha que é possível?

Ethan olhou para ela, claramente inquieto.

– Essa não é a questão, é? A verdadeira questão é: ela *gostaria* de ser encontrada? Dois desconhecidos aparecendo do nada, na esperança de vasculhar o passado dela? *Você* gostaria?

– Você não é um desconhecido. É o sobrinho dela.

– Na verdade, sou *filho* do sobrinho dela e nunca vi a mulher. Isso me torna um desconhecido.

– Tudo bem, talvez você seja um desconhecido. Mas se ela está viva, não esqueceu Hemi. Ela ia querer os livros de volta.

– Como você sabe?

Ashlyn desviou o olhar, um pouco tentada a contar sobre os ecos, mas então percebeu como soaria estranho. Como *ela* soaria estranha. *Psicometria*. O termo tinha metade da palavra *psicótica* nele. Não podia se dar ao luxo de espantá-lo. Não quando tinha chegado tão longe.

– Uma mulher não esquece o homem que abala todo o mundo dela, Ethan. Jamais.

– Mais uma razão para deixar isso como está. Ela deu a própria opinião quando escreveu o livro. Deveríamos deixar que acabe assim.

Ashlyn ficou observando enquanto Ethan começava a reunir vários papéis e blocos de notas e colocá-los de volta na caixa. Odiava admitir, mas ele tinha razão. Ler os livros era uma coisa. Encontrara-os por acaso. Mas rastrear Marian Manning como um cão de caça era algo bem diferente. Ela tinha mesmo o direito de vasculhar o sofrimento descartado de outra pessoa? Iria querer que alguém vasculhasse o dela? Ashlyn se levantou, relutante, consciente de que a noite estava chegando ao fim.

— Acho que tem razão. Mas obrigada por me mostrar as fotografias. Pelo menos terei alguns rostos para associar aos nomes. Posso ajudar a colocar essas coisas de volta no armário?

Ethan olhou ao redor do cômodo e balançou a cabeça.

— Não precisa. Agora que arrastei tudo para fora, posso muito bem verificar tudo isso. Mas não hoje. Estou exausto e tenho aula de manhã.

— Tem certeza?

— Sim. Já está na hora de organizá-las. Acompanho você até lá embaixo.

No andar de baixo, Ashlyn vestiu a jaqueta e agradeceu pelo jantar enquanto iam até a porta.

— Eu não queria mesmo incomodar você. Ou causar um escândalo com seus vizinhos. Pelo menos a sra. Warren já terá ido embora.

Ethan abriu a porta e olhou para a rua.

— Não ficaria surpreso se ela estivesse escondida nos arbustos, verificando se o seu carro ainda está na garagem. Eu teria cuidado ao sair se fosse você. Vou deixar o livro da Belle na loja quando terminá-lo.

— Ou posso vir buscá-lo para que você não precise ir até Portsmouth. — Eles estavam parados na porta agora, o aroma do mar flutuava ao redor no ar úmido da noite. O momento pareceu um pouco estranho, como o fim de um primeiro encontro, o que com certeza não era. Ashlyn procurou as chaves no bolso. — Prometo não me tornar um estorvo e ficar a noite toda.

— Eu gostei da distração, para falar a verdade. Foi bom ter alguém com quem jantar, para variar. Fui um pouco babaca naquela primeira noite. Estou contente por ter tido a chance de me redimir.

Ashlyn sacudiu a cabeça, rindo.

— Não posso dizer que culpo você. Você não fazia ideia de quem eu era, e a coisa toda parecia bastante estranha. De qualquer forma, é melhor eu ir. Tenho algumas leituras para fazer.

– Me deixe adivinhar, o livro de Hemi?

– Na parte em que parei, as coisas estavam começando a ficar um pouco turbulentas. Espero que a situação melhore entre eles.

– Só que sabemos que não vai.

– Pois é – Ashlyn concedeu, triste. – Sabemos que não. De qualquer forma, boa sorte com sua escrita. – Ela estava na metade do caminho quando se voltou. – É mesmo ilegal abrir a caixa de correio de alguém?

– Não faço ideia. Mas soou bom.

– Você teria mesmo chamado a polícia para que me prendessem?

Sua risada percorreu o caminho.

– Não. Mas não posso falar pela sra. Warren.

Enquanto Ashlyn saía da entrada e seguia pela Harbor Road, seus pensamentos já estavam em Belle e Hemi e na discussão que tiveram sobre a relutância de Belle em enfrentar o pai. Teria sido o começo do fim para eles, o primeiro desgaste do romance condenado? Ou fizeram as pazes e se separaram de novo mais tarde? A única maneira de saber era continuar lendo. Só que dessa vez teria um rosto para acompanhar as palavras.

Lamentando Belle

(págs. 66–72)

21 de novembro de 1941
Nova York, Nova York

Acabei de fazer o café quando ouço sua chave deslizar na fechadura. Pego uma segunda xícara, coloco-a na mesa ao lado do jornal da manhã e espero.

Devo dizer que fiquei surpreso quando você telefonou para dizer que viria. Não achei que teria coragem de me olhar nos olhos. Mas então talvez esse fosse o plano o tempo todo, uma maneira de me contar sem de fato me contar. Talvez você estivesse com medo de que eu fizesse cena, implorasse e bradasse que nunca abriria mão de você. Não precisava ter se preocupado. Eu não vou correr atrás de você. Se está decidida a se vender a um homem que não é digno de tê-la, e parece que você está, então vá.

Você está quase perfeita quando enfim entra na cozinha, parecendo uma gravura de moda em seu elegante terno de tweed e chapéu novo. Nevou durante toda a manhã e alguns flocos ainda estão grudados em sua gola, deixando manchas escuras de umidade conforme derretem. Como sempre, você está impecável. Por um momento, me arrependo de não ter colocado camisa ou sapatos. Qual deve ser a minha aparência, parado aqui só de calça e camiseta, com o cabelo ainda molhado do banho? Então penso... não. É justo que seja assim que você se lembrará de mim, uma prova de que, afinal, você fez a escolha certa.

Você para logo à porta e fica imóvel, como se estivesse perplexa por eu não a cumprimentar. Estive ensaiando minhas primeiras palavras para você há mais de uma hora, mas por algum motivo, não consigo dizê-las. Há muito tempo temo este dia, desde a primeira vez que a beijei, e agora que chegou, não estou preparado.

– *Diga alguma coisa* – consigo falar por fim.

Você franze a testa.

– *O quê?*

– *Suponho que você veio aqui para me dizer algo. Diga.*

– *Eu não... O quê?*

– *Na verdade, você poderia apenas ter me contado por telefone e economizado no custo do parquímetro.*

Você me olha de alto a baixo, como se eu fosse um estranho.

– *O que há com você, Hemi?*

Vou até a mesa e pego o jornal da manhã. Sua foto, e a de Teddy, olha para mim na página, junto com a manchete: CASAMENTO DA TEMPORADA MARCADO PARA JUNHO. *Já decorei os detalhes. Igreja de St. Paul e St. Andrew... Waldorf Astoria... em um vestido desenhado pelo costureiro anglo-americano Charles James.*

– *Parabéns* – digo, colocando o jornal em suas mãos. – *Uma noiva de junho. E uma recepção no Waldorf. Que bom para você.*

Você olha para o papel e depois para mim.

– *Eu não... Hemi, não tive nada a ver com isso.*

Suas bochechas ficam manchadas com um tom rosado, embora eu suspeite que tenha mais a ver com a vergonha de ter sido pega do que com qualquer verdadeira indignação.

– *Está dizendo que o* New York Times *publicou uma matéria sobre suas núpcias sem o seu aval?*

– *Sim!*

– *Eles simplesmente inventaram uma data? E um local?*

Sua boca se move, silenciosa, enquanto você se atrapalha para encontrar uma resposta, seu rosto fica mais vermelho a cada minuto.

– *Não fui eu, Hemi. Juro para você.* – *Você olha para a manchete de novo e finalmente para mim.* – *Isso tem cheiro de Cee-Cee por toda a parte. Ela vem me perturbando há semanas. É claro que achou que poderia simplesmente dizer uma data para eles e que, depois que a publicassem, eu não poderia dar para trás. Eu vou matá-la.*

Eu a encaro de braços cruzados, cético quanto à sua indignação.

– *O que sua irmã tem a ver com quando será o seu casamento?*

– *Você ainda não está entendendo. Nada disso tem a ver comigo. Trata-se de uma fusão que meu pai está tentando arquitetar com o pai de Teddy. Mas os pais de Teddy estão ficando impacientes. Parece que eles fizeram alguns comentários sobre eu estar enrolando demais.*

– *E Teddy? Ele está ficando impaciente?*

– *Teddy?*

Você parece confusa com a pergunta, como se o tivesse esquecido em meio a tudo isso.

– *Seu noivo – lembro com frieza.*

Você fecha os olhos, suspirando, cansada.

– *Nós mal nos vimos desde que ele e o pai voltaram. Escolha dele tanto quanto minha. Ele nunca falou nada, mas não creio que esteja mais ansioso para dizer o "sim" do que eu. São nossos pais que estão determinados a nos levar ao altar.*

– *E parece que eles vão conseguir o que querem.*

Você dá uma olhada no artigo mais uma vez e depois joga o jornal sobre a mesa.

– *Não, eles não vão.*

– *É o que você tem dito.*

– *Hemi...*

– *Você tem alguma ideia de como foi abrir o jornal hoje e ver essa manchete? E então perceber que você estava só me enrolando?*

– *Hemi, prometo...*

– *Você só tem promessas, Belle.*

– *Mas tenho a intenção de cumpri-las.*

– *Então ligue para o jornal. Agora mesmo.*

– *O quê?*

– *Ligue para o Times e diga que eles estão enganados. Exija que imprimam uma retratação. Uma que cite você.*

Você me encara como se eu tivesse acabado de pedir que você andasse nua pela Quinta Avenida.

– *Não posso fazer isso. Ainda não. Preciso de mais tempo.*

– *Tempo para quê? – As palavras irrompem antes que eu possa controlá-las, ressoando nas paredes da cozinha. – Quando chegará a hora? Quando você estiver a meio caminho do altar?*

– *Não é justo!*

– *Não é justo para quem? Para Teddy? Seu pai? E quanto a mim, Belle? Quanto tempo devo esperar? Estou cansado de bancar o tolo. Eu tentei me afastar para lhe dar uma saída, mas você continua me puxando de volta. Quantas vezes devo cair nessa?*

Seus olhos se enchem de lágrimas. Você desvia o olhar, sua voz fica rouca de repente.

– *O que você quer de mim?*

E de repente vejo o preço que tudo isso está cobrando de você. Você se tornou o prêmio em um jogo de cabo de guerra emocional, e tenho estado ocupado demais, cuidando do meu próprio ego, para enxergar o quanto você começou a se desgastar.

Estendo os braços para você, puxando-a para mim.

– *Quero que você se case comigo, Belle. Quero que se afaste de tudo, quero que nós dois nos afastemos, para viver em uma barraca, se isso for tudo pelo que pudermos pagar, e sobreviver de hambúrgueres e ovos mexidos. Mas acima de tudo, não quero mais que você tenha medo.*

Você está chorando baixinho agora, todo o seu peso em mim.

– *Não é tão simples.*

– *É, sim* – digo, baixinho. – *Vamos apenas embora. Amanhã. Agora. Você só precisa dizer sim.*

Quando seus olhos se levantam para os meus, vejo um brilho de promessa, de esperança.

– *E a grande reportagem em que você está trabalhando?*

– *Dane-se a reportagem. Goldie pode conseguir outra pessoa para terminá-la. Quando a coisa for impressa, já teremos partido há muito tempo.*

– *Para onde?*

– *Quem sabe? Quem se importa? Apenas diga sim.*

– *Sim* – você responde, e seu sorriso faz meu peito parecer que vai explodir. – *Sim, vou fugir com você e morar em uma barraca.*

Uma semana depois, começamos a fazer planos. Marcamos a data de nossa partida para coincidir com uma viagem que seu pai planejou a Boston,

o que lhe dará algumas semanas para se preparar. Já consegui as passagens, um vagão-cama na Broadway Limited. Faremos uma parada em Chicago, encontraremos um juiz de paz e depois passaremos alguns dias na cidade, como um verdadeiro casal em lua de mel, antes de viajarmos para a Califórnia.

Falamos em ir para Inglaterra quando a guerra acabar, de volta para onde cresci, mas não é seguro no momento. Haverá tempo para viajar mais tarde, tempo para tudo. Por enquanto, vamos nos contentar com São Francisco, o mais longe possível que eu consigo levar você do seu pai.

É uma delícia esse nosso segredo. Estamos determinados a não revelar o jogo, cada um de nós tenta seguir em frente como se nada tivesse mudado, mas por dentro, estou prestes a explodir. Sinto-me como um colegial, incapaz de me concentrar em qualquer coisa por mais de dez minutos seguidos, sabendo que logo partiremos, só nós dois, para começar uma nova vida juntos.

Não contei nada a Goldie. Ela ficará furiosa quando eu partir. Sem uma palavra. Sem um obrigado. Ela tem sido boa comigo, me dando esta oportunidade de provar meu valor. Mas ultimamente comecei a me preocupar com a possibilidade de ela estar perdendo a objetividade e não sei se tenho estômago para o que vem a seguir. O artigo em que venho trabalhando tomou um rumo inesperado nos últimos dias. Um rumo um tanto perturbador, embora nossas fontes jurem que é verdade. Ainda assim, pode acabar sendo um ardil elaborado, algum inimigo do seu pai que quer acertar velhas contas. Sem dúvida ele colecionou uma cota de adversários ao longo dos anos.

Ainda tenho algumas semanas para decidir como lhe contar, ou se vou lhe contar. Você já tem coisas demais com as quais lidar agora, e pode não dar em nada. Quase espero que não dê.

É difícil saber onde terminam minhas lealdades profissionais e onde começam minhas lealdades pessoais. Foi exatamente sobre isso que Goldie me alertou na noite em que discutimos, e mais uma vez no dia seguinte, quando me mudei. Quão cuidadosos precisávamos ser para que envolvimentos pessoais não atrapalhassem a verdade. Devemos sempre nos lembrar do bem maior. Era o mantra constante dela para mim. Mas o bem maior de quem?

No momento, sou um homem com um objetivo. Colocar você naquele trem e tirá-la das garras de seu pai. Sei o quanto é difícil todo esse sigilo. Sou um homem enganador por profissão. Artifício, fingimento e até mentira descarada quando necessário. Faz parte do trabalho que faço. Mas você é diferente. Durante toda a sua vida, você teve a lealdade – ao seu pai, à família – enfiada em sua cabeça, e aqui está você, planejando a traição derradeira. Nenhum bilhete. Nenhum telefonema. Nenhuma palavra de qualquer tipo. Apenas partir... comigo.

Não sou tão tolo a ponto de pensar que sua determinação nunca vacila. Tenho plena consciência de quão pouco ofereço e de que, de vez em quando, você deve questionar a sabedoria do que está prestes a fazer – do que estará abrindo mão. Mas você me garante que vai abrir mão. E, assim, continuo contando os dias até estarmos longe desta cidade com suas ruas arenosas e glamour falido, quando finalmente seremos só nós dois.

Não vejo você com a frequência que gostaria. Você está ocupada com seus falsos planos de casamento. Às vezes, passam-se dias sem um telefonema e então você aparece com uma sacola de coisas para a viagem. Você tem comprado o que vai precisar, com cuidado, para não chamar a atenção. Itens de drogaria, cosméticos, calçados e roupas simples. Coisas de que você precisará para a vida que teremos na Califórnia. Essa vida não incluirá óperas, jantares ou qualquer coisa que exija um vestido de alta costura.

Você vai sentir falta? Eu me pergunto.

O pensamento surge tarde da noite, quando estou deitado sozinho no escuro, imaginando onde você está e com quem. Levanto-me e acendo as luzes para afastar as dúvidas e tento me sentar em frente à máquina de escrever, lembrando que você prometeu morar em uma barraca se for preciso.

Que tolice da minha parte ter depositado todas as minhas esperanças em uma mala. Você se lembra dela, não é? Uma grande feita de couro e comprada especialmente para a viagem? Eu mandei gravar suas novas iniciais em dourado na parte superior. Você ficou com lágrimas nos olhos ao ver e passou os dedos pelas letras. Falamos sobre todos os lugares que visitaríamos, todas as aventuras que teríamos quando a guerra acabasse. Paris, Roma e Barcelona. Você se lembra disso, Belle? Dos planos e das promessas?

Lembra de nós?

Lamentando Belle

(págs. 73–86)

5 de dezembro de 1941
Nova York, Nova York

Bem, finalmente chegamos ao fim da nossa história – ou bem perto do fim. Sempre foi inevitável, suponho, que o encanto que tecemos durante aquelas breves e felizes semanas se desfizesse, que chegaria o dia em que você seria forçada a escolher entre a lealdade à sua família e uma vida comigo, mas nunca imaginei que tendo conseguido, você seria capaz de ir embora de forma tão definitiva. Mas o tempo brinca de maneira estranha com a memória, transformando-a em algo conveniente e distorcido. E então vou descrever o cenário, caso os detalhes tenham desaparecido de sua mente.

É o dia anterior à nossa partida e peguei um táxi até o prédio do Review *para fazer o que estava receando fazer. Tenho lutado com minha consciência há algum tempo, mas tomei a decisão só na noite passada. Fiquei tentado a cuidar do assunto por telefone, mas as más notícias são sempre mais bem transmitidas em pessoa, e as notícias que tenho para dar hoje serão recebidas, na verdade, como péssimas notícias.*

Goldie está sentada atrás de sua mesa, examinando uma página com um lápis preso entre os dentes. Ela ergue o olhar, me lançando um de seus sorrisos muito largos.

– Ora, se não é meu melhor repórter. Me diga que está aqui para falar que acabou. Mal posso esperar para ver aquele canalha humilhado. – O sorriso dela desaparece de repente, substituído por uma carranca quando

nota minha expressão dura. – Ai, céus. Por favor, não me diga que há um problema com a reportagem.

– O problema é comigo, Goldie.

Ela parece confusa, mas um pouco aliviada também.

– Por quê? O que aconteceu?

– Vou deixar o jornal. Vou embora de Nova York, na verdade.

Ela me encara, atordoada.

– Você vai... o quê?

– Isto aqui não é o que eu quero fazer. Acho que nunca foi. Queria ter percebido antes, mas agora percebo.

Ela se levanta, seu rosto parece uma nuvem de tempestade.

– Você não pode estar falando sério!

– Estou, sim. Partirei amanhã. Chicago, depois Califórnia.

Há uma pausa, um momento de silêncio confuso enquanto ela me encara.

– Se isso for uma extorsão por mais dinheiro...

– Não é uma extorsão, Goldie. Estou apenas farto.

– Você está prestes a entregar o furo da década. Não pode simplesmente desistir! E a reportagem? Está terminada?

– Não. E não será.

– Você disse que suas fontes eram sólidas, que tudo estava sendo confirmado. O que aconteceu?

– Nada aconteceu. Apenas decidi que não posso continuar com isso. Mesmo que eu pudesse incontestavelmente provar o que me disseram, o que é provável que eu não consiga, é errado publicar isso. Expor a doença de uma pobre mulher, fazer uma família inteira sofrer por algo que pode ou não ter acontecido há mais de uma década. Isso não é jornalismo. É uma especulação macabra destinada a humilhar um homem e, por mais que eu despreze o homem em questão, decidi que não quero fazer parte disso.

– Isso é por causa dela, não é? Sua preciosa Belle. Ela pestanejou com aqueles lindos olhinhos e você ficou de joelhos. Eu sabia que você tinha uma queda por ela, mas nunca imaginei que fosse um cara que seria conduzido pelas calças. Como pôde ser tão ingênuo? Sabendo o que está em jogo! O pai dela é um homem perigoso, uma ameaça a tudo o que este país supostamente representa, e está de olho em uma cadeira no Congresso. Sua reportagem poria fim a essas aspirações.

– Não discordo de nada disso e compartilho da sua aversão, mas terá que encontrar outra maneira de apresentar um caso contra ele, porque não posso colocar meu nome no tipo de reportagem que você quer publicar. Quando me abordou sobre trabalhar para você, eu falei que não estava interessado em escrever matérias de tabloides, mas é exatamente isso que este artigo pretende ser; e é por isso que decidi descartá-lo.

Ela faz uma expressão de escárnio para mim do outro lado da mesa, com as mãos espalmadas sobre o mata-borrão.

– Você ficou bastante interessado quando a conheceu, não ficou? Se enfiou no meio deles e se aproximou de todos. Onde estavam os seus escrúpulos então?

As palavras dela acertam em cheio e, por um momento, fico em silêncio. Há verdade no que ela diz. Eu me aproximei de você. Convenci-me de que era em busca da verdade, que eu estava servindo a algum nobre propósito jornalístico, mas a mentira ruiu no momento em que beijei você.

– Não tenho orgulho de nada disso – respondo, baixinho. – Mas quando começou, pensei que você quisesse uma reportagem legítima, uma denúncia sobre um homem escuso com aspirações políticas. Em vez disso, se transformou em uma peça difamatória cheia de insinuações e detalhes sinistros que ninguém jamais conseguirá provar.

Ela revira os olhos e solta uma risada.

– Não me diga que você desenvolveu uma consciência. Espero que não, para o seu bem. Pode ser fatal neste ramo. – Seus olhos se estreitam de repente, brilhantes e felinos enquanto me estudam. – Ou é outra coisa que você pegou? Algo com pernas longas e uma herança.

Deixei o comentário passar, me recusando a morder a isca.

– Isso é problema meu.

– E o Review é meu. Isto não é um tribunal; é uma redação de jornal. Meu trabalho, e o seu, é publicar as notícias onde as encontrarmos. O que o público e a polícia decidem fazer com a reportagem é problema deles.

– Não é mais meu trabalho. Foi isso que vim dizer. Acabou.

A expressão dela endurece.

– Bem, creio que finalmente sei para quem você estava se guardando. Não que houvesse muita dúvida.

– Goldie...

– Saia. – *Ela parece petulante de repente, uma criança que teve um brinquedo negado, um que nunca de fato lhe pertencera.* – Limpe sua mesa e vá embora. Não vai ser difícil substituir você. E quando eu o substituir, o que levará cerca de cinco minutos, será por alguém que compreenda o trabalho. Vá para a Califórnia e escreva seu maldito romance. É melhor que seja bom, porque você pode apostar que está acabado neste ramo.

Estou indo para minha mesa quando ouço meu nome em meio ao barulho. Viro-me e encontro Goldie na porta do escritório.

– Deixe suas anotações sobre a reportagem. Todas elas. Seus contatos e suas fontes. Até o mínimo rascunho.

– É a minha reportagem.

– E é o meu jornal. Eu paguei pelas anotações. *A tinta com que foram escritas, o papel em que foram escritas e, sim, as próprias palavras quando você as escreveu. Eu paguei por tudo.*

Encaro-a, enojado porque, apesar de tudo que acabei de dizer, ela ainda considera levar a reportagem adiante. Houve um tempo em que eu a respeitava, abraçava as coisas que pensei que ela defendia, mas ela ficou tão envolvida na necessidade de derrubar um homem que não se importa quem mais machucará no processo. Também estou ciente de que, se ela conseguir juntar as peças da reportagem outra vez, minhas impressões digitais estarão espalhadas por toda parte. De repente, fico muito feliz por ter guardado os detalhes mais escabrosos para mim. Não posso impedi-la de desenterrar tudo quando eu partir, mas não vou ajudá-la a fazer isso.

– Lamento. Rasguei tudo e joguei no lixo.

Dou as costas e vou embora, em direção ao salão da redação e seu labirinto bagunçado de mesas. Estou ciente dos olhos pregados entre minhas omoplatas enquanto vasculho minha mesa às pressas, jogando parte do conteúdo em um pequeno saco de papel, atirando outros no lixo com força desnecessária. Vão todos finalizar o bolão de apostas do escritório assim que eu for embora. Passei o último sujeito, mas fiquei aquém do anterior. Sei o que pensaram quando vim trabalhar aqui e sei o que estarão pensando quando eu partir. Não faz a mínima diferença para mim.

Amanhã será meu recomeço. Limpo. Com você.

Não espero encontrá-la no apartamento quando retorno, mas lá está você no sofá, com um maço de papéis na mão. Você não diz nada, apenas fica sentada com o semblante duro e pálido. Levo um momento para compreender o que aconteceu. Você encontrou minhas anotações sobre a reportagem; aquelas sobre as quais disse a Goldie que havia jogado fora.

– Você escreveu isso... – Sua mão treme enquanto você estende as páginas amassadas. – Essa... sujeira?

Não há nada a dizer, nenhuma maneira de explicar o que você está segurando sem parecer um mentiroso.

– Você não deveria ter visto isso. Não dessa forma.

– Disso eu tenho certeza.

Seu olhar está tão cheio de veneno que é muito difícil não desviar os olhos. Mas desviar os olhos seria uma atitude de culpa. Portanto, fico parado e deixo você me prender no lugar com seus olhos âmbar frágeis.

– Eu ia contar para você hoje à noite – digo com voz calma. – Eu ia explicar tudo.

Você se levanta do sofá, atirando os papéis em mim. Eles flutuam no ar como uma nuvem de asas furiosas antes de parar aos meus pés.

– É por isso que acha que estou chateada? Pela forma como eu descobri? As coisas que eu contei... Todas as vezes que falamos sobre ela... Você estava anotando tudo, arrancando de mim os detalhes para que pudesse transformá-los em algo vil! Como pôde escrever essas mentiras? Por que as escreveu?

– Nada foi distorcido, Belle. Eu descobri algumas coisas... coisas que você não sabia. Nunca quis que você descobrisse desse jeito, mas juro, cada palavra é verdadeira.

– Eu não acredito em você!

Como posso culpá-la? As palavras parecem desajeitadas ao saírem da minha boca, o apelo de um homem pego na própria mentira. Por todo o caminho para casa, ensaiei como contaria a você, as palavras que usaria e como começaria, mas não consigo me lembrar de nada agora. Estou totalmente despreparado para a força da sua raiva.

– Me deixe explicar – peço fracamente. – Vamos sentar...

– *Aqui diz que minha mãe era judia. E que meu pai... que ele...*

– *Ela era judia* – confirmo, baixinho. – *E ele fez mesmo.* – *Você fica imóvel agora, com os olhos arregalados e desfocados enquanto tenta processar o que eu disse.* – *Sei que é difícil ouvir, Belle, mas foi o que aconteceu. Seu pai mandou prender sua mãe. Não porque ela estivesse doente, mas porque ele tinha vergonha dela. Ele começou a fazer novos amigos, amigos políticos, e não queria que soubessem que ele era casado com uma judia.*

– *Não.* – *Você sacode a cabeça repetidas vezes, como se minhas palavras fossem um enxame de abelhas que você está tentando afastar.* – *Minha mãe era francesa.*

– *Sim. Ela era francesa. E também era judia. O nome de solteira dela era Treves. O pai dela, Julien, era o filho mais velho de um rico comerciante de vinhos de Bergerac. A mãe dela, Simone, era filha de um rabino. Também havia uma irmã, Agnes, três anos mais nova que Helene. Sua mãe nunca falou sobre a família dela?*

Você congela, sem piscar.

– *Belle?*

– *Sim* – responde você, claramente atordoada. – *Havia fotos. Um álbum cheio de fotos. Mas ela nunca disse nada. Ninguém sabia.*

– *Seu pai sabia.*

Seus olhos ficam afiados de repente.

– *Há quanto tempo você sabe?*

– *Já faz um tempo que a reportagem foi... evoluindo.*

– *Antes ou depois de nos conhecermos?*

Já vejo aonde você está querendo chegar, mas não posso mentir.

– *Antes. Pelo menos em parte.*

– *Entendo.*

– *Não, você não entende. Não é o que parece. Prometo, eu não fazia ideia de para onde isso ia levar quando me envolvi nessa parte.*

– *E como você... se envolveu?*

– *Tudo começou com uma ligação de uma amiga da sua mãe.*

– *Quem?*

– *Não posso contar.*

– *Não pode ou não quer?*

– *Os dois.*

– Eu devo só acreditar na sua palavra?

– Existem regras sobre a divulgação de fontes. Mas posso garantir que as coisas que ela nos contou vieram da boca da sua mãe. Sobre como seu pai a forçou a cortar todos os laços com a família, como ela foi proibida de falar uma palavra em iídiche ou até mesmo em francês, e as ameaças que ele fez caso ela contasse uma palavra sequer sobre a ascendência dela para você ou sua irmã. Mas ela encontrou uma maneira de contar para você de qualquer modo. As histórias que ela contava, as palavras que não eram palavras de verdade. Lembra de quando me contou sobre elas? As canções e as orações. Eram palavras hebraicas, Belle. Eram orações em hebraico. Foi a maneira dela de compartilhar a fé, o legado, com você sem que seu pai soubesse.

Um par de lágrimas escorre pelo seu rosto. Você fecha os olhos, absorvendo a dor do caso. Procuro algo para dizer, algo que possa consolá-la e me exonerar, mas não há nada adequado na língua inglesa.

– Sinto muito, Belle.

Mas você não está interessada em minhas desculpas. Sua expressão fica séria e impassível.

– O restante que está escrito, sobre o dia em que minha mãe morreu e a maneira como ela morreu, a amiga dela não poderia saber disso.

– Não. Ela nunca visitou sua mãe em Craig House, mas tinha motivos para suspeitar. Não muito antes do colapso, Helene confidenciou que estava com medo de seu pai. Infelizmente, as alegações foram ficando cada vez mais absurdas, até que um dia ela fez a mulher jurar que, caso alguma coisa acontecesse a ela, iria à polícia e diria que era obra de seu pai. A mulher começou a questionar tudo o que foi dito. Parecia o enredo de um filme de Hitchcock. Então, algumas semanas depois, Helene sofreu um colapso nervoso e foi enviada para Craig House. A primeira reação da mulher foi de alívio porque sua mãe finalmente receberia os cuidados de que precisava, mas então, menos de um ano depois, ela soube...

– Que houve um acidente.

A maneira como você diz isso, tão inexpressiva e vazia, faz meu estômago embrulhar. Sua garganta convulsiona quando você vira o rosto para o outro lado. Não era assim que eu queria contar, mas você sempre acabaria descobrindo, e sempre seria eu quem teria de contar. Mas não assim. Jamais assim.

– Sim – confirmo gentilmente, como alguém acalma uma criança depois de um pesadelo. – Disseram que foi um acidente. Mas você mesma me disse que não era verdade. O hospital alegou que ela caiu enquanto segurava uma faca e que quando foi encontrada, já era tarde demais, mas não foi isso que aconteceu. Havia uma faca, mas sua mãe não caiu. Ela já tinha tentado acabar com a própria vida duas vezes. A primeira, se atirando escada abaixo e, depois, cortando os punhos com a faca de manteiga da bandeja de café da manhã. Eles a encontraram e costuraram, mas algumas semanas depois, ela tentou de novo e conseguiu. Porque seu pai pagou um zelador para deixar cair um estilete no quarto dela. Do tipo que usam para cortar caixas. Ele queria ter certeza de que ela faria um bom trabalho da próxima vez. Porque ele sabia que haveria uma próxima vez.

Você afunda no sofá, um soluço borbulha em sua garganta. Dou um passo em sua direção, mas você estende a mão, me avisando para ficar afastado. O silêncio se avoluma, denso, insuportável. Por fim, você olha para mim.

– Por que só agora? Se tudo isso é verdade, por que está descobrindo isso agora?

– Porque alguém finalmente começou a fazer perguntas. A versão dos acontecimentos dada pelo hospital nunca pareceu certa. Não havia como um estilete estar no quarto de uma paciente. E havia boatos. Seu pai fez uma visita não programada no dia anterior e pelo visto conversou por um tempo com um dos zeladores do andar de sua mãe. Mas ninguém teve coragem de dizer o que todos estavam pensando: que o suposto acidente de Helene poderia, na verdade, ser um disfarce para algo mais sinistro. Infelizmente, o nome do seu pai tem muito peso. O suficiente para reprimir os sussurros, pelo que parece. E um sanatório que cobra milhares de dólares por mês não teria desejado esse tipo de publicidade. Melhor um acidente do que um suicídio. Ou coisa pior.

Você me encara com frieza, sem dar nenhum sinal de que o que acabei de dizer foi registrado.

– Você ainda não respondeu minha pergunta. Por que demorou treze anos para essa suposta amiga contar a alguém? E como é que esse alguém acabou sendo você?

– O marido dela era sócio de seu pai. Quando ela compartilhou as suspeitas com o marido, ele a proibiu de falar qualquer coisa. Há alguns anos, ele morreu, deixando-a livre para revelar tudo, mas muito tempo havia se passado e seu pai tinha se tornado ainda mais poderoso. Ela acreditava que isso não fosse dar em nada.

– E então, alguns meses atrás, do nada, ela mudou de ideia de repente?

Você ainda não está convencida, ainda está tentando encontrar falhas na minha história. Mas pelo menos está fazendo perguntas. Se eu puder mantê-la falando e ouvindo, posso dar um jeito nisso.

– Ela mudou, na verdade. Quando Lindbergh foi para Iowa e disse o que disse. Quando leu os comentários dele no jornal, culpando os judeus pela posição intervencionista de Roosevelt, ela se lembrou de algo que o marido havia dito uma vez. Ele contou para ela que o seu pai elogiou Hitler como um visionário, prevendo que um dia este país compreenderia o que a Alemanha havia compreendido: que o único judeu bom era o judeu morto. Foi quando ela soube que tinha que cumprir a promessa que fez à sua mãe. Sentia que o público deveria saber que tipo de homem seu pai é.

– E esse zelador, o que supostamente foi pago para deixar a lâmina no quarto da minha mãe, ele admitiu isso?

Chegamos à parte da história em que as coisas começam a ficar obscuras e admitir isso não vai me ajudar muito. Mas não vou esconder nada. Eu preciso contar tudo para você.

– Ele não pode admitir nada. Está morto. Ele foi demitido discretamente uma semana depois da morte de sua mãe, mas se gabou um pouco ao sair. Dois funcionários daquela época, um ordenança e outro zelador, o ouviram se gabar de ter lucrado com a senhora francesa.

Você me encara, horrorizada e surpresa.

– Então você estava escrevendo uma reportagem que acusa meu pai de... Eu nem sei como chamar isso, baseado em algo que um homem morto supostamente falou? E você ficou sabendo de tudo isso porque uma mulher que se diz amiga da minha mãe decidiu pegar o telefone e ligar para você em vez de ligar para a polícia?

– Ela não afirma ter sido amiga de sua mãe, ela era amiga de sua mãe. Eu verifiquei isso. E ela não telefonou para mim, ligou para Goldie. Ela achava que a polícia não a levaria a sério. Não depois de tantos anos. Mas achava que o Review poderia levar. Ou que pelo menos faríamos uma pequena pesquisa.

– Ou talvez você e Goldie tenham inventado tudo para vender jornais.

No boxe, é chamado de soco à traição, aquele que você não vê chegando. O seu acerta direto, baixo e paralisante.

– É isso que pensa de mim? Que sou algum tipo de golpista de tabloide?

– Este não é o dia certo para perguntar o que penso de você.

– Belle... por favor.

– Não.

– Eu fiz todo o trabalho de campo. Chequei todas as pistas. Porque até eu pensei que a reportagem era incrível demais para ser verdade. Mas aconteceu, Belle. Estou certo disso.

– Era isso que você procurava. Aquela primeira noite no St. Regis. Era por causa dessa reportagem.

– Em parte, sim – confirmo, baixinho. – Eu não sabia de tudo na época, mas Goldie recebeu uma ligação da amiga de sua mãe e ela me disse onde procurar. Eu não fazia ideia de que estava me envolvendo com algo assim, e então, quando entendi...

– Você seguiu em frente.

– Achei que era importante. Mas agora... Acabei de sair do escritório de Goldie. Falei para ela que não ia terminar a reportagem, que havia jogado todas as minhas anotações no lixo.

Seus olhos deslizam para as páginas caídas no tapete.

– Outra mentira, já que acabei de encontrá-las na mesa ao lado da sua máquina de escrever.

– Eu ia rasgá-las assim que chegasse em casa. E depois ia contar para você. Tudo. Não sabia que você estaria aqui quando eu voltasse.

– Você ainda não entende. Não se trata de você matar a reportagem. Trata-se de você estar disposto a usar a doença de minha mãe para promover sua carreira, quando você sabia quão difícil foi para mim perdê-la. Você afirma me amar, mas traiu minha confiança para vender jornais!

– Você sabia que eu estava trabalhando em uma reportagem sobre seu pai...

– Sobre os negócios dele! Não sobre a minha mãe!

– Eu não poderia deixar de prosseguir com a reportagem, Belle. Não quando se trata de um homem tão poderoso como o seu pai. O público tem o direito de saber...

– E eu que me dane, não é?

– Eu não quis dizer...

Você se põe de pé de repente, com as mãos fechadas em punhos.

– Se estava tão preocupado com o público, por que não entregar suas anotações à polícia? Vou dizer o porquê. Porque não venderia tantos jornais quanto essa... reportagem de terror. É assim que funcionam os jornais ingleses? Publicam o que querem, coisas que nem são capazes de provar, e depois ficam observando os leitores acabarem com a vítima?

Eu a encaro, meu estômago se embrulhando. Durante toda a minha agonia sobre como seria esta conversa, nunca me preparei para isso, para o fato de você ficar do lado dele, vendo-o como vítima de tudo isso.

– Entendo que você esteja com raiva – começo, baixinho. – Eu até entendo o porquê. O que não consigo entender é como, depois de tudo que contei, você pode ficar aí e defendê-lo para mim.

– A questão não tem a ver com meu pai. Trata-se de nós dois. E como não posso confiar em você ou acreditar em qualquer coisa que já me disse. Você afirma que ia me contar. Quando? Depois que eu tivesse fugido da casa do meu pai e pegado um trem com você para Chicago? Você entende o que isso teria dado a entender? Que eu fiz parte disso! Que eu passei informações para você destruir meu próprio pai!

– É isso que está incomodando você, o que as pessoas teriam pensado? Acabei de dar as costas a uma reportagem na qual venho trabalhando há meses. Por você. Voltei atrás em minha palavra como jornalista e acabei com qualquer esperança de conseguir outro emprego nesse ramo. Por você. Nada disso importa?

Você me encara com olhos vazios.

– O que quer que eu diga? Que não me importo que minha mãe seja usada como material para uma de suas reportagens? Ou com o fato de ter sido feita de boba? Que no seu desespero de provar suas credenciais jornalísticas, você não estragou tudo? Lamento. Não consigo. Porque estragou. Você estragou tudo.

– Você não está falando sério. Não pode. Em menos de vinte e quatro horas, esta cidade e tudo o que há nela serão uma lembrança para nós. A vida que planejamos, tudo sobre o que conversamos, começa no minuto em que embarcarmos naquele trem. Nada mais importa.

Você me encara como se eu tivesse dito algo incompreensível.

– Como posso entrar naquele trem agora? Quando tudo em que consigo pensar é sobre o que mais você pode ter mentido... e sobre o que pode mentir *depois. Eu só estaria trocando uma família em quem não posso confiar por um homem em quem não posso confiar.*

Pela primeira vez, me ocorre que eu poderia de fato perder você por causa disso.

– Belle, eu juro para você...

Seu rosto está tão impassível, tão desprovido de expressão, que as palavras secam na minha garganta. Eu preferiria que você me atacasse, voasse contra mim, batesse em mim. Em vez disso, você fica ali, imóvel e pálida, com uma calma gélida.

– Você não entende? – você fala por fim. – Não importa o que jure agora. Jamais vai ter importância. Porque nunca vou acreditar em você. Você disse que me amava, mas não era possível. Não se você era capaz de fazer algo assim. Pensei que conhecia você, mas não conheço o homem que poderia fazer o que você pretendia. E não quero conhecer.

– O que você quer dizer?

– Quero dizer que cometi um erro, Hemi. Somos diferentes demais. Como crescemos, as coisas que são importantes para nós, nosso senso de certo e errado, pelo visto. E fugir não vai mudar isso. Eu nunca deveria ter deixado você entrar na minha vida. Alguma parte de mim sabia disso. Você sabia sobre Teddy e se aproximou de mim mesmo assim, porque eu tinha algo que você queria. E você conseguiu. Porque baixei a guarda. Agora vejo que você não é diferente do meu pai. Você acredita que os fins justificam os meios, que nada importa desde que consiga o que deseja.

– Isso não é justo.

– Concordo.

– Belle, por favor...

– Eu tenho que ir.

Você pega sua bolsa do braço do sofá e vai até a porta, depois olha para mim antes de alcançar a maçaneta. Prendo a respiração, esperando que você diga alguma coisa, mas você fica parada, encarando.

– Você não pode partir assim, Belle. Precisamos conversar sobre isso.

– Eu tenho que ir – você repete, como se não tivesse me ouvido.

– Você vai estar lá amanhã? Na estação?

Prendo a respiração, esperando. E então você se vai.

ONZE

ASHLYN

A negligência prolongada é ao mesmo tempo vergonhosa e triste e provavelmente resultará em perda de valor, mas não há nada tão perturbador ou tão imperdoável quanto danos infligidos de propósito.

— Ashlyn Greer, *O cuidado e a alimentação de livros antigos*

14 de outubro de 1984
Rye, Nova Hampshire

Ashlyn tocou a campainha e olhou por cima do ombro, quase esperando ver a sra. Warren e seu spaniel rechonchudo à espreita na beira do caminho. O último lugar que esperava estar naquela tarde fria de domingo era na casa de Ethan, mas ali estava ela, nos degraus da frente, tentando conter as expectativas.

Ela estava trabalhando na encadernação quando Ethan ligou, convidando-a para comer chili. O convite foi uma surpresa agradável, mas foi a sugestão de algum tipo de descoberta que mais a intrigou. Ele também pediu a ela que trouxesse *Lamentando Belle,* para que pudessem trocar. Disse que também queria ler as versões dos acontecimentos por parte de Hemi. Pelo visto, ela não foi a única a ficar envolvida com a história de Belle e Hemi.

Ethan estava sorrindo quando abriu a porta, vestindo calça jeans e um moletom do New England Patriots muito desgastado na gola. Seu sorriso aumentou quando notou a direção do olhar de Ashlyn.

– Não tire sarro do meu moletom da sorte. Eu tenho ele desde a faculdade.

Ashlyn olhou para ele com ceticismo.

— Tem certeza que traz sorte? Os Patriots não têm tido muito sucesso nos últimos anos.

O sorriso ganhou um toque peculiar, um tanto inclinado.

— Pode ser que não, mas espere só. Um dia desses, eles vão colocar o cara certo no centro e, quando fizerem isso, vão ganhar tantos Super Bowls que o país inteiro vai odiá-los. — Ele abriu a porta e acenou para que ela entrasse. — Entre. Está um frio de arrepiar, como diria meu pai.

Na cozinha, Ashlyn tirou a jaqueta e o cachecol. Havia uma grande panela fervendo no fogão e o ar estava perfumado com aromas misturados de carne e especiarias.

— Com fome?

— Morrendo de fome, na verdade.

— Eu também. Estou com o jogo passando na outra sala, aí posso acompanhar o placar. Você é fã de futebol americano?

— Sei a diferença entre um passe e uma rota, se é o que quer dizer.

As sobrancelhas de Ethan se ergueram.

— Estou impressionado. Kirsten com certeza não era fã. Ela achava meu leve vício em esportes bem irritante. Seu ex era um cara de sorte.

Sortudo não era bem o que ela pensava de Daniel, mas decidiu deixar essa parte do comentário passar.

— Na verdade, Daniel não era fã de esportes. Li sobre futebol americano quando criança porque pensei que chamaria a atenção do meu pai.

— E chamou?

— Não.

— Meu pai torcia pelos Patriots, mas nunca foi um grande fã de futebol americano. Mas ele era doido por beisebol. Adorava o Sox. Ele costumava me levar para Fenway quando eu era criança. Eu adorava aquelas tardes. Quando ele foi diagnosticado e os médicos nos contaram... — Ele desviou o olhar um instante. — Eu queria ter certeza de que voltaríamos enquanto ele ainda fosse capaz de aproveitar.

— É bom que você tenha feito essas memórias.

— Sim. Foram dias bons. Seu pai ainda está vivo?

Ashlyn se mexeu, desconfortável.

– Ele morreu quando eu tinha dezesseis anos. Pouco depois da minha mãe.

O rosto de Ethan se suavizou.

– Meus sentimentos. Bem jovem para perder os dois pais. Você tem outra família? Irmãos? Tias ou tios?

– Não. Somos apenas eu e meus livros.

– É. Eu também.

O momento pareceu se expandir, estranho e impreenchível, enquanto eles se olhavam um de cada lado do balcão. Foi Ethan quem finalmente desviou o olhar. Ele se aproximou do fogão e mexeu na panela.

– Estou só reaquecendo isto aqui, e aí podemos servir. Posso pegar uma cerveja para você? Vinho? Refrigerante?

– Uma cerveja seria ótimo, obrigada. Posso fazer alguma coisa?

– Você pode ficar de olho no chili. Tome conta para não grudar.

Ashlyn levantou a tampa da panela, liberando uma nuvem de vapor perfumado, depois pegou a colher de pau.

– Você fez isso mesmo? Do zero?

– Sim. Eu mesmo cortei os legumes. Mas os feijões eram enlatados. Só comecei às dez, então tive que pegar um atalho.

– Está com um cheiro delicioso. Não como chili há... – Ela se interrompeu, largando a colher de repente.

Ethan olhou ao redor da porta da geladeira.

– O que foi? Você se queimou?

– Não. É só... – Ela fez uma pausa, flexionando os dedos. – Estou bem.

– Me deixe ver. – Ele estava ao seu lado agora, pegando sua mão.

– Está tudo bem, é sério. É só uma cicatriz antiga. Às vezes incomoda. Um formigamento.

Ethan pegou a mão de Ashlyn e gentilmente desenrolou os dedos. Ele franziu a testa enquanto olhava para a palma da mão dela.

– É uma cicatriz e tanto. O que aconteceu?

Ashlyn se sentiu desconfortável sob o olhar dele. Não queria falar sobre a cicatriz. Ou sobre o dia em que a recebeu. As lembranças ainda estavam muito cruas. E sempre muito perto de virem à tona.

Depois de semanas evitando telefonemas, concordou em se encontrar com Daniel para tomar uma bebida. Ele insistiu para que fosse um jantar, pensando que poderia convencê-la a não seguir com o divórcio, mas o objetivo dela no encontro era decidir quem ficaria com o sofá e quais álbuns pertenciam a quem. Não correu bem e ela acabou indo embora.

Tinha acabado de atravessar a rua para voltar para a loja quando ouviu seu nome e se virou. Daniel estava do outro lado da rua, com uma expressão que dizia que aquilo ainda não tinha acabado. O tempo pareceu desacelerar quando ele desceu da calçada. Apareceu uma van branca e o barulho nauseante de pneus cantando, em seguida, um baque chocante quando o corpo de Daniel deu uma cambalhota por cima do capô e caiu de volta no asfalto. De repente, o ar ficou cheio de vidro quebrado, cacos brilhantes refletiam a luz enquanto se espalhavam pela rua.

Ela mal notou o corte, entorpecida demais para sentir qualquer coisa quando percebeu a mancha de sangue escuro que já se acumulava sob a cabeça de Daniel, os ângulos impossíveis de seus braços e pernas. Morto na hora, declarou o relatório do legista. Um pequeno alívio, mas o som de vidro se quebrando ainda a acordava de vez em quando, junto com as últimas palavras de Daniel para ela. Palavras que ela nunca repetiu para ninguém. Nem mesmo ao terapeuta.

— Aconteceu na noite em que Daniel morreu — respondeu ela, enfim, pouco à vontade e ciente de que Ethan ainda não tinha soltado sua mão. — Havia uma van carregando uma enorme placa de vidro. Quando o atingiu, o vidro se espalhou por toda parte. Em algum momento, eu me cortei. Eu não soube até que um dos médicos notou o sangue escorrendo da minha mão.

— Sinto muito.

— Está tudo bem. — Ela retirou a mão, escondendo-a. — Vamos comer. Você pode me contar o quanto avançou no livro de Belle e eu vou atualizar sobre o de Hemi. Houve alguns desenvolvimentos bastante significativos desde que conversamos. Além disso, há algumas coisas sobre sua família, em especial sobre Martin, sobre as quais devo alertá-lo antes que comece a ler. Não é... não é bom.

Ethan assentiu, sombrio.

– Para ser honesto, eu ficaria chocado se fosse *bom*, mas acho que prefiro ler eu mesmo. Não é como se eu estivesse envolvido emocionalmente em nada disso. Eles são quase desconhecidos.

Ashlyn ficou em dúvida. Uma coisa era crescer sabendo que seu bisavô era um tirano. Outra era saber que ele pode ter sido cúmplice da morte da própria esposa.

– Tem certeza? Algumas coisas são bastante perturbadoras.

– Sim, tenho certeza. Vamos comer. Quando terminarmos, tenho algo para mostrar.

Parecia manhã de Natal quando Ashlyn seguiu Ethan escada acima até o escritório. Ela fez o melhor que pôde enquanto comiam para não o interrogar sobre o que ele havia descoberto, embora não tivesse sido fácil. Em vez disso, eles discutiram os meandros da encadernação e o currículo que Ethan estava desenvolvendo para uma matéria que esperava ministrar no ano seguinte. Agora, enfim, a paciência dela estava prestes a ser recompensada.

Ethan acendeu a luz quando eles entraram.

– Desculpe a bagunça. Achei que terminaria tudo em poucas horas, mas acabei me distraindo.

Ashlyn parou no meio do cômodo, observando o caos. Oito caixas de arquivos variados e apetrechos de escritório espalhados em um semicírculo bagunçado, com vários sacos de lixo cheios pela metade.

– Você não estava brincando quando disse que seu pai era um acumulador.

Ethan se abaixou e pegou algo do tapete. Era um peso de papel, uma esfera de vidro transparente com uma lágrima azul-escura no centro. Olhou para o peso enquanto o rolava na palma da mão.

– O homem era capaz de inventar uma razão para guardar qualquer coisa. Não importava o que fosse, ele encontrava uma razão. Deixava minha mãe maluca, mas, neste caso, foi bom.

Ele acenou para ela ir até a mesa. A velha máquina de escrever ainda estava lá, com a mesma folha de papel em branco caída sobre as teclas, mas as páginas amassadas que cobriam o chão haviam sumido. Esticando o braço ao redor dela, ele abriu a gaveta do meio e retirou um pequeno maço de papéis.

– Encontrei isto em uma das caixas. A última caixa, como o destino decidiu, amarrada com um pedaço de fita.

– O que é?

– Cartas. Cartões. Fotos. De Marian para meu pai.

Ashlyn sentiu um tremor de empolgação ao se sentar na cadeira que Ethan havia puxado para ela e aceitar a pilha de correspondência. Infelizmente, todos os envelopes pareciam estar faltando, o que significava que não havia endereço do remetente. Ela pegou o primeiro item da pilha, um cartão de aniversário com um desenho de tacos de golfe na frente. "Feliz aniversário, sobrinho." Estava datado de 1956, assinado apenas por *Marian*. Mas havia uma breve nota escrita em letra cursiva no verso. "Pensamos sempre em você e em Catherine. As crianças estão bem. Muito amor para vocês."

Havia vários outros cartões. Principalmente de aniversário, mas também havia um cartão de Chanucá azul e prata com uma menorá na frente. "Desejo paz e luz." Cada cartão incluía um breve recado, em especial menções às crianças, mas não havia nada de surpreendente em nenhum deles.

Em seguida havia um punhado de cartas, cheias de novidades, mas sem graça. Conversas sobre o tempo, sobre as viagens que ela tinha feito recentemente, sobre o trabalho que continuou a fazer em prol das crianças refugiadas em todo o mundo. Uma incluía um par de fotos. Ashlyn olhou no verso de ambas. *Ilese, 11 anos. Zachary, 13.*

Mais uma vez, Ilese parecia taciturna e séria, enquanto Zachary sorria com atrevimento para a câmera. Ele estava bonito com seu terno escuro e gravata, segurando um violino e um arco na mão, como alguém seguraria um gato morto – pelo rabo e um pouco afastado do corpo.

Ashlyn dobrou as fotos de volta na carta e olhou para Ethan.

– O resto delas é igual? Só cartas com notícias e fotos da escola? Eu esperava algo um pouco mais... útil.

– Continue. Você está quase lá.

A próxima era uma carta datada de 1967.

Querido Dickey,

Espero que esta carta o encontre bem. Já faz algum tempo desde que lhe escrevi. As crianças estão ótimas, embora eu não tenha certeza se ainda deveria chamá-las de crianças a essa altura. Zachary está concluindo sua pós-graduação na Berklee College of Music. Ilese, brilhante como sempre, está analisando programas de mestrado. Espero que ela escolha Yale ou Princeton, mas ela está mais inclinada para Bar-Ilan, perto de Tel Aviv, que é uma instituição excepcional, mas muito longe. Suponho que todas as mães se sintam assim quando chega a hora de seus filhotes deixarem o ninho. E por falar em crianças, fiquei encantada ao receber a foto do meu sobrinho-neto com a fantasia de Páscoa. Ele está crescendo tão rápido. Aproveite enquanto você o tem. Peço desculpas se pareço taciturna. Tenho estado um pouco triste ultimamente, agora que a casa está tão vazia. Tenho pensado na família. Por acaso você sabe o que aconteceu com o álbum de fotos que sua mãe guardava com os documentos? Aquele com letras douradas na capa? Pertenceu à sua avó Helene e guarda lembranças especialmente boas para mim. Sua mãe afirma tê-lo jogado fora, mas tenho motivos para acreditar que não é o caso. Creio que ela não deveria ficar com ele, já que não tinha carinho pela minha mãe. Se houver alguma maneira de descobrir o paradeiro, ficarei grata.
Tivemos nossas diferenças ao longo dos anos, você e eu. Sobre as decisões que tomei e como vivi a vida, mas espero que saiba o quanto sempre gostei de você e o quanto me arrependo das vezes que permitimos que palavras duras nos afastassem. Encerro por enquanto. Estou indo para um almoço. Quando o tempo esquentar,

talvez possamos nos encontrar. Você e Catherine podem nos visitar a qualquer hora. Embora eu sugira esperar até que a temporada de lama termine. As estradas aqui podem ser assustadoras na primavera.

Com amor,

Marian

As perguntas começaram a surgir quando Ashlyn olhou para Ethan.

– Ela menciona tensão entre os dois, sobre decisões que tomou. Imagino que seja sobre Teddy e... Espere, você não encontrou o álbum, encontrou? Aquele sobre o qual ela perguntou para o seu pai?

– Não.

Ashlyn olhou carrancuda para ele enquanto afundava na cadeira.

– Eu esperava alguma grande revelação, mas nada aqui nos aproxima de Marian. Ou de Hemi, aliás.

Ethan apontou para o chão, onde um pedaço de papel dobrado tinha escorregado do colo dela para o tapete.

– Talvez você devesse dar uma olhada nisso aí.

Ashlyn o pegou e o colocou aberto sobre os joelhos. Era um programa de concerto, dobrado em quatro com um círculo de marcador vermelho numa parte do texto.

Orquestra Sinfônica de Boston

4 de agosto de 1969 – O violinista Zachary Manning apresentará uma seleção de música de câmara neste fim de semana durante sua estreia em Boston. A técnica impecável e a abordagem delicada de Manning já chamaram a atenção de alguns dos mais importantes maestros e orquestras da atualidade. Intérprete apaixonado, é bastante elogiado por suas interpretações inovadoras e sensibilidade artística.

Ashlyn ergueu o olhar, perplexa.

– Estou deixando alguma coisa passar?

– O filho de Marian cresceu e se tornou violinista concertista e, ao que parece, bastante proeminente. Pensei que se conseguirmos localizá-lo, poderemos pelo menos descobrir se Marian ainda está viva.

Ashlyn examinou a página mais uma vez, em dúvida.

– Está datado de 1969. Quais são as chances de ele ainda estar atuando? E de conseguirmos localizá-lo caso ele estiver?

A boca de Ethan se contraiu, o início de um sorriso.

– Eu já consegui.

– O quê? Como?

– Entrei em contato com um amigo da UNH, um professor de música com quem eu jogava softbol, e pedi que ele desse uma olhada.

– E?

– E ele me ligou hoje de manhã. Zachary Manning mora em Chicago e atualmente está na Orquestra Sinfônica de Chicago.

Ashlyn ficou olhando para Ethan. Para um homem que não demonstrou nenhum interesse na história da tia quando se conheceram, ele com certeza estava se mostrando diligente. Não havia como saber se Zachary Manning poderia ou iria levá-los até Belle, mas era um passo na direção certa.

– Você o encontrou de verdade – disse ela, examinando o folheto mais uma vez.

– Encontrei.

– E agora?

– É isso que precisamos definir. Não sei se pegar o telefone e dizer: "*E aí, primo, lembra de mim? Sua mãe ainda está viva e bem?*" seja uma boa ideia.

Ashlyn lhe lançou um olhar de soslaio.

– Com certeza não é uma boa ideia.

– Então o que *devo* dizer? Nós nos vimos exatamente uma vez, quando ele tinha quinze anos e eu cinco. Como posso explicar procurá-lo agora, depois de todo esse tempo?

– Talvez você pudesse aproveitar a morte do seu pai. Poderia dizer que esteve organizando as coisas dele e encontrou algumas cartas e fotos antigas que gostaria de devolver para sua tia se ele dissesse como entrar em contato com ela.

– Ei, essa é uma boa. E também não é mentira. Se ela estiver viva, deve querer essas coisas de volta. Mas o que eu digo para *ela*?

A intensidade de Ethan a surpreendeu.

– Achei que você fosse contra tentar encontrá-la.

Ele assentiu, pensativo.

– E era. Mas então comecei a ler e acho que você tem razão. Não tem como ela ter esquecido Hemi. Também acho que ela ia querer os livros de volta, pelo menos para garantir que eles não acabem nas mãos de mais ninguém. A questão é como fazer isso com um mínimo de delicadeza.

Ashlyn tentou imaginar como seria receber uma ligação de um desconhecido que conhecia os detalhes mais íntimos de seu passado. Não era uma ideia particularmente agradável.

– Acho que você vai ter que decidir quando chegar a hora. A primeira coisa a fazer é descobrir se ela está viva e depois ver se você consegue um número para falar com ela.

Enquanto Ashlyn tentava colocar os cartões e cartas de volta em ordem, Ethan perambulou pela sala, provavelmente refletindo sobre a melhor forma de abordar Zachary. Ela estava procurando a carta de Marian sobre o álbum de fotos de Helene quando notou uma edição em capa dura de *Admirável mundo novo*, de Aldous Huxley, no canto da mesa.

Não estava ali na semana passada – ela teria se lembrado –, mas agora chamou sua atenção. O próprio Ethan admitiu que não lia ficção, o que significava que devia ter pertencido ao pai dele. Ela passou o dedo pela sobrecapa cinza com o homem estranhamente sem cabeça. Sentiu no mesmo instante, ecos a puxaram como uma correnteza.

Incapaz de resistir, ela pegou o livro, inspirando, expirando, inspirando mais uma vez. Esperando. Mas os ecos se recusavam a se definir, como um acorde dissonante a lhe arranhar os nervos. Dúvida. Turbulência interna. Um homem que se perdeu e queria desesperadamente voltar a se encontrar. Um homem em busca de um propósito, em busca de si mesmo.

O livro de Ethan. Os ecos de Ethan.

Virando para a folha de rosto, ela encontrou o que procurava.

Ethan,
Tenha coragem e faça o trabalho. Mas faça do seu jeito.
O mundo precisa da sua voz.
– Papai

– Foi presente do meu pai.

Ashlyn se sobressaltou, se sentindo culpada. Não o ouviu se aproximar, mas ele estava logo atrás dela agora. Ela fechou o livro e o devolveu à mesa, lembrando-se da dedicatória que tinha encontrado no exemplar surrado de *Os vestígios do dia*. Também mencionava coragem.

– Tenha coragem – repetiu. – É uma dedicatória encantadora.

– Era importante para meu pai, a coragem. Um princípio norteador. Eu estava passando por uma fase difícil quando ele me deu esse livro, tentando descobrir o que eu queria fazer da vida, do trabalho.

– Você nem sempre quis escrever?

– Não, eu queria. Só não sabia sobre *o que* queria escrever. Eu tinha um amigo, um cara com quem estudei, que publicou alguns romances. Ele achou que seria engraçado enviar um manuscrito meu para o editor dele sem me avisar. Um dia, do nada, recebo um telefonema de um cara de quem eu nunca tinha ouvido falar, me oferecendo um contrato de três livros baseado no texto que meu amigo tinha mandado. Uma série de suspense político, dentre todas as coisas.

Ashlyn deixou as palavras penetrarem. Um contrato de três livros. Do nada. Era o tipo de coisa que acontecia nos filmes, não na vida real.

– Isso é incrível. Mas pensei que você não escrevesse ficção.

– E não escrevo. Meu amigo apostou que eu não conseguiria escrever um romance de quatrocentas páginas em um ano, então eu fiz isso. Estava só brincando, tentando ganhar a aposta e fazê-lo calar a boca. Nunca imaginei que alguém iria lê-lo.

– É o tipo de coisa com que todo escritor sonha: ser descoberto.

– Pode ser que sim. Mas eu não queria ser descoberto. Sei que parece elitista, mas eu não queria escrever essas coisas. Porém, era o que minha esposa queria que eu escrevesse. O adiantamento era de centenas de milhares e tudo o que ela conseguia ver eram cifrões e direitos autorais para filmes. Ela já estava planejando seu conjunto para o tapete vermelho quando eu disse a ela que não aceitaria.

– Suponho que ela não aceitou bem.

– Ela ficou furiosa. Quando nos casamos, tentou me convencer a me reconciliar com a família. Ela pensou que se eu voltasse às boas graças de Corinne, estaria de volta ao testamento por um passe de mágica. Ficou furiosa quando eu neguei. Então, quando o contrato do livro aconteceu, ela estava determinada a conseguir o que queria.

– Mas não conseguiu.

– Não – respondeu Ethan com firmeza. – Então, ela encontrou Tony, o treinador. Mas não antes de fazer da minha vida um inferno por causa daquele contrato. Foi quando meu pai me deu o livro. E o motivo para ele ter escrito o que escreveu. Ele sabia que eu tinha coisas que queria dizer. Ele também sabia que se eu cedesse a Kirsten, nunca as diria.

– Então você recusou um contrato de seis dígitos para três livros, sabendo que sua esposa ficaria furiosa.

– Recusei.

Ashlyn sorriu para ele por cima do ombro.

– Você foi corajoso.

– Ou burro.

– Nunca é burrice ser corajoso.

– Pois é, mas isso ainda não foi decidido. Para mim, pelo menos.

Ashlyn o estudou, notando, talvez pela primeira vez, a nuvem que parecia pairar sobre seus ombros. Ele manteve a posição com a esposa, deixou o pai orgulhoso, mas ainda assim havia algo que permanecia inseguro nele, algo que o segurava.

– Nunca fiz nada corajoso na vida – confidenciou ela, em voz baixa. – Era mais fácil simplesmente ceder, ser o que as pessoas esperavam que eu fosse. Você deveria estar orgulhoso de não ter feito isso.

Ethan respondeu com um dar de ombros desanimado e depois se sentou em uma poltrona de couro desgastada.

– Então essa é a minha historinha triste. E quanto a você? O que aconteceu com Daniel? Você disse que estavam se divorciando quando ele morreu.

Ashlyn correu os olhos pela sala, em busca de uma distração. Não queria falar sobre Daniel, mas parecia indelicado recusar quando ele acabara de contar a própria história. Em vez de se sentar ao lado dele, ela optou por se sentar na ponta de um pufe, posicionando-se em frente a Ethan. Ela não precisava contar tudo, mas devia algo a ele.

– Nós nos conhecemos na UNH. Eu estava em uma das aulas dele e começamos a sair discretamente. Quando dei por mim, já estávamos casados. Depois disso, tudo desandou depressa, mas fiquei. Não fui corajosa.

– Foi ele quem largou você?

– Não, fui eu.

– O que foi a gota d'água?

– Chegar em casa às três da tarde e encontrar uma mulher chamada Marybeth na minha cozinha... usando o roupão do meu marido.

Ethan estremeceu.

– Ai.

– Eu me mudei naquela noite mesmo. Eu me senti uma tremenda idiota. Tinha ouvido os boatos. Todo o corpo docente sabia como ele era. Mas eu estava encantada demais para dar atenção a qualquer coisa. Ele era tão brilhante, tão talentoso. Eu não conseguia enxergar o quanto ele era manipulador, até que consegui. E mesmo assim, fiquei. Até Marybeth. Até eu era incapaz de deixar de ver isso.

– Ele era professor da UNH?

Ela assentiu.

– Ele foi professor da minha aula de escrita criativa.

– Daniel Strayer... foi seu marido?

Ashlyn desejou não estar sentada bem na frente de Ethan.

– Você conhecia ele?

Por favor, diga que não. Por favor, diga que não. Por favor, diga que não.

– Não, mas já ouvi o nome. Ele foi dispensado um mês antes de eu começar. Parece que após ser investigado por alguma atividade extracurricular com uma aluna. Isso foi obra sua?

– Não, não fui eu. Mas ele *achou* que tivesse sido. Ele achava que tudo era culpa minha. Na noite em que morreu, nos encontramos para tomar uma bebida e resolver algumas questões de posses. Não correu nada bem. E então, quando saímos... – Ela fechou os olhos para as lembranças, depois os abriu de novo quando sentiu o toque de Ethan.

– E então você conseguiu isso – comentou ele, baixinho, pegando a mão dela e virando a palma para cima.

Ashlyn engoliu em seco, desconcertada de repente.

– Sim.

– Ainda dói?

A voz dele era perturbadoramente suave, o cômodo estava quente demais.

– Não. Agora não.

– Que bom.

O que estava acontecendo? Seu coração estava sapateando em suas costelas e parecia que ela não conseguia respirar. Não houve ninguém desde Daniel. E ninguém antes dele. Com certeza ninguém que a fizesse sentir o que estava sentindo agora.

– Está tudo bem?

Ela piscou para ele, consciente de que estava em silêncio há um tempo.

– Sim, só...

Ethan soltou a mão dela de repente.

– Desculpe. Não queria deixar você desconfortável.

– Não deixou. É só que... faz tempo. Acho que estou sem prática. Não que eu tivesse praticado antes. Eu só quis dizer que...

Céus, pare de falar, Ashlyn. Ele só tocou sua mão. Não foi um convite para o quarto dele.

A boca de Ethan se curvou de leve.

– Entendo. Eu não estive... *praticando* muito também. O divórcio me destruiu. E depois meu pai ficou doente. Não houve muito tempo para uma vida social. E para ser sincero, nunca fui muito bom nessa parte. A parte de cortejar, quero dizer. Captar sinais, deixas. Peço desculpas se passei dos limites.

Foi a vez de Ashlyn sorrir. Ele não era nada como o imaginara quando entrou na loja naquela noite. Era charmoso, engraçado e gentil.

– Você está indo bem – disse ela, sem jeito. – Quanto a cortejar, quero dizer.

– Podemos ir com calma.

Pequenas asas emplumadas pareceram alçar voo em sua barriga quando ela encontrou o olhar dele.

– Ir com calma é uma coisa boa.

DOZE

ASHLYN

Livros são costelas e lombadas, sangue e tinta, a matéria de sonhos sonhados e de vidas vividas. Uma página, um dia, uma jornada de cada vez.
— Ashlyn Greer, *O cuidado e a alimentação de livros antigos*

17 de outubro de 1984
Portsmouth, Nova Hampshire

Ashlyn passou os olhos pelo bloco de notas empoleirado em seus joelhos, satisfeita com as anotações para o boletim informativo anual de fim de ano da loja. Estava trabalhando na cama, escrevendo à mão com a caneta-tinteiro Conklin favorita de Frank Atwater. Ela datilografaria mais tarde para que o tipógrafo conseguisse ler, mas havia algo deliciosamente antiquado em criar com caneta e tinta, como uma linha direta forjada da cabeça à mão.

Em geral, a edição inteira estaria escrita a essa altura e já na gráfica, mas entre o esforço para terminar os livros de Nancy Drew de Gertrude e a distração causada pelos livros de Hemi e Belle, ela havia esquecido por completo. Como estava, teria que se esforçar para cumprir o prazo da gráfica e depois endereçá-las e postá-las no correio.

Tinha acabado de largar a caneta e estava pensando em tomar uma xícara de chá quando o telefone tocou. Olhou para o relógio. Quem diabos ligaria às dez da noite?

– Alô?

– Está tarde demais?

– Ethan?

O som da voz dele a surpreendeu e agradou. Ele ligou na segunda-feira para avisar que havia deixado uma mensagem com a assistente de Zachary. Nenhum dos dois havia mencionado o momento estranho da outra noite, embora a lembrança tivesse surgido em sua cabeça diversas vezes ao longo do dia, acompanhada sempre de uma inquietante onda de calor.

– Sim, sou eu. Não acordei você, acordei?

– Não. Eu estava trabalhando no boletim informativo de final de ano da loja. Está me ligando para dizer que acabou de falar com Zachary?

– Não. Ainda não tive resposta.

– Bem, só se passaram alguns dias.

– É, acho que sim.

Ele parecia distraído, distante.

– Seu tom está estranho. O que houve?

– Eu estive lendo.

– Ah. Até onde você chegou?

– As coisas sobre Helene e o sanatório. Quero dizer... caramba.

– Pois é. Está tudo bem?

– Sim. Só estou, sabe... processando. – Houve uma pausa enquanto ele inspirava e depois soltava o ar pesadamente. – Minha bisavó judia se casou com um simpatizante do nazismo, que a trancafiou para escondê-la dos amigos amantes do nazismo. Como eu não sabia de nada disso? Somos judeus, ou pelo menos parcialmente judeus, e ninguém nunca disse uma palavra. Será que meu pai sabia? E caso soubesse, por que manter isso em segredo? E Marian, descobrindo da forma que descobriu. Meu Deus...

Ele parecia genuinamente abalado. E um pouco enraivecido.

– Tem certeza de que está bem?

– Sim. Só é estranho, sabe? Nunca pensei nos Manning como a família americana perfeita, mas isso é pior do que qualquer coisa que eu poderia ter imaginado.

Ashlyn pensou nos próprios pais. A mãe que não se deu ao trabalho de se salvar. O pai que subiu até o sótão e colocou uma espingarda debaixo do queixo porque queria se revoltar contra Deus.

– Não existe família americana perfeita, Ethan. É um mito.

– Pois é. Você já terminou *Para sempre e outras mentiras*?

– Quase, e também não está me parecendo nada bom do lado de cá.

– Foi por isso que parei. Eu precisava de uma pausa. – Suspirou ele, cansado ou enojado, talvez os dois. – Acho que sabemos o que acontece a seguir... e de quem foi a culpa.

Ashlyn refletiu sobre isso por um momento. Ela também pensou assim, a princípio. Mas agora não tinha tanta certeza. Não conseguia esquecer os ecos que captou na primeira vez que tocou nos livros, a fusão estranhamente semelhante de amargura e tristeza. Pessoas mentiam. Ecos não. Belle e Hemi acreditavam de verdade serem a parte injustiçada, o que parecia sugerir que havia mais nessa história do que eles sabiam no momento. Talvez mais do que eles *jamais* saberiam. Mas ela não podia dizer nada disso a Ethan.

– Ou talvez apenas pensemos que sabemos e, na verdade, seja outra coisa.

– Você acha que há algo mais por vir?

– Só estou dizendo que parece que isso não foi tudo. Ele amava Belle, Ethan. O suficiente para abandonar uma reportagem em que era óbvio que ele acreditava. Posso estar errada. Talvez *tenha sido* o bastante para fazer Belle ir embora, ela com certeza ficou furiosa, mas meu instinto me diz que há algo mais.

– O que faz você pensar isso?

Ashlyn hesitou, pensando em como responder.

– Acredita em intuição feminina?

– Acho que sim.

– Bem, então digamos que seja isso.

– Para ser honesto, acho que já sei tudo o que quero saber.

Ashlyn podia ouvir o caráter decidido em seu tom, e parte dela entendia. Para começar, ele não queria se envolver e agora havia aprendido coisas sobre a própria família que deixariam qualquer um relutante em olhar mais a fundo.

– Entendo. Também tenho me sentido um pouco assim. Sei que não haverá um final feliz, os dois deixam isso claro logo de cara, e, ainda assim, me vejo enrolando, temendo o resto do que está por vir. Quer dizer, eu já sei *o que* está por vir... mas o verdadeiro *como*. Quem fez o que a quem e o que aconteceu depois. Mas vou ler. Até o fim. Porque *não* posso deixar de saber tudo. Não quando já lemos até aqui.

Ethan soltou um gemido.

— Imagino que eu deveria pelo menos terminar o livro de Belle.

— Ou... poderíamos lê-los juntos — sugeriu ela num impulso.

— Juntos? Como assim?

— Está bem, não *juntos* de fato. Mas poderíamos fazer isso por telefone. Não restam muitas páginas em nenhum dos dois livros. Poderíamos nos revezar, eu leria *Para sempre outras mentiras* e você leria *Lamentando Belle*. Poderíamos agendar alguns encontros de leitura. Bem, não encontros, mas você sabe, definir um horário regular. Talvez uma hora. Ou menos se você quiser. A menos que você não tenha tempo. E você não deve ter por causa da escrita. Deixa pra lá, foi uma ideia boba.

— Não — disse Ethan quando ela finalmente ficou quieta. — Vamos fazer isso.

— Sério?

— Se vai contar como um encontro, então sim.

Um encontro.

A mera palavra disparou alarmes na cabeça de Ashlyn. Ela deveria esclarecer? Falar que não foi isso que quis dizer? Isso importava? Eles estariam conversando ao telefone. Quão perigoso poderia ser?

— Está certo, então. Um encontro de leitura. Posso marcar para amanhã à noite?

— Na verdade, eu estava pensando que dá para começar agora. Você se importaria? Não estou pronto ainda para desligar.

— Tudo bem. Pode ser uma boa maneira de relaxar.

— Como uma história para dormir — sugeriu Ethan. — Só que elas nunca funcionaram comigo. Minha mãe costumava ler para mim quando eu era criança, mas eu lutava contra o sono para que ela continuasse lendo.

Ashlyn gostou de conseguir ouvir o riso na voz dele. Deixou o bloco e a caneta de lado e se recostou nos travesseiros.

— Acha que sua mãe já leu os livros de Belle e Hemi?

— Não tenho certeza, mas é difícil imaginar que ela *não* os tenha lido. Meu pai com certeza teria mostrado para ela. Eles conversavam sobre tudo. Nada de segredos.

– Nada de segredos – repetiu Ashlyn, melancólica. – Como deve ser? Dividir tudo? Meus pais não conversavam muito. A menos que você conte gritar um com o outro. E depois com Daniel... Digamos apenas que era ele quem falava mais no nosso relacionamento. Ele era o inteligente e esperava que eu fizesse o que me mandasse. A parte triste é que durante anos, eu fiz isso. Eu era... – Ela parou de repente. – Desculpe. Falei demais.

– Não, está tudo bem. Fico contente que você se sinta à vontade para me contar essas coisas. E entendo o que você quer dizer. Ainda estou tentando entender como Kirsten e eu ficamos juntos. É como assistir a uma colisão de trens em câmera lenta, mas um dos trens é você. Meus pais souberam desde o momento em que a conheceram. Viram o que eu não era capaz de ver... ou não quis.

– Sinto muito.

– Mais velho e mais sábio, como dizem. Mas é fácil ficar com receio quando você já se queimou o suficiente, com medo de confiar no próprio julgamento. Amigos vivem tentando me arranjar um encontro, mas... – Houve uma pausa, um breve momento de silêncio. – Não houve ninguém mesmo desde o Daniel?

– Não.

– Ninguém em quatro anos?

– Já falei, não sou corajosa.

Ethan riu.

– É preciso coragem para deixar um cara levar você para jantar?

– Para mim, sim.

– Mas ler ao telefone... isso está bem, não está? É seguro?

Foi a vez de Ashlyn rir. Eles estavam flertando? Não sabia dizer. Parecia um pouco perigoso. Mas até que era bom também.

– Acho que sim.

– Que bom, então. Vou deixar você começar, se estiver tudo bem. Acho que prefiro apenas ouvir esta noite.

Mais uma vez, Ashlyn percebeu o cansaço em suas palavras. Ele estava abalado, talvez até um pouco desiludido, apesar de toda a sua fingida indiferença ancestral.

– Sim. Está bem.

Ela pegou o exemplar de *Para sempre e outras mentiras* que estava na mesa de cabeceira, abrindo-o no lugar que havia marcado com um pedaço de fita azul, depois afundou de volta nos travesseiros e começou a ler.

Para sempre e outras mentiras

(págs. 57–69)

5 de dezembro de 1941
Nova York, Nova York

Estou em ebulição quando chego em casa. Ter ocultado a verdade de mim, sabendo muito bem que você pretendia publicar cada palavra, destruiu o que eu pensava que tínhamos juntos. Mas as coisas que você afirma ter aprendido sobre meu pai eclipsaram por um instante a dor da sua traição.

Durante todo o trajeto para casa, tentei me convencer de que você estava mentindo quando escreveu aquelas coisas vis, que as inventou do nada para agradar Goldie. Mas não conseguia acreditar. Então me lembrei do aviso de Cee-Cee sobre meu pai, de como ele nos via como peças de xadrez e que, às vezes, as peças problemáticas desapareciam, e percebi que ela se referia à nossa mãe. A doença dela e o seu judaísmo se tornaram problemáticos, por isso ele fez a nossa mãe desaparecer; não apenas em Craig House, mas para sempre.

Passo de aposento em aposento, em busca de minha irmã e de respostas. Encontro-a no escritório do meu pai, examinando uma pilha de correspondência. Ela parece pequena atrás da mesa dele, diminuída pelos largos ombros de couro da cadeira. Ergue o olhar quando entro no cômodo e depois volta para a pilha de envelopes no mata-borrão.

Meu pai está em Boston, se preparando para um dos comícios de seu comitê, mas sua presença está ao nosso redor. O aroma de seus charutos, seu tônico capilar com aroma de limão, o conhaque vintage caro que ele serve aos amigos, tudo isso paira no ar, palpável e vagamente enervante.

Minha boca fica seca de repente. Fiquei ensaiando o que dizer durante o caminho de volta, mas agora que minha irmã está olhando para mim, as palavras querem ficar presas na garganta. Porém, finalmente elas saem.

— Há quanto tempo você sabe que nossa mãe era judia?

A cabeça de Cee-Cee se levanta, suas mãos param de repente.

— O quê?

— Judia — repito com ênfase. — Há quanto tempo você sabe que nossa mãe era judia?

Seus olhos se dirigem para a porta aberta.

— Pelo amor de Deus, fale baixo!

O pânico em seus olhos me diz tudo de que preciso saber.

— Responda à pergunta.

Ela levanta uma carta da pilha com uma calma fingida e usa um abridor de cartas de prata para cortar o envelope de uma só vez. Ela não tem pressa enquanto revela o conteúdo e o examina. Finalmente, deixa a página de lado e levanta o olhar.

— Com quem você anda conversando?

— Essa não é a resposta.

— Não. Não é. Mas vou repetir a perguntar. Com quem você anda conversando?

— Não importa com quem ando conversando.

— Ah, acho que importa muito. Devo adivinhar com quem foi? — Há uma sugestão de sorriso quando ela diz isso. O efeito é levemente assustador. — Não seria seu amigo jornalistazinho do Weekly Review, *seria? Aquele de quem você tem estado tão próxima ultimamente?*

Ela está tentando desviar a conversa, me colocar na defensiva.

— Então você nem vai tentar negar?

Ela joga a cabeça para trás, como se tivesse marcado um ponto.

— Nem você, pelo visto.

— Você sabia que foi por isso que meu pai a mandou embora? Porque ele tinha vergonha da... origem judaica dela? — Parece estranho e feio quando sai da minha boca, mas as coisas de que meu pai foi acusado são feias.

Cee-Cee cruza as mãos afetadamente e as repousa sobre o mata-borrão.

— Ele tinha vergonha dela porque ela o envergonhou na frente dos amigos dele.

– Ela estava doente.

– Ela era fraca!

E aí está. Confirmação, se eu ainda precisasse de uma.

– Você disse uma vez que meu pai às vezes fazia as peças de xadrez desaparecerem. Era disso que estava falando. Dela. Ela era a peça de xadrez problemática.

Cee-Cee respira fundo e depois endireita os ombros.

– Você sabe como ela era. Você estava lá naquela noite. Viu e ouviu as mesmas coisas que eu, as mesmas coisas que todo mundo viu e ouviu. Chorando e vociferando como uma louca. Por quanto tempo mais ele deveria suportar os chiliques dela? Ele tinha que mandá-la embora.

– E o acidente – pressiono. – A maneira como ela morreu.

– O que tem?

– Há pessoas que acham que não foi acidente. – Hesito, não tenho certeza se consigo dizer o restante em voz alta. Assim que eu o disser, estará dito. Não terei como voltar atrás. Mas preciso falar, ver a expressão dela quando eu falar. – Acham que alguém foi pago para deixar cair uma faca no quarto dela; que nosso pai pagou alguém para deixar cair uma faca no quarto dela.

Ela me encara, horrorizada.

– Não seja ridícula.

A expressão de horror em seu rosto me enche de um estranho alívio.

– Você não sabia.

– Sabia o quê? Você está falando bobagens.

– Estou? – Eu a olho de cima a baixo, sua expressão abalada, sua postura, rígida. – Acho que não. E acho que você sabe disso. Ela não morreu como disseram, Cee-Cee. Não foi um acidente.

Vejo que ela precisa negar, descartar isso como algo impossível, e quase sinto pena dela. A ideia de que seu herói, o pai que ela adorava e sempre se esforçou para agradar, seria capaz de algo tão terrivelmente frio a abalou fundo.

– Claro que não foi um acidente, sua tolinha. Todos nós sabemos o que ela fez... e por quê. Você mesma disse. Ela estava doente. Mas ninguém se beneficiaria com a verdade sendo revelada, em especial se fosse divulgado que ela já havia tentado duas vezes antes. Suicídio é uma palavra feia. Claro que eles encobriram.

Encaro-a boquiaberta, incrédula. A palavra nunca havia sido mencionada na minha presença, mas era óbvio que tinha sido mencionada na dela.

— Você sabia das outras vezes?

— Não no começo, mas depois... O pessoal da seguradora estava farejando, fazendo perguntas. Papai achou que eu deveria saber.

— Mas eu não.

— Você era uma criança — dispara ela antes de abaixar a voz. — Você não tem ideia do quanto foi ruim, do quanto ela era ruim. — Há um apelo em seus olhos agora, uma necessidade de me trazer para o seu lado, para o lado dele. — A imprensa teria feito uma festa com o drama dela. Foi tudo tão sórdido, tão... caótico.

— Você faz parecer que foi culpa dela. Como se ela merecesse o que aconteceu.

— O que você quer que eu diga? Foi trágico, horrível. Mas também foi inevitável. Foi por isso que o nosso pai a mandou para lá para começo de conversa. Ele não sabia mais o que fazer com ela. Ela estava fora de controle, indo cada vez mais fundo. Era só uma questão de tempo.

Eu a ouço, justificando, racionalizando, transferindo a culpa para minha mãe, e percebo que ela já o absolveu.

— Você não se importa, não é? Quer ele tenha feito o que dizem ou não. Você não se importa.

— Pelo amor de Deus! Ouça a si mesma! O que está sugerindo é um absurdo. — Os olhos dela endurecem de repente, me avaliando. — E caso tenha alguma ideia maluca, seria uma péssima ideia repetir uma palavra sobre isso para qualquer pessoa.

Não há como deixar de entender o que ela quer dizer. Como ela é parecida com ele, percebo com uma onda de repulsa, tentando me fazer recuar com ameaças veladas.

— Eu sou a próxima, então? Outra peça de xadrez a ser descartada? Quem sabe? Talvez eu sofra um acidente também.

Ela me lança um olhar doloroso, como se estivesse lidando com uma criança intratável.

— Eu tomaria cuidado se fosse você. — Ela pega a pilha de correspondência da mesa e a coloca debaixo do braço, sinalizando que nossa conversa chegou ao fim. – E não vá ter ideias. O caso de Teddy está decidido. Você vai entrar na igreja conforme planejado. E até que faça isso, vai ficar perto de casa.

– Não pode me forçar a me casar com alguém com quem não quero me casar.

Ela me encara como se eu tivesse dito algo engraçado.

– Claro que podemos. E você está olhando para a prova. Acha que eu queria me casar com George e ter todos esses filhos? Que ser a esposa de alguém era tudo a que sempre aspirei? Não era. Mas aqui estou eu, dançando ao som da música de todos, para o bem da família. E logo será a sua vez.

Levanto o queixo, me forçando a não piscar.

– E se eu tiver feito outros planos?

Ela me encara com uma calma irritante, como uma jogadora experiente que sabe que está com a mão vencedora.

– Esses seus planos... por acaso não incluem um certo repórter de jornal? Um com um apartamentozinho decadente na Thirty-Seventh Street? – Ela sorri, satisfeita consigo mesma quando me vê boquiaberta. – Você achou mesmo que eu não ia descobrir? Não é tão inteligente quanto pensa que é.

Desvio o olhar, sentindo a cor subir às minhas bochechas.

Seus olhos estão fixos em meu rosto enquanto ela continua:

– Eu sei quantas vezes você sai de carro, aonde vai e quanto tempo fica. Conheço as compras e o vinho e suspeito que sejam jantares muito aconchegantes. Eu sei de tudo.

– Você mandou me seguir?

– Suspeitei que vocês dois poderiam estar envolvidos na primeira vez que ele apareceu. Notei você olhando para ele. E ele observando você. Como um casal de gatos famintos. Não me importei, desde que você não estragasse o negócio com Teddy. Um amigo na imprensa pode ser uma boa coisa de se ter. – Ela faz uma pausa, abrindo um sorriso selvagem. – E algo me diz que ele é muito bom. Um pouco rústico, talvez, mas isso pode ser uma vantagem. Dizem que é divertido andar com a ralé de vez em quando. É verdade?

O estalo da palma da minha mão em sua bochecha ecoa nas paredes do escritório antes que eu possa me controlar. Cee-Cee estremece, mas seu sorriso nunca desaparece. Ainda assim, estou extremamente satisfeita em ver a flor rosa forte da marca da minha mão ao longo de sua bochecha.

– *Muito bem – diz ela com um aceno frio. – Foi o que pensei.*

– *Suponho que meu pai saiba.*

– *Não. Ou não por mim, pelo menos. Decidi que, desde que você estivesse sendo discreta, não me meteria. Supus que você já teria terminado com ele a esta altura. Em vez disso, aqui está você, pronta para trocar o pobre Teddy pelo jornalistazinho.*

– *Hemi vale dez vezes mais que o Teddy.*

– *Meu Deus... Você se apaixonou mesmo por ele. Um jornalistazinho sujo pago para inventar reportagens sinistras sobre sua família. E, por favor, não finja que tudo isso não veio dele. Você parece uma adolescente toda sentimental. Ele escolheu bem o alvo, admito.*

A observação dói, talvez porque chegue perto demais da verdade. Você escolheu bem. E, ainda assim, sinto a necessidade de defendê-lo, orgulhosa demais para admitir que ela tem razão. Hesito, querendo justificar o que você fez – ou pelo menos os seus motivos para fazê-lo. Mas em que eu seria diferente da minha irmã se estou disposta a fechar os olhos a uma traição apenas porque não consigo suportar a verdade? E, no entanto, não posso permitir a ela esse pequeno triunfo.

– *Você está errada sobre ele – afirmo com tom neutro. – Você esteve errada desde o início. Ele nunca estaria do seu lado. Você pensou que poderia comprá-lo, usá-lo para criar alguma narrativa de herói, mas ele nunca faria isso. Ele não está à venda.*

– *Não está à venda? – Ela ri de verdade, um trinado alto e zombeteiro. – Sua pobre idiota. Você nunca esteve preparada para ele. Você é uma pretensa herdeira, noiva de um dos homens mais cobiçados do estado, mas ele passa a perna em você do mesmo jeito. Ele a corteja com aquele rosto bonito e aquele sotaque empolado. E depois, quando ele já a fisgou, começa a extrair pequenas informações de você. Ele quer saber tudo sobre você, como você cresceu e como foi ser filha de um homem tão importante. Ele monta um pequeno ninho de amor para que vocês dois possam ficar sozinhos, longe do grande mundo cruel, e vocês brincam de casinha juntos. Tudo isso depois que ele conseguiu ser convidado para dentro desta casa e para o círculo íntimo de nosso pai. Nunca lhe ocorreu se perguntar o que ele poderia esperar ganhar com todo esse romance? Ou o que aconteceria quando ele conseguisse o que queria?*

Parece tão óbvio quando ela expõe tudo assim de ponta a ponta, tão completa e cuidadosamente orquestrado. Porque foi exatamente assim que aconteceu, até aquele primeiro convite para jantar e a briga que tivemos depois. Você estava à vontade naquela noite, sorrindo e acenando com a cabeça, enquanto minha irmã o arrastava pela sala, apresentando-o a pessoas que você nunca teria conhecido de outra forma. Nada disso é novidade, é claro. Você admitiu isso para mim. Mas saber que ela também sabe – que ela me vê como a tola que tenho sido – é uma pílula difícil de engolir.

Lágrimas de repente ameaçam cair. Tento piscar para afastá-las, mas Cee-Cee as vê e bufa, impaciente.

– Sua tolinha. O homem não tem nem um centavo no nome dele e você estava preparada para jogar fora toda a sua vida por ele, para viver de amor, suponho. Enquanto isso, o que você tem dado a ele? – Ela passa os olhos sobre mim, lentos e conhecedores. – Nada que você possa recuperar, aposto.

– Ele não tirou nem um centavo de mim.

Então ela passa por mim, sem nem olhar.

– Eu não estava falando de dinheiro.

Horas depois, ainda não tenho certeza do que fazer em seguida. Estive trabalhando em uma carta – duas cartas, na verdade –, embora também não tenha certeza se tenho forças para terminar. Parece que não consigo parar de chorar. Mas tenho uma decisão a tomar. Tenho lutado com as palavras, com a escolha impossível entre o coração e a cabeça. Mas como posso escolher? É como se eu estivesse à deriva e não houvesse como voltar para você. Não há como voltar para nada. Mas devo escolher. E logo.

Também me pergunto como entregar as cartas depois de escritas. Eu poderia telefonar em vez disso. A discrição parece inútil agora que o nosso segredo já não é segredo. Mas a verdade é que vou colocar tudo no papel porque sei que nunca terei coragem suficiente para dizer o que é quase certo que devo dizer, pelo menos não depois de ouvir sua voz. E, no entanto, devo dizer, não devo?

Adeus.

Cee-Cee tinha razão. Eu fui ingênua. Em tantas coisas. Vivendo em um mundo de fantasia onde a princesa encantada e o belo pobretão cavalgam em direção ao pôr do sol e nunca mais se tem notícias do rei perverso. Mas a vida não funciona assim. O pobretão não é quem parece ser e o rei é todo-poderoso. Não há pôr do sol e a princesa é uma tola.

Ainda estou na minha escrivaninha quando Cee-Cee entra sem bater. Fico espantada com sua presença repentina e irritada por ela se sentir no direito de entrar sem permissão. Eu não quero que ela me veja assim.

Sento-me rígida, enquanto ela entra no quarto, olhando além de mim para a folha de papel azul na minha frente.

– Escrevendo uma carta? – ela pergunta com tanta casualidade, como se não tivéssemos acabado de ter uma discussão cataclísmica.

Arrasto o diário pela página meio escrita e cruzo as mãos sobre ele.

– Um poema – minto. – Um no qual estou trabalhando há várias semanas.

– Eu não sabia que você estava escrevendo de novo. – Ela tenta sorrir, mas desiste quando percebe que não estou com disposição para sorrisos. – Posso ver?

– Você nunca se importou com poesia antes. Muito menos a minha. Na verdade, lembro que uma vez você correu até meu pai com um caderno meu e me colocou em apuros.

Ela suspira, cansada.

– Vamos ler todo o catálogo dos meus pecados?

– Se você quiser.

Eu me levanto e me afasto da mesa, preparada para outra luta. Em vez disso, Cee-Cee me surpreende ao tirar um lenço do bolso e me entregar. Aceito-o, cautelosa, e enxugo os olhos.

Ela vai até a cama e se senta pesadamente.

– Não deveríamos brigar.

Não digo nada. Não estou interessada na bandeira branca dela.

– Olha, sinto muito pelas coisas que disse antes. Não percebi quão sério as coisas tinham ficado entre vocês dois, e você me pegou desprevenida. Você sempre foi a irmã mais nova, e quando vejo você se metendo em encrenca, suponho que ainda sinta necessidade de protegê-la.

Mal posso acreditar no que estou ouvindo.

– Quando você me protegeu?

Ela baixa o olhar.

– Sei que não somos próximas, mas isso não significa que eu não me importe com você. Somos uma família.

Eu a estudo: seus olhos arregalados e suaves e os cantos da boca virados para baixo, e me pergunto quem é essa estranha sentada na minha cama. Com certeza ninguém que eu já tenha conhecido. Ela parece cansada, até um pouco abalada. Sento-me ao lado dela, tensa, calada.

– Você me acha dura – diz ela com calma. – E suponho que sou. Às vezes, por necessidade, outras, por hábito. Mas tive muita responsabilidade desde... desde que nossa mãe morreu. E sempre houve uma grande diferença de idade entre nós. Nunca soube muito bem como lidar com você, como navegar a linha entre mãe e irmã. Mas você está crescida agora. É uma mulher, não uma criança. Nós deveríamos ser amigas.

Amigas. Olho para o lenço dela, passado há pouco, agora enrolado em um bolo úmido. Mal somos irmãs. Como podemos ser amigas? Amigos confiam uns nos outros. E eu não confio mais em ninguém.

Ela aproxima o rosto do meu, oferecendo um sorriso trêmulo.

– Podemos, você acha? Deixar a dureza para trás? – Ela pega minha mão, passando o polegar pelos nós dos meus dedos. – Por favor?

O momento de delicadeza, tão inesperado, tão desconhecido, traz uma nova onda de lágrimas. Tento mantê-las afastadas, mas é inútil. Eu me encolho nela, soluçando.

– Coitadinha – entoa ela, dando tapinhas nas minhas costas. – Não pode ser tão ruim assim.

Deixei-me relaxar nela. Como uma criança que sofreu uma queda, estou abalada e carente, desesperada por algo seguro a que me agarrar. E de repente estou tão cansada.

– Somos pessoas diferentes, você e eu. – Sua voz é suave, quase maternal. – Podemos ter papéis diferentes a desempenhar, mas somos uma família e sempre seremos. Talvez eu tenha negligenciado você, até a afastado, mas foi porque não sabia como cuidar bem de você. Você era tão diferente de mim quando criança e muito... parecida com Helene.

A voz dela falha, como se a menção do nome de nossa mãe lhe causasse dor.

– Ela e eu não éramos próximas do jeito que vocês duas eram. Você sempre foi a favorita dela e acho que fiquei com ciúme. Depois ela ficou doente e só havia o nosso pai. Eu estava tão desesperada pela aprovação dele. Falei e fiz tudo o que ele queria, mas magoei você no processo. Pode me perdoar?

Até onde me lembro, sempre ansiei pelo amor da minha irmã. Quando minha mãe foi embora e fiquei sozinha nesta casa enorme e fria, ansiava pelo tipo de suavidade que ela está oferecendo agora. Mas depois de tudo que aprendi hoje, como posso pensar em perdoá-la? E, ainda assim, a atração está presente, a tentação de abrir os punhos e aceitar o que está sendo oferecido. Mas estou exausta demais para pensar nisso agora, ferida demais, vazia demais.

Ela dá um tapinha na minha mão como se algo tivesse sido decidido.

– Você está confusa agora e sofrendo. Acha que não pode viver sem esse homem, que ele é seu sol e sua lua, seu mundo inteiro. Mas a verdade é que você mal o conhece. Tudo o que você sabe é o que ele contou, no que ele quer que você acredite. Mas um homem que tenta colocar você contra a própria família nunca irá fazer você feliz. Ele não entende nosso modo de vida. Você merece um homem que se importa com as coisas de que você gosta, que possa lhe dar o tipo de vida ao qual você está acostumada. E seus filhos. É importante pensar nos filhos, no tipo de mundo em que crescerão.

Concordo com a cabeça, mal registrando as palavras. Só quero ficar sozinha, digerir tudo o que aconteceu, tudo o que me foi dito e tudo o que não me foi dito. Meus olhos deslizam para o pedaço de papel azul visível embaixo do meu diário – a carta pela metade à espera para ser terminada – e me lembro da expressão em seu rosto quando você entrou e percebeu que eu havia encontrado suas anotações. A culpa e o pânico, a pressa de se explicar. Quando eu estava saindo, você perguntou se eu ainda estaria lá amanhã. Não respondi porque não sabia. Eu ainda não sei.

– Obrigada – digo, colocando o lenço de Cee-Cee de volta nas mãos dela. – Eu gostaria de ficar sozinha por um tempo. Estou com uma dor de cabeça terrível.

– Claro que está. Deve deitar e fechar os olhos. Mas primeiro, vá molhar um pano para os olhos. Prepare um remédio para dor de cabeça também. Ou podemos mandar alguém ao farmacêutico para buscar algo mais forte, algo

que ajude você a dormir. Você vai ver. Tudo ficará melhor depois de um pouco de descanso. Vá agora. Vou puxar suas cobertas enquanto você pega o pano.

No banheiro, preparo um remédio e o engulo em dois longos goles, tendo ânsias de vômito quando engulo o final. Paro em frente à pia, assustada com o próprio reflexo. Por um momento, minha mãe me encara do espelho. Olhos irritados e vermelhos. Uma nuvem de cabelos escuros bagunçados. Bochechas pálidas e manchadas de lágrimas. Exatamente como ela estava da última vez que a vi.

Lavo o que sobrou da maquiagem e levo a toalha de volta para a cama. Fico surpresa ao encontrar Cee-Cee ainda ali. Ela está dobrando a colcha, reunindo lenços de papel amassados.

– Pronto – diz ela, com um sorriso indulgente. – Assim está melhor. Mas me prometa, chega de poesia por hoje. Pobrezinha. Você está com uma aparência péssima. Tente descansar, se puder. Vou mandar um pouco de chá daqui a pouco. Conversaremos de novo quando estiver se sentindo melhor.

Espero até que ela vá embora e tranco a porta, depois volto para a mesa e para minhas cartas inacabadas.

Lamentando Belle

(págs. 87–92)

6 de dezembro de 1952
Londres, Inglaterra

Onze anos depois, e ainda parece que foi ontem, a ferida ainda está aberta, ainda purulenta. O dia em que você desapareceu da minha vida. Devo contar como foi? Como me senti? Sim, acho que devo. Porque eu não deveria ser o único a lembrar daquele dia.

O sol atravessa as cortinas do quarto na hora certa. Eu rolo para fora da cama, ainda vestido. Esperei a noite toda pelo toque do telefone, vigiei o barulho da sua chave na fechadura. Nenhum dos dois veio. Mas é um bom sinal, digo a mim mesmo. Se você não estivesse ainda planejando estar na estação, com certeza teria tido a decência de ao menos pegar o telefone. Você não me deixaria esperando sozinho em uma plataforma de trem. E, sendo assim, minhas coisas estão arrumadas quando o Sol nasce por completo, minha cômoda alugada está vazia, o armário de remédios do minúsculo banheiro, vazio.

Chego à Penn Station duas horas antes do horário marcado para o encontro, nossas passagens enfiadas no bolso do casaco, um par de malas em uma das mãos e a velha máquina de escrever do meu pai na outra. Entro pela Sétima Avenida, passando pela galeria de lojinhas elegantes que vendem chapéus, cachecóis e perfumes, e sigo em direção à lanchonete onde combinamos de nos encontrar.

Sou logo engolido pela pulsação barulhenta do saguão. É um espaço enorme, com uma intrincada rede de arcos de ferro forjado e painéis de vidro reluzentes suspensos no alto. Os enormes relógios pendurados em ambas as extremidades me lembram de que tenho uma espera bastante desconfortável pela frente.

Por fim, vou para a sala de espera, uma câmara cavernosa com colunas de pedra; um teto alto e abobadado; e fileiras de bancos de madeira que parecem bancos de igreja. É menos lotado aqui, mais silencioso. O espaço me lembra uma catedral, talvez porque estou orando em silêncio desde que passei pelas portas.

Encontro um lugar ao lado de uma mulher com um extravagante chapéu de penas e bagagem suficiente para uma viagem marítima. Ela me olha friamente e depois acena com a cabeça. Aceno de volta e me preparo para passar a próxima hora. Examino o mar de rostos que passam depressa. É provável que nenhum deles seja o seu, está cedo demais, mas, mesmo assim, observo para o caso de você também chegar cedo.

Toda mulher de cabelo escuro, com chapéu elegante e sapatos de salto alto faz meu pulso disparar. Várias vezes eu fico de pé, certo de ter identificado você no meio da multidão. Depois me acomodo outra vez no banco, consciente de que a mulher ao meu lado está ficando irritada. Eu não ligo. Estou exausto e nervoso, verificando o relógio em intervalos de três minutos, desejando que os ponteiros acelerem e acabem com meu sofrimento. Finalmente, é chegada a hora. Volto para a lanchonete com nossas malas e fico perto da porta para esperar.

Às 14h45, sei que você não vem.

Mesmo assim, desço as escadas até a nossa plataforma, caso você esteja atrasada e decida ir direto para o trem. Coloco as malas no chão e ando de um lado para o outro, com o pescoço esticado, desesperado para ver você no meio do enxame de viajantes.

Às 15h04 em ponto, o trem se afasta da plataforma.

Fico observando, olhando através de cada janela enquanto ele passa, torcendo para que tenha havido algum tipo de confusão sobre onde deveríamos nos encontrar. Então lembro que as duas passagens estão no bolso do meu casaco e percebo que o trem chegará a Chicago amanhã de manhã com um vagão-leito vazio.

Eu já deveria ter previsto isso; na verdade, previ. Suas desculpas, sua hesitação. Mas me convenci de que tínhamos superado tudo isso. Eu me odiei *pelas minhas suspeitas, por pensar que você estava procurando uma desculpa para voltar correndo para sua família e seu noivo ridículo, mas no final, acabei lhe entregando exatamente o que você procurava. Mesmo assim, você poderia ter me poupado da estação.*

~

Estou entorpecido quando volto para o apartamento. Deslizo a chave na fechadura, sabendo, antes de passar pela porta, que não vou encontrar você do outro lado. Deixo cair as malas e desabo no sofá, sem me preocupar em tirar o chapéu e o casaco. Ainda estou sentado lá quando vejo algo deslizar por baixo da porta.

Levo um momento para processar o que estou vendo, um envelope com meu nome rabiscado em tinta preta, e então estou de pé, correndo para a porta, tropeçando em malas e quase caindo no corredor.

– Belle!

Seu nome ecoa pelo corredor estreito. Mas, em vez de você, vejo um garoto magrelo com um boné de tweed e um casaco verde correr em direção à escada. Ele se vira, com os olhos arregalados, e fica imóvel. O rosto dele é familiar. O filho da sua irmã. Aquele quieto que você chama de Dickey. Ele abre a boca, mas nada sai.

– Onde está sua tia? – digo com tanta calma quanto consigo. – Ela está com você?

Ele fecha a boca e balança a cabeça.

– Você está aqui sozinho?

Ele assente, ainda em silêncio. Fico de olho nele enquanto me abaixo para pegar o envelope do chão.

– Como chegou aqui?

– De bicicleta. Tenho que ir agora. Eu não deveria falar com você.

– Ela disse isso?

– Eu deveria só empurrar a carta por baixo da porta e voltar em seguida.

– Você pode falar algo para sua tia por mim?

Seus olhos se arregalam e ele balança a cabeça.

– Eu não deveria falar com você.

Então, ele se vira e desce as escadas. Levo a carta para o sofá e a retiro do envelope, uma única folha de papel azul. Olho para a página com suas linhas elegantes e sinuosas. Palavras bonitas destinadas a absolvê-la, mas você não precisava se preocupar. Isso não muda nada.

Já ouvi pessoas dizerem que, nos momentos mais terríveis de suas vidas, sentiram como se o chão tivesse sido arrancado de debaixo dos pés. Sempre achei que era uma frase hiperbólica. Agora eu entendo. Naquele momento na plataforma, quando o trem partiu e eu fiquei parado com as malas, senti como se tivesse caído em um abismo sem fundo, com todos os meus amanhãs sombrios e vazios. Não há como esquecer um momento como este, não há perdão. Para nós, a sorte foi lançada no instante em que o trem das quinze horas daquele dia deixou a estação sem nós.

Amasso o bilhete e o jogo fora, depois vou até a cozinha e pego a garrafa de gim que joguei no lixo antes de partir. Sirvo um copo e engulo metade de uma só vez, dando boas-vindas ao rastro de fogo que é deixado no caminho até minhas entranhas, o chute breve, mas zonzo, quando atinge o fundo.

Acabei de encher o copo de novo quando o telefone toca. Fico olhando para ele, o coração bate forte nas costelas. Não vou suportar ouvir sua voz de novo. Não se você for apenas repetir o que está no bilhete ou, pior, pedir desculpas. Deixo tocar. E tocar.

Mas e se você tiver mudado de ideia? Ergo o telefone e pigarreio.

– Alô?

– Não acredito que você não ligou, seu desgraçado!

Não é você. Goldie.

Há uma espécie de desmoronamento em meu peito, o golpe final. Digo a mim mesmo para desligar, mas não consigo fazer o braço funcionar. Em vez disso, fico ali parado, segurando o copo de gim, e deixo que ela grite.

– Eu tinha certeza de que você voltaria rastejando quando percebesse que idiota tinha sido. Jogar fora o tipo de reportagem com a qual todo jornalista sonha, uma bomba, francamente, só porque você desenvolveu um gosto por um rabo de saia caro? Nunca pensei que fosse um tolo, mas acho que é. Então parece que terei que ser a adulta aqui. E se eu estivesse no seu lugar, pensaria com muito cuidado.

Suas consoantes estão grossas e pesadas, do jeito que ficam quando ela está bebendo. Ainda assim, Goldie continua:

– *Vou lhe dar mais uma chance de ser uma estrela, seu babuíno britâ-nico. Não que você mereça. E para provar que estou falando sério, vou deixar você dizer o seu preço. Droga, até deixo você escrever a manchete. Mas esta oferta vem com uma data de validade. Você tem vinte e quatro horas para se decidir e voltar para sua mesa ou farei de outra pessoa uma estrela.*

Engulo o resto do gim e coloco o copo vazio sobre a mesa com um ruído.

– *Eu não preciso de vinte e quatro horas.*

Para sempre e outras mentiras

(págs. 70–76)

7 de dezembro de 1941
Nova York, Nova York

Escapo de casa antes do café da manhã com nada além da bolsa, saio pela porta dos fundos e caminho pela viela de serviço até a garagem. Banks ainda não chegou, já que meu pai está fora e a garagem está parada. Tiro as chaves do Chrysler do painel na parede e deslizo para trás do volante. Sinto-me quase tonta quando o motor ganha vida. Imagino você me esperando do outro lado da cidade, andando de um lado para o outro e observando o relógio, tão ansioso quanto eu para começar nossa nova vida.

Nossas passagens – aquelas que você comprou para o trem de ontem – foram desperdiçadas. Como eu gostaria de ter decidido antes e saído a tempo de pegar aquele trem. Estaríamos em Chicago agora, talvez a caminho do cartório. Mas compraremos novas passagens quando chegarmos à estação e finalmente daremos adeus a Nova York. Um dia depois do planejado, talvez, mas o que é um dia comparado a uma vida inteira?

Parece uma coisa imprudente depositar minha confiança em você de novo após o que aprendi, mas depois de todo o meu choro e luta, percebi que não suportaria perder você. Mas com Cee-Cee observando cada movimento meu, eu não confiava no telefone. Portanto, paguei um dólar ao Dickey para entregar a carta quando ele estava a caminho do farmacêutico. Quando o fiz jurar segredo, ele me olhou nervoso, então eu não tinha certeza se ele ia fazer. Mais tarde, porém, ele bateu à minha porta e me disse que a missão estava cumprida. Ele mal conseguia me olhar nos olhos, coitado. Não foi feito para intrigas. Não deixei nenhum bilhete para Cee-Cee; ela saberá em breve para onde fui.

E até lá terei escapado da rede para sempre, para nunca mais pôr os pés na casa de meu pai. Fico de olho no espelho retrovisor enquanto dirijo, me lembrando da admissão alegre de Cee-Cee de que ela estava de olho em mim. Eu não suportaria se algo desse errado agora.

Tenho que estacionar a um quarteirão e meio de distância do seu prédio e depois subir o estreito lance de escadas até o segundo andar. Estou um pouco zonza quando chego ao topo. Quase espero encontrar você parado na porta aberta, mas você não está. Fico ainda mais surpresa quando tento a maçaneta e a encontro trancada. Pego minha chave e entro, quase tropeço na minha mala que está logo atrás da porta.

Ando pelos cômodos, primeiro de um jeito casual, depois mais frenética. Procurando por você. Procurando sua mala. No quarto, a cômoda está vazia, a cama ainda feita. O banheiro também foi esvaziado de suas coisas. Mas isso é normal, *digo a mim mesma, reprimindo uma sensação crescente de desconforto.* Vamos embora e você empacotou tudo. É por isso que tudo parece tão vazio, tão perturbadoramente quieto.

Procuro um bilhete, mas não há nenhum. Não há nada, exceto uma garrafa vazia de gim na pia. Cada vestígio seu se foi. A sala oscila e balança. Fecho os olhos, esperando que pare. Quando volto a abri-los, vejo o envelope no chão perto do sofá, azul, com seu nome na frente. A aba está aberta, seu conteúdo se foi.

Ainda estou olhando para o envelope quando um homem usando uma camisa amarrotada e um cardigã manchado aparece na porta aberta.

– Você não pode entrar aqui.

– Estou procurando o homem que mora aqui.

– Ninguém mora aqui – responde ele com um toque de aborrecimento.
– O inquilino deu o fora ontem à noite.

Pisco para ele enquanto as palavras são absorvidas.

– Deu o fora?

– Sim, senhora. Bateu na minha porta na hora do jantar para me dizer que estava indo embora. Disse que tinha terminado o trabalho aqui e

ia cobrir a guerra. Eu não sabia que ainda dava para ir para lá, mas pode ser que ele tenha conexões. O tipo dele costuma ter.

De repente, não há ar o bastante na sala e sinto como se estivesse prestes a cair no chão. Agarro o braço do sofá, um pouco consciente da expressão alarmada do senhorio.

— Ei, está passando mal? — Seus olhos se estreitam, me olhando de cima a baixo. — Lembro de você agora. Vivia aparecendo aqui em horários estranhos. Nunca ficava muito tempo.

A mudança na expressão dele faz minhas bochechas esquentarem. Considero negar, assegurando-lhe que está enganado, mas isso pouco importa agora. Endireito-me e passo a mão pelo cabelo.

— Ele deixou um endereço para onde encaminhar a correspondência?

— Não. Nada do tipo. — Então ele aperta os lábios, como se tivesse acabado de entender a situação. — Deixou você sem chão, não foi?

Eu desvio o olhar.

— É o que parece.

— Complicado. Mas talvez seja melhor assim. Qualquer homem que deixaria você para ir brincar numa guerra precisa ter a cabeça examinada.

Olho para ele, minha garganta está apertada demais para responder.

— Bem, se você está precisando de um apartamento, boneca, esse aqui está disponível. Posso fazer um bom negócio pra você também, já que seu amigo pagou o mês inteiro.

A ideia de que eu gostaria de morar neste apartamento é ridícula, mas de repente me dou conta de que não tenho um plano alternativo. Nunca me ocorreu que você não estaria aqui ou que eu pudesse ter calculado tão mal. Agora, a ideia de ter que voltar para a casa do meu pai, para o sorriso exultante de minha irmã, é mais do que posso suportar.

— Ei, tá tudo bem aí? Você não parece muito bem.

Balanço a cabeça e vou em direção à porta.

Ele dá um passo em minha direção, como se quisesse bloquear meu caminho, depois aponta para a mala largada ao acaso dentro da porta.

— É sua?

Olho para a mala, me lembrando das semanas que passei enchendo-a com todo o cuidado. Meu enxoval, como você a chamou para provocar.

– *Sim, é minha.*

– *Não vai levar com você?*

– *Não.*

Consigo descer as escadas e voltar para o carro antes de desmoronar. Inclino a cabeça no volante gelado, o barulho do trânsito abafado além das janelas do carro e, enfim, desabo. Como você pôde, Hemi? Depois de tudo, como pôde fazer isso? Quando você sabia que eu viria.

Mal me lembro de voltar para a casa do meu pai ou de deixar o carro na garagem. Cee-Cee está no saguão quando entro, arrumando um vaso de flores. Ela me olha por cima das flores enquanto tiro o casaco, demorando-se no meu rosto. Meus olhos estão inchados e irritados, como se eu tivesse passado a tarde em uma sala cheia de fumaça.

Espero que ela exija saber onde estive, quem encontrei. Em vez disso, ela me inspeciona um instante e volta para seus gladíolos. Fico tão aliviada que seria capaz de chorar. Acho que não conseguiria suportar outra cena com ela no momento. Sigo para a escada e consigo chegar ao topo. De repente, estou terrivelmente cansada, toda vazia.

Enfim chego ao meu quarto e me tranco. Depois de lavar o rosto e engolir um dos remédios para dormir que Dickey trouxe do farmacêutico, caio na cama, desejando apenas o esquecimento. Amanhã pensarei no que fazer. Amanhã farei planos.

Não tenho ideia de que horas são ou há quanto tempo estou dormindo quando ouço Cee-Cee do lado de fora da porta, xingando e batendo, sacudindo a maçaneta.

– *Abra a porta, pelo amor de Deus! Algo aconteceu!*

Ainda estou tonta por causa do sono, mas em algum momento as palavras dela penetram minha mente. Algo aconteceu. Cenários passam pela minha cabeça enquanto me esforço para me sentar. Você mudou de ideia e voltou. Meu pai ficou sabendo de nossos planos e encurtou sua viagem de negócios para lidar comigo. Ou talvez ele já tenha dado cabo de você. A ideia envia um arrepio através de mim. Levanto de um salto da cama e corro para destrancar a porta.

Cee-Cee entra, com o rosto sombrio e sem fôlego.

– Os japoneses bombardearam a base naval de Pearl Harbor. Acabaram de anunciar no rádio com um repórter que está lá. Dava para ouvir as bombas explodindo ao fundo, coisas explodindo. Parece ruim.

Demora um momento para meu cérebro mudar de rumo. Não era você. Não era meu pai. Eram os japoneses.

– Como isso pôde acontecer?

– Um ataque surpresa, é o que dizem. Aviões abatidos. Navios em chamas. Só Deus sabe quantos morreram. Acham que Manila também foi atingida. Roosevelt terá a guerra dele agora. Devem estar estourando o champanhe neste exato momento.

Eu a encaro, horrorizada. É nisso que ela está pensando no momento. Nenhuma indignação pela morte de homens, nenhuma angústia pelas esposas viúvas e crianças órfãs. Apenas ressentimento pelo fato de a causa preciosa do meu pai – o presente para Hitler de os Estados Unidos ficarem neutros – estar quase perdida.

– O presidente fez um pronunciamento?

– Não. Mas irá fazer. É por uma coisa dessas que ele estava rezando.

– Você acha que o presidente dos Estados Unidos tem rezado para que fôssemos atacados e centenas de pessoas fossem mortas?

– Você ainda não entende quem está mexendo os pauzinhos e por quê, não é? Esse não foi um ataque aleatório. Foi orquestrado para nos arrastar para a guerra deles. Os judeus e os comunistas querem que usemos nosso dinheiro e nossos recursos para travar a guerra por eles. Por que deveríamos? Eles que montem o próprio exército e se defendam sozinhos.

As palavras de Cee-Cee me surpreendem.

– As pessoas de quem você está falando... nossa mãe era uma delas. O sangue dela, sangue judeu, corre em suas veias da mesma forma que nas minhas. Eles... somos nós.

– Jamais diga isso de novo. Não nesta casa. Em nenhum lugar.

Seus olhos cintilam com frieza enquanto me encara, me lembrando-me da noite do colapso de minha mãe. Lembro-me daquele momento na escada, de seu sorrisinho estranho e palavras inexplicáveis. *Agora veremos. E depois*, de como ela entrou no quarto de minha mãe e removeu sistematicamente todos os vestígios dela de nossa vida.

– Ele fez isso com você – afirmo, vendo-a com clareza. Enxergando tudo com clareza. – Ele envenenou você contra ela, aos poucos, e depois recompensou você por isso. Ele ensinou você a ter vergonha dela, vergonha de si mesma. Porque você é como ela. Nós duas somos como ela.

– Eu não sou como ela! – Cee-Cee grita. – Eu sou americana. Uma verdadeira americana. E meus filhos também. Tenho o dever de proteger o nosso nome e o nosso modo de vida, de mantê-lo puro.

De repente, meu pai está me encarando. A dureza, o ódio, a superioridade de aço. Vejo tudo isso na minha irmã.

– Hemi tinha razão sobre você. Sobre vocês dois. Ele enxergou quem vocês eram desde o início.

– Ah, sim, o jornalistazinho. – Ela abre um sorriso frio. – Pensando bem, por que você não está com ele agora, almoçando no pequeno e miserável prédio dele sem elevador? – O sorriso endurece. – Ou por acaso você calculou errado de novo?

Suas palavras me atingem como um jato de água fria. Quero negar, mas como posso fazer isso se fui tão idiota em relação a tudo?

Ela inclina a cabeça para o lado e finge fazer beicinho.

– Pobrezinha. Ele terminou com você? Se eu fosse você, ia me considerar sortuda por ter conseguido escapar relativamente ilesa. – Suas sobrancelhas se levantam de leve. – Supondo que você tenha conseguido isso, é claro.

– Saia.

Ela se vira e olha para mim.

– Não tenho certeza de quando papai estará em casa, mas não demorará muito e é provável que ele não esteja de muito bom humor quando chegar. Eu pensaria muito bem antes de mencionar Helene. Ou o jornalistazinho. Prometo que não vai acabar bem.

Para sempre e outras mentiras

(págs. 77–80)

10 de dezembro de 1941
Nova York, Nova York

Passei três dias num tipo de crepúsculo. Três dias acreditando que fui ferida da maneira mais profunda possível. Mas estou errada. Há mais por vir.

Devo lhe contar como foi? Como me senti? Parece justo.

Ainda estou evitando minha irmã, permanecendo no meu quarto quando sei que ela está em casa. Não tenho nada a dizer a ela, embora suspeite que em algum momento, ela e meu pai terão muito a me dizer. Sobre você. Sobre Teddy. Sobre meu dever para com a família. Porque no final das contas sempre volta ao dever. Eles não têm ideia do que eu já abri mão, do escândalo do qual foram poupados por minha causa.

Desprezo Cee-Cee por estar certa sobre você, e a mim mesma por ter sido tão enganada. Pego-me revivendo cada momento que você e eu passamos juntos, cada palavra, cada beijo, cada toque, procurando por algo que eu deveria ter visto, mas não vi. Mas talvez ela tenha razão. Talvez eu tenha escapado por pouco. E, talvez, daqui alguns anos – uns cem, quem sabe –, eu possa até acreditar nisso. Mas não é o que parece agora.

Espero todos os dias pela chegada da correspondência, na esperança de que haja algo seu. Uma carta me dizendo onde você está, pedindo que eu vá até você. Ou pelo menos explicando por que você fez o que fez. Não chegava nada, é claro. E não chegará. Alguma parte de mim sabe disso.

Mas chegou um telegrama de meu pai. Cee-Cee certificou-se de que estivesse na bandeja do café da manhã. Parece que o comício de Boston foi cancelado, embora meu pai planeje ficar lá por mais uma semana. Desde o ataque a Pearl Harbor, o amado Comitê America First, de Lindbergh, começou a desmoronar e meu pai e os amigos dele esperam mantê-lo unido. A última linha é sobre mim: uma ordem para ficar de olho em mim até que ele volte para casa e lide comigo de maneira adequada.

Minha irmã está brincando comigo, usando o retorno dele como uma ameaça. Eu não ligo. Recuso-me a ser intimidada ou a permanecer nesta casa cheia de ódio e segredos. Ele vai me deixar sem um centavo, mas tenho algum dinheiro meu, da herança que minha mãe me deixou ao morrer. Não muito para os padrões do meu pai, mas o suficiente para uma vida tranquila para quase qualquer outra pessoa.

Que vou embora daqui já foi decidido. É para onde que ainda não determinei. Eu depositava todas as minhas esperanças na Califórnia, mas isso quando éramos nós dois. Não tenho certeza se conseguiria suportar agora. Eu deveria odiar você. Eu o odeio de verdade. Mas não posso deixar de me perguntar onde você está, o que está fazendo e se alguma vez pensa em mim. Eu não deveria me importar. Você não vale minhas lágrimas. Mas é claro que me importo. Você sabia disso quando partiu.

A guerra começou para valer. Por enquanto é apenas contra o Japão, mas é só uma questão de tempo até que Roosevelt declare também contra a Alemanha. Penso em você, nos seus discursos apaixonados sobre a nossa responsabilidade moral de nos juntarmos aos europeus na luta contra os nazistas. Você tinha razão – sobre tudo isso –, mas só consigo pensar nos horrores da última guerra, no sangue, na morte e na batalha; e você, em algum lugar no meio disso, descrevendo tudo em prol da história.

Sua partida me deixou num tipo de crepúsculo estranho, um limbo de dias sonolentos e noites insones. Não consigo recuperar o equilíbrio. Mas o tempo está se esgotando. Preciso fazer meus planos, mas não consigo pensar aqui, com as paredes apertadas ao meu redor.

Tiro o roupão e visto a primeira coisa que encontro no armário. Prendo a respiração ao sair para o corredor, esperando ser emboscada e mandada de volta para o quarto. Mas não há sinal de Cee-Cee enquanto desço as escadas.

Lá fora, o ar está frio e cortante. Acolho sua ardência enquanto desço a Park Avenue. Não faço ideia de para onde estou indo. Com certeza não para qualquer lugar onde eu possa ser reconhecida. A última coisa que quero é encontrar alguém que conheço, ser forçada a sorrir e ficar de conversa fiada.

Mantenho a cabeça baixa e caminho rápido por vários quarteirões. Pouco a pouco, o cenário muda, casas imponentes dando lugar a casas de fachada de arenito e depois a prédios de apartamentos de tijolos com lojas embaixo, suas vitrines decoradas para as festas de final de ano. Uma farmácia, um sapateiro, uma loja de instrumentos com clarinetes e violinos usados na vitrine. Observo o desfile de rostos determinados vindo em minha direção, ocupados demais para prestar muita atenção em mim. É bom ser anônima, olhar rosto após rosto sem medo de ser reconhecida. E então percebo o que estou fazendo. Estou procurando por você – seu rosto, seus ombros, seu andar de passadas largas – em algum lugar desse rio veloz da humanidade.

É uma coisa ridícula pela qual se ter esperança. Tão ridícula que sinto o aperto das lágrimas na garganta. Inverto o curso de repente, quase esbarrando em uma mulher com vários pacotes nos braços. Algo nela é familiar: a boca fina e o nariz um pouco parecido com o de um pássaro. Lisa. O nome dela surge na minha cabeça. Não, Lissa, a costureira de uma das lojas de roupas que frequento.

Afasto-me dela, me escondendo atrás de uma banca de jornal próxima. Finjo olhar os estandes de revistas, jornais e tabloides. E então eu vejo: uma versão granulada da foto do casamento dos meus pais, olhando para mim na primeira página do New York Weekly Review, acompanhada da manchete chamativa: MORTE HORRÍVEL EM SANATÓRIO LEVANTA NOVOS QUESTIONAMENTOS.

Minhas pernas fraquejam e por um momento penso que vou vomitar ali mesmo na rua. Espero até que a sensação passe e então retiro uma cópia do estande. Estou tremendo e as palavras oscilam e ficam confusas enquanto leio, mas a reportagem é familiar demais.

Múltiplas tentativas de suicídio, uma faca inexplicável, a sugestão velada de que o que antes foi rotulado como acidente pode não ter sido um acidente. Há mais na segunda página, uma longa lista de grupos antissemitas e pró-nazistas aos quais meu pai estaria afiliado, uma lista mais longa do que eu imaginava e, por fim, a sugestão velada de que ele pode ter chegado a extremos nefastos para esconder a linhagem judaica da esposa. No final da segunda página há mais duas fotos: uma minha e outra da Cee-Cee, com nossos nomes.

Você não deixou nada de fora. Nem mesmo a mim.

– Compre ou devolva, senhora. Isso aqui não é uma biblioteca.

Levanto o olhar e encontro um homem com bochechas queimadas pelo vento e a barba de um dia me encarando. Fecho o jornal e o atiro de volta, entorpecida demais para sentir alívio por ele parecer não me reconhecer. Ele reconhecerá amanhã.

Amanhã, todos reconhecerão.

Para sempre e outras mentiras

(págs. 81–83)

18 de dezembro de 1941
Nova York, Nova York

Não haverá casamento em junho.

Os pais de Teddy tornaram isso oficial, expressando choque e consternação pelas recentes revelações do Weekly Review *sobre meu pai. Suspeito que não vão perder tempo para organizar outro arranjo matrimonial. Afinal, há reputações a serem mantidas, e que melhor maneira de encobrir o breve, porém infeliz, noivado do filho comigo do que casá-lo com alguma noiva nova e imaculada, de preferência uma com linhagem gentil e pura.*

Minha *reputação não será salva.*

Eu sou a rejeitada, indigna à luz do escândalo que contaminou a minha família, o que, à luz das minhas transgressões, parece justo. É um alívio não ser mais vista como um ativo, algo a ser negociado ou comercializado, mas isso me tornou estranhamente invisível. Meu pai mal falou comigo desde que voltou de Boston. Agora ele está ocupado, tentando salvar os interesses comerciais, que parecem estar desmoronando. Suspeito que a nova visibilidade dele o impediu de agir de acordo com o primeiro impulso, o que provavelmente me mandaria para algum lugar esquecido por Deus – como fez com minha mãe.

Dessa forma, ao menos, sua pequena denúncia vulgar me protegeu.

Demorou vários dias, mas, depois de algum tempo, os detalhes mais sórdidos passaram por entre as notícias da guerra. Os outros jornais também publicaram agora, como você sem dúvida sabia que fariam. Quão orgulhoso você deve estar por ter conseguido.

Os inimigos de meu pai estão celebrando e bebendo champanhe. Ele está ameaçando abrir um processo por difamação, mas seus advogados alertam que um julgamento só manteria o assunto vivo e exigiria que ele respondesse a perguntas incômodas – em público e sob juramento. Mais sensato, afirmam eles, é negar categoricamente as acusações e deixar a coisa morrer de morte natural.

E, desse modo, estamos todos em esquema de escândalo. O telefone toca o dia inteiro e a imprensa está acampada na rua em frente à casa, esperando para atacar qualquer um que entre ou saia, tornando todos nós prisioneiros. Já passei do ponto de me importar com isso, mas o humor de Cee-Cee oscila entre a tristeza e a indignação enquanto, uma por uma, suas amigas encontram motivos para cancelar almoços, chás e jogos de cartas. Os convites habituais para festas de fim de ano não chegaram e ela foi solicitada a abdicar de vários de seus clubes femininos. Eu gostaria de conseguir fingir empatia, mas não consigo. Há um velho ditado sobre colher o que se planta que fica passando pela minha cabeça.

Sinto-me mal de verdade pelos filhos dela, que foram retirados da escola e entregues a uma brigada de tutores que vêm até a casa três dias por semana e entram pela cozinha. Parece que causei uma confusão para todos, acolhendo uma víbora em nosso meio.

O pobre Dickey parece ser o que mais sofre, evitando meu olhar quando passamos um pelo outro no corredor ou nas escadas. Suponho que ele se ressinta de ter sido convocado para entregar minha carta naquela noite, por ter, em sua opinião, involuntariamente feito parte da queda da própria família. Eu gostaria de poder explicar que nada naquela carta tinha qualquer relação com o que está acontecendo agora, que o dano já havia sido feito – e que foi feito por você. Mas Cee-Cee me proibiu de falar com qualquer um deles. Não é tão terrível: nenhum deles, exceto Dickey, nunca me deu muita atenção. Mas me sinto mal por ter perdido o afeto dele. Um menino tão doce e inocente. Tão diferente do restante de nós.

Por enquanto, vou esperar a hora certa e colocar meus assuntos em ordem. Devo me instalar em algum lugar, criar raízes e construir algum tipo de vida. *Não tenho certeza de como será essa vida. Nunca planejei além de você. Nunca imaginei que precisaria. Meu erro.*

Pergunto-me de vez em quando se você pensa em mim. Se, ao fechar os olhos, você ainda vê meu rosto, ouve minha voz, sente meu toque. Ou já faço parte do seu passado? Uma sombra que cruzou brevemente o seu caminho, agora nebulosa e sem forma?

Pergunto-me quanto tempo levará até que eu esteja livre de você – e como será quando estiver. Não consigo imaginar, olhar para dentro de mim e não encontrar você lá. Como se um pedaço de mim tivesse sido cortado fora, o que suponho que tenha sido.

Talvez eu devesse me considerar sortuda, ficar aliviada por ter descoberto quem você era antes que as coisas fossem mais adiante. Mas não, acho que não vou deixar você escapar assim tão fácil.

Lamentando Belle

(págs. 93–95)

31 de dezembro de 1953
Londres, Inglaterra

Parece que mais um ano está terminando, encerrado em mais ou menos uma hora.

Um momento adequado para escrever nosso epílogo, suponho, e pôr fim a este infeliz exercício. Eu esperava um tipo de catarse quando comecei, ou talvez exorcismo *seja uma palavra mais apropriada para o que eu esperava realizar. Ser libertado dos meus pecados – e dos seus.*

Algumas páginas preenchidas, disse a mim mesmo, e tudo finalmente acabaria. Eu me permitiria sangrar até que o sangramento passasse, até que eu fosse esvaziado de você. Como fui tolo por pensar que poderia ser tão simples. Ainda assim, há mais algumas coisas a dizer.

Começarei com a reportagem que apareceu no Review *logo depois que deixei os Estados Unidos – uma reportagem, devo acrescentar, da qual tomei conhecimento por puro acaso, quase dois anos depois de ter sido publicada. O fato de essa reportagem conter fatos dos quais eu tinha conhecimento sem dúvida levou você a concluir que eu tive alguma participação nela, mas é fato registrado que o nome associado a ela não era o meu. Dei minha palavra naquele dia no apartamento – a última vez que vi você, no fim das contas – e não a darei novamente. Se você me conhece tão pouco depois de tudo que compartilhamos, não adianta eu tentar me absolver.*

E agora, para ser bastante honesto, tentarei sanar algumas das lacunas mais gritantes na minha narrativa e no arremedo de vida que vivi desde que perdi você.

Fui casado uma vez. O nome dela era Laura. Uma mulher com cabelo escuro e olhos âmbar. Ela se parecia com você, mas não era você, e eu não consegui perdoá-la por isso. Ela merecia algo melhor do que eu podia oferecer, como disse a ela na noite em que partiu. Ela merecia ser feliz e fazer outra pessoa feliz, mas esse alguém nunca seria eu.

Você garantiu isso.

Desde aquela primeira noite no St. Regis, você preencheu meu cérebro, sem deixar espaço para mais ninguém. Mesmo com um oceano que nos separava, eu conseguia sentir você, como a dor de um membro fantasma. Por um tempo, tive a guerra para me distrair e meu trabalho. Havia histórias que precisavam ser contadas, atrocidades que precisavam ser expostas, quer o mundo quisesse vê-las ou não. Fome aterradora. Câmaras de gás. Os fornos. Seres humanos reduzidos a cinzas. E depois a libertação dos campos. Alguém tinha que cobrir isso também, para que o mundo soubesse e nunca deixasse que isso acontecesse novamente. Mas depois da guerra veio um silêncio insuportável, um vazio cheio de feridas que nada tinham a ver com balas e campos de batalha.

E, então, de repente, lá estava Laura, sentada à minha frente durante um jantar, uma noite, uma aparição que prometia segundas chances. Nós nos casamos quatro semanas depois. Eu pretendia tentar, cauterizar os lugares que você deixou sangrando, mas toda vez que olhava para ela, eu sentia a faca torcer e o sangramento recomeçava. Ela nunca soube por que não deu certo. Ela nunca ouviu seu nome – nem mesmo soube que você existia –, mas você sempre esteve presente entre nós. A outra mulher.

A única mulher.

Quase fui procurar você uma vez, num momento de loucura e talvez com mais gim do que era bom para mim. Achei que se visse seu rosto mais uma vez, poderia colocar um ponto-final. Eu trancaria o cofre com todas as minhas memórias dentro e enfim seguiria com a vida. Pela manhã, recobrei o juízo, é claro. Ou talvez eu apenas tenha ficado sem gim. Não consigo me lembrar.

Em vez disso, arrastei-me até a máquina de escrever e cuspi um par de livros sobre a guerra. Eles foram bem recebidos e ganharam vários prêmios de prestígio, mas eram coisas frias, clínicas, exangues e autópsias acadêmicas. Eu os odiava.

Eu estava cansado da guerra, de suas táticas, mecanismos e política. Queria escrever algo que parecesse vivo, algo pulsante. Mas não consegui realizar isso. Tantos falsos começos e páginas amassadas. Cestos de lixo cheios, zombando de mim por semanas a fio. E então, uma noite, acordei no escuro e você estava lá, a dor daquele membro fantasma, latejando com força. A pulsação que eu estava procurando.

As palavras se derramaram como veneno – a nossa história. Infelizmente, querida Belle, é uma história sem final feliz, sem final algum, na verdade, apenas estas poucas linhas amargas. E, desse modo, à medida que o ano velho termina e um novo começa, encerrarei esta nossa história sangrenta. Vou encaderná-la, creio eu, e darei de presente para você. Uma lembrança ou um troféu. Vou deixar que você decida.

Aliás, você pode ficar surpresa ao saber que de vez em quando me pego pensando naquela mala, me perguntando se alguém acabou fazendo uso dela ou se ela está trancada em algum sótão ou porão em algum lugar, ainda cheia de suas coisas. Não importa – como poderia depois de todos esses anos?

Ainda assim, eu me pergunto.

– H

TREZE

ASHLYN

Desenvolvemos um carinho especial pelos nossos livros favoritos,
pelo seu toque, cheiro e som, pelas lembranças que evocam,
até que eles começam a existir para nós como coisas vivas,
que respiram.
— Ashlyn Greer, *O cuidado e a alimentação de livros antigos*

21 de outubro de 1984
Rye, Nova Hampshire

Ashlyn envolveu o corpo com os braços, protegendo-se da brisa que soprava do cais. Não pôde deixar de sentir uma pontada de decepção quando
Ethan fechou o exemplar de *Lamentando Belle* e o colocou sobre a mesa
entre as cadeiras. Parecia o fim de um filme, quando os créditos começam
a rolar e você percebe que ninguém vai cavalgar até o pôr do sol. Ela sabia,
é claro, mas ainda parecia errado, inacabado.

– Não acredito que tenha acabado mesmo assim.

– Para Hemi, pelo menos – respondeu Ethan. – Ainda há o final
do livro de Belle para ler, se você quiser.

Ashlyn balançou a cabeça.

– Não. Agora não. Não é como se não soubéssemos como ele termina também.

Ethan franziu a testa.

– Você parece triste.

– E estou, um pouquinho. Acho que estou acostumada a livros em
que todas as pontas soltas são amarradas com um lindo laço. Eu sabia que

este não terminaria com violinos se elevando, mas parece inacabado e não sei o porquê. Depois de tudo, ele nunca deixou de amá-la.

— Ou de odiá-la, pelo visto.

— Ele não a odiava, Ethan.

— Como *você* chamaria o que ele sentia?

— Desalento — respondeu Ashlyn, baixinho. — Ele estava com o coração partido. De luto por alguém que havia perdido. Belle também. Eles só fingiram se odiar. Porque parecia mais seguro, mais forte.

Ethan deu de ombros.

— Pode ser. Mas não aparecer foi bem cruel. Ela podia ter avisado para ele que não iria. Em vez disso, desistiu. Apenas o deixou esperando.

A resposta deveria ter surpreendido Ashlyn, mas não surpreendeu. Tinha notado isso várias vezes naquela semana, o leve, porém palpável, atrito que havia começado a se infiltrar na conversa deles, como se cada um, inconscientemente, tivesse entrado na história e assumido seus respectivos papéis de gênero. Sem querer, tinham escolhido um lado.

— Ela não o deixou esperando, Ethan. Ela enviou uma carta para ele, devia ter sido para avisar que estava indo. Se alguém desistiu, foi Hemi. Pode imaginar como deve ter sido entrar naquele apartamento vazio?

— Quase o mesmo que estar sozinho em uma plataforma de trem, imagino. E não sabemos o que a carta dizia. Sabemos apenas o que Belle sugere. O que *sabemos* é como Hemi reagiu após lê-la. Ele foi direto para o gim, e ficou claro que não foi para se servir de uma dose de comemoração. Não tenho certeza se o culpo por desaparecer. Ela ficou enrolando por semanas. Quantas vezes ele deveria dar o benefício da dúvida para ela? Em algum momento, você tem que cobrar, não?

— Pode ser. Mas algo não bate. Você mesmo disse; não sabemos o que a carta dizia. Você está supondo, pela reação de Hemi, que era uma carta de rompimento, mas por que Belle apareceria no apartamento dele se simplesmente tivesse acabado de terminar com ele? Ela esperava que ele estivesse lá, à sua espera.

— Esse argumento vale para os dois lados. Se Hemi acreditava mesmo que ela estava indo e tudo estava perdoado, por que desaparecer? A única explicação lógica é que a carta foi uma despedida educada.

– E para se vingar, ele foi em frente e publicou a reportagem?

Ethan soltou um suspiro.

– Não estou dizendo que foi correto, mas naquele momento, o que ele tinha a perder?

– Ele nega ter qualquer coisa a ver com isso.

Ethan assentiu, embora não de forma convincente.

– Nega mesmo. Mas as duas coisas não podem ser verdade, podem? As pessoas reescrevem a história, Ashlyn. Elas limpam a bagunça, muitas vezes jogando a culpa em outra pessoa. Tenho certeza de que é isso que estivemos lendo. Duas pessoas tentando limpar um término feio.

Ashlyn inclinou a cabeça para trás, observando as nuvens acima espalhando-se com o vento. Talvez Ethan tivesse razão. Talvez os dois fossem culpados e pretendessem se exonerar ao reescrever a narrativa. Com o tempo, podem até ter acreditado na própria versão dos acontecimentos. Uma mentira, repetida com bastante frequência, acabava se tornando verdade. Daniel lhe ensinara isso. E, ainda assim, as discrepâncias entre as versões de Belle e Hemi continuavam a incomodar.

Ela encarou Ethan, ainda não estava preparada para aceitar o ponto de vista dele.

– Hemi parece ser o tipo de cara que voltaria atrás em sua palavra por despeito?

Ethan apoiou os cotovelos na amurada e olhou para o porto.

– Em circunstâncias normais, não. Mas Goldie acenou com um punhado de dinheiro no momento exato, e Hemi, ou melhor, Steven Schwab, parece ter aceitado a oferta dela.

Era verdade, embora Ashlyn odiasse admitir. Hemi tinha meios e motivos, e as evidências que sugeriam que ele e Steven Schwab eram a mesma pessoa eram difíceis de negar.

– Liguei para Ruth há alguns dias e pedi que ela tentasse encontrar o artigo de fato. Infelizmente, não há muito por aí do *Review*. O jornal fechou em 1946, mas talvez a matéria ainda esteja guardada em microfilme em algum lugar.

– E depois? Digamos que encontremos a história. O que teremos provado? Falando nisso, por que *precisamos* provar alguma coisa? A verdade é que nunca saberemos com certeza quem fez o que contra quem, e não importa. Quer descubramos a verdade ou não, nada muda. Sei que você não quer ouvir isso, mas acho que é hora de admitir que estamos chegando ao fim do caminho.

Ashlyn respondeu com um aceno de cabeça relutante.

— Só não consigo deixar de sentir que deixamos passar alguma coisa. Eles se amavam. O bastante para largar tudo para ficarem juntos. E aí algo deu errado. Algo que não deveria. Não acha estranho que os dois estejam tão amargurados, *os dois* convencidos de que foram a *verdadeira* vítima?

Ethan revirou os olhos.

— Você nunca conheceu um casal que tenha se separado e que as duas partes *acreditavam* que eram a verdadeira vítima? Se me perguntar, é um trabalho de limpeza das duas partes.

— Não acredito nisso — respondeu Ashlyn. — Não acredito que eles estivessem tentando criar uma versão alternativa da história. Eles acreditavam em cada palavra que escreveram.

— Só querer que algo seja verdade não significa que seja verdade, Ashlyn.

— Eu sei.

— Sabe?

— Sei. Mas não estou só querendo que seja verdade, Ethan. É verdade. Tenho certeza.

Ethan olhou para ela.

— Você tem certeza?

Ashlyn mordeu o lábio, controlando o impulso de deixar escapar que sim, ela *tinha* certeza. E *por que* tinha certeza. Ele não entendia. Mas como poderia? A menos que ela lhe contasse tudo.

Ethan estava olhando para ela, esperando por uma resposta.

— Ashlyn?

Ela pegou sua cerveja e tomou um longo gole. Estava mesmo considerando isso? Ela nunca se sentiu segura o suficiente para compartilhar nem com Daniel, e revelá-lo agora para deixar claro seu ponto de vista? Arriscar o que quer que pudesse estar surgindo entre eles?

— Posso contar uma coisa para você? — perguntou ela, em voz baixa. — Algo que vai soar um pouco estranho? Tudo bem, *muito* estranho.

Ethan se endireitou, como se sentisse que a conversa estivesse prestes a mudar.

– Claro.

– Eu tenho uma coisa. Um... dom. Há um nome para isso: psicometria. A maioria das pessoas pensa que é inventado, mas é real. Pelo menos para mim. – Ela fez uma pausa para tomar outro gole de cerveja antes de continuar: – Eu consigo... *sentir* coisas. Eu as chamo de ecos.

Ele estava franzindo a testa agora, claramente perplexo.

– Ecos?

– São o que fica para trás quando tocamos em alguma coisa. Você. Eu. Todos nós deixamos ecos. E nós os deixamos nas coisas que tocamos, como um resíduo. Quanto mais fortes forem os nossos sentimentos quando tocamos um objeto, mais fortes serão os ecos. E eu consigo lê-los, com as mãos, com todo o meu corpo, suponho. Pelo menos essa é a sensação.

Ela ficou quieta nesse momento, prendendo a respiração, enquanto tentava captar a reação dele. Podia vê-lo tentando digerir aquilo na mente, comparando o que acabara de ouvir com o lado acadêmico de sua natureza.

Por fim, um sulco apareceu entre as sobrancelhas de Ethan.

– Você está dizendo que tudo que você toca emite esses... ecos?

Ashlyn soltou a respiração que estava prendendo. Uma pergunta era algo bom.

– Nem tudo, não. Pelo menos não para mim. Para mim, são apenas livros.

– Livros.

– Sim.

Ele a encarou, inexpressivo, enquanto tentava digerir o que lhe havia sido dito.

– E você é dona de uma livraria.

– Vai entender, não é?

– Como foi... Quando... – Ele fez uma pausa, balançando a cabeça. – Nem sei o que perguntar. Como deve ser? O dia todo. Todos os dias. Rodeada de livros que estão falando com você. Como consegue ouvir os próprios pensamentos?

Ashlyn não pôde deixar de sorrir com a descrição dele.

– Não é assim. Não são palavras; são emoções, sentimentos que surgem como pequenas vibrações. Mas isso só acontece quando toco um livro. Posso sentir o que o dono estava sentindo enquanto o lia ou, neste caso, quando os autores estavam escrevendo. É por isso que tenho certeza de que havia algo mais acontecendo entre Hemi e Belle. Porque sinto isso quando toco nos livros. A mesma sensação de traição e perda vem dos dois. A mesma certeza de que haviam sido traídos um pelo outro.

Ethan balançou a cabeça, claramente se esforçando para compreender.

– Desculpe. Ainda estou tentando entender isso. Você está dizendo que pode ler as emoções de Belle, e de Hemi, com os dedos. Todos esses anos depois. Como isso é possível?

Ashlyn deu de ombros.

– Não sei. Apenas é assim. Mas esses livros são diferentes de tudo que já li. Os sentimentos dos dois lados são tão fortes... e tão semelhantes. Só estão invertidos, como imagens espelhadas. Sei que parece loucura, e talvez eu esteja um pouco obcecada, mas não é uma fantasia romântica em que estou mergulhando. Sinto isso profundamente. Havia uma razão para os dois acreditarem que haviam sido traídos um pelo outro. Senti na primeira vez que toquei nos livros e *ainda* sinto.

Para o alívio dela, Ethan não deu nenhum sinal de achar nada daquilo implausível, embora tenha demorado alguns minutos para processar.

– Você sempre foi capaz de fazer isso? – perguntou por fim.

– Tudo começou quando eu tinha doze anos. No começo pensei que todo mundo era capaz de fazer isso. Então li um pouco sobre o assunto. – Ela olhou para a garrafa de cerveja na mão, raspando o rótulo encharcado com a unha do polegar. – Acontece que sou meio bizarra.

– Ou talvez você só esteja mais sintonizada do que a maioria das pessoas.

Ela estreitou um olho enquanto olhava para ele.

– Você não acha esquisito?

– Ah, eu acho que é *bem* esquisito. Também acho incrível.

Ashlyn sentiu a garganta sufocada de repente pelo choro.

– Obrigada.

– Por chamar você de esquisita?

– Por me levar a sério. – Ela piscou com força e desviou o olhar. – Eu não falo muito sobre isso. Na verdade, nunca falo. Quando contei para a minha mãe, ela me fez jurar que não diria uma palavra para ninguém, ainda mais para o meu pai, porque ele ia dizer que era obra do diabo. A única pessoa para quem contei foi Frank Atwater, o dono da loja... e agora para você.

Ethan parou ao lado dela e, por um momento, ficaram lado a lado, observando um par de gaivotas sobrevoar a superfície prateada do cais. A maré estava baixando. Em mais algumas horas, a água teria recuado por completo, expondo uma extensão de lama cinzenta e fosca, proporcionando um verdadeiro bufê para os diversos bandos de gaivotas famintas.

– Nunca contou para Daniel? – perguntou Ethan por fim.

– Eu jamais poderia ter confiado nele com algo assim, dado a ele esse tipo de arma para usar contra mim.

Ethan a estudou por um momento, com expressão pensativa.

– Mas você confiou em mim?

– Sim.

– Não me entenda mal, estou feliz que você tenha confiado. Mas por quê?

Ashlyn abaixou a cabeça, tímida de repente.

– Você me disse naquela primeira noite que não estava interessado na história de sua família. Mas tem sido tão generoso aceitando falar comigo. Tão paciente com todas as minhas perguntas. Acho que queria que você entendesse por que isso é tão pessoal para mim.

Ethan olhou para suas mãos segurando o corrimão, quieto novamente enquanto a brisa jogava o cabelo para trás de sua testa.

– Antes... – começou ele, finalmente, sem jeito. – Eu não tive a intenção de fazer pouco caso de como você se sente. Agora entendo por que está tão envolvida. Mas é diferente para mim. Não tenho certeza de como me envolvi. Eu deveria estar lá em cima escrevendo ou, pelo menos, preparando as provas finais. Em vez disso, estou envolvido numa investigação romântica e não faço ideia de como aconteceu... só que me deu uma desculpa para continuar vendo você.

O último comentário pegou Ashlyn desprevenida.

– Você achou que precisava de uma desculpa?

– E não precisava?

A pergunta trouxe um rubor de calor às bochechas dela.

– No começo. Talvez.

Ele estendeu a mão para tirar uma mecha de cabelo dos olhos dela.

– E agora?

Parecia a coisa mais natural do mundo se inclinar para ele, derreter-se no círculo de seus braços, ceder quando seus lábios tocaram os dela. Natural e ainda assim assustador. Fazia tanto tempo desde que ela tinha se permitido se entregar a algo, desde que havia sentido alguma coisa. Agora, com um toque, todas aquelas sensações negadas a inundaram, como os passos de uma dança há muito abandonada. O movimento das mãos dele pelos cabelos dela, a respiração ruidosa em seu rosto, a consciência vertiginosa de barreiras desmoronando.

Assim é que começa. Bem assim.

Ashlyn enrijeceu quando os sinos de alerta começaram a soar. Lembranças de outro primeiro beijo e de tudo o que veio em seguida. Estava tão entusiasmada, tão ansiosa por ser amada, que esqueceu de se proteger. E ali estava ela, prestes a fazer isso mais uma vez.

Ethan deve ter registrado suas súbitas dúvidas. Ele terminou o beijo aos poucos e deu um passo para trás, parecendo inseguro e um pouco desequilibrado.

– Lembro de ter dito algo sobre ir devagar. Devo pedir desculpas?

Ashlyn também se sentia desequilibrada, registrando tanto arrependimento quanto alívio ao olhar para ele.

– *Você* está arrependido?

– Não. Mas também não quero que você fique.

Ela tocou os lábios com os dedos, se lembrando do calor delicioso da boca dele na sua. Não estava arrependida, mas não tinha certeza se o que acabara de acontecer seria uma boa ideia para qualquer um dos dois.

– Ethan...

Ele abaixou os braços, recuando.

– Eu sei.

Ela quase estendeu a mão para ele, mas decidiu que estaria apenas dando sinais confusos.

– Não peço desculpas pelo que aconteceu. Na verdade, parte de mim se pergunta como demoramos tanto, mas não tenho certeza...

Ele ergueu a mão.

– Tudo bem. Eu entendo.

– Não. Você não entende. Entendo sua intenção. Mas há uma razão para não ter havido ninguém desde Daniel. Muitas razões, na verdade. Estou melhor sozinha.

– Você não tem certeza. Se não houve ninguém, não tem como saber.

– Mas eu *tenho*, Ethan. Tenho bagagem demais para trazer para um relacionamento. E quando digo *bagagem*, estou falando de baús inteiros. Você merece coisa melhor do que isso.

Ethan olhou para a amurada, os ombros muito tensos.

– Não estou propondo casamento, Ashlyn. Só estou pedindo que você deixe a porta aberta e me permita ajudar você a carregar essas bagagens de vez em quando. Sem pressão. Sem compromisso. – Ele pegou a mão dela. – Você nem precisa me dar uma resposta. Só fique por perto tempo suficiente para me dar uma chance.

O toque abafado do telefone dentro da casa de repente interrompeu o silêncio. Ethan soltou a mão dela com um grunhido.

– Preciso atender. A esposa de um dos professores está prestes a ter o bebê e eu prometi para ele que cobriria as aulas por alguns dias, se precisasse. Ele disse que ligaria hoje à noite.

– Vá – disse Ashlyn, aliviada por ser poupada de uma resposta.

– Volto num instante. E você não vai descer as escadas do deque e fugir enquanto eu estiver lá dentro, vai? Estará aqui quando eu voltar?

Ashlyn lhe lançou um sorriso.

– Vou entrar daqui a pouco. Vá atender o telefone.

Ela observou, enquanto ele desaparecia pelas portas francesas e depois viu a luz da cozinha acender. Ela se demorou reunindo as garrafas vazias e ajeitando as espreguiçadeiras. Precisava de alguns minutos antes de entrar, para digerir o que tinha acabado de acontecer.

Ela estava *pronta* para deixar Ethan entrar em sua vida? Correr o risco de amar e perder – de novo? Seria mentira dizer que não havia imaginado isso. Ela esteve imaginando desde aquele primeiro momento estranho no escritório dele, o primeiro indício embaraçoso de que algo estava acontecendo entre os dois. Mas nada tinha acontecido. Depois, eles começaram um tipo de parceria, colaboração em vez de namoro, e ela se convenceu de que era melhor assim.

Agora, de repente, as coisas tinham dado um salto. Ela tinha aberto a porta e o deixado entrar, havia compartilhado uma parte de si que nem sequer havia dividido com Daniel. Porque confiava em Ethan. Mas a confiança era uma coisa perigosa. O amor também. E era esse o rumo que estavam tomando se ela não pisasse no freio. Estava disposta a dar esse tipo de salto de novo? A dar a alguém o poder de destruir a pequena, mas cuidadosa, vida que tinha conseguido reconstruir para si mesma?

E havia outro ponto a considerar. A possibilidade de que o que sentiam fosse apenas um subproduto do envolvimento com os livros. E se só tivessem ficado envolvidos com a história de Belle e Hemi, sentindo coisas que provavelmente desapareceriam tão depressa quanto surgiram?

Ela não tinha respostas, mas o Sol estava quase se pondo e a temperatura caía depressa, a brisa do porto soprava forte em sua face. Ela tinha acabado de se afastar da amurada quando ouviu a porta do pátio se abrir. Virou-se para ver a silhueta de Ethan parado à porta.

Ela esperou por um momento, à espera de um anúncio, mas ele só ficou ali parado, com o rosto nas sombras.

— Então, é menino ou menina?

— Nenhum dos dois. Era Zachary.

O estômago dela deu um pequeno salto com a menção do nome.

— E?

— E Marian está viva, e bem, e, de todos os lugares possíveis, morando em Massachusetts.

QUATORZE

ASHLYN

Nos momentos mais felizes da minha vida, procurei meus livros.
Nos momentos mais tristes da minha vida, meus livros chegaram
ao passado.
— Ashlyn Greer, *O cuidado e a alimentação de livros antigos*

25 de outubro de 1984
Rye, Nova Hampshire

Ethan abriu duas cervejas, enquanto Ashlyn desempacotava os rolinhos de lagosta e as batatas fritas que havia comprado no caminho. Ela ficou mais do que surpresa quando Ethan ligou para sugerir que jantassem juntos. Eles conversaram duas vezes durante a semana. O bebê esperado finalmente nasceu, o que significava que ele estava dando aulas duplas. E quando não estava lecionando, ficava acorrentado à mesa, polindo os capítulos que prometera ao editor.

Ou, talvez, depois da conversa de domingo, ele tivesse decidido lhe dar um pouco de espaço. Para seu alívio, o beijo não foi mencionado durante nenhum dos telefonemas. Em vez disso, concentraram-se no fato de que já fazia dias que Zachary havia concordado em ligar para Marian e transmitir uma mensagem do sobrinho-neto.

Quatro dias.

Não era um bom sinal. Pelo visto, Marian tinha pouco interesse em se reconectar. Para ser justo, Zachary avisou Ethan que uma ligação de retorno era improvável, já que a mãe era uma pessoa extremamente reservada. Ainda assim, tinha esperança que a afeição de Marian por Richard

Hillard pudesse pesar a seu favor. Claramente tinha sido otimista demais. Eles concordaram em esperar uma semana inteira e tentar mais uma vez antes de jogar a toalha. Depois disso – além de perseguir a mulher – ficariam sem opções.

Ethan lhe entregou uma cerveja e depois passou por ela para pegar uma batata frita de uma das embalagens de comida para viagem.

– Como está indo o boletim informativo?

Ashlyn ergueu a cerveja em triunfo.

– Terminado. E foi enviado para a gráfica hoje de manhã. Tive que implorar um pouco, mas devo recebê-lo antes do Dia de Ação de Graças. E suas novas aulas? É estranho entrar no meio do semestre?

Ethan pegou outra batata frita, seguido por um anel de cebola.

– É um pouco estranho, sim. A gente acha que estudantes universitários já teriam deixado para trás a história de "levar com a barriga quando vem um substituto", mas não. – Ele fez uma pausa, olhando para os rolinhos de lagosta que Ashlyn havia acabado de tirar do saco. – Nossa, estão com uma cara boa. A lareira está acesa, se quiser comer na sala. Ou podemos ficar no balcão.

– A lareira parece uma boa.

– Ótimo. Você pega as cervejas e alguns guardanapos. Eu levo a comida.

Ele estava pegando as embalagens de isopor do balcão quando o telefone tocou. Os dois ficaram imóveis, olharam para o telefone e depois um para o outro. Ashlyn prendeu a respiração, enquanto Ethan levantava o fone do gancho, esperando por algum sinal de que a ligação era o que esperavam que fosse.

– Alô. Boa noite. Aqui é o Ethan.

Ele ficou quieto por um momento, ouvindo, então lançou um olhar para Ashlyn, assentindo. Depois de outro momento, clicou no botão do viva-voz e colocou o aparelho sobre o balcão. Ashlyn cobriu a boca com as duas mãos, sufocando um suspiro quando uma voz feminina encheu a cozinha de repente, baixa e rouca, exatamente como Hemi a havia descrito.

– Meu filho disse que você tem algumas cartas e cartões. Coisas que enviei para o seu pai ao longo dos anos.

– Sim – respondeu Ethan. – Também encontrei algumas fotos enquanto limpava o escritório dele. Achei que a senhora gostaria de tê-los de volta.

– Sim – respondeu Marian sem hesitação. – Eu gostaria, sim. Lamento não ter tido a oportunidade de ver seu pai antes que ele... antes que falecesse. Eu gostava muito dele. – Houve um longo silêncio e em seguida: – Por acaso você encontrou mais alguma coisa?

Ethan e Ashlyn trocaram olhares.

– Os livros, a senhora quer dizer?

– Sim.

A única palavra, depois de uma pausa tão longa, pareceu de alguma forma uma confissão. Relutante. Culpada.

– Sim – respondeu Ethan. – Eles também estavam no escritório de meu pai.

– Os dois?

– Sim.

– E você... leu os dois?

Ethan hesitou, lançando um olhar para Ashlyn. Ela assentiu. Parecia inútil mentir.

– Sim, nós lemos. Não tínhamos certeza do que eram.

– Quem somos *nós*? – perguntou Marian, parecendo estranhamente cautelosa. – Você tem uma esposa?

– Não. Não tenho esposa. É... ela é uma amiga. Foi ela quem de fato encontrou os livros. Nós os lemos juntos.

– Bem, sendo assim, suponho que seja melhor vocês virem para cá.

– Para onde?

– Para Marblehead. Tenho certeza de que vocês têm perguntas. Pode vir no sábado, você e sua... amiga?

Ethan olhou para Ashlyn com as sobrancelhas levantadas.

Ashlyn assentiu com força. Isso significaria fechar a loja por meio dia, mas não havia como deixar passar uma oportunidade como essa.

– À tarde – sussurrou.

– Sim – respondeu Ethan. – Podemos ir. À tarde.

– Venham às três e tragam as cartas. O endereço é número 11, Hathaway Road. Fica bem no fim do mundo, então certifiquem-se de ter um bom mapa e reservem bastante tempo.

Houve um clique, seguido por um silêncio vazio. Ethan desligou o telefone e por um momento eles se entreolharam.

– Puta merda – disse ele, por fim. – Ela ligou mesmo. Zachary me convenceu de que ela não ligaria.

– Ela parece... intimidante.

Ele assentiu gravemente.

– É mesmo. Pode culpá-la? Duvido que ela alguma vez tenha imaginado que estaria lidando com isso depois de quarenta anos.

– Não. É provável que não. Percebi que ela não disse para você levar os livros. Disse para levar as cartas, mas não incluiu os livros.

– Talvez depois de todo esse tempo ela não os queira de volta. Não tenho certeza se eu iria querer.

– Mas vamos levá-los – disse Ashlyn. – São dela.

Ethan assentiu enquanto ia até a geladeira pegar outra cerveja.

– Você pode mesmo fazer a viagem no sábado? E a loja?

– Vou fechar à uma e pendurar uma placa na porta. Meus clientes podem passar meio dia sem mim.

– Está bem, então. Viagem de carro depois de amanhã. Sabe o que isso significa, não sabe?

– Que você vai precisar de um bom mapa?

– Sim, isso também. Mas, na verdade, eu estava falando sobre os livros. Se os levarmos de volta no sábado, esta vai acabar sendo a última chance que teremos de ler as páginas finais do livro de Belle. O que me diz? Está disposta a ler um pouco depois do jantar?

Para sempre e outras mentiras

(págs. 84–85)

19 de dezembro de 1941
Nova York, Nova York

Fiz meus planos. Ninguém sabe quais são ainda, embora eu duvide que alguém tente me dissuadir se souber. Agora sou uma pária, a causadora da queda da minha família e um exemplo notável do que acontece quando uma mulher segue as próprias paixões em vez das regras.

No fim das contas, escolhi a Califórnia, uma cidadezinha litorânea na costa norte chamada Half Moon Bay. Ninguém nunca ouviu falar do lugar, mas durante a Lei Seca, sua costa escarpada e coberta pela neblina a tornou uma favorita entre os contrabandistas canadenses. Devo admitir que gosto da ironia. É o mais longe possível da minha família que consigo chegar agora e um lugar tão bom quanto qualquer outro para esperar o fim da guerra. Parto depois de amanhã. Ninguém sentirá saudade. E não sentirei saudade de ninguém. Só de você. Entretanto, você sempre foi apenas criação da minha mente.

Ainda assim, tenho uma dívida com você. Se não fosse por você e sua preciosa Goldie, eu jamais teria descoberto as origens da minha mãe – minhas origens agora. Então, por isso – e só por isso –, sou grata.

Fiz uma viagem a Craig House, em Beacon, para ver o local onde ela morreu. Eu não entrei. Tive a intenção, mas no fim das contas não consegui. Ainda assim, eu precisava ver com meus próprios olhos, percorrer aqueles terrenos e sentir a presença dela ali. Parecia exatamente com a foto do Review, um lugar sombrio apesar de toda a sua grandiosidade antiquada. Decidi não me lembrar dela ali, mas sim me apegar às lembranças que criamos no quarto dela, onde passamos tantas tardes cantando e contando histórias.

Tentei encontrar o álbum de fotografias que ela mantinha, aquele que usava para contar as histórias – gostaria de pelo menos ter algo dela para levar comigo –, mas Cee-Cee afirma que o jogou fora. Talvez seja melhor viajar com pouca bagagem. Há tão pouco sobre essa parte da minha vida que desejo lembrar.

Também visitei Rose Hollow. Não sei por que fui. Está fechada para a estação, os cavalos e treinadores todos em Saratoga. A casa e os celeiros ficarão fechados até a primavera. Destranquei o estábulo e entrei, parei onde estávamos na primeira vez que você me beijou e tentei lembrar o que você disse ou fez para me deixar tão cega. Não que eu vá ser tão tola outra vez. Você me ensinou muito.

As histórias que se seguiram enfim foram diminuindo e a imprensa finalmente debandou, foi roer os ossos de alguma outra família. Isto facilitará a minha deserção, pois não haverá mais repórteres vagando pelas calçadas, nem perguntas incômodas para me atrasar. O tempo é vital agora.

Preciso construir um futuro para mim, construir uma vida sem você. Não será a vida que imaginei para mim, mas, de uma forma ou de outra, será a vida que terei escolhido.

Para sempre e outras mentiras

(págs. 86–99)

14 de junho de 1955
Marblehead, Massachusetts

Enfim, decidi escrever este capítulo final. Admito que tive que lutar contra mim mesma para sentar na cadeira. A vontade de abandonar a coisa tem me pressionado. Parecia inútil quando comecei, revirar um terreno tão assentado, perturbar os ossos de fantasmas que ficariam melhores se deixados quietos. No entanto, aqui estou eu, com o sol entrando e nada mais a fazer a não ser colocar a lápide, por assim dizer.

Não tive nenhum prazer nisso – as palavras são o seu território, não o meu –, mas me senti compelida a corrigir as muitas imprecisões na sua versão do nosso infeliz envolvimento. Espero que você perdoe as falhas técnicas. Já faz algum tempo desde que tentei depositar sentimentos no papel, mas fiz o melhor que pude e enviarei para você assim que conseguir encaderná-lo para combinar com o seu – por meio do nosso mensageiro habitual, é claro. Também devolverei a versão lamentavelmente distorcida que você me enviou. É evidente que não a quero.

Espero que este seja o último favor que meu sobrinho será solicitado a prestar em relação a nós dois. Pobre Dickey. Ele mal sabia o que fazer com seu misterioso pacote quando chegou. Na verdade, ele quase o jogou no lixo. Como eu gostaria que ele tivesse feito. Até chegar, eu tinha me esquecido de você. Ou pelo menos estava contente em acreditar que tinha.

E agora eu também terminarei colocando alguns pingos nos Is. Não que você mereça uma palavra minha, mas sinto uma pequena satisfação em saber que consegui construir uma vida para mim. Uma vida boa, em grande parte, depois que consegui me recompor.

Foi terrível no começo, depois que você partiu. Perder você daquele jeito, sem um adeus de verdade, parecia insuportável. Pensei brevemente em localizá-lo, em fazer alguma cena horrorosa, até que você implorasse meu perdão. Mas então a reportagem foi publicada e percebi que perdão não era mais possível.

Demorou alguns dias, a Alemanha e a Itália haviam acabado de declarar guerra aos Estados Unidos e a Europa era tudo de que falavam, mas depois de algum tempo outros jornais publicaram o assunto e a coisa pegou fogo. No espaço de duas semanas, o mundo do meu pai desmoronou sobre a cabeça dele. Ele foi tirado de quase todos os negócios e depois perdeu o resto de sua fortuna tentando salvar os que haviam sobrado. Ele também foi banido do clube, rejeitado pelos mesmos homens que tinha cortejado com tanto cuidado ao longo dos anos. Se essa era sua intenção, você alcançou um sucesso além dos seus sonhos mais loucos.

Suponho que eu deveria ter sentido alguma culpa pelo meu papel na derrubada da família Manning, mas não senti nenhuma. Em vez disso, embarquei em um trem e segui para o Oeste, desesperada por anonimato. E encontrei, usando o nome de solteira da minha mãe. Dava para fazer isso naquela época, ir para algum lugar novo e se reinventar. Ninguém nunca pedia provas de nada antigamente. Podíamos apenas informar um nome e era quem você se tornava.

Vivi com tranquilidade lá e fiz amigos. Uma amiga muito especial, de quem a guerra havia tirado tudo. Ela foi gentil comigo quando eu havia deixado de acreditar na bondade e me abençoou com um presente que venho tentando retribuir desde então. Mas essas são coisas particulares, lembranças às quais você não tem direito. Portanto, vou seguir adiante.

Pela primeira vez na vida, a ideia de família, de uma família de verdade, tornou-se muito importante para mim. Quando a guerra terminou, comecei a escrever cartas, tentando localizar a família da minha mãe. Os homens estavam todos perdidos, enterrados ou dispersos pela guerra, mas consegui encontrar a irmã da minha mãe, Agnes, e vários primos que haviam fugido ao atravessar a fronteira para a Suíça para escapar da ocupação.

Quando a França foi libertada, eles voltaram para o vinhedo. Minha tia e eu trocamos cartas. Elas demoravam bastante para chegar e eram difíceis de ler quando enfim chegavam. Eles haviam perdido tanto. O terreno estava em ruínas, a casa, despojada, mas estavam determinados a ressuscitar o vinhedo e eu sabia que precisava ir.

Eu precisava fazer parte deles, fazer parte da história deles e, em pouco tempo, fiz. Estar lá, na casa onde minha mãe havia crescido, cercada pelas pessoas que ela amava, foi como ter uma parte dela de volta. Aprendi as orações que ela não tinha permissão de fazer, aprendi os nomes que a mandaram esquecer. As tradições dela – aquelas que ela foi forçada a negar – tornaram-se minhas tradições também. A língua dela, a minha língua. A fé dela, a minha fé. Agora, anos depois, é assim que mantenho viva a memória dela, honrando a mulher cuja memória você manchou com sua reportagem.

Enquanto estive na França, também tomei conhecimento do trabalho que a OSE – a Œuvre de Secours aux Enfants – estava realizando para encontrar lares para crianças desalojadas. Eram tantas, todas sem nada e sem ninguém. Foi de partir o coração. E um lembrete de que havia coisas piores do que um amor perdido. E assim, começou a obra da minha vida.

Você disse algo certa vez que jamais esqueci. Você disse que pessoas como eu nunca realizavam nada significativo porque não somos obrigados a fazer isso. Tudo o que se espera de nós é que nos vistamos bem e promovamos boas festas. Doeu na hora, porque eu sabia que você estava provocando apenas em parte. Bem, eu fiz algo significativo. Não porque precisava, mas porque escolhi fazer. E quando minha tia faleceu e eu voltei para os Estados Unidos, continuei esse trabalho.

Quanto ao casamento, nunca esteve nos meus planos, o que não quer dizer que fui solitária. Longe disso. Minha vida tem sido plena e gratificante. Nunca pensei em tentar encontrar você. Pelo menos não a sério. A parte de mim que acreditava nessas coisas – em heróis, em pores do sol e em finais felizes – morreu no dia em que sua reportagem apareceu naquele tabloide.

Você vai me achar amargurada, e até fiquei por um tempo. Muito tempo. Senti que tinha pagado um preço mais alto por nossa imprudência do que você – como a mulher invariavelmente paga – e queria puni-lo. Mas não faz sentido, de verdade, ficar contando pontos. Seguimos com nossa vida, contabilizando nossas vitórias e derrotas. Você sem dúvida cometeu erros. E eu com certeza cometi os meus. Você foi o primeiro, mas houve outros. Por alguns, eu consegui me perdoar. Quanto ao resto, continuo a expiar. Mas aprendi uma coisa: em cada ferida há um presente. Até mesmo as autoinfligidas.

Você me destroçou quando partiu, cortou meu coração em pedacinhos, mas o acaso me recompôs. Aprendi que, afinal, poderia suportar a lembrança do seu rosto. Nunca estarei de fato livre de você. Sua voz, seu sorriso, até mesmo aquela covinha em seu queixo nunca estarão longe de meus pensamentos. Minha cruz e meu consolo. Pelo menos posso dizer que não saí de mãos vazias.

Quanto à mala, não tenho ideia do que pode ter acontecido com ela. Talvez o seu senhorio a tenha vendido ou dado o conteúdo à esposa. Nunca pensei muito nisso. Talvez porque nunca tenham sido de fato minhas coisas. Elas pertenciam a outra mulher, a Belle, a mulher que você deixou para trás. Mas aquela mulher não existe mais. Tornou-se outra pessoa naquele dia e seguiu em frente.

M—

QUINZE

Ashlyn

*O número de vidas que somos capazes de viver é limitado apenas
pelo número de livros que escolhemos ler.*
— Ashlyn Greer, *O cuidado e a alimentação de livros antigos*

27 de outubro de 1984
Marblehead, Massachusetts

Estava um dia perfeito para um passeio de carro. Tempo frio e limpo,
com o sol radiante do outono brilhando através das árvores de folhas
douradas. Ashlyn tinha fechado a loja à uma e comeu um sanduíche no
carro a caminho da casa de Ethan. Eles optaram por viajar no Audi dele
e ela estava muito contente em deixá-lo dirigir.

Marian tinha razão sobre a necessidade de ter um bom mapa. Eles
levaram pouco mais de uma hora para chegar a Marblehead, mas, uma
vez lá, acharam difícil navegar pela confusão de estradas estreitas e ruas
costeiras ainda mais estreitas. O fato de muitas das placas de rua estarem
obscurecidas pela folhagem, desgastadas pelo tempo, ou totalmente
perdidas não ajudava, mas por fim conseguiram encontrar a Hathaway
Road, que seguia ao longo de uma enseada rochosa em forma de meia-lua
e oferecia uma vista de tirar o fôlego de um trecho do mar cinza-prateado.

A casa ficava em um alto penhasco de granito, uma impressionante
casa do tipo Cape Cod de três andares, pintada de cinza e branco um pouco
desgastados pelo tempo, com um pórtico com colunas, um conjunto de
chaminés de tijolos vermelhos e um par de águas-furtadas que davam à
casa uma aparência vagamente semelhante a de um rosto.

Ashlyn apertou a bolsa junto ao peito, enquanto Ethan estacionava. Dentro da bolsa, os livros estavam guardados com segurança em suas capas de plástico transparente. Ela abriria mão deles naquele dia e esse pensamento a deixou triste, mas pertenciam a Marian – se ela os quisesse. E de certa forma, parecia certo, como se enfim estivessem voltando para casa.

Ethan desligou o carro e abriu a porta. O som do mar soprava com a brisa, o ir e vir distante das ondas contra a costa rochosa.

– Preparada?

– Preparada.

Marian atendeu a campainha quase de imediato, como se estivesse por perto. Ashlyn arriscou um sorriso quando a porta se abriu. Não foi retribuído, fazendo com que se lembrasse de que, apesar do convite de Marian, a intrusão deles na vida dela era indesejada.

Ela era surpreendentemente alta, quase esbelta, em um terninho de seda cinza-carvão. Sua blusa era da cor de narcisos e o lenço habilmente amarrado ao redor do pescoço lhe dava um ar elegante e exclusivo. Maquiagem discreta, brincos de pérolas únicas e um elegante coque castanho completavam seu visual *Town & Country*. Ela aparentava riqueza. Ou, pelo menos, como Ashlyn sempre havia imaginado que seria a aparência de riqueza. Polida e bela, de alguma forma intocada pelo tempo, apesar dos seus mais de sessenta anos.

Marian recuou da porta, balançando a cabeça com o que parecia resignação.

– Bem, entrem e tirem os casacos. Suspeito que ficarão por algum tempo.

O cheiro de óleo de limão e cera de abelha os saudou quando entraram. O saguão de entrada era longo e baixo, com o teto com vigas expostas e paredes brilhantes com painéis escuros. Havia uma escada ampla com um corrimão pesado que levava ao segundo andar, e a coleção de obras de arte com molduras pesadas que subia pela parede conferia ao espaço uma ligeira aparência de museu.

Marian pendurou os casacos e depois os conduziu por uma sala mobiliada com uma impressionante coleção de antiguidades do século XVIII, todas polidas e reluzentes. Era uma sala linda, espaçosa e surpreendentemente iluminada, apesar da mobília quase toda escura, mas a verdadeira peça de exibição era um belíssimo piano de meia-cauda que ocupava um canto inteiro da sala.

Ashlyn semicerrou os olhos para ler as letras gravadas em dourado acima das teclas. SAUTER. Não conhecia o nome, mas com certeza era um instrumento caro.

– Que piano lindo.

– É de Zachary – informou Marian, o rosto suavizando um pouco. – Comprei quando ele tinha dez anos. Ele descobriu o violino no ano seguinte. Desde então, tem acumulado poeira, mas não consigo me livrar dele. Fico dizendo para mim mesma que um dia aprenderei a tocar, mas nunca faço nada a respeito. Mas é útil para exibir nas fotos. – Ela apontou para a pequena coleção de fotos emolduradas refletidas na superfície preta brilhante do piano. – É ele na moldura preta, tirada há três ou quatro anos.

Ashlyn estudou o rosto na fotografia, magro e inegavelmente bonito. Olhos azuis penetrantes; nariz fino e reto; uma pesada onda de cabelo escuro penteada para trás. Mas foi a boca dele, carnuda e um pouco sensual, que prendeu sua atenção. Talvez tivesse a ver com o sorriso que ele parecia estar reprimindo. Isso a lembrou de suas fotos de infância. Mesmo assim, ele tinha um sorriso contagiante.

– Ele é muito bonito – comentou Ashlyn. – Tem belos olhos.

– Ele sempre foi encantador. Aquela é Ilese na moldura vermelha. Irmã dele.

A foto lembrava aquelas que tinha visto de Ilese quando criança, os mesmos olhos claros e a mesma cabeleira loiro-avermelhada, a mesma expressão sóbria. Sua cabeça estava inclinada para o lado, mas seu olhar ao encarar a câmera era firme e inabalável, quase impertinente.

– Uma garota tão séria – observou Marian com carinho. – Mas um coração impetuoso.

– Dá para ver – respondeu Ashlyn, sorrindo.

Marian foi até a porta e acenou para que a seguissem.

– Eu estava prestes a preparar um bule de chá quando vocês chegaram. Pensei em conversarmos na varanda.

Eles passaram por uma sala de jantar formal com paredes vermelhas, uma longa mesa com capacidade para dez pessoas e um aparador antigo repleto de pratos e jarras coloridas. Parecia algo saído de uma revista, tudo polido e perfeito para uma fotografia.

A cozinha era grande e bastante iluminada, com uma série de janelas que davam para uma praia de seixos e uma pequena enseada plácida. Além da enseada, um mar azul-acinzentado se estendia em direção ao horizonte, plano e cintilante sob o sol de outono. Em frente às janelas havia uma mesa de fazenda feita de pinho, adornada com um vaso simples de girassóis. Na parede oposta, uma cristaleira forrada com jarras de faiança dava ao ambiente um toque de casa de campo francesa, em forte contraste com as salas de estar e de jantar mais formais.

– Então você é Ethan – comentou Marian, percorrendo-o com os olhos âmbar com uma intensidade peculiar.

– Sou.

– Você se parece com seu pai. Ele sempre foi um menino bonito. Mas você é mais alto. Zachary disse que você leciona na Universidade de Nova Hampshire e que escreveu vários livros. Dickey deve ter ficado muito orgulhoso de você, seguindo os passos dele. Professor *e* escritor.

Ethan franziu a testa.

– Não me lembro de termos conversado sobre meu trabalho.

– E não conversou. Zachary fez uma pequena verificação depois de falar com você, para ter certeza de que você era... honesto. *Um cara bem básico* foi como ele descreveu você. Trinta e dois anos. Professor. Escritor. Divorciado. Sem filhos.

– Como assim, nenhum relatório de crédito?

Os lábios de Marian se curvaram de leve.

– Não se irrite. Zachary é só protetor. E parece justo, já que você conhece todos os meus segredos, que eu saiba pelo menos um pouco sobre você, para igualar as coisas, por assim dizer. – Então ela olhou para Ashlyn, avaliando-a friamente. – Você é a amiga. A que encontrou os livros.

– Sim – confirmou Ashlyn, sem jeito. – Meu nome é Ashlyn. Ashlyn Greer. – Lembrou dos livros de repente e, depois de se atrapalhar um pouco, tirou-os da bolsa.

Marian olhou para eles quase com cautela, com as mãos paradas ao lado do corpo, como se tivesse medo até de tocá-los.

– Coloque-os ali – indicou ela, por fim. – Na cristaleira.

Ashlyn fez o que lhe foi dito, colocando os livros ao lado de uma tigela de cerâmica salpicada de azul e branco, depois tirou o pacote de cartões e cartas e os colocou em cima. Ela trocou um olhar desconfortável com Ethan, enquanto Marian preparava o chá, equipando uma bandeja laqueada com xícaras e pires e um prato de biscoitos polvilhados com açúcar. A tensão era palpável à medida que os minutos passavam, marcados apenas pelo tique-taque constante do relógio acima do fogão.

Quando o chá finalmente ficou pronto, Marian levantou a bandeja e apontou para um par de portas francesas.

– Um de vocês pode abri-las, por favor? Está frio demais para sair no deque, mas a vista é quase tão bonita na varanda e é muito mais quente.

A varanda era toda de vidro, como uma estufa, e se estendia por quase toda a extensão da casa. Ashlyn ficou imóvel enquanto apreciava a paisagem, uma vista deslumbrante do mar e do céu. Não tinha percebido que a parte de trás da casa pairava sobre a água. A constatação a deixou um pouco zonza.

– É como estar no limite do mundo – comentou ela com indisfarçável admiração. – É de tirar o fôlego.

O rosto de Marian suavizou em um quase sorriso.

– Foi por isso que comprei o lugar. Mandei envidraçar a varanda para poder aproveitar o ano todo.

Eles se acomodaram ao redor de uma mesa de vime branca com cadeiras forradas de chita floral. Marian serviu três lindas xícaras de porcelana e as distribuiu.

– Sirvam-se de creme e açúcar, e os biscoitos são frescos da padaria do centro.

Outro silêncio constrangedor se seguiu, marcado pelo tilintar de colheres enquanto preparavam o chá em silêncio. Ashlyn tinha acabado de pegar um biscoito quando Marian largou a colher e voltou o olhar para Ethan.

– Sinto muito por não ter estado no funeral de nenhum dos seus pais. Dickey e eu já tínhamos brigado quando sua mãe ficou doente, mas eu estaria ao lado dele se soubesse. E depois *ele* ficou doente. Eu estava fora do país quando ele morreu. Só descobri quando voltei e um amigo mencionou ter visto no jornal. Se eu não tivesse sido tão teimosa... Eu não conhecia você, mas me senti muito mal. Eu deveria pelo menos ter ligado.

– A culpa foi tanto minha quanto sua – declarou Ethan. – Sinceramente, nunca me passou pela cabeça entrar em contato com a senhora. Quando eu era criança, a senhora era apenas um nome. Mas eu sabia que você e meu pai foram próximos por algum tempo.

– Fomos. – Suspirou ela, como se a lembrança a magoasse. – Fomos muito próximos. Ele sempre foi melhor que o resto de nós. Até mesmo quando era criança. E confiável. Foi por isso que acabamos nos reconectando depois que voltei da França. Eu precisava de um favor, então procurei por ele.

– Que tipo de favor?

– Havia um retrato da minha mãe que ficava pendurado na nossa sala de jantar. Ela usava um vestido azul profundo com um ramo de lírios preso no ombro e o cabelo arrumado. Desapareceu pouco depois de o meu pai ter mandado ela para Craig House. Minha irmã alegou não saber o que aconteceu, mas não acreditei nela. Ficava irritada só de pensar que ela poderia ter guardado em algum lugar. Então pedi para ele dar uma procurada. Ele nunca o encontrou, mas ligou algumas semanas depois para *me* pedir um favor. Estava prestes a se formar na faculdade e tinha conhecido alguém por quem estava apaixonado. Mas minha irmã não aprovava.

– Minha mãe – disse Ethan, baixinho.

– Sim, Catherine. Ele estava perdidamente apaixonado, coitado, mas a mãe dele tinha outra pessoa em mente. Uma pessoa mais... adequada. Eu era a única pessoa que ele conhecia que já havia enfrentado a família e ele achou que eu pudesse ter alguns conselhos sobre como lidar com a situação.

– E a senhora tinha?

– Eu o aconselhei a ir embora, a fugir, se necessário. Deles, do dinheiro, do que quer que estivessem escondendo dele. Disse para ele mandar os Manning para o inferno, perdoem meu francês, e seguir o coração, já que pelo visto era o único de nós que de fato tinha um. Fico feliz que ele tenha encontrado a felicidade. Deus sabe que muitos de nós não encontramos.

Ashlyn tinha ficado calada, se contentando em permanecer em segundo plano e observar, mas o último comentário de Marian soou um pouco falso. Richard não era o único membro do clã Manning que tinha um coração. Ela ainda podia sentir a lembrança dos ecos de Belle em seus dedos, a forma como a atravessaram na primeira vez que ela tocou *Para sempre e outras mentiras*, o sofrimento tão cru que tornava o livro difícil de segurar. Mas não cabia a ela dizer isso.

Ethan parecia constrangido, segurando a xícara e o pires à sua frente, sem jeito e deslocado. Mas seu sorriso era confortável, genuinamente caloroso.

– Obrigado. Ele e minha mãe falavam da senhora com carinho, mas nunca ouvi a história completa.

Marian pegou um biscoito do prato e quebrou um pedacinho, depois tirou as migalhas dos dedos.

– Ele trouxe Catherine para me conhecer algumas semanas depois. Ela era tão adorável e estava claro que era louca por ele. Falei para ele não ser um tolo, que quando era certo, era certo e que ele não deveria esperar por nada. Ou deixar qualquer coisa ficar entre eles.

– Ela detestou o fato de a senhora e o meu pai terem brigado. Mas eu nunca soube o que aconteceu.

Marian desviou o olhar, uma sombra escureceu brevemente seu rosto.

– Ele quebrou uma promessa e eu perdi a paciência. Sinto muito por isso agora. Sinto muito mesmo. Agora, o que mais você gostaria de saber?

Ethan colocou a xícara e o pires na mesa e se recostou na cadeira.

– Eu gostaria de saber sobre os livros. Como eles acabaram no escritório do meu pai. Como ele acabou no meio de tudo isso.

– Ele acabou no meio disso como sempre acontecia, coitado. Foi pressionado a fazer o serviço.

– Não sei o que isso significa.

– Significa que um dia ele estava cuidando da própria vida quando chegou um pacote de Londres, um livro embrulhado em papel pardo com um bilhete pedindo que ele o entregasse para mim, lacrado. Ele quase o jogou fora. Não confiava em Hemi, nem deveria confiar depois do que ele fez à família. Mas enviou no fim das contas.

– Por que mandar para meu pai em vez de para você?

– Hemi não tinha ideia de onde eu morava. Quase ninguém sabia naquela época. O escândalo consegue tornar a privacidade bastante preciosa. Dickey foi mais fácil de encontrar, por causa da escrita, suponho. E havia um pouco de história ali.

– Você se refere à carta que ele entregou para você.

Uma centelha de emoção perturbou a cuidadosa compostura de Marian, uma breve onda de surpresa ou desconforto.

– Sim. A carta.

– Foi muito presunçoso supor que meu pai faria o que ele estava pedindo.

– Hemi era presunçoso até demais. – Os olhos dela se nublaram e, por um momento, ela pareceu perder o fio da conversa. Quando voltou a erguer o olhar, seus olhos estavam claros, porém cheios de lembranças. – Ele acreditava que os fins justificavam os meios, até comigo. De que outra forma ele teria coragem de me enviar aquele livro cheio de mentiras? Você já leu tudo a essa altura, imagino. Vocês dois?

– Sim – respondeu Ethan, em tom uniforme.

– Ele me chamava de Belle, mas *não* havia Belle. Com certeza não aquela sobre a qual ele escreveu. Ela era um produto da imaginação dele. Uma invenção.

– E o seu livro foi feito para corrigir o registro – observou Ashlyn, em voz baixa.

O olhar de Marian permaneceu fixo em algum ponto distante além das paredes de vidro, os olhos arregalados e vazios.

– As coisas que ele escreveu – declarou ela, por fim. – As distorções e as mentiras... Eu não podia deixá-lo lembrar daquela maneira. Ele me culpa, mas ele sabe. Nós *dois* sabemos.

Ashlyn chamou a atenção de Ethan, lhe lançando um olhar de "eu avisei". Era exatamente o que estivera tentando enfatizar sobre as coisas não fazerem sentido. Quanto mais descobria, menos ficava convencida de que um deles realmente sabia a verdade.

Ethan estava franzindo a testa, mordiscando o lábio inferior, pensativo.

– Ainda não tenho certeza de como os dois livros, o de Hemi *e* o que você escreveu, foram parar no escritório do meu pai.

– Já estou chegando lá – respondeu Marian com firmeza. Ergueu a xícara, bebendo com delicadeza, depois a depositou com cuidado no pires. – Quando terminei *Para sempre e outras mentiras*, enviei para um desses lugares que imprimem o livro para você. Mandei o livro de Hemi junto e pedi que fizessem o meu parecido com o dele. Custou um bom dinheiro. Assim que voltou, enviei os dois livros para Dickey e pedi que ele os mandasse de volta para Hemi, feito um conjunto. Não sei por quê. Suponho que queria que ele soubesse que eu era capaz de responder à altura.

Ashlyn tentou imaginar a reação de Hemi ao abrir o pacote contendo os dois livros.

– E qual foi a resposta dele?

Marian olhou para ela, inexpressiva.

– Ele não respondeu.

– Nem uma palavra?

Ela deu de ombros.

– Ele tinha desabafado e eu fiz o mesmo. O que mais havia para dizer?

Ethan pareceu confuso.

– Se meu pai fez o que você pediu e os enviou para Hemi, como eles voltaram para o escritório dele?

A expressão de Marian ficou sombria e ela se remexeu na cadeira.

– Alguns anos depois, Hemi ligou para Dickey do nada e perguntou se os dois poderiam se encontrar para tomar uma bebida. Dickey deveria ter pensado bem, mas concordou. É claro que meu nome surgiu na conversa. Ele disse para Dickey que tínhamos planejado fugir juntos, mas que eu desisti porque era orgulhosa demais para me casar com um homem sem nada. Não era verdade, claro. Dickey, de todas as pessoas no mundo, já deveria saber. Ele soube melhor do que ninguém o quanto perder Hemi me custou. – Ela fez uma pausa, balançando a cabeça tristemente. – No fundo, ele tinha boas intenções. Ele sempre teve boas intenções.

– Mas...?

Ela encolheu os ombros.

– Mas ele quebrou a promessa.

Ethan ainda parecia confuso.

– Qual era a promessa?

– Seu pai e eu tínhamos um acordo. Um que fizemos certo dia depois de uma discussão feroz. Ele estava me importunando sobre o passado, sobre como as coisas terminaram com Hemi. Ele achava que eu estava sendo muito dura. *Irracional*, foi do que ele me chamou. E *cruel*. Eu... cruel. – Ela fez uma pausa, sacudindo a cabeça como se estivesse confusa. – Depois de tudo, ele ainda acreditava que havia uma maneira de voltar atrás e consertar as coisas. Eu não queria a opinião dele, não sobre isso. Falei para ele que se fôssemos continuar amigos, ele tinha que prometer nunca mais mencionar o nome de Hemi para mim. Infelizmente, a promessa que extraí não dizia nada sobre ele falar *meu* nome para Hemi.

"Quando Hemi ligou, Dickey deixou escapar que eu ia palestrar numa conferência em Boston no dia seguinte e que depois planejávamos nos encontrar para almoçar. Ao menos ele *disse* que foi um deslize. De qualquer forma, Hemi conseguiu um convite. Seu pai concordou, prometendo se retirar quando eu chegasse. Imagino que ele pensou que fôssemos tomar uma taça de champanhe, olhar nos olhos um do outro e viver felizes para sempre, aquele tolo bobo e romântico. Mas quando se está feliz no amor, você acha que todo mundo deveria estar também. Graças aos céus pelas dificuldades técnicas, ou quem sabe que tipo de cena poderia ter ocorrido."

– O que aconteceu?

– Houve um problema com o projetor de slides do hotel e demoramos para começar. Liguei para o restaurante para avisar Dickey que ia me atrasar. Quando perguntei à recepcionista se Richard Hillard já estava à mesa, ela respondeu que sim, que os *dois* cavalheiros já haviam chegado. Quando a questionei, ela descreveu o convidado de Dickey como um britânico alto e bonito... e eu soube.

"Pedi para que ela chamasse seu pai até o telefone. Ele nem se preocupou em negar. Na verdade, até tentou me convencer a vir de qualquer maneira. Eu fiquei furiosa. Nunca sonhei que ele faria algo tão ardiloso quando ele sabia..."

Marian ficou em silêncio de repente, como se tivesse dito mais do que tinha a intenção.

Ela brincou com um pesado anel de granada na mão direita, girando-o devagar, sem pensar, em torno do dedo.

– Ele sabia como foi depois que Hemi tinha ido embora – continuou finalmente, com a voz baixa e cheia de dor. – Ele sabia... de tudo. Foi por isso que fiquei surpresa por ele ter me traído daquela maneira. Ele estava sempre me testando, tentando suavizar o terreno, mas nunca imaginei que agiria assim pelas minhas costas. Pelo menos fui poupada do encontro no restaurante.

– Você não foi? – perguntou Ashlyn.

A pergunta pareceu surpreendê-la.

– Por que diabos eu *iria*? Falei para ele que esperava que os dois se engas-
gassem com a sopa e desliguei. Ele me ligou naquela noite e tentou dar um jeito
nas coisas. Eu provavelmente o teria perdoado se ele não tivesse começado de
novo, tentando me empurrar Hemi goela abaixo, insistindo que eu ligasse para
ele. Ele não ia deixar isso passar. Brigamos mais uma vez. Uma semana depois,
ele me ligou para dizer que Hemi tinha voltado para a Inglaterra, mas que havia
deixado os dois livros com ele, pedindo que me fossem entregues. Falei para ele
que, por mim, ele poderia queimá-los e desliguei. Foi a última vez que conversamos.

Ethan pareceu atordoado.

– É por *isso* que vocês dois pararam de conversar? Por causa dos livros?

– Não foi por causa dos livros, Ethan. Era uma questão de lealdade.
Seu pai preparou uma emboscada para mim.

Ethan dobrou o guardanapo com cuidado e o pôs sobre a mesa.

– Era um almoço num local público, não num beco escuro em uma parte
sombria da cidade. Não creio que ele tenha visto isso como uma emboscada.

– Você não entende. – A xícara de Marian começou a chacoalhar no
pires. Ela o colocou na mesa com cuidado e baixou os olhos para o colo. –
Olhá-lo nos olhos depois de tantos anos. Depois de todas as mentiras, de
todo o engano... – Sua voz caiu para um quase sussurro. – Era impossível.

– Você quer dizer a reportagem – comentou Ashlyn, baixinho.

Marian piscou para Ashlyn uma, duas vezes.

– Sim. A reportagem. Claro que estou falando da reportagem. – Ela
fechou os olhos, como se a lembrança lhe causasse dor física. – Ele jurou
que não ia publicá-la, mas lá estava. A foto da minha mãe. A minha foto.
Todos nós. E aquela manchete horrorosa estampada na primeira página.
Eu não pude acreditar que ele tinha feito aquilo.

– Ele afirma que não fez – apontou Ashlyn gentilmente. – No livro.

O queixo de Marian subiu um pouco.

– Ele afirma todo tipo de coisa. Mas havia coisas naquela reportagem que só poderiam ter vindo de mim. Coisas íntimas que pertenciam
a *mim*. – Ela fez uma pausa, fechando os olhos um instante. – Ele pensou
que poderia se esconder atrás de um pseudônimo, que eu não saberia que
era ele. Mas eu sabia. Só poderia ter sido ele.

Ashlyn piscou para ela.

– Um pseudônimo?

– Steven Schwab – respondeu Marian, categórica. – Outra invenção conveniente.

Ashlyn lançou um olhar para Ethan, se perguntando se ele também estava ligando os pontos. Marian acreditava que Schwab era um pseudônimo... Marian não conhecia Steven Schwab... Hemi não era Steven Schwab.

– Não foi ele – deixou escapar Ashlyn. – Uma invenção, quero dizer. Ele trabalhou para Goldie por algum tempo e até apareceu com ela em diversas fotos. Parece que eles moravam juntos quando ela morreu. Dizem que ela deixou uma boa parte dos bens para ele.

Marian ficou calada por um momento com a nova informação, provavelmente digerindo a possibilidade de que durante anos ela estivesse acusando Hemi injustamente. Por fim, ela encontrou o olhar de Ashlyn.

– Como você sabe de tudo isso?

Ashlyn encarou a xícara de chá equilibrada no joelho, suas bochechas quentes de súbito.

– Eu estava convencida de que Hemi era Steven Schwab. Havia tantas semelhanças. Os dois trabalharam para a Spencer Publishing. Os dois eram aspirantes a romancistas. Os dois estiveram envolvidos com Goldie. Não parecia um salto muito grande.

– Não tenho ideia de quem era esse Schwab e não me importa que o nome dele esteja naquele artigo. Só uma pessoa poderia ter escrito aquelas coisas, porque eu as compartilhei só com uma pessoa, e o nome dessa pessoa era... *é*... Hugh Garret.

Ashlyn ficou imóvel enquanto registrava o nome, sua mente voltou rápido para trechos de *Lamentando Belle*. As expressões, a cadência literária, as escolhas de palavras. *Hugh. Garret*. Não podia ser. E, no entanto, tinha certeza absoluta de que era. Claro que era.

– Você está falando de Hugh Garret... o *autor*?

– Esse mesmo.

Ethan as observava, claramente perdido.

– Ele é romancista – explicou Ashlyn. – Um romancista incrivelmente *bem-sucedido*, com mais de vinte livros publicados, quase todos best-sellers. – Ela se voltou para Marian. – Você foi *apaixonada* por Hugh Garret?

– Ele não era famoso naquela época.

– Bem, ele com certeza é famoso agora. Acabou de lançar um novo romance no mês passado. Foi direto para o topo da lista, como todos. Você leu algum dos livros dele?

Marian sustentou o olhar dela por mais tempo do que era confortável.

– Só... um.

– Ah. Claro. Eu só pensei...

– Sei o que você imaginou. E a resposta é não. Nunca tive curiosidade. Já sei tudo que preciso. Não tenho ideia de quem era esse Schwab e não me importa que o nome dele esteja naquela reportagem. Só uma pessoa poderia tê-la escrito.

Vindo de qualquer outra pessoa, a resposta teria parecido implausível. Mas Marian Manning tinha feito o sobrinho prometer nunca pronunciar o nome de Hemi. Não era difícil imaginá-la se isolando de qualquer coisa que pudesse lembrá-la dele.

Ela estava estudando Ashlyn agora, seus olhos se estreitaram, pensativos.

– Acredito que agora é a minha vez de fazer uma pergunta. Por que você se importa? Por que a minha vida amorosa interessa a você?

Ethan se inclinou para a frente na cadeira, parecia ter sentido a necessidade de intervir.

– Foi Ashlyn que de fato encontrou os livros. Ela estava vasculhando algumas caixas que eu levei para uma loja de artigos de segunda mão quando se deparou com *Lamentando Belle*. Seu livro apareceu uma semana depois em outra caixa.

Marian olhou para ele.

– Você... os doou?

– Eu não sabia o que eram. Precisava liberar espaço nas estantes, então embalei tudo que parecia ficção. E aí acabei recebendo uma ligação sobre dois livros sem autores. Eu não fazia ideia do que ela estava falando.

Marian assentiu, parecendo aceitar a resposta, depois se voltou para Ashlyn.

– Por que o interesse, srta. Greer? Por que se deu a tanto trabalho?

Ashlyn se sentiu presa por aqueles olhos grandes e arregalados, exposta de uma forma desconfortável. Como poderia responder com sinceridade sem mencionar os ecos?

– Achei que eram lindos – respondeu com sinceridade. – E comoventes. Fiquei esperando que houvesse um final diferente. Era como se faltasse um pedaço da história, como se algo tivesse sido deixado de fora.

– O quê?

A breve resposta irrompeu de Marian como um soluço, involuntária e abrupta. Ashlyn tomou um gole de chá e depois um segundo gole. Tinha imaginado? A piscadela surpresa? O enrijecimento quase imperceptível dos ombros? Sem querer, havia ultrapassado os limites.

– Eu só quis dizer que nós gostaríamos que as coisas tivessem sido diferentes.

– Eu também. Mas não se preocupe com isso. – Ela sorriu de repente, um sorriso amplo, quase beatífico, que deixou Ashlyn um pouco nervosa. – Você acabou de dizer *"nós"*. Imagino que estava se referindo a você e Ethan. Você e meu sobrinho-neto são um *par*, como costumávamos dizer na minha época? Não consigo entender vocês dois.

De uma vez, Ashlyn entendeu o sorriso. Ela tinha virado a mesa, lançando uma pergunta pessoal para pegar sua oponente desprevenida. Astuta. Eficaz também, percebeu, já que não tinha a menor ideia de como responder.

– Ainda estamos tentando *nos entender* – respondeu Ethan, intervindo para preencher o silêncio. – Faz só algumas semanas que nos conhecemos.

O sorriso de Marian suavizou.

– Por causa dos livros?

– Sim.

– Que bom – disse, baixinho, o olhar voltado para a janela. – Fico feliz em saber que algo de bom surgiu de toda a dor. – Ela se levantou e acendeu um par de luminárias no outro extremo da varanda. – Está escurecendo tão cedo agora. Vão ficar para o jantar? Nada chique. Só um ensopado que preparei hoje de manhã. Mas tenho um bom Borgonha para acompanhar e um pouco de pão fresco da padaria.

Ethan olhou para Ashlyn.

– Você precisa voltar?

– Por favor, não vão embora tão depressa – pediu Marian com um sorriso esperançoso. – Fiquem um pouco e me deixe olhar para você, Ethan. É bom lembrar de Dickey, e há muito o que conversar. Prometo responder a todas as perguntas se ficarem. Ou a maioria, pelo menos.

DEZESSEIS

ASHLYN

Inimigos existem de diversas formas, e todas podem afetar a longevidade e o bem-estar. É preciso estar sempre vigilante contra invasores, tanto visíveis quanto invisíveis.
— Ashlyn Greer, *O cuidado e a alimentação de livros antigos*

Marian não mentiu sobre o Borgonha. Pelo visto, ela tinha desenvolvido um paladar bastante apurado durante a estadia na França e mantinha uma bela adega. Lá pela metade do jantar, Ethan abriu uma segunda garrafa. Agora permaneciam ao redor da mesa na cozinha grande e iluminada de Marian, bebendo em enormes taças, enquanto Marian falava sobre a organização sem fins lucrativos que havia fundado quase trinta anos atrás e o trabalho que continuavam a fazer em todo o mundo.

Depois de algum tempo, e talvez como era de se esperar, ela passou a falar dos filhos, se gabando de suas muitas realizações. Zachary havia se tornado um dos violinistas mais requisitados do mundo, se apresentava para chefes de estado em todo o globo, e tinha acabado de voltar à Orquestra Sinfônica de Chicago após uma turnê europeia de cinco meses. Ele e a noiva planejavam se casar na primavera. Ilese era atualmente professora de estudos femininos na Universidade Yeshiva, em Nova York, e mãe de três lindas meninas.

Ashlyn ficou feliz em saber que depois de todo o sofrimento, Marian tinha desfrutado de uma vida plena e feliz.

– À vovó orgulhosa – brindou ela, erguendo a taça para a anfitriã.
– Quantos anos têm suas netas?

– Lida tem seis anos, Dália tem oito e Mila, que chamo de minha garotona, tem onze. Queria que morassem mais perto. Sinto saudade delas desde que se mudaram, mas Ilese as traz para me ver quando pode. E as verei na próxima semana, quando estiver em Boston.

– Você vai para Boston?

– Há sempre um banquete de premiação, um prêmio pelo conjunto da obra. Por causa da fundação. – Ela fez uma pausa para tomar um gole de vinho e depois fez uma careta. – É assim que você sabe que está envelhecendo. Começam a lhe dar prêmios pelo conjunto de sua obra. É generoso da parte deles, mas, sinceramente, preferiria que apenas me enviassem a coisa. Não tenho muito interesse em cidades ultimamente, mas Ilese e as meninas virão para o jantar, o que será ótimo. Todas compraram vestidos novos, então estão muito animadas.

Ethan estendeu a mão sobre a mesa para encher os copos antes de completar o seu.

– Você não mencionou sua irmã.

O sorriso de Marian evaporou.

– Sua avó?

– Corinne, sim. Ela ainda está viva?

– Presumo que sim. Não ouvi o contrário, embora duvide que eu teria sido notificada. Não nos falamos desde que voltei para casa com as crianças. Quase trinta e cinco anos já.

– E o resto dos filhos dela? Sei que o avião de Robert foi abatido e que uma das meninas faleceu há alguns anos, mas não sei nada sobre as outras.

– Ana e Cristina. – Ela deu de ombros. – Não tenho ideia de onde estão agora. Cortei todos aqueles laços, fico feliz em dizer isso. Zachary e Ilese são minha família. E a família da minha mãe na França. As crianças ficaram muito apegadas aos primos durante nossa visita. Ainda estão em contato, fico feliz em dizer.

Visita? A notícia foi uma surpresa para Ashlyn.

– Eu deduzi que você adotou Ilese e Zachary *enquanto* estava na França. Você não os mencionou no livro.

Marian lançou um olhar de aborrecimento para Ashlyn.

– Não vi necessidade de mencioná-los. Eles não têm nada a ver com o que aconteceu naquela época, nada a ver com *ele*.

– Eu só quis dizer que a linha do tempo não estava clara para mim. Achei que você tivesse adotado os dois por causa do seu trabalho com a OSE.

A expressão de Marian suavizou, como acontecia sempre que ela falava dos filhos.

– Foi o contrário, na verdade. Meu trabalho na OSE enquanto estive no exterior foi *por causa* das crianças. Vi o preço que a guerra cobrou das famílias muito antes de pôr os pés na França. Os refugiados europeus, aqueles que vieram para cá antes de pararmos de aceitá-los, contaram histórias terríveis sobre o que estava acontecendo nos países. Uma delas, uma austríaca que fugiu dos nazistas, se tornou minha amiga quando morei na Califórnia. O nome dela era Johanna Meitner. Esperem... tenho uma foto dela.

Ela deixou a cozinha por um momento, retornando instantes depois com uma fotografia em uma moldura prateada simples. Entregou-a para Ashlyn.

– É ela. Johanna.

Ashlyn estudou o rosto que olhava para ela por trás do pequeno retângulo de vidro. Um rosto anguloso com olhos claros e tristes e uma espessa franja de cabelo cor de palha. Ela tinha sido uma beldade, mas algo – a guerra, provavelmente – havia ofuscado essa beleza, deixando-a com uma expressão um pouco assombrada. Ela também parecia estar apoiando uma barriga arredondada de leve.

– Ela estava grávida quando essa foto foi tirada?

Marian retirou a moldura, abraçando-a junto ao peito.

– Estava.

Seus olhos ficaram vidrados enquanto ela continuava a falar, sua voz inexpressiva e quase robótica, como se ela estivesse recuperando a história de algum lugar escuro de sua memória.

– O marido dela, Janusz, era um violinista com conexões influentes. Quando soube que Johanna estava grávida, ele usou essas conexões para conseguir que ela e o filho deixassem a Áustria e viessem para os Estados Unidos. Ele deveria vir algumas semanas depois, mas foi pego com documentos falsos e preso. Ele morreu pouco tempo depois em um dos campos.

Ela nunca soube qual, mas não importava. Ele havia partido e ela estava sozinha num país desconhecido, com um bebê a caminho.

— E outra criança para cuidar — acrescentou Ashlyn severamente.

— Sim — concordou Marian em voz baixa. — Outra criança.

— Como vocês duas se tornaram amigas?

— Ela morava na casa ao lado da minha. Ela estava tão perdida, destruída de verdade, depois de tudo o que aconteceu. Com certeza não estava em condições de ter um filho, mas bebês vêm conforme seus próprios cronogramas. Ela precisava de alguém que cuidasse dela, que cozinhasse, limpasse e distraísse sua mente das coisas. Eu ficava mais na casa dela do que na minha. Nós dois tornamos próximas, como irmãs. Ela me ensinou a fazer as preparações para o sabá, a preparar a comida e dar a bênção. Nós três nos tornamos uma família. E então Ilese nasceu.

O coração de Ashlyn ficou preso na garganta.

— Ela era a mãe de Ilese?

Marian piscou para afastar as lágrimas.

— Sim.

— E Zachary...

— É irmão de Ilese. — A voz de Marian vacilou e seus olhos se desviaram. — Johanna morreu poucos dias depois do nascimento de Ilese. Ela havia perdido tanto sangue, tanto... tudo. O médico sabia que ela não sobreviveria. Ela também sabia. Ela não tinha mais forças para lutar. Pediu papel e caneta e depois me pediu para chamar o rabino, para que ele testemunhasse o que ela havia escrito. — Seus olhos estavam brilhando de lágrimas agora. — Ela queria que eu ficasse com Ilese... que a criasse como minha. Nunca me ocorreu dizer não. Ela não tinha mais ninguém. E ela sabia que eu iria amá-la, amá-los, como se fossem meus. *Já* éramos uma família. E continuaríamos sendo uma família. Ela fez o rabino prometer atuar como testemunha, para garantir que seus desejos fossem realizados. Quando ele concordou, ela fechou os olhos e partiu.

Marian largou a foto e enxugou os olhos com o guardanapo.

— Me desculpem por chorar. Depois de todos esses anos, ainda é difícil pensar nela.

Ashlyn lutou contra o impulso de segurar a mão de Marian.

– Não consigo imaginar adotar dois filhos sendo uma mulher solteira. Isso foi difícil? Adotá-los formalmente, quero dizer.

Ela balançou a cabeça.

– Não era como agora, com dez famílias disputando cada criança. Os orfanatos estavam lotados e o mundo inteiro estava em guerra. Todos os homens tinham partido e as mulheres precisavam trabalhar. Ninguém estava procurando uma família pronta; exceto eu. O maior obstáculo era não ser casada, mas o rabino Lamm testemunhou em meu favor e encontrei um bom advogado para me ajudar a navegar por todos os obstáculos legais.

– Quantos anos Zachary tinha na época?

Marian dobrou o guardanapo com cuidado e o pôs de lado.

– Ele tinha acabado de fazer dois anos.

Ashlyn balançou a cabeça.

– Uma criança pequena *e* uma recém-nascida. Como diabos você conseguiu dar conta?

– Não foi tão difícil quanto você imagina. Houve uma confusão terrível quando voltamos para os Estados Unidos, é claro. Cometi o erro de voltar para Nova York. Ninguém sabia quem eu era na Califórnia, mas quando voltei para a cidade, a imprensa não demorou muito para me descobrir. Quando souberam que eu voltava da França com dois filhos, deduziram que eu havia me casado. Quando perceberam que eu não tinha e que as crianças eram adotadas, criaram o mito de que eu tinha ido à França só para resgatar dois órfãos de guerra judeus. As histórias eram ridículas. Do jeito que contavam, rastejei pela lama com uma baioneta entre os dentes e os libertei de Drancy. É claro que fui levado a esse ato de heroísmo por causa da reportagem do *Review*; porque descobri que minha mãe era judia. Foi um completo circo. E totalmente falso. Mas é difícil parar um trem depois que ele ganha impulso.

– Seu pai deve ter ficado exultante – observou Ethan, seco.

Marian lhe lançou um sorriso minúsculo.

– Nem tanto. É claro que Corinne também ficou furiosa. Os boatos sobre a morte da minha mãe tinham começado a diminuir, e lá estava eu, de volta aos noticiários com os meus pobres órfãos judeus, ressuscitando o escândalo. Zachary e Ilese não conseguiam entender o motivo de toda aquela agitação. – Outro sorriso, mais suave dessa vez. – Os jornais fizeram parecer que eu os salvei, mas a verdade é que *eles* me salvaram. Fiquei tão perdida depois da situação com Hemi. Johanna e as crianças me deram algo com que me preocupar, algo em que me concentrar além dos meus problemas e da guerra.

– E depois da guerra, você levou as crianças para a França? – disse Ashlyn, ainda tentando preencher as lacunas.

Marian a fitou com um olhar aguçado.

– Você *é* cheia de perguntas, não é? Sim, fomos para França, para Bergerac. A saúde da minha tia estava piorando e eu queria ir enquanto ainda havia tempo. As crianças adoraram lá. Aprenderam francês e um pouco de iídiche e tudo sobre cultivo de uvas. Foi bom para elas, bom para todos nós. E claro, teve meu trabalho com a OSE. Era difícil, porém gratificante.

– Ilese e Zachary sabem que foram adotados?

Marian endireitou os ombros como se estivesse irritada com a pergunta.

– É claro que sabem. Eu contei para eles quando pensei que tinham idade suficiente para entender. Contei... tudo.

Ashlyn pegou novamente a fotografia de Johanna Meitner, estudando-a.

– Consigo enxergar Ilese nela. Ela tem a mesma coloração e o mesmo rosto anguloso.

Os olhos de Marian se estreitaram.

– Eu não sabia que você conhecia minha filha.

– Não conheço. Mas Ethan me mostrou algumas fotos que seus pais tinham das crianças. Estão com os cartões e cartas que trouxemos.

Marian pareceu relaxar.

– Sim, claro. Só estou achando tudo isso um pouco enervante. Pessoas que nunca tinha visto até hoje conhecem os detalhes mais íntimos da minha vida. É como se alguém estivesse bisbilhotando meu diário, o que suponho que vocês tenham feito. Quando escrevi aquelas coisas, elas eram para os olhos de Hemi. Nunca imaginei que os livros fossem cair nas mãos de outra pessoa, muito menos que teria que explicar alguma coisa.

– Eu sei – respondeu Ashlyn. – Se serve de consolo, nunca imaginamos que iríamos encontrar você cara a cara. Só quando Ethan encontrou um folheto antigo de um concerto é que descobrimos como encontrar Zachary.

– Ele me contou sobre isso. Boston, acho. Queria que ele ainda estivesse lá, mas ele se saiu muito bem e está feliz. Nenhuma mãe poderia pedir mais.

– E é maravilhoso que ele tenha seguido os passos do pai. Acha que ele se lembra dele?

Marian piscou para ela.

– Desculpe... o quê?

– Você disse que Janusz era violinista. Fiquei me perguntando se foi por isso que Zachary decidiu aprender também, porque se lembrava do pai tocando.

– Não. Ele não se lembra. – Então ela ergueu a taça, bebendo o resto do vinho. – Ele era jovem demais e Janusz estava sempre fora. Mas ele se lembra de Johanna... ou pensa que se lembra. Eu costumava contar histórias sobre ela, em geral na hora de dormir. Queria que eles a conhecessem, que soubessem que tinham *duas* mães.

– Mas nenhum pai – observou Ethan. – *Alguma vez* pensou em se casar?

Marian descartou a pergunta com um aceno de mão.

– Eu não tinha tempo para um marido. Estava ocupada demais. E não *precisava* me casar. Entre as crianças e o trabalho, eu tinha tudo de que precisava. – Ela se afastou da mesa e consultou o relógio. – Olha, conversamos a noite toda. Já passa das dez.

Ashlyn se levantou e começou a recolher as taças vazias.

– Lamentamos ter tomado tanto do seu tempo. Vamos ajudar a limpar e depois deixamos você em paz.

– Não, não. Deixem comigo. Não é muito, e a neblina já está descendo. Vou ficar muito chateada se vocês acabarem numa vala. Vão vestir os casacos. Encontro vocês no saguão.

Eles já estavam prontos para partir quando Marian reapareceu carregando uma garrafa de vinho. Ela entregou a Ethan e deu um beijo em sua bochecha.

– *La Famille Treves Sancerre,* para vocês dois dividirem. Delicioso com queijo e frutas.

Ethan examinou o rótulo.

– É do vinhedo da sua família.

– Sua família também – lembrou ela. – Talvez algum dia você e Ashlyn irão visitá-lo. Seus primos franceses adorariam conhecer você, tenho certeza.

Ethan lançou a Ashlyn um sorriso torto.

– Acho que é melhor começarmos a aprimorar nosso francês.

– Não demore muito – advertiu Marian com um toque de seriedade. – O tempo tem um jeito de passar sem que a gente perceba. As coisas acontecem e, em um piscar de olhos, perdemos a chance.

– Está bem. Faremos isso em breve.

Ela tocou a bochecha de Ethan, deixando a mão lá por um instante.

– Eles são boas pessoas, seus primos. Você deveria conhecê-los. E Zachary e Ilese também. E as meninas. Por favor, prometam que voltarão, vocês dois, e quem sabe não ficam alguns dias? Não quero mais que sejamos desconhecidos.

Ethan sorriu sem jeito enquanto colocava a garrafa na dobra do braço.

– Sinto muito pelo tempo que perdemos. Prometo fazer melhor.

Marian retribuiu o sorriso, os olhos brilhando com lágrimas não derramadas.

– Nós dois faremos. Agora vá. E, por favor, dirija com cautela. Estou ansiosa para passar mais tempo com o filho de Dickey e sua... amiga.

DEZESSETE

ASHLYN

A condição externa nem sempre é indicativa do que pode estar dentro. Faça uma avaliação minuciosa e, acima de tudo, saiba quando chamar um profissional.
— Ashlyn Greer, *O cuidado e a alimentação de livros antigos*

Ashlyn se acomodou no assento de couro, enquanto deixavam para trás as ruas tortuosas de Marblehead. Uma neblina espessa surgiu depois de escurecer, envolvendo o mundo em uma bruma fria e felpuda, e o vinho a deixara sonolenta.

Ao lado dela, Ethan estava estranhamente quieto, com os olhos fixos na estrada, provavelmente digerindo os acontecimentos do dia. Houve um momento agradável no saguão, assim que estavam saindo, quando Marian tocou o rosto dele e disse que não queria que fossem desconhecidos. Houve também o momento um pouco constrangedor quando ele prometeu que os dois iriam juntos para a França. Quase com certeza uma forma de Ethan apaziguá-la, mas ele parecera comovido de verdade naquele momento. Talvez ele fosse conhecer seus primos franceses em algum momento. Ela esperava que sim.

Ashlyn se virou para olhar para ele, o perfil iluminado por um estranho azul-esverdeado das luzes do painel. Ele parecia pensativo e um pouco abatido.

– Está tudo bem?

– Sim. Por que não estaria?

– Não sei. Foi um dia bastante cheio e você parece meio calado. Achei que falar sobre seus pais poderia ter chateado você.

– Não. Foi bom, na verdade. Gostei de saber que Marian percebeu que minha mãe estava apaixonada pelo meu pai. É bom pensar neles assim, como jovens apaixonados. Nunca pensamos nos nossos pais dessa forma, como pessoas com sonhos e paixões. Eles são só pais.

Ashlyn preferia não pensar nos pais e deixou o comentário passar.

– Bem, com certeza temos uma imagem mais clara das coisas agora. De como seu pai acabou ficando com os livros. O motivo fez ele e Belle perderem contato. É uma pena. Ela parecia gostar muito dele. E acho que ficou muito feliz em conhecer você.

– Depois de um tempo, pode ser. Mas ela parecia cautelosa no início. Como se pensasse que estávamos lá para interrogá-la. Fiquei surpreso quando ela finalmente se abriu. Fiquei surpreso com muita coisa, na verdade. Ela não era o que eu esperava.

– O que você esperava?

– Acho que a imaginei mais velha. Mais matronal. Eu com certeza não estava preparado para a mulher que atendeu a porta. Eu sabia que ela era linda. Minha mãe vivia dizendo isso. Mas eu não esperava que ela ainda fosse bonita.

– Mas ela é, não é? E também é maravilhosa. Adotou dois órfãos de guerra, os criou para se tornarem adultos notáveis, totalmente sozinha. Não me importa quanto dinheiro a gente tenha, ainda assim, é um trabalho enorme. E mais, começar uma organização sem fins lucrativos para ajudar crianças órfãs em todo o mundo. E como se não bastasse, ela faz ensopado. Não é de admirar que ela quisesse que Hemi soubesse que ela viveu uma vida plena e significativa.

– Ela disse que estava ocupada demais para ter um marido.

– Ah, ela com certeza estava, mas eu apostaria meu último dólar que não foi por isso que nunca se casou. Suponho que tenha a ver com a forma como as coisas terminaram com Hemi. A gente nunca esquece como é ter alguém que amamos e que nos magoa tanto; ainda mais sabendo que fizeram de propósito.

– Ainda estamos falando da Marian?

Ashlyn pôde sentir seu olhar nela e virou o rosto para a janela.

– Sim.

– Tem certeza?

– Sim.

Ethan continuou olhando para ela, esperando que ela dissesse mais alguma coisa. Quando não fez isso, ele deixou o assunto de lado.

– Pelo menos sabemos o nome dele agora: Hugh Garret.

Ashlyn se sentiu relaxar.

– Quase caí da cadeira quando ela disse isso. Sabíamos que ele era um escritor, ele falou sobre escrever alguns livros sobre a guerra, mas nunca imaginei que ele se tornaria um autor de best-sellers, muito menos um autor tão prolífico. Marian deveria estar com medo de que a história deles aparecesse um dia na vitrine de uma livraria.

Ethan passou a mão pelo queixo, franzindo a testa.

– Fico imaginando por que isso não aconteceu.

– Talvez tenha acontecido – Ashlyn deixou escapar, sem saber por que o pensamento não lhe ocorrera de imediato. – Tudo o que ele precisaria fazer seria mudar alguns nomes, criar um novo título e tcharam: best-seller pronto. Ninguém além de Marian reconheceria a história, e ela admite que nunca leu nenhum dos livros dele. Eu li alguns, mas não todos. Ele é especialista em corações partidos. Histórias para fazer você chorar de verdade. Ele pode ter feito isso e a gente só não sabe.

Ethan parou em um semáforo e se virou para ela.

– Você vai comprar todos os livros dele agora, não vai?

– Comprá-los? Não. Ler todas as sinopses para ver se algo me parece familiar? Com certeza. Na verdade, se não fosse quase meia-noite, eu faria você dirigir até a livraria mais próxima agora mesmo. Além disso, estou curiosa para saber como ele é. Tenho certeza de que ele tem o costumeiro retrato na contracapa, mas não posso dizer que tenha prestado muita atenção. Pensando bem, parece que me lembro de que havia alguns livros dele nas caixas que você levou para a loja de Kevin.

O semáforo ficou verde. Ethan ligou os limpadores para limpar o para-brisa e então pisou no acelerador.

– Eles devem ter pertencido à minha mãe. Ela adorava uma boa choradeira.

– Você acha que ela sabia que Hemi e Hugh Garret eram a mesma pessoa?

– Não sei. Meu pai com certeza devia saber, e não consigo imaginá-lo escondendo isso dela. Como eu disse, eles não tinham segredos.

Ashlyn ficou calada por um momento, refletindo sobre trechos da conversa daquele dia. Tanta coisa finalmente havia sido esclarecida, mas não conseguia deixar de sentir que havia coisas que Marian não estava disposta a compartilhar. Houve um cuidado palpável nas respostas dela, uma análise cuidadosa e quase cautelosa das palavras. Era uma habilidade que ela havia aperfeiçoado ao longo dos anos, sabendo o que deixar de fora ao responder uma pergunta desconfortável.

– Antes – falou Ethan, tirando Ashlyn de seus pensamentos –, quando você disse que estava quieto. Você estava um pouco certa. Foi estranho hoje. Todos esses anos, ouvindo comentários de meus pais sobre essa mulher que eu nunca conheci, e então lá estava eu hoje à tarde, sentado na varanda dela, ouvindo ela falar sobre os dois. Acho que meu pai ficaria feliz por termos nos conhecido, apesar da briga deles.

– É uma pena que eles não tenham conseguido se reconciliar antes de seu pai morrer, mas entendo por que ela estava tão chateada com ele. Os motivos dele para organizar o almoço podem ter sido bons, mas para Marian, pareceu mais uma traição, e por parte do único membro da família em quem ela achava que podia confiar.

– Não sei o que aconteceu ou o porquê, mas conheço meu pai, e ele nunca teria feito nada para traí-la de propósito. Ele com certeza pensou que Marian e Hemi tinham coisas para conversar.

Ashlyn considerou isso. Não conheceu Richard Hillard, mas ouvira o suficiente para acreditar na palavra de Ethan sobre os motivos do pai. Marian mencionou várias vezes que Hemi tinha sido um ponto de discórdia contínua entre eles, que Richard ficava *o empurrando para ela*. O que ela não disse foi o motivo. Seria possível que Dickey soubesse das verdadeiras circunstâncias em torno da separação de Hemi e Belle? Isso poderia explicar por que estava tão determinado a reuni-los. Mas por que Marian permanecia tão inflexível?

– Você notou algo estranho hoje enquanto Marian falava? Qualquer coisa que parecesse um pouco... estranha?

– Estranha?

– Não consigo definir o que é, mas houve momentos em que ela parecia quase na defensiva. Eu perguntava algo e ela mudava de assunto ou desviava com uma pergunta. Era como se houvesse algum limite que ela se recusasse a cruzar e, sempre que chegávamos perto desse limite, Marian se fechava.

– Não tenho certeza se chamaria isso de estranho. Estamos falando de algumas lembranças bastante difíceis. Sem mencionar que foi interrogada por duas pessoas que ela nunca tinha visto na vida. Eu provavelmente agiria de forma estranha também. Para falar a verdade, estou surpreso que ela tenha compartilhado o que compartilhou.

– É, acho que sim.

Ainda não estava convencida, mas tinha sido um longo dia e havia muito para digerir. Ela relaxou, afundando no assento de couro. Desejou não ter deixado o carro na casa de Ethan. Ela temia ter que dirigir para casa.

– Ainda temos uma hora – comentou Ethan, como se lesse os pensamentos dela. – Por que não fecha os olhos? Acordo você quando chegarmos em casa.

– O nevoeiro está piorando. Eu deveria ficar acordada. Caso você precise de outro par de olhos.

– Estou bem. Durma um pouco.

Ashlyn não fazia ideia de quanto tempo tinha cochilado quando o barulho abafado de pneus no cascalho a acordou. Sentou-se, piscando para o para-brisa e para a parede de neblina que se abria diante dos feixes idênticos dos faróis.

– Caramba. – Ela virou o pescoço para a esquerda, depois para a direita, alongando. – Desculpe por ter cochilado.

– Sem problemas. Estamos quase em casa.

Ela semicerrou os olhos para o para-brisa, enquanto ele fazia uma curva, ainda tentando se orientar. Não conseguia distinguir nada através da neblina.

– Odeio dirigir em tempo assim. Sempre sinto que estou prestes a cair de um penhasco. Por favor, diga que você consegue ver para onde está indo.

– Estamos só a alguns minutos de casa. Eu poderia dirigir nesta estrada com os olhos vendados.

Ashlyn soltou um gemido.

– Por que isso não faz com que eu me sinta melhor?

– Você pode ficar aqui, sabia?

A cabeça de Ashlyn se virou mais bruscamente do que ela pretendia.

– O quê?

– Não precisa dirigir para casa hoje. Pode ficar na minha casa.

– Ah. Não. Pode deixar. Obrigada.

No momento em que chegaram à garagem, Ashlyn já havia recolhido a bolsa e estava alcançando a maçaneta da porta, pronta para sair logo do carro.

– Obrigada por dirigir. Foi um dia legal.

Ethan desligou o carro e olhou para ela.

– É sério. Fique.

– Estou bem. De verdade. Dão uns vinte minutos, no máximo.

– Acho que você não deveria dirigir. Está tarde e você está cansada. Citando a tia Marian, eu ficaria muito chateado se você acabasse numa vala.

Ashlyn sorriu a contragosto.

– Prometo ficar longe de todas as valas. – Ela deslizou para fora do carro e saiu para o nevoeiro, colocando a bolsa no ombro. – Ah, quase esqueci o vinho.

Ela ainda estava tentando tirar a garrafa de Sancerre da bolsa quando Ethan deu a volta no carro e parou na frente dela.

– Fique. – Sua voz estava grossa, estranhamente abafada no silêncio insular da neblina. – Não *comigo*. Não é isso que estou pedindo. Eu só quero que você esteja aqui quando eu acordar de manhã, sob o mesmo teto. Isso parece estranho?

Ashlyn balançou a cabeça. Parecia adorável, na verdade.

– Não, não parece estranho. Só... um pouquinho aterrorizante.

Havia um riso em sua voz quando ele voltou a falar.

– Posso oferecer cinco quartos para você escolher, dois deles com vista para o cais e todos com portas que podem ser trancadas. Não posso oferecer um roupão com monograma, mas tenho quase certeza de que posso arranjar uma camiseta velha para você usar para dormir. Há também um ótimo café da manhã colonial, se isso for influenciar sua decisão.

– Não estou preocupada com fechaduras, Ethan. Não se trata de não *confiar* em você.

– Então *do que* se trata?

Ela fechou os olhos, afastando a pergunta. Era a conversa que vinha evitando, a verdade que vinha evitando há semanas.

– De confiar em *mim*, acho.

– Para dormir no meu quarto de hóspedes?

Parecia ridículo quando ele descrevia dessa forma. Como se ela estivesse preocupada em não conseguir se controlar com ele no quarto ao lado. Mas ela já estivera à beira desse precipício antes, e dizer que tudo terminou mal seria o eufemismo do século. Havia saltado antes da hora, caído com força demais e se deixava aberta a tudo o que viria depois. Ela não podia arriscar cometer esse erro mais uma vez. Não haveria como voltar atrás se fizesse isso. Ela construiu uma vida para si mesma após a morte de Daniel. Pequena. Cuidadosa. Segura. Deveria bastar.

– Ethan...

– Fique – repetiu ele, dessa vez mais suavemente, mas, de algum modo, mais insistente. – Entendo que você está com medo. Não sei por que, mas entendo. Você não é obrigada a me contar sua história, você não é obrigada a nada, mas sou um ótimo ouvinte, se tiver com vontade de dividir. Ou podemos só ficar aconchegados no sofá e assistir a filmes a noite toda e você não precisa me contar nada. Só fique. Sem compromisso.

– Isso não vai apenas confundir as coisas?

– Confundir as coisas? – repetiu Ethan, como se a pergunta fosse totalmente ridícula. – Ashlyn, desde o momento em que te conheci, fiquei confuso sobre tudo. Pela primeira vez, eu *não* estou confuso. Quando Marian perguntou sobre nós dois hoje, você travou. Não soube como responder. Mas eu soube. Eu soube exatamente o que eu queria responder. Eu queria dizer: *sim, Marian, somos um par*. E depois ela lembrou que foram os livros que nos uniram. Bem, o mistério está resolvido e não temos mais os livros, e temo que se eu deixar você ir embora hoje, será o fim. Você não terá motivo para me ver de novo.

– Você acha que vou simplesmente desaparecer?

– Não sei o que acho. Só sei que não quero que esse seja o fim e tenho a sensação de que talvez seja. Já falei isso antes e estou repetindo, caso não tenha sido claro da última vez: quero ver como somos juntos. Para ver se existe um *nós*, sem Hemi e Belle.

Ashlyn o estudou, as linhas retas de seu rosto amenizadas agora pela neblina. Mas não precisava ver o rosto dele. Seus ombros estavam encurvados, sua postura, rígida, como se estivesse preparado para um golpe. Ela não estava sendo a única a correr riscos.

– Está bem então.

– Está bem... o quê?

– Está bem, eu vou ficar.

– Podemos fazer ovos mexidos, se você quiser.

Ashlyn franziu a testa para ele.

– Você está com fome?

– Não, mas é isso que os casais sempre parecem fazer nos filmes tarde da noite. Preparar ovos mexidos juntos. Além disso, pareceu algo seguro e quero que você se sinta segura.

– Eu me contento com uma caneca de chá quente e um pouco de mel, se você tiver. Está congelando aqui fora.

Lá dentro, Ethan acendeu a lareira, enquanto Ashlyn localizava uma caixa de Earl Grey e cuidava do chá. Quando ela terminou, os dois se acomodaram no sofá com suas canecas. Beberam em silêncio por um tempo, ouvindo o crepitar e o zumbido das chamas na lareira. Momentos depois, o silêncio ficou pesado.

– E agora? – perguntou Ashlyn, ciente de que ele estava esperando que ela falasse.

– Bem, a gente pode contar histórias de fantasmas, como costumávamos fazer no acampamento. Acho que tenho uma lanterna por aqui em algum lugar para fazer um efeito. Ou... podemos conversar. Eu praticamente expus minha alma para você lá na entrada... o que, aliás, não costuma ser meu estilo. Agora é sua vez. Você me contou pedaços aqui e ali, coisas sobre seu pai e seu divórcio, mas suspeito que há mais para saber.

– O quê, por exemplo?

– Por exemplo, por que você sente tanto medo. De mim. De nós. – Ele largou a caneca e segurou a mão dela, enrolando os dedos em torno do punho fechado. – Imagino que tenha a ver com Daniel. Você me contou que ele traiu você, mas havia outra coisa, não? Algo pior?

Ashlyn olhou para as mãos fechadas com firmeza, quentes e confortáveis. Mas dentro de seu punho fechado, ela podia sentir a dor de velhas lembranças. De vidros quebrados e pneus cantando.

Sim. Havia outra coisa. Algo muito pior.

Ela abriu a boca e voltou a fechá-la, balançando a cabeça.

– Não sei como falar sobre isso com alguém para quem não estou pagando pela hora.

Ethan apertou os dedos dela.

– Talvez ajude começar do início.

O início. Sim.

– Está bem. – Ela fechou os olhos e respirou fundo. – Já contei para você que quando o câncer da minha mãe voltou, ela recusou o tratamento, que ela escolheu morrer, mas deixei de fora a parte sobre meu pai ter subido até o sótão alguns meses depois e se matado na minha festa de dezesseis anos.

– Meu Deus. Ashlyn...

Ela virou o rosto para o lado, com medo de que se continuasse a olhar para ele, não conseguiria contar o resto.

– Depois disso, fui morar com minha avó. Mudei de escola e passei as quintas-feiras a cada quinze dias no sofá de um terapeuta. Especialista em traumas familiares. Aprendi habilidades de enfrentamento, luto saudável, como eles chamam. Com o tempo, me adaptei. Ou aprendi a fingir que tinha me adaptado. Eu não aguentava mais falar sobre o assunto, então fingi que estava bem. Terminei a escola e fui aceita na faculdade. E então conheci Daniel.

Ashlyn soltou a mão de Ethan e se levantou, precisando colocar distância entre eles. Ela começou a andar, os braços apertados ao redor do corpo.

– Eu não estava preparada para ele. Daniel sempre foi cuidadoso na escolha dos alvos e um exímio ator. Caí feito patinho. Contei tudo para ele, apresentei todos os meus demônios. Dei o poder para ele me ferir... e ele o usou.

– A estudante usando o roupão?

– Marybeth – disse Ashlyn, baixinho. – Ela estava longe de ser a primeira. Mas *foi* o catalisador para minha partida. Pedi o divórcio no dia seguinte. Ele nunca pensou que eu iria até o fim. Quando falei que não voltaria, ele começou a esperar do lado de fora da loja, observando do outro lado da rua. Ele ligava a qualquer hora do dia ou da noite, às vezes, implorando para que eu o aceitasse de volta, em outras me chamando de vadia. O romance dele ainda não havia sido vendido e ele estava prestes a ser demitido da universidade. Toda a vida de Daniel estava desmoronando. É claro que era tudo culpa minha.

– Por favor, diga que você chamou a polícia.

A pergunta fez Ashlyn estremecer. Ela não chamou, mas não houve um dia nos últimos três anos ou mais em que não tivesse se perguntado se as coisas poderiam ter terminado de forma diferente se ela tivesse feito isso.

– Não chamei. Ele já tinha problemas suficientes e eu não queria aumentá-los. Mas não podia voltar atrás, não importava quão ruim as coisas ficassem para ele. Liguei para Daniel uma tarde e pedi que me encontrasse para tomar uma bebida. Ele pensou que eu queria resolver as coisas. Em vez disso, entreguei uma lista de como achava que os nossos bens pessoais deveriam ser divididos. Foi a gota d'água.

Ethan a observava com atenção agora, se preparando para o que quer que estivesse por vir.

– A gota d'água... em que sentido?

Ashlyn foi até a lareira, ficando de costas para ele, enquanto observava o fogo.

– Ele começou a fazer cena, então levantei e fui embora. Eu já tinha atravessado a rua quando ele saiu do bar. Ouvi meu nome e me virei. Ele estava parado na calçada, olhando bem para mim com uma expressão estranha. Havia uma van descendo a rua, do tipo que carrega aquelas grandes placas de vidro. Ele a observou se aproximando... e então saiu da calçada.

Ela ouviu a inspiração irregular de Ethan, sua expiração longa e lenta.

– Meu Deus...

A expressão de Ethan quando ela se virou para encará-lo era de horror genuíno. Ela endireitou os ombros, preparando-se para contar o resto.

– Pouco antes de ele ir para rua, houve uma fração de segundo... Ele olhou para mim e sorriu; então gritou: "Diga olá para o dr. Sullivan".

– Quem é o doutor...

– O dr. Sullivan era meu terapeuta. O que eu costumava ver às quintas-feiras a cada quinze dias depois que meu pai se matou com um tiro.

O rosto de Ethan ficou inexpressível.

– Você está dizendo...

– Estou dizendo que ele sabia *exatamente* o que estava fazendo... e sabia que *eu* sabia disso. Ele sabia o que isso faria comigo, que me... destruiria.

– Foi isso o que você quis dizer no carro – comentou ele, baixinho. – Quando falou sobre alguém que você ama machucá-la de propósito.

– Sim.

– Sinto muito, Ashlyn. Mas pelo menos o canalha não teve sucesso. Quero dizer, aqui está você.

– Ele teve, para falar a verdade. Ou quase teve. – Era algo difícil de compartilhar, admitir que a tentativa de Daniel de destruí-la quase funcionou. Mas precisava que Daniel soubesse de tudo, para que entendesse por que os dois eram uma péssima ideia. Por que *ela* era uma péssima ideia. – Três pessoas – disse embargada. – Três pessoas que deveriam ter me amado, e todas foram embora... de propósito. Com um histórico como esse, é difícil não pensar que é por sua causa... que algo em você não é... suficiente. Acabei no sofá de outro terapeuta. Às terças-feiras, dessa vez, em vez de quintas. Por mais de um ano.

Ethan ficou em silêncio pelo que pareceu um longo tempo. Por fim, ele passou a mão pelo cabelo.

– Agora entendo – disse, baixinho. – Entendo e não tenho ideia do que dizer, só que sinto muito. Por ele ter feito... *aquilo*. Sabendo pelo que você passou. É inconcebível.

– Por um tempo, tentei me convencer de que tinha imaginado.

– Mas você não imaginou.

– Não. – O rosto de Ethan se tornou um borrão aguado quando ela encontrou seu olhar, as lágrimas contra as quais estivera lutando caíram de repente. – Não foi um acidente e não foi um ato de desespero. Ele quis ter a última palavra.

– Maldito – sussurrou Ethan, enxugando as lágrimas dela com as costas da mão. – Maldito seja o canalha. E maldito seja eu também por pressionar você a falar sobre isso.

Ashlyn balançou a cabeça, fazendo outro par de lágrimas escorrer pelo rosto.

– Está tudo bem. – E estava sendo sincera. Era como se um peso tivesse sido tirado do peito, como se confiar em si mesma para dizer as palavras em voz alta, não para um terapeuta, mas para alguém com quem se importava, alguém que se importava com ela em troca, tivesse tirado o poder delas.

O restante então veio à tona, coisas que ela nunca havia contado a ninguém, coisas sombrias que provocaram novas lágrimas. Mas essas novas lágrimas eram de alívio, de libertação e de clareza. De repente, naquele momento, ela percebeu que podia perdoar Daniel, não só pelo seu ato final de brutalidade, mas por tudo. A manipulação, a infidelidade, as centenas de pequenas crueldades que constituíram o seu casamento. Mas talvez ainda mais surpreendente, ela percebeu que podia perdoar a si mesma. Por ter dado a Daniel poder sobre ela, por ter enxergado tarde demais quem ele era de fato – e por ter permanecido tempo demais depois que soube.

Ethan segurou as mãos de Ashlyn enquanto ela falava, permanecendo em silêncio quando ela ficava sem palavras. O silêncio se prolongou, deixando apenas o crepitar das chamas entre eles. Ela olhou para ele, conseguindo dar um sorriso trêmulo.

– Você disse que era um bom ouvinte e é. Obrigada.

– Estou contente por você ter sentido que pode confiar em mim.

– Você me perguntou uma vez se não houve ninguém mesmo desde Daniel. Agora sabe por quê. Porque jurei que nunca mais confiaria em ninguém.

– Mas você *pode* confiar em mim, Ashlyn... se me quiser.

Ela queria? *Queria* ele?

Ela repousou a mão na bochecha de Ethan. Em algum nível, já sabia a resposta, já fazia semanas que sabia. Como sempre, era uma questão de confiança. Não nele, mas em si mesma.

– Acho que sim – respondeu baixinho, tanto para si mesma quanto para ele. Esperou um pouco antes de pressionar os lábios nos dele. Um momento para saborear a batida vertiginosa de seu pulso. Um momento para ter certeza. E tinha.

A respiração de Ethan se acelerou quando Ashlyn o beijou, uma inspiração rápida e afiada que pareceu puxá-la para mais perto, mais fundo. Ouviu o gemido surpreso dele quando seus braços se apertaram ao redor dela, a boca macia e bastante quente se abrindo. Ashlyn o surpreendera, e também a si mesma, e saber disso despertou nela algo instintivo e delicioso.

Houve um breve alarme quando o beijo começou a se aprofundar, uma pequena janela de incerteza quando ainda seria possível se afastar. Eles estavam se encaminhando para algo irrevogável, um passo que tornaria a libertação ao mesmo tempo complicada e dolorosa. Mas ela queria isso, queria *ele*, e o que quer que viesse a seguir.

Ethan pareceu sentir a decisão de Ashlyn naquele momento. Ele se afastou e olhou para ela, com a respiração pesada.

– Correndo o risco de estragar o momento, preciso saber o que isso significa. Não quero entender errado... para nenhum de nós dois.

– Significa que eu quero estar aqui quando você acordar amanhã. E talvez no dia seguinte. Se é isso que você quer ainda. Eu com toda a minha bagagem.

A boca dele se curvou, lenta, deliciosa.

– Acho que isso significa que somos um par.

– Acho que sim.

Ela puxou a boca dele até a sua, ao mesmo tempo uma promessa e um apelo.

Ainda não sabia dizer até que ponto estava disposta a saltar, mas tinha se forçado a olhar para baixo e pelo menos avaliar a distância da queda. Era um começo. E quem sabe dessa vez ela não caísse sozinha.

DEZOITO

Mantenha uma distância segura de ameaças conhecidas.
— Ashlyn Greer, *O cuidado e a alimentação de livros antigos*

28 de outubro de 1984
Rye, Nova Hampshire

Ashlyn abriu os olhos para um céu dolorosamente azul e a luz do sol que fluía através de cortinas desconhecidas. Demorou um pouco para se orientar, para lembrar onde estava – e por quê.

Ethan.

O espaço ao seu lado estava vazio agora, mas os lençóis continuavam quentes. Não fazia muito tempo que ele tinha acordado. Ela permaneceu sob os lençóis, saboreando o momento. Fazia anos desde a última vez que tinha acordado em uma cama que não era a dela, anos desde que se permitira ser tocada, abraçada, amada. Agora a lembrança de Ethan fazendo amor com ela estava gravada em sua memória e em sua carne. Como os ecos de um livro, que nunca serão apagados.

Esperou pela inevitável onda de arrependimento, pela compreensão de que tinha sido um erro deixá-lo entrar em sua vida – e em seu coração, porque ele também estava lá –, mas não veio nenhuma. Em vez disso, sentiu um langor sonhador e delicioso, a sensibilidade em todo o corpo dos músculos recém-despertados.

Quando finalmente afastou as cobertas, ficou surpresa ao encontrar suas roupas espalhadas pelo tapete, tiradas às pressas na noite anterior junto com as de Ethan. Ela as deixou, optando pelo grosso roupão atoalhado estendido aos pés da cama. Ela o vestiu, inspirando o cheiro dele enquanto se aproximava das portas de vidro deslizantes com vista para uma pequena varanda e o cais além. A vista sempre foi tão deslumbrante ou foram os acontecimentos da noite passada que fizeram o mundo parecer tão novo e radiante?

Seguindo o cheiro do café, ela desceu as escadas até a cozinha. Ethan estava perto do fogão, empunhando uma espátula. Ele se virou quando a ouviu entrar, abrindo um sorriso tímido.

– Café?

– Sim, por favor.

Ele encheu uma caneca e entregou a ela, com uma colher, depois apontou para o creme e o açúcar. Ashlyn se serviu e depois tomou um gole.

– Está gostoso – disse ela, sem encontrar o olhar dele. Não era muito versada em conversas da manhã seguinte.

– Obrigado. – Ele tomou um gole da própria caneca, olhando-a por cima da borda. – Tudo certo? Com a gente, quero dizer. Com... a noite passada?

Ela sorriu, encantada com o embaraço dele. Pelo visto, ele também não era versado em conversas da manhã seguinte.

– Está tudo *muito* bem.

– Sem arrependimentos?

– Nenhum.

Os ombros dele relaxaram quando voltou para o fogão.

– Talvez queira repensar sua opinião depois do café da manhã. Estou fazendo panquecas, ao menos tentando, e ainda não sei o que vai sair. Pode pegar os talheres para a gente?

Ashlyn arrumou a mesa, enquanto Ethan preparava uma pilha de panquecas e um prato de salsichas perfeitamente douradas. Em oito anos de casamento, Daniel não lhe havia preparado nem mesmo uma torrada. Num impulso, ela deslizou para trás de Ethan e deu-lhe um beijo no ombro.

Ele se virou, surpreso, mas sorrindo.

– Por que isso?

– Pode escolher.

– O que você quer fazer hoje? – perguntou ele enquanto se sentavam para o café da manhã. – Supondo que não precise trabalhar, claro.

A pergunta a pegou desprevenida. Não tinha pensado além do café da manhã.

– Não vou, na verdade. É domingo. Mas você não deveria tentar escrever um pouco agora que encerramos o mistério de Belle e Hemi? Seu editor está esperando.

– Eu deveria, mas prefiro passar o dia com você. E finalmente comecei a fazer algum progresso, então mereço uma folga. Poderíamos ir à Hillcrest Farm para comer donuts de cidra e ouvir música. Talvez ver um filme?

– Ou... poderíamos ir a uma livraria.

– Ah, esqueci que conversamos sobre isso ontem à noite.

– Só acho que vale a pena conferir se Hugh Garret alguma vez usou a história de Belle e Hemi como inspiração para um de seus livros. E depois, podemos ir para Hillcrest. Eu nunca recuso um donut de cidra.

O telefone tocou antes que Ethan pudesse responder. Ele largou o frasco de calda e ergueu as mãos.

– Pode atender? Estou todo pegajoso.

Ashlyn fez o que lhe foi pedido, embora se sentisse estranha ao atender o telefone de Ethan.

– Alô?

– Ashlyn, é você? É a Marian.

– Sim, sou eu.

– O que está fazendo na casa do meu sobrinho a esta hora? – Ela riu, deixando claro que a pergunta tinha sido retórica. – Fico feliz que vocês dois tenham finalmente se entendido.

As bochechas de Ashlyn ficaram quentes.

– Ethan está bem aqui. Vou chamá-lo.

– Não, não. Não é necessário. Olha, tive uma ideia. Por que vocês dois não vêm para Boston na próxima quinta-feira? Ilese estará lá com as meninas e eu adoraria que ela conhecesse vocês. Poderiam ficar conosco e ir ao maldito jantar de premiação na sexta-feira, talvez até mesmo aproveitar o fim de semana. Assistir a um show ou visitar alguns dos museus.

– É muito gentil da sua parte, mas é melhor eu passar para o Ethan. – Ela cobriu o bocal enquanto passava o telefone para ele. – É Marian. Ela quer que a gente vá jantar em Boston na quinta-feira e depois fique lá para a premiação na sexta, só que eu tenho a loja. Mas você deveria ir. Ilese estará lá. Seria bom que vocês dois se conhecessem.

Ethan enxugou as mãos e pegou o telefone, ouvindo e balançando a cabeça, enquanto Marian repetia a oferta.

— Eu adoraria — respondeu ele por fim. — Infelizmente, aceitei cobrir algumas aulas extras para um amigo e a Ashlyn tem a loja. Mas talvez possamos marcar um jantar mais tarde na quinta-feira. — Ele ergueu os olhos para Ashlyn. — Talvez às oito?

Ashlyn assentiu, satisfeita com a ideia de ver Marian novamente. Eles poderiam sair assim que ela fechasse a loja e voltar depois.

Ethan voltou para o café da manhã depois de desligar.

— Às oito, na quinta-feira — disse para ela por cima da borda da caneca de café. — Ela disse que ligaria assim que fizesse a reserva. — Ele sorriu enquanto pegava a faca e o garfo e cortava um pedaço de salsicha. — Hora de conhecer o resto da família.

Após o café da manhã, eles foram para Portsmouth e a livraria local.

Ashlyn respirou fundo quando entraram na loja, inalando os aromas mesclados de papel e tinta nova. Sempre lhe pareceu um cheiro medicinal, oleoso e um pouco antisséptico, como o de iodo. Não era desagradável, mas bem diferente do cheiro amadeirado, esfumaçado e um pouco adocicado que associava à própria loja.

Estar na presença de tantos livros novos parecia estranho. Estantes e mais estantes de volumes sem passados — sem ecos. Eram folhas em branco agora, mas um dia teriam as próprias histórias, vidas bem separadas das histórias capturadas pelas capas.

Algo na promessa de histórias ainda a serem escritas deixou Ashlyn feliz enquanto se dirigiam para a seção de Ficção e Literatura.

Ethan assobiou baixinho quando ela apontou para uma estante repleta de títulos de Hugh Garret.

— Você não estava brincando quando disse que ele era prolífico. Há... — Ele fez uma pausa, passando o dedo pelas lombadas enquanto contava. — Dezesseis livros aqui.

– E esses não são todos.

Ela puxou um livro de capa dura da estante, provavelmente o mais recente, já que havia três exemplares, todos com a capa voltada para fora. *Uma janela pela qual olhar.*

Na capa, uma mulher de cabelo escuro espiava por uma janela respingada de chuva, o rosto pálido e um pouco fora de foco, obscurecido por gotas de água.

– Olhe. – Ashlyn ergueu o livro, apontando para a mulher. – Pode ser ela.

Ethan pareceu cético.

– Pode ser *qualquer uma.*

Ele tinha razão, é claro. Mas havia algo de assustador na imagem da capa, algo a ver com o desfoque deliberado do rosto da mulher. Ela virou a capa, examinando a sinopse impressa na aba interna. A sinopse não tinha nenhuma semelhança com a história de Belle e Hemi. Ela pegou um segundo e leu, depois um terceiro. Nada parecia remotamente familiar. Mas em todas as capas, a mesma mulher – ou, pelo menos, o mesmo *tipo* de mulher. Uma mulher que se parecia com Belle.

Ela tinha acabado de ler o oitavo livro e estava tentando recolocá-lo na estante quando ele escorregou de sua mão e caiu no chão. Ela se abaixou para recuperá-lo, mas congelou ao ver a foto do autor a encarando. Olhos azuis penetrantes e uma cabeleira espessa e escura, uma boca surpreendentemente sensual. Ele era distinto, bonito e familiar de uma forma que ela não conseguia explicar. Era como se tivesse visto o rosto dele em algum lugar de relance. E então, de repente, se lembrou. Ela *tinha* visto o rosto dele.

No dia anterior.

– Ethan. – Ela pegou o livro do chão, segurando-o. – É ele.

Ethan franziu a testa.

– Claro que é ele. Está escrito aí mesmo.

– Não. Olhe. É... *ele.*

Ethan estreitou os olhos para a foto. Finalmente, entendeu.

– Está de brincadeira.

– É Zachary – sussurrou ela. – Hugh Garret é o pai de Zachary.

– Meu Deus. – Ethan passou a mão pelo cabelo, os olhos ainda grudados na foto. – Será que não é engano?

Ashlyn olhou para a foto de novo, lembrando-se de algo que Belle havia escrito perto do final de *Para sempre e outras mentiras*: "Nunca estarei de fato livre de você. Sua voz, seu sorriso, até mesmo aquela covinha em seu queixo nunca estarão longe de meus pensamentos. Minha cruz e meu consolo". Na época, presumira que tinha a ver com lembranças, do tipo que nunca vão embora. Agora compreendia que era algo bem diferente.

– Não – respondeu por fim. – Esse é o rosto de Zachary. Observe os olhos, a boca, o formato do queixo. É ele com certeza. Só que quarenta anos mais velho. E isso explica a evasão de Marian, a forma como ela se desviava e mudava de assunto. Ela devia estar grávida quando saiu de Nova York e inventou a história de que ele era filho de Johanna para esconder isso. Também explica por que Zachary e Ilese não se parecem em nada. Eles não têm os mesmos pais biológicos.

– Acho que Hemi não sabe que tem um filho.

– Acho difícil que ele saiba. Não há menção nenhuma às crianças em *Para sempre e outras mentiras*. Ela escreveu sobre o trabalho, a família na França, mas nada sobre os filhos. Uma mulher não esquece os filhos e, com certeza, não uma mulher como Marian, que é sem dúvida a mãe mais orgulhosa do planeta. A omissão foi intencional.

– Não dá para ter certeza de nada disso.

– Acho que dá, sim. No final do livro, ela escreveu algo sobre Hemi não ter o direito de saber sobre algumas partes da vida dela. Foi isso que ela quis dizer. Zachary.

– Meu Deus. Vamos jantar com ela na quinta-feira... e com Ilese. Isso vai ser constrangedor.

– Não podemos deixar que seja constrangedor, Ethan. Ela não pode saber que sabemos. Ela manteve esse segredo por quarenta e três anos. Deveríamos deixá-la ficar com ele, se é isso que ela quer.

DEZENOVE

ASHLYN

Amo um autor ainda mais por ele próprio ser um amante dos livros.
— Henry Wadsworth Longfellow

1º de novembro de 1984
Boston, Massachusetts

Ashlyn não pôde deixar de ficar maravilhada quando ela e Ethan entraram no saguão do Parker House Hotel. Ela já havia visitado antes. Não como convidada de verdade, mas como turista, na esperança de absorver um pouco do ar refinado. Passear pelo lobby, com seus tetos entalhados e lustres reluzentes, era como entrar em outra época, mas era a história do lugar que ela verdadeiramente amava.

Construído em 1855, o Parker House já abrigou o *Saturday Club*, que hospedou nomes como Nathaniel Hawthorne, Henry Wadsworth Longfellow e Oliver Wendell Holmes. Outros convidados notáveis incluíam Charles Dickens, que residiu no hotel por cinco meses em 1867, e o infame John Wilkes Booth apenas dois anos antes.

Corriam rumores de que o hotel era mal-assombrado, ainda mais o décimo andar. O hotel abraçou com entusiasmo essa parte de sua tradição e dizia-se que mantinha um registro de supostos eventos espectrais para os hóspedes interessados. Ashlyn achava a ideia encantadora. Se os livros possuíam ecos, por que não os edifícios? Cadeiras? Mesas? Lâmpadas?

Gostava de imaginar que Dickens e Wadsworth poderiam estar conversando em algum canto tranquilo, discutindo por causa de uma obscura minúcia literária. Ou tomando uma taça de vinho do Porto no bar, que já foi uma biblioteca que, pelo que diziam, continha mais de três mil livros. Mas naquela noite, ela e Ethan jantariam com a mais recente ganhadora do prêmio de bem-estar infantil pelo conjunto de sua obra.

A recepcionista informou que o resto do grupo já estava sentado e se ofereceu para acompanhá-los à mesa. Ashlyn avistou Marian de imediato, sentada com uma loira alta e um trio de meninas inquietas.

– Mila, Dalia e Lida – sussurrou Ashlyn para Ethan. – Tenho quase certeza de que Mila é a mais velha.

Ethan apertou a mão dela.

– Certo. Obrigado.

O rosto de Marian se iluminou ao vê-los se aproximar. Ela se inclinou na direção de Mila para sussurrar algo, que então sussurrou algo para as outras garotas, que logo pararam de se mexer e se sentaram eretas. Ashlyn sentiu uma pontada de nervosismo quando enfim alcançaram à mesa, como se tivesse acabado de chegar para uma entrevista de emprego.

– Ethan, Ashlyn – cumprimentou Marian quando eles se acomodaram nas duas cadeiras vazias. – Estou tão feliz que puderam vir. Esta é a minha filha, Ilese. Meninas, esse é o filho do meu sobrinho e primo de vocês, Ethan, e a namorada dele, Ashlyn.

Ashlyn abaixou a cabeça, sem jeito. Não tinha pensado em como seria apresentada, mas descobriu que gostava de ser chamada de namorada de Ethan. Acenou com a cabeça para as meninas, que a encaravam com olhos arregalados e curiosos.

– Fico muito contente por conhecer vocês três. Sua avó me contou muito sobre vocês.

– Mas só as partes boas – sussurrou Marian, fazendo as meninas rirem em coro.

Ilese os avaliava com olhos cinza-claros, lembrando a Ashlyn uma foto que Ethan lhe mostrara de uma garota muito séria, com um rosto afiado e uma expressão impetuosa. Ela mudou surpreendentemente pouco desde que a foto tinha sido tirada. Seu rosto continuava marcante e triangular, seu olhar, cauteloso. E por que não seria? Os dois surgiram do nada, se inserindo na família acolhedora e bem-educada de Marian. Um pouco de cautela não era irracional.

– Minha mãe disse que você é dona de uma livraria em Portsmouth – comentou ela para Ashlyn. – E que você e Ethan se conheceram por causa de alguns livros antigos que ele encontrou na biblioteca de Dickey.

Pelo canto do olho, Ashlyn viu os ombros de Marian tensos. Pelo visto, Ilese não sabia sobre os livros.

– Isso mesmo – respondeu Ashlyn com tranquilidade. – Ethan encontrou alguns títulos obscuros enquanto liberava espaço nas estantes do pai e eles acabaram nas minhas mãos.

– Sou fascinada por livros antigos. Alguma coisa interessante?

– Só para os autores – respondeu Ashlyn e viu os ombros de Marian relaxarem.

– Que pena. Teria sido divertido, não? Tropeçar em algum livro de um autor famoso perdido há muito tempo. Tolstói ou Trollope ou alguém. De vez em quando ficamos sabendo de algo assim. – Então ela se voltou para Ethan. – Foi gentil de sua parte localizar a mamãe para devolver aquelas cartas antigas. Zachary me ligou para dizer que teve notícias suas. Ele não tinha certeza se era você de verdade no início. Depois ele se lembrou de você daquela época em que ficamos com seus pais e decidiu que estava tudo bem. Mamãe gostava muito de Dickey. Ela contou que você dá aulas na UNH, como ele, e que já escreveu dois livros. Muito impressionante para alguém da sua idade.

Ethan sorriu sem jeito.

– Não é tão impressionante quanto parece, mas obrigado.

Com o gelo quebrado, a conversa fluiu com surpreendente facilidade, cobrindo uma ampla variedade de tópicos, incluindo o trabalho em andamento de Ethan, a busca contínua de Ilese por um cargo permanente e as críticas elogiosas que chegaram após a recente turnê europeia de Zachary.

Quando o garçom chegou com café e a mundialmente famosa torta de creme de Boston do Parker House, Ilese estava se gabando da organização sem fins lucrativos da mãe e do trabalho que ela continuava a fazer em nome das crianças órfãs de guerra.

Marian ficou claramente constrangida com os elogios da filha.

– Eu gostaria que você parasse, Ilese. Está matando Ashlyn e Ethan de tédio.

– Pelo contrário – corrigiu Ashlyn, e estava sendo honesta. Quanto mais aprendia sobre Marian, mais impressionada ficava. – É fácil ver por que eles vão dar esse prêmio para você amanhã à noite. Você tem muito do que se orgulhar.

– Tive muita sorte na vida – comentou Marian, sorrindo para a filha e as meninas. – Nasci com o tipo de privilégio que a maioria das pessoas nunca conhece. Me afastei da maior parte, mas não de tudo. Havia algum dinheiro quando minha mãe morreu. Dinheiro que meu pai não podia tocar. Isso me concedeu certas... liberdades. Pude empreender o trabalho que era importante para mim e dar aos meus filhos o tipo de vida que eu queria que tivessem. Mas, principalmente, fui abençoada por ter filhos tão maravilhosos. Os dois são tão brilhantes e talentosos. E eram tão compreensivos quando eram crianças. Eu os arrastei para muitos lugares quando eram pequenos. Eu os afastei dos amigos na Califórnia para viverem nos destroços de um vinhedo em Bergerac. Tiveram que aprender francês para frequentar a escola. E então, justo quando tinham se apaixonado pela vida na fazenda e pelos primos franceses, eu os arrastei de volta para cá.

– Pois é! – interrompeu Ilese com uma risada. – Você nos trouxe para Marblehead, para aquela casa grande e cheia de correntes de ar. Pensamos que íamos morrer congelados naquele primeiro inverno. Mas então chegou o verão e aprendemos a nadar, a velejar e a procurar mariscos, e soubemos que estávamos em casa. As meninas também adoram. Elas mal podem esperar para voltar no verão. Todas vão estar no casamento do tio Zachary, e estão encantadas com isso, não é, minhas queridas?

As meninas mal responderam à pergunta da mãe. Era evidente que já passava da hora de dormir. Lida estava com os olhos pesados e emburrada, e Dalia e Mila disputavam o último pedaço de sobremesa.

– Queria que Zachary pudesse ter vindo neste fim de semana – comentou Marian enquanto pagava a conta do jantar. – Não para o jantar de premiação, mas para esta noite. Teria sido bom para ele conhecer vocês pessoalmente, mas ele acabou de voltar da turnê e não se atreve a ficar mais tempo fora. Queria que Zachary morasse mais perto. Eu esperava que ele acabasse aqui em Boston. – Ela sorriu, triste. – Sinto saudade de seu rosto.

Ashlyn e Ethan trocaram um rápido olhar.

– Nunca se sabe – comentou Ilese, passando um braço em volta da sonolenta Lida e a puxando para mais perto. – Talvez ele ainda venha. As meninas adorariam se ele ficasse mais perto. Eu também, imagino, mas nunca deixaria que ele soubesse disso, aquele pateta.

Ashlyn não pôde deixar de sorrir. O carinho de Ilese pelo irmão era evidente, apesar de sua tentativa de fingir o contrário.

– Vocês dois eram próximos quando pequenos?

– Quando éramos pequenos, éramos inseparáveis. Mudávamos muito, então nos tornamos melhores amigos um do outro, mas quando ficamos mais velhos, fizemos novos amigos e descobrimos nossos próprios interesses. Coitada de nossa mãe. Brigamos como cão e gato durante a adolescência. Eu era muito estudiosa, muito séria sobre tudo, e meu irmão nunca levou *nada* a sério, exceto a música, é claro, então, estávamos sempre nos estranhando. Mas sempre nos protegemos. Nada mudou isso... ou mudará.

Ashlyn lançou outro olhar significativo para Ethan, percebendo tarde demais que Marian havia testemunhado a troca. Seus olhos se fixaram nos de Ashlyn, enquanto os segundos se estendiam, um reconhecimento desconfortável e um apelo discreto por silêncio.

– Bem – disse Ilese, alheia ao olhar recém-trocado entre Ashlyn e a mãe –, odeio ser a pessoa que vai acabar com a festa, mas preciso levar as meninas para o quarto. Prometi que ligaria para Jeffrey antes das onze. Foi uma noite maravilhosa. Espero vê-los na casa da mamãe no verão. Vou garantir que recebam um convite para o casamento. E vocês podem visitar nos feriados. Vamos ensiná-los a jogar dreidel. Mas já vou avisando que somos implacáveis. – Ela empurrou a cadeira para trás, sorrindo. – E com essa advertência, desejo uma boa-noite.

Dalia e Mila deslizaram das cadeiras, claramente aliviadas porque a noite estava chegando ao fim, mas Lida já havia cochilado, a cabeça pálida pendia, mole, para o lado. Ilese colocou uma bolsa enorme no ombro, sua bolsa de mãe, e depois se abaixou para pegar a adormecida Lida no colo. A criança choramingou, resmungando um pouco, antes de relaxar de novo.

Ilese se esforçou para manter a bolsa no ombro enquanto fazia uma segunda tentativa de levantá-la, mas Lida, parecendo não ter ossos, não estava em condições de cooperar. Por fim, ela se virou para Ethan.

– Correndo o risco de ser abusada, será que, por acaso, não posso convencer você a assumir seu novo papel de primo e levar essa menina para o meu quarto enquanto conduzo essas duas para o elevador? Eu costumava conseguir dar um jeito com as três, mas Lida ficou tão grande. Já é difícil demais lidar com elas quando estão todas acordadas.

Ethan se levantou e estendeu os braços.

– Passe ela para mim, se ela não se importar.

– A essa altura, ela não se importa com mais nada. Muito obrigada.

Ashlyn não pôde deixar de sorrir ao ver Ethan pegar Lida nos braços. A menina afundou em Ethan, suspirando, sonolenta, enquanto enterrava o rosto na curva do pescoço dele, as pernas automaticamente enroscadas ao redor da cintura dele. Seus olhos se abriram por um momento, as pálpebras pesadas, repletas de confusão enquanto procurava pela mãe.

Ilese passou a mão na cabeça loira.

– Ethan vai carregar você para que a mamãe leve suas irmãs para o quarto – explicou Ilese baixinho. – Depois vou ligar para o papai e você pode falar com ele se ainda estiver acordada. Que tal?

Lida inclinou a cabeça para trás apenas o suficiente para encontrar o rosto de Ethan antes de cair em seu ombro novamente.

– Com sono.

– Sim, querida. Durma. Vou colocar você na cama assim que subirmos e você vai poder falar com o papai amanhã.

Marian agradeceu a Ethan e depois mandou beijos de boa noite para Ilese e as meninas.

– Falo com você pela manhã, querida. Mande um oi para Jeffrey e diga que eu queria que ele tivesse vindo.

– Pode deixar. Foi prazer conhecer você, Ashlyn. Vamos, meninas, hora de ir.

Ashlyn observou enquanto Ilese e Ethan saíam com as meninas. Ele seria o tipo de primo que elas logo iam adorar – mais como um tio, na verdade –, e Ilese parecia não ter problemas em recebê-lo na família. Era uma pena que não morassem mais perto.

Marian observou até que afundou em se foram, depois se recostou na cadeira e encarou Ashlyn.

– Há quanto tempo você sabe?

Ashlyn baixou o olhar, pega de surpresa pela franqueza de Marian, mas não adiantava fingir que não entendia a pergunta.

– Faz só alguns dias.

– Como descobriu?

– Você nos mostrou a foto de Zachary no dia em que estivemos na sua casa. No dia seguinte, fomos a uma livraria e vimos a foto de Hugh Garret, a foto de Hemi. Ele é a cara do pai.

Marian assentiu com um sorriso agridoce.

– Ele é, não é?

– A história sobre Johanna...

– A maior parte era verdade. Exceto a parte sobre Zachary ser filho dela. – Marian tomou um gole de água. Suas mãos tremiam quando ela largou o copo. – Suspeitei que estava grávida quando saí de Nova York. Quando cheguei à Califórnia, tive certeza. Comprei uma aliança de ouro barata e inventei um marido, um piloto que voou para a RAF e foi abatido enquanto dava cobertura a um comboio de abastecimento. Fiquei tão boa em contar a história que quase acreditei nela. Quando Zachary nasceu, ninguém ligou. Mas eu odiava a Califórnia. Alguns lugares parecem errados. Não dá para saber por que, só parecem. Talvez tenha a ver com Hemi não estar lá. Mas eu não podia voltar para Nova York com uma criança. Corinne saberia a verdade num instante, e eu não confiava em meu pai. Estava tentando descobrir para onde ir quando Johanna se mudou para a casa ao lado. Ela estava sozinha e com muito medo. Ela já havia perdido um filho, o marido, os pais e tinha um novo bebê a caminho. Então fiquei. E depois, quando Ilese nasceu e ela soube que... – Marian parou, as palavras de repente sufocadas pela emoção. – Quando ela me pediu para ficar com Ilese...

– Você viu uma maneira de legitimar Zachary – forneceu Ashlyn gentilmente.

– Não, mas *ela* viu. – Seus olhos se encheram de lágrimas. Ela piscou e tomou outro gole de água. – No dia em que trouxe Ilese para casa, fui ao quarto de Johanna. Eu ainda estava em choque. Não podia acreditar que ela tinha partido. Mas me lembrei dela dizendo que tinha me deixado algo na cômoda. Encontrei na gaveta de cima. Um envelope com meu nome na frente. Dentro havia uma certidão de nascimento de um menino chamado Zachary, o filho que ela havia perdido antes de vir para os Estados Unidos, e um bilhete.

Ashlyn não disse nada, embora tivesse certeza de que sabia o que estava por vir – um ato incrível e impressionante de generosidade.

– O bilhete dizia: *Se você está lendo isto, meu espírito foi para D'us. Não sofra por mim, mas se a criança sobreviveu, deixo-a aos seus cuidados, para amá-la e criá-la como se fosse sua. Deixo também o nome do meu doce Zachary. Esse é o seu caminho para casa, Marian. Um meio para você limpar tudo. Terá que mudar o nome dele, é claro, mas ele agora terá uma irmã. Que D'us a mantenha segura e bem, abençoe-a por toda a sua generosidade,* achot.

Ashlyn franziu a testa.

– Não conheço essa última palavra. *Achot*, não é?

– É hebraico. Significa "irmã".

Ashlyn levou a mão à boca, sufocada pela ideia de uma jovem mãe ter que escrever uma carta dessas, pela tristeza de saber que era improvável que ela sobrevivesse ao nascimento do bebê e pela confiança que deve ter sido necessária para entregar aquela criança para a mulher que, cinco meses antes, era uma desconhecida. Não era de admirar que Marian tivesse memorizado cada palavra.

– Ela teve sorte de ter você – comentou Ashlyn, baixinho. – Não consigo imaginar ter que tomar esse tipo de decisão ou escrever esse tipo de carta.

– Não sei quando ela a escreveu, mas ela sabia que não voltaria para casa antes de partirmos para o hospital. Acho que estava cansada de lutar. Ainda me surpreende que ela pudesse pensar em mim naquele momento.

– Mas você sabia o que ela estava sugerindo na carta?

– Sim. Eu sabia. Eu costumava falar sobre voltar para casa algum dia. Johanna sabia que eu não podia... e por quê. E, então, ela me deu de presente o nome do filho morto, para *limpar tudo*. Ao afirmar que Zachary era o irmão mais velho de Ilese e não meu filho biológico, nós dois estaríamos livres do estigma da ilegitimidade. A certidão estava com a data de 9 de outubro de 1941, nove meses antes do nascimento de Thomas, mas eu sabia que podia fazer dar certo. E fiz. Nunca voltei para Nova York. Não para morar, de qualquer maneira. Ainda estava com medo do meu pai. Mas eu poderia ir aonde quisesse e começar do zero, e foi o que fiz. O que *nós* fizemos.

– Em Marblehead.

– Sim. – Ela conseguiu dar um sorriso triste. – Na casa no fim do mundo.

– Quando Ethan e eu descobrimos, concordamos em não dizer nada. Sinceramente, não queríamos que isso viesse à tona hoje. Ou em qualquer outro dia.

– Eu agradeço, mas vi você olhar para Ethan quando Ilese estava falando sobre Zachary e eu soube que você sabia. Imagino que isso não importa agora. Zachary já cresceu e não precisa mais da minha proteção. Na verdade, ele se tornou *meu* protetor e eu o amo por isso. Ele sabe, aliás. Os dois sabem.

– De tudo?

Marian desviou o olhar, desconfortável.

– Eu não citei nomes, se é isso que está perguntando. Mas sentei com os dois e expliquei que biologicamente eles não eram irmãos *de verdade*. Zachary tinha quatorze anos. Ilese tinha doze. Eu queria esperar até que fossem um pouco mais velhos, mas Ilese começou a fazer perguntas sobre por que ela e Zachary não se pareciam em nada. Uma das colegas de escola colocou a pulga atrás de sua orelha e ela não desistiu. Então, contei.

– Como eles reagiram?

– Zachary deu de ombros e perguntou se podia fazer um lanche. Ilese demorou um pouco mais para se recuperar. Ela não se importava com o fato de eu ter um filho fora do casamento; na verdade, acredito que ela achou essa parte corajosa, mas ficou terrivelmente chateada por eu ter mentido sobre Zachary. Ela sempre foi assim. Rápida para punir se você não corresponder aos padrões dela. Eu estava com medo de que isso se tornasse uma barreira entre os dois. Na verdade, isso os aproximou. É bem típico dela também. Ilese tem um grande coração; só o esconde por trás de toda aquela ferocidade. Mais tarde, quando Zachary e eu estávamos sozinhos, perguntei se ele queria saber quem era o pai. Falei que talvez pudesse marcar um encontro entre os dois, se ele quisesse.

– E ele disse não?

– Ele disse que não achava justo com Ilese que ele tivesse um pai e ela não. E disse que nunca havia tido um pai antes, então por que precisaria de um agora? Ele achou que nós três estávamos bem.

Ashlyn não pôde deixar de ficar impressionada.

– Que maneira incrível de ver a situação.

Marian sorriu.

– Ele é assim. Apenas segue o fluxo das coisas. E fomos felizes, embora, às vezes, eu me pergunte se a recusa foi, porque achou que eu queria que ele recusasse. Zachary sempre pareceu consciente da minha necessidade de privacidade, mesmo que não entendesse por que eu precisava dela. Ou, quem sabe, ele só não quisesse perturbar o equilíbrio das coisas. Teria sido um conflito entre ele e Ilese, e ele sempre foi muito cuidadoso com esse tipo de coisa, em manter o relacionamento de irmãos, mesmo depois de saberem a verdade. Se Hemi entrasse em cena de repente, teria sido... esquisito.

Ashlyn entendia.

– Ficou claro pela maneira como Ilese fala sobre Zachary que os dois são muito próximos. Um pai que era dele, mas não dela, aparecendo do nada poderia ter prejudicado esse vínculo. – Mas e quanto a Hemi? Ele não tinha o direito de saber que tinha um filho? – Já pensou em contar para Hemi?

– Penso todos os dias. – O rosto de Marian pareceu prestes a ruir. Ela suspirou, fechando brevemente os olhos. – E eu teria contado... por Zachary. Na verdade, eu tinha me conformado com isso. Mas quando Zachary disse não, fiquei aliviada. Contar para ele significaria abrir uma porta que eu não estava pronta para reabrir. No que me diz respeito, aquela porta se fechou para sempre no dia em que ele voltou atrás na palavra e publicou a reportagem. Não havia caminho de volta depois daquilo. Para qualquer um de nós.

Ashlyn assentiu.

– Acho que entendo. Eu só pensei que caso ele soubesse...

Os olhos de Marian faiscaram de irritação.

– Eu sei o que você pensou, que ele teria se casado comigo pelo bem do nosso filho e teríamos vivido felizes para sempre. Você parece até o Dickey.

Ashlyn se recostou na cadeira, processando a resposta de Marian.

– Ele sabia sobre Zachary?

– Você esqueceu, meu sobrinho conheceu Hemi. Ele levou cinco minutos para resolver o mistério da paternidade do meu filho... e começar a me dar um sermão sobre como errei ao esconder a verdade de Hemi. Não só por causa de Zachary, ou mesmo de Hemi, mas por mim mesma. Todos aqueles anos depois, ele ainda acreditava que poderíamos nos reconciliar. Mas eu não queria Hemi assim. E pelo visto, ele não me queria de jeito nenhum.

– Como pode dizer isso? Ele queria se casar com você.

– Em algum momento, talvez. Mas ele nunca veio me procurar. Nunca ligou ou escreveu uma única carta.

– Ele escreveu um livro para você – lembrou Ashlyn, incisiva.

Ela assentiu, cansada.

– Sim, escreveu. Lembro do dia que chegou. Quando li a dedicatória, pensei que ele tivesse descoberto sobre Zachary, que estava perguntando como eu podia ter escondido o filho dele. Então comecei a ler e percebi que era apenas mais uma tentativa de se retratar como a parte lesada. Ele não estava interessado na verdade. Ou em mim. Parecia uma justificativa, uma prova de que ele não *merecia* saber. Tenho certeza de que parece terrível para quem está de fora. Desalmado e egoísta. E talvez seja. Mas Zachary cresceu feliz e era isso que me importava. Eu o amei o bastante por nós dois e sempre amarei. O resto não importa mais.

– Não tenho certeza se acredito nisso – retrucou Ashlyn, baixinho. – Nem sei se *você* acredita.

Marian a estudou, a ponta dos dedos bem cuidados tamborilavam na toalha de mesa branca.

– Eu perguntei antes e vou perguntar de novo. Por que isso tudo importa para você?

– Não sei. Sei que não é da minha conta, mas não posso deixar de sentir que vocês dois foram feitos para ficarem juntos, de verdade, e que o que aconteceu foi um erro terrível.

Marian sorriu, triste.

– Você é tão jovem. Ainda ingênua o suficiente para acreditar que o amor vence tudo. Eu também pensava assim, um milhão de anos atrás.

Mas me tornei mais sábia desde então. – Ela fez uma pausa, balançando a cabeça, triste. – Às vezes, vence. Na maioria das vezes, não.

Ashlyn refletiu sobre a resposta com cuidado. A dor de Marian era palpável, apesar dos esforços para fingir o contrário.

– Não sou tão ingênua quanto pensa – respondeu finalmente, com a voz tingida de empatia. – Já sei tudo sobre como o amor pode não dar certo. Sei o quanto dói quando alguém em quem você confia te trai. Tudo o que você quer fazer é se esconder do mundo, porque não consegue acreditar que pode ter cometido um erro tão colossal ao confiar o coração a alguém tão indigno. Já sei de tudo isso porque eu mesma *cometi* esse tipo de erro. Entreguei meu coração a alguém que nunca me amou de verdade. Mas você não fez isso. Hemi a amava, Marian. E suspeito que nunca deixou de amar. Assim como suspeito que você nunca deixou de amá-lo.

Marian permaneceu impassível, recusando-se a confirmar ou negar as suspeitas de Ashlyn.

– Você poderia encontrá-lo, Marian, não seria difícil, e finalmente contar a verdade. Todinha, do jeito que você acabou de me contar. Não pelo Hemi ou Zachary, mas pelo seu bem. Dickey tinha razão quanto a isso. O que quer que tenha acontecido há tantos anos, aconteça o que acontecer daqui para a frente, vocês dois merecem um desfecho.

A expressão de Marian permaneceu inflexível.

– Você fala como se pensasse que há um caminho de volta para nós, que palavras podem consertar o que aconteceu há mais de quarenta anos, mas nunca haveria um final feliz para nós, Ashlyn. Não naquela época e com certeza não agora.

– Não estou falando em final feliz – falou Ashlyn em tom uniforme. – Estou falando de escolher abandonar a culpa e a raiva, para deixá-las no passado. E estou falando de perdão.

– Perdão – repetiu Marian, sem encará-la. – Uma palavra tão fácil de dizer, mas mais difícil de alcançar. Perdoar significaria que eu ficaria só com as lembranças, despojada da culpa e da raiva, como você diz, e não acredito que conseguiria suportá-las dessa maneira.

Ashlyn entendia. Estava familiarizada demais com a necessidade de encobrir as lembranças com raiva, de se isolar na amargura e na culpa. Mas ela também se lembrava da sensação quase imediata de liberdade que havia experimentado quando finalmente percebeu que podia perdoar Daniel. Ele estava morto por quase quatro anos e nunca saberia. Mas ela saberia. No final, tratava-se de tomar a decisão de parar de se punir. Marian poderia fazer a mesma escolha.

— Nenhum de nós é capaz de mudar o passado — disse ela gentilmente a Marian. — Não importa o quanto desejamos isso. Mas podemos perdoá-lo. Precisamos só decidir fazer isso. Você pode perdoar Hemi. E pode se perdoar por ter escondido Zachary dele. Aceite que naquela época você tomou uma decisão que acreditava ser certa para a família, mesmo que não seja a decisão que tomaria hoje.

— Me libertar, você quer dizer.

— Não, não é isso...

Antes que Ashlyn pudesse explicar melhor, Ethan reapareceu.

— Desculpem, demorou mais do que eu esperava. Lida acordou assim que chegamos ao quarto e decidiu que eu precisava colocá-la na cama; então precisei ler para ela, embora ela tenha desmaiado depois de uma página de *Boa noite, lua*. Uma fofinha.

Para surpresa de Ashlyn, Marian levantou-se, apontando para o salão de jantar quase vazio.

— Não percebi que já era tão tarde. Acho que eles gostariam que saíssemos daqui para que possam limpar e ir embora. E vocês dois têm uma longa viagem de volta. Imagino que Ethan vá dar aula amanhã.

Ashlyn pegou a bolsa e se levantou, desejando ter tido tempo para dizer mais alguma coisa. Havia aprendido apenas recentemente o poder do perdão e passara a compreender que a escolha de perdoar tinha tanto a ver com a autocura quanto com absolver outra pessoa da culpa. Talvez até mais. Desejava apenas ter tido mais tempo para persuadir Marian.

Ela conseguiu sorrir.

— Muito obrigada pelo jantar, Marian. Foi gentil da sua parte me incluir.

— Receio que a noite não tenha terminado de uma forma muito positiva. E agora que vocês conhecem todos os meus segredos, talvez desejem que nunca tivéssemos nos envolvido.

Ethan lançou a Ashlyn um olhar interrogativo, mas esboçou um sorriso.

– Não seja boba. Seis semanas atrás, eu não tinha nem família. Agora tenho uma tia, um grupo inteiro de primos e um convite para o Chanucá. Quero ver você conseguir se livrar de mim.

Marian deu um tapinha em seu braço, radiante.

– Se alguma coisa mudar e puderem comparecer amanhã à noite, venham. Será muito chato, mas a comida deve ser boa.

Eles saíram juntos e pararam no saguão, demorando-se quando chegou a hora de se separarem. Marian os surpreendeu, envolvendo os dois em um abraço.

– Cuide bem dessa garota, Ethan. Suspeito que ela seja um tesouro.

Ashlyn se surpreendeu com a forte emoção das palavras de Marian. Estava com medo de ter exagerado, falado de forma franca, talvez até de um jeito impertinente, sobre algo que não era da sua conta, mas de repente se viu com a esperança de ter dado a Marian algo em que pensar.

Ethan lançou um sorriso torto para Ashlyn.

– Prometo.

– Estou falando sério. – Ela segurou o rosto dele entre as mãos, olhando bem em seus olhos. – Vou dizer o que disse para seu pai tantos anos atrás. Não deixe nada separar vocês. – Ela deu um passo para trás e lançou uma piscadela para Ashlyn. – E agora, vou tirar meu sono de beleza antes da minha grande noite de amanhã. Parece que preciso cada vez mais hoje em dia.

Ashlyn se maravilhou quando os dedos de Ethan envolveram os dela e ambos observaram Marian atravessar o saguão e seguir em direção aos elevadores. Apesar de tudo, de todo o sofrimento e toda a perda, Marian Manning não havia deixado de acreditar no amor.

VINTE

MARIAN

A leitura nos traz amigos desconhecidos.

— Honoré de Balzac

2 de novembro de 1984
Boston, Massachusetts

Aliso o cabelo mais uma vez, ajeito o fio de pérolas em meu pescoço, desejando me sentir mais firme. A conversa da noite passada com Ashlyn fez com que eu ficasse me revirando até altas horas da madrugada. Não é o que se precisa antes de uma provação desse tipo. Parece que meu sobrinho-neto escolheu uma mulher bem inteligente – e uma que suspeito que já tenha suportado a própria cota de sofrimento.

Depois de quarenta e três anos, meu segredo foi revelado. Privei um homem que um dia amei do filho dele. Não havia julgamento no rosto dela enquanto eu contava minha história, apenas sincera empatia. Uma qualidade rara, mas o que ela me pediu é impossível. Perdoar depois de tantos anos, simplesmente me libertar. Pelo meu bem, ela disse. Mas como pode ser pelo meu bem? Depois de tantos anos agarrada à dor, não tenho certeza se sei viver sem ela. Ainda assim, as palavras persistem de forma um tanto inconveniente quando me junto a Ilese e às garotas em nossa mesa próxima ao palco.

Sinto o início de uma dor de cabeça chegando. O salão de baile está desconfortavelmente quente, cheio de um miasma de bebidas alcoólicas, spray de cabelo e perfume de grife. Ou talvez seja o zumbido inquieto da conversa que preenche todo o espaço que está me deixando com os nervos tão à flor da pele. Parece uma colmeia de abelhas furiosas, prontas para enxamear. Meu instinto é fugir, mas é tarde demais para isso.

O jantar foi retirado e a sobremesa servida, sinal de que os discursos estão prestes a começar. Uma faixa com as palavras: REDE PELO BEM-ESTAR INFANTIL HOMENAGEIA MARIAN MANNING está pendurada acima do palco. Pego o vinho, então penso melhor e tomo um gole de água. Vou precisar de todo o meu juízo se quiser aparecer lá na frente de todos.

Minhas mãos estão quentes e pegajosas. Odeio essas coisas. Ter que me vestir com um vestido de noite para ser exibida como um tipo de santa. Mas é uma boa exposição para a fundação, então aguento quando sou obrigada.

Ouço meu nome ecoar pelo microfone. Há uma explosão surpreendente de aplausos. Eu me levanto e subo os degraus até o palco. Uma mulher em roupas de lamê dourado está no pódio, Gwendolyn Halliday, presidente da RBI. Ela sorri e coloca o prêmio em minhas mãos. É bastante pesado, um globo feito de vidro fosco que se parece com a Terra, com meu nome inscrito em um quadrado de mármore azul polido. Há flashes, o som de clique e mais cliques. A imprensa. Sempre a imprensa.

Olho para o mar de rostos, todos esperam que eu diga algo profundo. Eu gostaria de ter escrito algo em cartões, mas parece que nunca faço uso deles, ou os deixo todos fora de ordem, então decidi não me preocupar. Ah, bem.

Ilese e as meninas estão sorrindo, orgulhosas. Elas estão lindas nos vestidos novos com o cabelo preso e com cachinhos. Lida está acenando animada para o palco. Eu aceno de volta e mando um beijo para ela.

– Olá, Lida!

O público ri. Sinto-me relaxar e abro a boca para falar. Odeio o som da minha voz na sala de teto alto, mas sorrio e digo as coisas certas. Agradeço e eles sorriem. Faço um comentário autodepreciativo sobre minhas falhas como oradora e eles riem. Falo com sinceridade sobre a importância de encontrar famílias para crianças desabrigadas em todo o mundo e eles concordam com vigor.

E então um rosto salta para mim na multidão. Um homem encostado na parede dos fundos. Alto, angular, moreno. Ele não está balançando a cabeça. Não está sorrindo. Mas seus olhos estão fixos em mim. Todos esses anos depois, eu o reconheceria em qualquer lugar.

A sala oscila e se estreita em um par de pontos escuros. Por um momento, penso que minhas pernas vão ceder e imagino a manchete do caderno social de amanhã: FILANTROPA MARIAN MANNING DESMAIA EM JANTAR REALIZADO EM SUA HOMENAGEM. Consigo me manter de pé tempo suficiente para encerrar meus comentários. Ouço uma batida surda de aplausos quando saio do palco, mas está estranhamente abafado, como se eu estivesse debaixo da água.

Ilese franze a testa enquanto me afundo na cadeira e enxugo de leve a camada de suor ao longo do meu lábio superior. Ela me pergunta se estou bem e comenta que pareço trêmula. Aceno e me obrigo a sorrir. Mas tudo que consigo pensar é: *Graças a Deus Zachary não pôde vir esta noite.*

Graças a Deus. Graças a Deus.

As meninas querem ver o prêmio. Entrego-o a Mila e deixo que elas o passem de uma para a outra, até Ilese sibilar para que se recostem na cadeira e se comportem. Uma mulher está falando agora, uma mulher alta com um vestido amarelo de babados que me lembra narcisos. Finjo ouvir, mas suas palavras são distorcidas, indistinguíveis.

Bato palmas quando os outros batem palmas, aceno quando os outros acenam e dou uma olhada de vez em quando para o fundo do salão. Ainda lá. Ainda me observando. As meninas estão impacientes, prontas para ir embora agora que Mimi – elas me chamam de Mimi – terminou o discurso. As mulheres estão começando a recolher bolsas e agasalhos. Os homens dobram os guardanapos e olham para as saídas. As coisas estão se encerrando. Fico aliviada. E aterrorizada.

Há uma última salva de palmas; em seguida, uma multidão de pessoas vem em minha direção. Elas me cercam, me parabenizando e apertando minha mão. Ilese se inclina e me dá um beijo na bochecha, diz que as meninas já estão fartas e que precisa colocá-las na cama. Ela me encontrará no café da manhã. E então se vai, me deixando com minha multidão de admiradores.

Consigo sorrir e dizer as coisas certas, ser gentil e grata, mas o tempo todo estou olhando por cima das cabeças e entre os rostos, rezando para que ele vá embora. Três vislumbres depois, ele ainda está lá, me esperando, enquanto a multidão diminui cada vez mais. Por fim, há apenas um punhado de bajuladores. Os garçons começaram a limpar as mesas. Não há nada a fazer a não ser acabar logo com isso. Coloco a bolsa debaixo do braço, pego o prêmio e me dirijo para a porta.

Ele tira as mãos dos bolsos e endireita os ombros quando me aproximo, ainda magro, mas com uma nova marca de confiança, do tipo que nasce do sucesso e não da arrogância. De repente, fico constrangida, me perguntando se o vestido de veludo azul que escolhi para a noite me faz parecer cafona. Como é possível que ele não tenha envelhecido desde aquela noite no salão de baile do St. Regis? Está usando um terno escuro, de corte impecável, com uma leve listra de risca, do tipo que ele costumava zombar pelo fato de os amigos de meu pai usarem. Agora com seus sessenta e poucos anos e ainda incrivelmente bonito.

Zachary ficará assim um dia.

O pensamento quase me tira o fôlego.

– Parabéns – diz quando estou diante dele.

Sua voz faz os anos retrocederem, até aquela primeira noite. Seus olhos não perderam nada do azul, mas agora há linhas finas saindo dos cantos, e seu cabelo tem fios prateados nas têmporas. Sua boca também mudou. Mais dura. Menos generosa. Menos propensa a sorrir, penso eu. Ele está sorrindo agora, se é que se pode chamar de sorriso. Não é genuíno e aguça suas feições já marcadas.

– Ora, vamos. Não há necessidade de modéstia. Tenho lido sobre você desde que vi o anúncio do evento de hoje no *Globe*. Você é bastante notável.

– Por que está aqui? – digo, finalmente encontrando a voz.

– Como eu poderia deixar passar a oportunidade de tomar uma bebida com uma velha amiga e conversar sobre os velhos tempos?

Não sei o que pensar dele. Suas palavras não combinam com seu sorriso duro, como se ele tivesse uma carta na manga.

– Nós já conversamos, lembra? Você me escreveu um livro.

– E você escreveu um em resposta.

– O que encerra tudo, não acha?

– Eu concordaria... antes. Mas desde então tive tempo para pensar nas coisas, para refletir um pouco, e me parece que você deixou algumas coisas de fora da sua versão dos acontecimentos. Furos na trama, como são chamados.

Eu o encaro, meu coração fica preso na garganta. Como ele pode saber? Será que viu Zachary em algum lugar? Em turnê, talvez? Com certeza um olhar revelaria a verdade. Ou quem sabe ele não leu alguma coisa? Zachary está sempre aparecendo em um jornal ou outro. Ou talvez ele soubesse todos esses anos. Penso nas palavras inscritas na página inicial de *Lamentando Belle. Como, Belle? Depois de tudo... como pôde?* Talvez seja isso que ele veio perguntar. Mas desta vez pessoalmente.

– Há um bar no lobby – diz ele suavemente. – O que acha de tomarmos aquela bebida?

– Eu não quero uma bebida. Foi um longo dia e quero ir para o quarto.

– Você me deu bolo na última vez que estivemos em Boston.

– Eu não dei bolo em você. Dei em Dickey. Não tínhamos nada sobre o que conversar naquela época e não temos nada sobre o que conversar agora. – Dou um passo para a esquerda e tento passar por ele.

Ele bloqueia o caminho.

– Acho que temos sim. Acho que é hora de resolvermos isso de uma vez por todas. Você me deve isso, não acha? Quarenta anos é tempo demais para manter um homem na ignorância, não importa do que você o considere culpado.

Consigo apenas acenar com a cabeça. Quarenta anos *é* tempo demais. Tempo suficiente para que eu de fato me enganasse e me fizesse acreditar na minha própria narrativa cuidadosamente elaborada, para me convencer de que poderia manter tal segredo sem consequências.

– Então... no bar – sugere Hemi mais uma vez.

Concordo com um aceno de cabeça, porque parece não haver saída.

– Vou precisar de um minuto e telefonar para o quarto da minha filha para que ela não se preocupe.

– Aqui – oferece ele. – Me deixe liberar suas mãos. – Antes que eu possa protestar, ele me tira o globo de vidro, garantindo meu retorno. – Devo pedir uma bebida para você?

– Não vou demorar tanto.

Então, passo por ele, saio para o corredor e vou até o local onde fica o telefone interno. Não preciso ligar para Ilese. Só preciso de um momento para me recompor e sei que o banheiro feminino fica aqui. Entro e desabo contra a porta fechada. Há muito tempo temo este momento, mas nunca pensei em como lidaria com ele, que desculpa daria pelo que fiz. Deve ser porque não há uma. Não para algo assim.

Ocorre-me, enquanto estou tremendo diante de uma das pias de mármore preto, que Ashlyn pode estar por trás da aparição repentina de Hemi hoje, que ela pode ter colocado na cabeça a ideia de tentar mediar uma trégua entre nós; como Dickey fez. Desejo que não seja verdade, mas o momento é suspeito. Ainda mais depois do discurso apaixonado de ontem à noite sobre perdão. E ela sabia exatamente onde eu estaria hoje.

Outra emboscada. Só que desta vez caí direto nela.

Vejo-me no espelho acima da pia. Vestida com esmero e perfeitamente penteada para minha grande noite, penteado elegante e maquiagem impecável. Pergunto-me o que ele pensou de mim quando entrou no salão de baile hoje. Se pensou que os anos foram cruéis ou gentis. Como se alguma dessas coisas importasse agora. Mesmo assim, procuro batom na bolsa e, com as mãos trêmulas, retoco a boca e depois passo um pouco de pó no nariz. Fico ali por mais um instante e estudo meu trabalho.

É assim que ele vai se lembrar de mim, penso. E então: *Não... não é disso que ele vai se lembrar. Ele se lembrará do que eu fiz – e do que* não *fiz.*

Encontro-o no bar, já tomando um gim-tônica. Há uma taça de vinho branco no balcão de mármore preto e um banco vazio ao seu lado. Deslizo para o assento de veludo cinza e logo pego a taça. Olho ao redor do bar, desejando que houvesse mais pessoas, desejando que houvesse música. Está tão terrivelmente vazio, tão terrivelmente silencioso.

– Você está maravilhosa, Belle. – Ele diz naquele tom baixo e um pouco felino que costumava fazer meu coração acelerar. – Ainda bonita.

Não! Quero gritar para ele. *Não fique aí sentado brincando comigo.*

– Não me chame assim – digo em vez disso. – Faz muito tempo que não sou Belle. E você nunca foi tão charmoso quanto pensava.

– Parece que me lembro de você me achar *um pouco* charmoso. Não por muito tempo, admito, mas por algum tempo. Sem dúvida você não esqueceu.

Meu rosto arde. Pego o vinho de novo, meus olhos fixos nas fileiras de garrafas de bebida alinhadas, como soldados coloridos atrás do bar.

– Diga o que você veio dizer.

– Eu não vim *falar* nada. Vim para ouvir. Achei que você pode ter algo que gostaria de me dizer, algo que gostaria de explicar.

Escondo-me por trás da taça de vinho, observando seu rosto de canto de olho. Não tenho ideia de como fazer tal confissão, que palavras usar, em que ordem as colocar. Em vez disso, decido começar explicando por quê.

– Eu não podia confiar em você. Depois do que fez... Eu nunca mais poderia confiar em você. Não importava que eu estivesse sozinha. Fiz o que tive que fazer. Segui em frente com minha vida.

– Por causa da reportagem?

– Por causa de tudo. Mas sim, principalmente por causa da reportagem.

O gelo tilinta em sua bebida quando ele a vira. Ele pousa o copo vazio e sinaliza ao atendente do bar para pedir outro.

– Depois de todos esses anos, você ainda me culpa.

– A *quem* devo culpar?

– Fui para aquela maldita estação duas horas antes, arrastei as duas malas até lá e esperei você aparecer. Tem ideia de como foi ficar na plataforma vendo aquele trem partir?

Encaro-o, surpresa por ele ser capaz de ficar ali e falar sobre mágoa – para *mim*. Acaso ele esqueceu sua parte nisso tudo? A promessa que fez e o rompimento dela? Seu desaparecimento da minha vida sem dizer uma palavra?

– Imagino que foi como entrar no seu apartamento no dia seguinte e encontrá-lo vazio.

– Fui à estação conforme combinado. Você não veio.

– Eu mandei um bilhete para você.

– Sim. Seu bilhete foi bastante claro. A propósito, sinto muito que seus planos de casamento não tenham dado certo. Embora eu ainda diga que você se livrou de uma enrascada. Teddy nunca foi bom o suficiente para você.

Teddy? Faz anos que não penso no meu ex-noivo e o nome me pega desprevenida.

— Por que falar de Teddy agora?

Ele dá de ombros.

— Se quer saber, é questão de orgulho. Ainda me deixa perplexo que você tenha escolhido aquele palhaço em vez de mim. Mesmo agora, não consigo entender suas palavras. Ou o fato de você ter pensado que eu podia ser apaziguado por tamanhas bobagens.

Pouso a taça e o encaro. Ou eu perdi o fio da conversa ou ele perdeu.

— De quais palavras estamos falando? Escrevemos tantas.

— Estou me referindo à carta que você mandou Dickey entregar no meu apartamento.

A carta. É disso que ele está falando. O alívio me arrepia. Nada disso tem a ver com Zachary. Mas o que ele está dizendo não faz sentido.

— Nunca mencionei Teddy na minha carta.

O empregado do bar aparece com um gim-tônica fresco e leva embora o copo vazio. Hemi acena em agradecimento e se volta para mim.

— Não, você não o mencionou pelo nome, mas eu captei a ideia.

— Que ideia? Do que está falando?

Ele me estuda por um momento, seu olhar azul tão intenso que fico quase aliviada quando ele finalmente fala.

— Por que está tentando me enganar? Quando nós dois sabemos o que a carta dizia? Por que isso importa agora?

— Não estou enganando você – respondo, irritada com qualquer jogo que ele imagina estar jogando. Os olhos do bartender se voltam em nossa direção. Dou-lhe um sorriso estranho e abaixo a voz. – Eu sei o que escrevi.

Hemi enfia a mão no bolso do paletó. Presumo que esteja pegando a carteira para pagar, para ir embora. Em vez disso, tira um quadrado de papel azul, desdobra-o com um cuidado quase delicado e o coloca na minha frente, no balcão.

— Talvez isso refresque sua memória.

Olho para a página, bem vincada nas dobras, como se tivesse sido aberta e redobrada várias vezes. Ela também foi amassada em algum momento, mas as rugas se suavizaram com o tempo, e percebo que a carta foi cuidadosamente preservada. A tinta desbotou, mas as palavras *são* minhas.

Como é possível escrever uma carta dessas? Sabendo a dor que causará. Terminar as coisas de forma tão abrupta, depois de tanto planejamento, parece impensável até para mim. Você vai me achar dura e egoísta. Talvez seja verdade. Sim, tenho certeza de que é. Mas nunca teríamos sido felizes, você e eu. Não no final das contas. Eu me importo com você – sempre me importarei ao meu modo –, mas nunca teria dado certo. Não somos semelhantes nas coisas que de fato importam, e é por isso que devo agora terminar o que nunca deveria ter começado. Se você analisar com sinceridade, como eu fiz, verá que é o melhor. Na verdade, um dia, acredito que você ficará feliz por eu ter recuperado o juízo. Sou culpada, é claro, por deixar isso durar tanto tempo, suponho até que por deixar acontecer em primeiro lugar. E está longe de ser uma forma corajosa de terminar as coisas, algumas palavras rabiscadas num pedaço de papel. Mas quando o seu orgulho se recuperar da dor deste bilhete, perceberá que poupei a nós dois. A verdade é que me prometi a outra pessoa e, apesar das minhas dúvidas, não sou forte o bastante para quebrar a promessa. Vou embora, já terei ido embora quando você ler isto, covarde demais para enfrentar o caos que criei. Por favor, não tente entrar em contato comigo. Já me decidi. Peço que perdoe meu coração egoísta e inconstante.
— Marian

Olho para ele, perplexa. Ele está esperando por uma resposta, bastante satisfeito consigo mesmo também, como se tivesse me pegado em algum tipo de mentira. Mas a carta está toda errada. É familiar, sim, mas *toda* errada. Como diabos...

— Hemi, por que você tem isso?

Um sorriso frio surge nos cantos de sua boca.

— O que posso dizer? Sou sentimental. Por favor, não me diga que vai fingir que não escreveu.

— Não. Eu escrevi... para Teddy. Como *você* conseguiu isso?

O sorriso dele desaparece e, por um momento, seu rosto fica pálido.

— Você enviou. Através do Dickey.

Pisco para a página, incapaz de entendê-la.

— *Esta* é a carta que ele levou para você naquela noite?

— Você sabe muito bem que foi.

— Não — digo, balançando a cabeça, enfática. — Eu não enviei isso para você. Escrevi duas cartas. Uma para Teddy, para explicar por que não podia me casar com ele, e outra para você. A que escrevi para você foi curta. Oito palavras, para ser mais exata. Esta é a carta de Teddy.

Ele pega a bebida e a leva aos lábios, depois a coloca de volta no balcão sem beber. Fica em silêncio por um tempo, os olhos fixos adiante, enquanto registra o que acabei de dizer.

— A que era destinada a mim — pergunta ele por fim, com o rosto ilegível. — O que dizia?

Desvio o olhar, me lembrando dos rascunhos descartados que foram parar na cesta de lixo naquele dia, das tentativas fracassadas de dizer adeus a ele — todas rasgadas. Porque no final percebi que não poderia dizer isso.

— Dizia... *Estou indo. Espere por mim.*

— São cinco palavras. O que mais dizia?

— Não importa agora.

— Não, mas eu gostaria de saber, mesmo assim.

Então cometo o erro de olhar para ele. Nossos olhos param por um momento, um frio choque de vontades.

— Não me lembro — respondo por fim e pego a taça. — Mas sei que não dizia *isso*. Eu não consigo entender. Coloquei um selo na carta de Teddy assim que a fechei e disse para Dickey colocá-la na caixa de correio. Ele *não* tinha como confundi-la com a sua.

– Não havia selo no envelope que ele entregou.

Uma lâmina fria me corta enquanto a verdade surge, terrível, mas inevitável.

– Elas foram trocadas. De alguma forma, a carta para Teddy acabou no envelope destinado a você.

Ele parece cético agora.

– Você está dizendo que Dickey abriu as cartas e leu, depois as trocou quando as devolveu?

– Não sei. Mas algo aconteceu. Olhe. – Aponto para meu nome, meu nome de verdade, no final da página. – Está assinado *Marian*. – Faço uma pausa, engolindo a súbita ameaça de lágrimas. – Eu sempre fui *Belle* para você. Se essa fosse para você, por que eu assinaria com meu nome verdadeiro?

Ele olha para a assinatura, mas não parece convencido.

– O que você está sugerindo não faz sentido. Não consigo imaginar Dickey arriscando a pele para dar uma espiada nas cartas da tia. O pobre garoto estava morrendo de medo. Na verdade, quando pedi que ele transmitisse uma mensagem para você, ele disse que não tinha permissão para falar comigo e fugiu.

– O envelope estava rasgado quando você o recebeu? Você se lembra? Ele me olha com espanto.

– Se eu me *lembro*?

Desvio o olhar.

– Eu só quis dizer...

– Não. O envelope não estava rasgado.

– Eu não entendo como... – Paro no meio da frase quando algo me ocorre. – O que você ia pedir para Dickey me falar?

Há um longo momento de silêncio. Por fim, acho que ele está prestes a responder. Em vez disso, ele olha para o copo, sacudindo o gelo no fundo.

– Não consigo lembrar.

É justo.

Pego a carta de novo, examinando as linhas que escrevi há tanto tempo, as frases vagas e as palavras cuidadosamente escolhidas – palavras destinadas a outro homem – e imagino Hemi as lendo pela primeira vez. Minha garganta dói quando percebo quão fácil teria sido acreditar que foram escritas para ele e a dor angustiante que devem ter causado. Tento entender. Como isso foi acontecer? E então me lembro de Corinne entrando no meu quarto enquanto eu escrevia as cartas e como ela ainda estava lá, arrumando, quando voltei do banheiro.

– Minha irmã – digo, sabendo que é verdade. – Ela fez isso.

Sinto seus olhos em mim enquanto ele espera por mais, mas fico incapaz de falar, as emoções são tantas que fica difícil processar todas de uma vez. Eu deveria estar atordoada, horrorizada ao saber que minha própria carne e sangue seria capaz de tamanha falsidade, mas não estou. Esse tipo de sabotagem é bem do estilo de Corinne. Mas estou com raiva de mim mesma por não ter percebido antes e por não ter tido mais cuidado com as cartas.

As repercussões da traição dela me atingem feito um soco. O que foi roubado de mim. De *nós*. A vida que deveríamos ter compartilhado. O filho que teríamos criado juntos. A dor quase me faz curvar.

Lágrimas turvam minha visão e pego um guardanapo para enxugar os olhos, ciente de que Hemi está esperando que eu continue.

– Corinne entrou no meu quarto enquanto eu estava escrevendo as cartas. Ela deve ter bisbilhotado quando fui ao banheiro e percebeu que eu estava terminando com Teddy. Não sei como ela fez isso, mas deve tê-las trocado.

A expressão cautelosa enquanto me estuda, distante, impermeável. Submeto-me ao seu escrutínio, me perguntando o que ele vê e por que isso deveria importar depois de tantos anos. Mas importa. De repente importa bastante. Será que ele compreende as consequências das ações da minha irmã ou sou a única a lamentar o que não tivemos?

– Diga alguma coisa – peço, por fim.

Ele olha para as próprias mãos fechadas em punhos na beirada do balcão.

– O que você quer que eu diga?

– Quero que você diga que acredita que Corinne trocou as cartas e reconheça o que isso significa.

– Foi há uma vida inteira, Marian. A essa altura, acho que não importa.

O uso do meu nome *verdadeiro* – tão estranho em sua boca – é como um jato de água fria, mas sua resposta desinteressada me fere profundamente. Pisco para ele, atordoada.

– Você veio até Boston para entrar de penetra num jantar de premiação porque alegou que queria uma explicação. Agora não importa?

– Não *vim* até Boston. Eu moro aqui agora. Pelo menos na maior parte do tempo.

Isso é novidade. Uma novidade perturbadora.

– Você *mora* aqui?

– Há dois anos. Divido o tempo entre aqui e Londres. Mais aqui do que lá ultimamente.

– Você disse que leu sobre o jantar de premiação no jornal. Foi assim que soube que eu estaria aqui hoje?

– Sim.

– Não foi por Ashlyn?

Ele franze a testa.

– Quem é Ashlyn?

– Deixa pra lá. Não é importante.

Ficamos em silêncio por um tempo. Hemi toma seu gim-tônica, enquanto eu encaro o próprio reflexo no espelho do bar. Eu nunca deveria ter concordado em vir. Mas agora que fiz isso, não posso simplesmente deixar assim.

– Você não acredita que Corinne trocou as cartas – digo quando não consigo mais suportar o silêncio. – Ainda acredita que eu escrevi essas palavras para você.

– Se você escreveu ou não, não é o ponto. Não mais. Droga, talvez nunca tenha sido. Nós dois estávamos preparados para acreditar no pior um do outro. Isso não diz muito de bom sobre o que tínhamos, não é? Talvez a gente tenha se poupado de muito sofrimento.

– *Se poupado de muito sofrimento*? – ecoo, incrédula que ele possa dizer tal coisa, e muito menos acreditar. – É isso que tem dito a si mesmo todos esses anos? Que você ter desaparecido da minha vida *me poupou de muito sofrimento*? Que eu simplesmente... segui em frente? Que nunca me perguntei onde você estava ou se eu teria notícias suas de novo? Me diga que você não acredita nisso de verdade.

Ele desvia o olhar, o rosto tão sério que mal o reconheço.

– Às vezes é mais fácil ver algo em retrospectiva. Quando há um pouco de distância entre a coisa e você.

Não. O que quer que tenha acontecido naquele dia, seja qual for o lugar aonde chegamos, não vou permitir que ele se recorde de nós dessa maneira – como um casal de jovens amantes imprudentes que escaparam por pouco do desastre, só porque fiquei com medo e corri de volta para Teddy.

– Venha comigo falar com Corinne. Iremos juntos. Amanhã.

Ele arqueia uma sobrancelha, parecendo achar um pouco de graça.

– Depois de mais de quarenta anos, você acha que vai simplesmente entrar na sala dela e fazê-la confessar?

– Você não conhece Corinne. Ela adoraria receber o crédito por ter ficado entre nós e se gabar disso na minha cara. Tenho certeza de que ela vê isso como uma de suas maiores conquistas.

– Então por que dirigir até Nova York para dar essa satisfação para ela?

– Porque preciso que você saiba que estou dizendo a verdade. E porque preciso que ela saiba que eu sei. Se sairmos às oito, poderemos chegar lá ao meio-dia.

Ele esvazia o copo e o pousa com firmeza.

– Não.

Vejo claramente a camada firme que ele adquiriu desde que nos separamos, um distanciamento gélido que usa como armadura.

– Você prefere continuar me odiando. É isso?

Ele fica em silêncio por um tempo, como se estivesse avaliando as próximas palavras. Quando finalmente responde, sua voz é monótona, quase cansada.

– Faz muito tempo que vivo amargurado, Marian. Muito, *muito* tempo. Não tenho certeza se aguentaria saber que passei os últimos quarenta anos no purgatório sem a droga de um motivo.

– Você prefere lembrar do jeito errado?

– Prefiro não me lembrar de modo algum, obrigado. Mas a raiva é fácil. Também é familiar. Minha situação-padrão, pode-se dizer.

Pisco para ele, experimentando uma estranha sensação de déjà-vu. Eu não disse algo parecido para Ashlyn ontem à noite? E ainda assim a resposta fria dói.

– Então ainda sou a vilã... porque é mais fácil. Que justiça é essa?

– Não há. Admito. Mas hoje foi um erro. Eu nunca deveria ter vindo.

Espero que ele diga mais alguma coisa, mas posso ver pela sua mandíbula que ele disse tudo o que queria.

– Então é isso? Acabou entre nós?

Ele acena com a cabeça, os olhos fixos à frente.

– Tudo acabado.

Faço sinal para o bartender, abro minha bolsa e procuro algum dinheiro. Estou louca para me afastar dele, mas me recuso a permitir que pague pelo meu vinho. No entanto, não há dinheiro na minha bolsa, só um batom, meu pó compacto e a chave do quarto.

– Você poderia, por favor, colocar o vinho na conta do meu quarto? – pergunto ao bartender quando ele se aproxima. – Marian Manning. Quarto 412.

Estou prestes a levantar quando Hemi me toca, o mais leve roçar de seus dedos nas costas da minha mão.

– Se vale de consolo, não tive nada a ver com a reportagem. Nunca entreguei minhas anotações para a Goldie. Eu as joguei fora como disse que faria. Mas na pressa de esvaziar a mesa, deixei um caderno velho para trás. Goldie encontrou e entregou para Schwab. E Schwab admitiu isso para mim quando o confrontei. Não posso provar. Ele e Goldie estão mortos. Mas é a verdade.

Eu o observo, me perguntando se é verdade, desejando muito que seja verdade. Mas então percebo que ele tem razão. Isso não vai mudar *nada*. A sorte foi lançada há mais de quarenta anos.

– Você tem razão – digo, dando-lhe as costas. – Nada disso importa agora.

Espero que ele me chame para me impedir de ir embora. E só quando isso não acontece, percebo o quanto desejava que Hemi o fizesse.

VINTE E UM

MARIAN

O ambiente deve sempre ser levado em conta. Os livros, assim como as pessoas, absorvem o que está ao redor.
— Ashlyn Greer, *O cuidado e a alimentação de livros antigos*

3 de novembro de 1984
Boston, Massachusetts

São quase oito horas e minhas coisas estão arrumadas. Minha frasqueira, uma mala pequena e uma sacola de náilon para roupas estão em cima da cama, esperando que o mensageiro as leve para baixo. Liguei para Ilese avisando que algo aconteceu e que preciso voltar mais cedo. As meninas ficarão decepcionadas, mas as verei em algumas semanas no Dia de Ação de Graças.

Dormi pouco e temo a viagem que tenho pela frente. Não de volta para casa, para Marblehead, mas até Nova York e Corinne. Estranho agora que, depois de quarenta anos, este dia pareça inevitável, como se minha irmã e eu estivéssemos sempre em rota de colisão. Apesar de ter ficado acordada a maior parte da noite, presa entre a tristeza e a raiva, ainda não decidi o que dizer a ela, mas no carro terei tempo para escolher as palavras.

Acabei de engolir o resto do meu suco de laranja quando ouço uma batida à porta. Coloco o copo vazio na bandeja de café da manhã e vou até a porta para deixar o mensageiro entrar. Em vez disso, encontro Hemi parado no corredor, segurando meu prêmio na dobra do braço.

– O que está fazendo aqui?

Ele me entrega o globo de vidro.

– Bom dia para você também. Deixou isto aqui no bar ontem à noite.

Fico rígida na porta. Não estou preparada para outra discussão. Pelo menos não com ele.

– Eu estava de saída – digo bruscamente. – Na verdade, pensei que você fosse o mensageiro.

– O mensageiro não vem. Eu disse para ele que levaria suas malas.

– O quê? Por quê?

– Porque vou levar você para Nova York.

Fico tensa, pega de surpresa por sua mudança de ideia.

– Estou com meu carro aqui.

– Trarei você de volta quando terminarmos. Se vai ter mesmo essa conversa, com certeza estarei lá para ouvi-la.

No carro, Hemi e eu mal conversamos. Talvez porque eu esteja preocupada com o que vou dizer quando finalmente estiver cara a cara com Corinne. Não vejo minha irmã há trinta e cinco anos, nem coloquei os pés na casa de meu pai durante todo esse tempo. Não senti saudade de nenhum dos dois. Além das lembranças de minha mãe, não há nada de que me recorde com carinho dessa parte da minha vida. E sem dúvidas nada que eu esteja ansiosa para revisitar hoje. Felizmente, o que tenho a dizer não demorará muito.

O silêncio é entorpecente, pesado com coisas não ditas, de modo que fico quase aliviada quando a casa finalmente surge à vista, de alguma forma menor do que eu me lembrava, apesar de sua imponente fachada de granito. Meu estômago dá um nó quando Hemi entra na passagem de serviço atrás da casa e desliga o motor. Saio do carro e vou até a porta da frente, prendendo a respiração enquanto toco a campainha.

Não é Corinne quem enfim atende, mas uma mulher corpulenta de meia-idade, usando roupas brancas de enfermagem. Ela nos olha de alto a baixo, já se preparando para fechar a porta na nossa cara.

– Sinto muito, não aceitamos solicitações.

– Não estamos pedindo nada – explica Hemi, abrindo o sorriso especial que reserva para membros do sexo oposto. – Esta é a irmã da sra. Hillard. Viemos de Boston... para fazer uma surpresa.

Ele diz isso com tanta convicção que sinto uma onda de riso subir pela garganta. Imagino que Corinne ficará muito surpresa em me rever.

A postura da mulher ainda é rígida, mas um pouco da cautela desapareceu de seus olhos.

– A sra. Hillard não está bem. Está esperando o médico e não pode ser incomodada.

Registro essa notícia com alguma surpresa. Nunca vi Corinne sucumbir nem mesmo a um resfriado. Sempre indomável. Sempre no controle.

– Não vamos ficar muito tempo – garanto à enfermeira. – Mas há um assunto de família bastante urgente que sinto que ela gostaria que fosse resolvido logo. À luz da saúde dela, entende. – Percebo os olhos de Hemi deslizarem para mim e sinto o que parece ser admiração. – Se puder apenas dizer a ela que Marian está aqui, tenho certeza de que ela vai querer me ver.

A enfermeira assente de má vontade e nos conduz ao hall de entrada.

– Vou subir e verificar. Por favor, esperem aqui.

Observo enquanto ela sai apressada com seus sapatos brancos de sola grossa. Quando está fora de vista, vou em direção à sala. Hemi fica um pouco atrás, mantendo seu silêncio reservado.

A casa é um eco distante de si mesma. Sombria e desbotada, repleta de relíquias datadas de uma época em que os Manning ostentavam uma das melhores casas da Park Avenue. Pouco ali é familiar, exceto algumas antiguidades e algumas obras de arte nas paredes. Até os móveis novos, se é que podem ser chamados de novos, já viram dias melhores. Poltronas e sofás de aparência desgastada com almofadas cedendo. Os tapetes estão desgastados até a juta em alguns lugares, e os pisos outrora brilhantes estão opacos por falta de cuidado.

Sinto uma sensação de prazer perversa ao ver até que ponto os Manning decaíram no mundo, todas as suas maquinações cuidadosas, fracassadas, o império ilícito de meu pai, destruído. Lanço um olhar para Hemi e vejo o mesmo em seu rosto.

O chiado rítmico dos sapatos da enfermeira nos alerta para o retorno dela. Nós a encontramos na base da escada.

– Ela disse para subir. Está no quarto dela. É a última porta à direita.

– Sim, obrigada. Sei onde é.

Passamos por ela, subimos a escadaria e depois seguimos pelo corredor, e me recordo brevemente da noite daquele fatídico jantar, quando Corinne e eu ficamos pairando no topo da escadaria, enquanto meu pai dava desculpas para o comportamento inconveniente de minha mãe. Afasto a memória enquanto passamos pelo meu antigo quarto e depois pelo de minha mãe. E então estou parada diante da porta do de Corinne. Está aberta. Procuro Hemi e vejo que ele está alguns passos atrás. Ele acena com a cabeça de forma tranquilizadora e, por um instante, vejo o velho Hemi por trás de seu sorriso.

Meu estômago se revira quando passo pela porta. O quarto está excessivamente quente e cheira a mofo, roupas sujas e cabelo sem lavar. Faço um rápido inventário do que me rodeia. Tal qual o resto da casa, seus melhores dias ficaram para trás. O papel de parede rosa há muito perdeu a vivacidade e, apesar dos numerosos reparos, está descascando em vários lugares. As cortinas também são familiares, embora o brocado outrora elegante esteja agora frouxo e desgastado pelo tempo.

Corinne está sentada em uma cadeira de encosto alto ao lado da cama. A cama em si está desarrumada, as cobertas afastadas como se ela tivesse acabado de se levantar. Ela sempre foi magra, mas agora está magra como um caniço e o roupão está largo nela, expondo uma extensão de clavícula pálida e pele amarelada e enrugada. Seu cabelo ficou ralo e perdeu a cor. Ela o usa enrolado, preso no topo da cabeça, como uma coroa bagunçada. De repente, lembro-me de Norma Desmond em *Crepúsculo dos Deuses*[2] – a estrela envelhecida que recebia a corte em sua mansão em ruínas. O pensamento me enche de repulsa – e o que poderia se transformar em pena caso eu permitisse que criasse raízes. Mas *não* vou permitir.

Seus olhos pousam em mim, pálidos e estranhamente opacos.

---

2 Sunset Boulevard, no original. Filme de 1950, do gênero film noir, por Billy Wilder, Charles Brackett e D.M. Marshman Jr. Deu origem ao musical homônimo, em 1993, de Andrew Lloyd Weber. (N. E.)

– Ora, ora. Veja só o que o vento soprou na minha porta. Estava com saudades de casa, minha querida? – Sua voz é áspera e congestionada, as palavras um pouco arrastadas. Ela finge fazer beicinho. – Sentiu muita saudade de mim?

– A enfermeira disse que você não está bem – comento, ignorando seu sarcasmo. – É sério?

O beicinho desaparece, deixando um semblante pálido e tenso em seu rastro.

– Os tumores cerebrais costumam ser. Seja lá o que tenha vindo dizer, sugiro que diga rápido. Estou esperando o médico.

Um tumor cerebral. Absorvo a notícia, me perguntando por um instante onde estão seus filhos e por que não estão aqui para cuidar dela. Talvez ela também os tenha afastado e não tenha ninguém além de uma enfermeira paga para cuidar de suas necessidades. Talvez eu sinta pena dela quando tiver tempo para processar isso. Talvez não. Por enquanto, preciso me concentrar no motivo de minha vinda.

– Não pretendo ficar por muito tempo.

Os olhos de Corinne faíscam fracamente.

– Não, claro que não. Está tão ocupada, não é? Prêmios para aceitar, elogios para receber. Parece que seu coração mole lhe fez bem, afinal. Pelo que dizem os jornais, você está no caminho para a santidade.

Fico surpresa ao saber que ela tem me acompanhando e sinto uma pontada de desconforto sobre o que mais ela pode saber.

– Vejo que conseguiu ficar com a casa.

– Caindo aos pedaços – diz ela, passando os olhos lentamente pelo quarto. – Suspeito que vão derrubá-la assim que eu partir. Não falta muito. Mas não enquanto eu estiver viva. – Seus olhos se voltam para os meus, alertas de repente. – O que você quer? Espero que não seja dinheiro porque acabou tudo.

– Não. Eu não vim por dinheiro. Trouxe uma visita para você. Um velho amigo da família.

Seus olhos deslizam para a porta vazia, alarmados e depois cautelosos.

– Eu não quero ver ninguém. E com certeza não quero ver nenhum amigo seu.

– Mas este era amigo seu também – digo, olhando para o corredor. – Vamos ver se você se lembra.

Como se combinado, Hemi passa pela porta, sem falar nada, e espera.

Corinne faz uma careta para ele, as sobrancelhas franzidas sobre os olhos claros. E então aparece o reconhecimento que eu tanto esperava.

– Você... – rosna ela, um som baixo e feroz. – Você!

– Sim – confirma Hemi com um sorriso lânguido. – Sou eu.

A cabeça dela se vira em minha direção.

– Como ousa trazê-lo para esta casa? Saiam! Vocês dois!

Olho para ela, imóvel.

– Temos algumas coisas para discutir.

– Fora! Agora mesmo!

– As cartas, Corinne. O que você fez com elas?

Os olhos dela se nublam brevemente antes de se desviarem.

– Não sei nada sobre carta nenhuma.

– Você as trocou. Como fez isso?

Ela me encara, o rosto cuidadosamente inexpressivo. Ela é tão presunçosa e impenitente quanto me lembro, ainda convencida de que pode controlar tudo e todos. Mas está errada. Ela estava errada naquela época e está errada agora.

– Viemos em busca de respostas, Corinne, e não iremos embora até obtê-las. Então, a menos que esteja preparada para nos expulsar à força, é melhor contar o que queremos saber.

Ela passa os olhos por Hemi, devagar, avaliando.

– Então somos *nós* agora, não é? Você e o jornalistazinho, finalmente juntos? Veio buscar minha bênção?

– Não existe *nós* – digo a ela friamente. – Você garantiu isso. É *como* que não conseguimos descobrir. Me diga como você trocou as cartas.

Corinne se inclina para a frente na cadeira, numa tentativa de parecer ameaçadora. Em vez disso, ela parece taciturna e infantil – e um pouco abalada.

– Você tem muita audácia de entrar aqui e fazer exigências. Como se eu lhe *devesse* alguma coisa. Não devo nada a você. Agora saiam, vocês dois, ou chamarei a polícia.

– Pode chamar. Aproveite e ligue para os jornais também. Tenho certeza de que adorariam saber de tudo. Os nova-iorquinos não se cansam da roupa suja dos Manning. Eu tenho a tarde toda.

Corinne se recosta na cadeira, os braços estendidos ao lado, uma rainha envelhecida em seu trono surrado. Ela fecha os olhos e respira fundo, os lábios vão ficando pálidos.

– Me deixem em paz.

Hemi dá um passo em minha direção, balançando a cabeça.

– Deixa pra lá, Marian. Ela não pode contar nada para você porque não há nada para contar. Embora eu aplauda suas tentativas de forçar a confissão de uma moribunda. Nem mesmo sua irmã teria conseguido fazer o que você está alegando.

Corinne se recosta na cadeira, em silêncio por um longo momento, como se avaliasse seus oponentes.

– E o que, *exatamente*, ela está alegando? O que eu não teria conseguido fazer?

– Ela acha que você colocou as mãos nas cartas que ela escreveu antes de sair de Nova York, uma para mim e outra para Teddy, e que, por algum truque inteligente, você garantiu que a carta que ela escreveu para Teddy acabasse nas minhas mãos em vez de nas dele. Já falei que ela estava assistindo a filmes demais e que ninguém era inteligente o bastante para conseguir fazer o que ela estava descrevendo.

Corinne funga com desdém.

– E ela diz *por que* eu poderia ter feito uma coisa tão hedionda com minha própria irmã?

– Ciúme – Hemi responde simplesmente.

– Ciúme? – A palavra parece surpreender Corinne. – Eu, com ciúmes *dela*?

Ela então ri, um ruído estridente e áspero que de repente traz de volta todas as suas palavras desdenhosas. Como ela nunca quis ser esposa ou ter uma casa cheia de filhos. Como estava cansada de dançar ao som da música de todo mundo. Como era minha vez de cumprir meu dever.

– Mas você *estava* com ciúmes – lembro a ela, sentindo uma estranha calma me inundar, uma compreensão que demorou demais para chegar.

– Eu costumava pensar que a questão era o que meu pai queria, como ser obediente a ele. Mas era mais do que isso. Você se ressentia pelo fato de eu não ter apenas me submetido e me casado com Teddy, como você fez com George. Você me odiava por eu acreditar que merecia fazer minhas próprias escolhas. Você queria que eu fosse tão infeliz quanto você. E sabia que eu seria com Teddy.

A expressão de Corinne tornou-se frágil, sua negação cuidadosa desapareceu de repente, substituída por uma alegria quase venenosa.

– E se eu me sentisse assim? Por que não deveria ficar ressentida de você? Quando nunca tive permissão para fazer escolhas e podia esperar apenas fazer o que as outras pessoas queriam? Você fala sobre ser inteligente. O que vocês, *qualquer um* de vocês, sabe sobre ser inteligente? – Ela agora nos encara com olhos muito brilhantes. – Você saía escondida para um apartamento decadente e achava que ninguém ia saber o que estava fazendo. Eu sabia! E você, sr. Garret, pode ter conseguido nos derrubar com sua materiazinha nojenta, mas não era isso que você queria *de verdade*, era? – Ela faz uma pausa, apontando um dedo para mim. – *Ela* era o que você de fato desejava. Minha linda irmãzinha. Bem, eu cuidei disso, não foi? – Ela sorri, enfim triunfante, enquanto vira a cabeça para olhar para Hemi. – Quem é inteligente agora, jornalistazinho?

Hemi chama minha atenção com um leve aceno de cabeça.

– Peço perdão, Corinne. Parece que subestimei você.

– Sem dúvidas subestimou. – Ela direciona seu sorriso doce e doentio para mim em seguida. – E você, sua tola, você com certeza ajudou. – Ela inclina a cabeça para trás, soltando uma nova onda de risadas no ar. – Você nunca deveria ter me deixado sozinha com suas cartas, querida irmã. Não demorou muito para descobrir que você estava planejando fugir com o britânico. Houve um problema mais cedo naquele dia, não foi? Algum tipo de compromisso perdido? Daí o seu bilhete que pedia para ele esperar. O que eu não sabia era como você planejava entregar o bilhete para ele. Eu sabia que você devia ter um plano, ou por que escrevê-lo, então fiquei de olho. E quem eu peguei descendo as escadas dos fundos com o casaco debaixo do braço, senão meu filhinho furtivo. Que sorte a minha você ter escolhido um espião tão inepto.

Ela sorri então, claramente satisfeita consigo mesma.

– Eu o segui até a cozinha e o vi tirar um par de envelopes de debaixo da camisa e colocá-los no bolso do casaco. Pobre garoto desajeitado, quase o matei de susto quando apareci atrás dele. Eu o repreendi por estar com os sapatos bons. Tinha chovido mais cedo e tudo estava lamacento. Peguei o casaco dele e o mandei subir para trocar os sapatos, depois disse para colocar um cachecol também. Eu precisava ter certeza de que teria tempo suficiente para abrir os envelopes.

A última parte, contada de forma tão casual, como se ela estivesse discutindo como remover uma mancha de vinho de uma blusa, é um pouco chocante.

– Como você sabe abrir envelopes lacrados?

Ela olha para mim, claramente achando graça.

– Que pergunta boba. Mas também você nunca foi casada, então suponho que deva ser desculpada. Isso é feito com muita facilidade quando o envelope foi recém-lacrado, como era o caso. Alguns segundos acima da chaleira, um abridor de cartas cuidadosamente aplicado ou, neste caso, uma faca de manteiga, e pronto. A princípio, eu pretendia apenas lê-las, para saber a extensão de seus planos, mas depois de ler o que você escreveu para Teddy, tive uma ideia melhor. Eu sabia como ela cairia para o jornalistazinho. Ele pensaria que tinha levado um chute. Então as troquei e coloquei os envelopes de volta no casaco de Dickey. *Voilà*!

Ela está tão orgulhosa de sua desenvoltura, como um ladrão de banco se gabando de ter realizado o assalto perfeito. Ouvir isso me deixa enojada, mas ainda há coisas de que preciso saber.

– O que aconteceu com a outra carta?

– Você quer dizer aquela que ele *deveria* receber? – O olhar dela se volta para Hemi e ela dá de ombros. – Embrulhei as cascas de batata do jantar com ela e joguei na lata de compostagem.

Compostagem. O pensamento me deixa um pouco enjoada. Minhas palavras, palavras destinadas a Hemi, se decompondo, se liquefazendo, se infiltrando na terra escura. Deslizo o olhar para Hemi, finalmente inocentada, mas não há alegria no momento, nenhuma sensação de alívio ou absolvição. Apenas uma nova sensação de perda e uma terrível lembrança do que foi roubado de mim. De nós.

– E o envelope de Teddy? – pergunto estupidamente. – O que aconteceu com *ele*?

– Voltei a fechá-lo, vazio, e coloquei de volta no casaco de Dickey. Imagino que ele tenha entendido, embora não possa dizer com certeza. Deus sabe o que ele pensou quando abriu a coisa. E o pobre Dickey nunca teve a menor ideia. – Ela está sorrindo de novo, um sorrisinho afiado e cruel. – Feliz?

– Se estou feliz? – Eu a encaro, incrédula. É como se alguma parte dela, a parte de sangue quente, estivesse faltando, e me pergunto como podemos ser parentes. – Você partiu meu coração de novo, Corinne. Me fez lembrar de quão perto cheguei da vida que queria e de como foi perdê-la. Mas estou feliz que tenha acabado, feliz por ter terminado com você e esta casa, feliz em saber que vão derrubá-la assim que você partir. Estou indo agora. E não voltarei.

Hemi e eu estamos quase na porta quando ela chama meu nome. Viro-me, surpresa ao vê-la caída na cadeira agora, como se todo o ar tivesse saído dela.

– Vá até o armário – manda ela, categórica. – Há uma caixa ali com algumas coisas dentro. Leve-as com você.

Minha primeira reação é continuar andando, me colocar o mais longe possível dela – o mais rápido possível –, mas algo novo se insinuou em sua voz, uma mistura de resignação e derrota. Contra a minha vontade, sinto uma pontada de simpatia pela irmã que sei que nunca mais verei. De má vontade, faço o que ela pede.

No armário, perto dos fundos, encontro uma velha caixa de chapéus. Abro ali mesmo, sentindo minha respiração falhar quando ergo a tampa. As coisas dela. As coisas da minha mãe. A escova de cabelo com as costas de prata que ficava em sua penteadeira, um broche de pérolas e diamantes, um colar de contas de granada, um pacote de cartas antigas com carimbo da França – e, no fundo, um álbum de couro marrom com as iniciais de minha mãe gravadas em ouro desbotado.

O couro está seco e marcado, a lombada toda dividida, com um par de grandes elásticos usados para prender as páginas que se soltaram ao longo dos anos. A visão disso desperta tantas lembranças, lindas e agrido-ces, e por um momento, tenho certeza de que consigo ouvi-la, cheirá-la, senti-la ao meu redor. *Maman.*

Estou extasiada, mas com raiva também. Olho para Corinne.

– Quando perguntei sobre o álbum, você disse que tinha jogado fora. Você disse que tinha jogado *tudo* fora. E todo esse tempo... você tem escondido essas coisas de mim. Sabendo que ela gostaria que eu ficasse com isto. Por quê?

– Você respondeu a própria pergunta – responde ela friamente.

– Você fez isso para contrariar uma mulher morta?

– Não. Para irritar você.

As palavras me deixam sem fôlego. Eu era criança quando nossa mãe morreu. Solitária. Perdida. E ela reteve, de propósito, exatamente as coisas que poderiam ter me oferecido algum consolo.

– O que eu fiz a você, Corinne? Por favor, me ajude a entender esse tipo de ódio.

Ela fica em silêncio por um momento, franzindo a testa, enquanto estuda as costas das mãos, como se pertencessem a outra pessoa. Enfim, ela as deixa cair no colo e olha para mim.

– Você ainda não tinha nascido quando Ernest morreu. Era só eu. Ela passou por maus bocados. Ela se trancava na maioria dos dias, mas quando estava tendo um dia bom, me chamava até o quarto dela. Escovava meu cabelo e cantava para mim. Eu era sua garota querida. Depois você veio e eu me tornei uma lembrança distante. E depois, quando meu pai a mandou embora, era esperado que eu cuidasse de você, a irmã que eu não suportava. Eu tinha dezesseis anos e estava prestes a ter a minha própria vida. Ou assim pensei. Mas fiz o que era esperado de mim. Sempre fiz o que era esperado de mim. Incluindo me casar com George Hillard, que me dava arrepios. Mas não *você*. Você era boa demais para se casar com o homem que meu pai escolheu para você. *Você* queria o jornalistazinho.

– Sim – digo baixinho, sem ousar olhar para Hemi. – Eu queria.

– E isso era tudo que importava, no que lhe dizia respeito. O que *você* queria. Você precisava aprender a lição. A cumprir o seu dever como eu fui obrigada a fazer. E *você* aprenderia, quando ele estivesse fora do caminho. Em vez disso, você escapou quando a reportagem foi divulgada e me deixou para limpar a bagunça... de novo. – Os olhos dela se voltam para Hemi com evidente desgosto. – Você o *trouxe* até nós. E o ajudou a desenterrar toda aquela sujeira e a arrastar o nome do nosso pai na lama. Ele estava arruinado. Estávamos *todos* arruinados! E você fica aí e pergunta o que fez contra mim? Se eu pudesse ferir você, mesmo que do jeito mais ínfimo, ficaria feliz em fazer isso.

Ela diz tudo sem vergonha alguma, sem pestanejar, e de repente compreendo como o ódio dela a distorceu. Olho para o conteúdo da caixa com novos olhos. Itens pessoais acumulados a contragosto como troféus de batalha. Mas por que mantê-los? E depois mentir sobre isso?

De repente, me ocorre que o fato de Corinne ter retido as coisas de nossa mãe não foi por causa de um rancor contra mim, mas por algo bem diferente, algo que ela se recusa a admitir, até mesmo para si mesma.

– Você as queria – declaro baixinho, entendendo enfim. – Você as queria para si. Porque eram dela.

Ela vira o rosto.

– Você as quer ou não?

– Sim. Quero.

– Então pegue e saia.

Pego a caixa nos braços; então, antes que mude de ideia, ergo a escova de cabelo e a coloco sobre o travesseiro de Corinne, um presente que ela não merece. Ela não me vê fazendo isso, mas Hemi sim. Nossos olhos se encontram por um instante enquanto ele pega a caixa das minhas mãos. Pego a bolsa na cama e vou até a porta. Não digo adeus. Não olho para trás. Consegui o que queria e agora só quero estar longe de Corinne e da casa de meu pai.

VINTE E DOIS

MARIAN

Livros são os amigos mais silenciosos e constantes; eles são os conselheiros mais acessíveis e sábios, e os professores mais pacientes.
— Charles W. Eliot

Sinto um tipo de desfecho embotado quando entramos no carro de Hemi, uma sensação de pontas soltas sendo amarradas. A queda dos Manning está praticamente completa. Mas *nossa* história – a minha e de Hemi – não acabou.

Ficamos em silêncio durante grande parte do caminho de volta. Olho pela janela para os carros que passam e a paisagem borrada, tentando processar tudo o que aconteceu nas últimas semanas. A descoberta dos livros por parte de Ethan e Ashlyn. A aparição repentina de Hemi com uma carta de quarenta anos atrás no bolso. A admissão de Corinne de que frustrou de propósito minhas esperanças de felicidade. E em breve, a última peça do quebra-cabeça. Aquela que eu tenho escondido.

Quatro décadas de segredos se desenrolaram em tão pouco tempo que parece impossível, mas também inevitável, em alguma pequena parte da minha consciência. Será que não estive sempre me preparando para este dia? Quando o livro de Hemi chegou e eu vi o que ele tinha escrito – *Como, Belle?* –, já não estava me preparando para esta inevitabilidade? Sim. Claro que estava.

As palavras de Ashlyn me rondaram o dia todo.

Desfecho.

Será que algo assim é possível? Mesmo quando a raiva e a perda são companheiras por tanto tempo, já nem conseguimos imaginar como será acordar sem as ter queimando no peito? Mesmo quando o rosto que o assombra há tantos anos está de repente diante de você, ameaçando reabrir feridas que você acreditava terem cicatrizado? Ashlyn parece pensar que é possível. E não posso deixar de sentir que é uma crença que vem da experiência pessoal, embora ela nunca tenha dito. Ela afirma que é uma questão de decidir. E então eu decidi. Mas antes do desfecho, primeiro deve haver um acerto de contas.

O meu.

E ainda assim, não estou pronta para assumir toda a culpa.

Ao meu lado, Hemi está reflexivo ao volante, sua expressão cuidadosamente fechada, enquanto dirige no trânsito do fim da tarde. Sinto seus olhos se deslizarem para o meu lado do carro de vez em quando e percebo que talvez esteja prestes a dizer alguma coisa, mas quando me viro para olhá-lo, ele desvia o olhar.

— Não vamos conversar sobre nada disso? — pergunto quando não aguento mais o silêncio. — O que ela disse e o que significa?

Ele mantém os olhos fixos na estrada, as mãos firmes, agarradas ao volante.

— O que há para conversar?

Sua resposta me surpreende.

— Talvez pudéssemos começar com o fato de que nós dois fomos enganados todos esses anos, e que eu estava falando a verdade ontem à noite quando disse que a carta que você me mostrou era destinada ao Teddy e não a você. Acho que mereço pelo menos isso.

Ele não diz nada por um tempo, fingindo estar interessado em alguma coisa pelo retrovisor. Espero, observando. Eu conhecia muito bem seu rosto, todos os planos e sombras, mas os anos o endureceram, tornando-o ilegível.

— E depois? — pergunta ele finalmente. — Depois de quarenta e três anos, nós dois sentimos muito. E depois, o quê?

A amargura em sua voz me fere profundamente.

— Então... nós perdoamos, Hemi. Paramos de nos culpar e apontar quem machucou quem primeiro. Não mudará o que perdemos. Nada pode mudar isso. Mas pode abrir caminho para algum desfecho. Para nós dois enfim sermos capazes de deixar isso para trás.

Prendo a respiração, esperando que ele responda, que dê algum sinal de que me ouviu, mas ele permanece mudo, inacessível. Volto o rosto para a janela, olhando para a estrada que passa como um borrão. Perdão. Desfecho. Palavras tão bonitas. Mas pareceram falsas quando eu as pronunciei. Porque sei que há mais por vir. Muito mais. E muito pior. Talvez o imperdoável. E, ainda assim, devo dizer. A confissão, dizem, faz bem à alma. Mas não aqui, com buzinas tocando e carros zunindo. Preciso estar no meu próprio território quando contar a ele.

– Hemi – digo de repente, antes de perder a coragem. – Preciso que você volte para casa comigo. Quando voltarmos para o hotel, para o meu carro, preciso que me siga até em casa.

Por fim, ele olha para mim, o rosto um pouco suavizado.

– Não está se sentindo bem?

– Estou bem. Mas há algo que precisamos discutir.

– Já faz quase três horas que estamos no carro e ainda temos uma hora de viagem até Boston. Existe algum motivo para não podermos discutir o que quer que seja agora?

– Existe – respondo, calma. – Há algo que preciso mostrar para você.

– Na sua casa?

– Sim.

Sua expressão se torna subitamente cautelosa.

– O quê?

– Aqui não. – Viro o rosto para a janela novamente. – Ainda não.

Minhas mãos estão quentes e suadas quando estaciono na minha garagem. Hemi estaciona atrás de mim e sai. Me esforço para tirar a mala e a caixa cheia das coisas de minha mãe do porta-malas. O resto terá que esperar. E então, de repente, Hemi está ali, tirando a mala e a caixa de mim. Murmuro um agradecimento constrangido e subo o caminho, deixando-o me seguir.

No saguão de entrada, mal olho para ele enquanto tiro o casaco. Ele larga a mala e a caixa e espia a sala por cima do meu ombro.

– Não há ninguém aqui – digo a ele e estendo a mão para pegar seu casaco. – Estamos sozinhos.

Ele dá um passo para trás, balançando a cabeça.

– Pode deixar.

Na sala, ele passa o olhar pelas obras de arte, pelos móveis, pelo piano com sua coleção de rostos emoldurados. Prendo a respiração, esperando que ele veja, mas ele não vê.

– Muito bom – comenta ele, seco. – Não é bem o que eu esperava, mas agradável.

Ele se aproxima das janelas. As cortinas estão abertas, oferecendo um vislumbre da praia repleta de pedras. O Sol está se pondo e a água tem uma cor profunda de estanho. Deixo-o admirar a vista e vou até a cozinha pegar gelo. Quando volto, ele ainda está à janela, mas sem o casaco, que está pendurado no braço do sofá. Sirvo para nós dois várias doses de gim e depois pego a tônica. Ele se vira quando me ouve quebrar o lacre da garrafa.

– Sua própria praia também. Eu já deveria saber.

Há um toque de reprovação nas palavras, me lembrando daqueles primeiros dias, como ele costumava me irritar com suas críticas à minha infância privilegiada e ao meu estilo de vida abastado. Fico um instante tentada a lembrá-lo de sua casa em Back Bay, mas decido deixar passar.

– É compartilhada, na verdade. Mas a outra família quase nunca vem aqui, por isso fico com ela só para mim a maior parte do tempo.

Seus olhos se fixam nos meus por um momento desconfortável.

– Costumávamos conversar sobre viver à beira-mar.

Conversamos sobre muitas coisas, quero dizer. Mas não posso. Eu nem consigo pensar nisso. Ou não serei capaz de completar o que *preciso* dizer. Coloco a bebida em sua mão.

– Sei que você costuma tomar com limão, mas receio que terá que ficar sem. Eu não estava esperando companhia.

Ele dá de ombros.

– Aprendi a viver sem muitas coisas.

– Hemi...

– A que devemos beber?

Olho para o chão, para o copo, para qualquer lugar, menos para ele.

– Ao seu sucesso – digo estupidamente. – Quantos livros agora?

– Vinte e um na última contagem.

– E a maioria deles best-sellers. Parabéns.

Ele encolhe os ombros, pouco à vontade com o meu elogio. O silêncio se estende enquanto ficamos encarando um ao outro à distância de quarenta e três anos.

– Você está em todos eles – diz ele por fim.

A observação me pega desprevenida. Sua voz ficou profunda e rouca, provocando um nervosismo que eu não reconhecia há muito tempo.

– Não sei o que isso significa.

– Significa que você foi todas as protagonistas que já escrevi. Não importava como eu as chamasse, eram todas Belle. Todas *você*.

– Hemi...

– Você leu algum deles?

– Não.

– Tudo começou com *Lamentando Belle*. Foi a primeira coisa boa que escrevi. Talvez a melhor coisa que escreverei *na vida*. – Ele toma um gole da bebida, fazendo uma careta enquanto ela desce. – O que aconteceu com ele? Você sabe?

– Estou com ele – digo, baixinho. – Estou com os dois.

Isso parece surpreendê-lo. E talvez agradá-lo.

– Você os guardou?

– Não. Dickey guardou. Depois que ele morreu, o filho dele encontrou no escritório do pai.

– Não tenho certeza se fiquei sabendo que ele tinha um filho.

– Ethan – forneço. – Até uma semana atrás, eu sequer o conhecia, mas ele é a cara do Dickey.

– Imagino que ele os tenha lido.

– Sim – confirmo, baixando os olhos. – Ele reconheceu Rose Hollow e descobriu o restante.

– Deve ter sido interessante. Ter sua vida amorosa lida por um desconhecido.

– Sua vida amorosa também – lembro-o friamente. – E sim, foi *muito*... interessante.

– Sabem que fui eu? Que eu era Hemi? Que nós...

Há uma nova cicatriz logo abaixo do olho esquerdo, no topo da sua bochecha. Não tinha percebido até agora e me pergunto por um instante como ele a conseguiu e quando. Luto contra a vontade de tocar, de *tocá-lo*.

– Sabem de tudo – digo em vez disso. – Coisas que nem você sabe.

– Belle... – Ele dá um passo em minha direção, depois outro, sua resolução fria vai desmoronando conforme ele se aproxima. – Não sei por onde começar. Sobre a noite passada... sobre esta tarde... Há quarenta anos que carrego esta dor nas entranhas, culpando você, acreditando numa mentira. E o tempo todo... Sinto muito, muito mesmo. Por não ter confiado em você. Por não ter *acreditado* em você. E acima de tudo, pelo negócio da maldita reportagem. Eu deveria ter contado no que estava trabalhando. Se eu tivesse contado, nada disso teria acontecido. Foi uma coisa idiota e egoísta e reconheço isso de todo o coração. Mas juro, Belle, não tive nada a ver com a publicação no *Review*. Foi coisa da Goldie e do Schwab.

– Sabotadores – digo, baixinho.

– O quê?

– A vida que deveríamos ter foi prejudicada por sabotadores. Minha irmã. Goldie. As duas tinham os próprios objetivos e conseguiram o que queriam. O que *nós* queríamos não importava.

– Você é feliz, Belle? Agora, quero dizer. Você é... Há alguém?

Tomo um gole da minha bebida e coloco o copo no balcão.

– Essas são duas questões muito diferentes. Com duas respostas muito diferentes. Sim, estou feliz. Eu construí uma vida. Tenho coisas pelas quais sou apaixonada. Como tenho certeza de que você também tem. Mas não, não há ninguém.

Ele pousa o copo e me estuda por um momento, como se estivesse tentando ler meus pensamentos enquanto pondera suas próximas palavras.

– Na minha vida, nunca pensei que diria estas palavras, mas Deus me ajude, aqui estou. Aqui *estamos*. Nunca houve ninguém além de você, Belle. Antes ou depois. Quando você não apareceu naquele dia e fiquei parado naquela plataforma, fiquei arrasado. E depois aquela maldita carta. Quando li e pensei que você tinha voltado para Teddy, algo em mim morreu e simplesmente parei de me importar com qualquer coisa. Tive pavor daquilo por tanto tempo, e lá estava em minhas mãos... a prova. Só que não era. E agora já perdemos tanto tempo. Mas nunca esqueci, Belle. Nunca deixei de desejar...

Eu deveria resistir quando ele estende os braços para mim, recuar antes que continuasse. Mas esperei tanto tempo para ouvir essas palavras. O peso de sua mão em meu braço é dolorosamente familiar, a máscara de pedra por trás da qual ele estava se escondendo de repente caiu. Aqui está o Hemi que conheci há tantos anos, o homem que nunca deixei de amar. A constatação faz minha garganta doer. Como posso negar o que este momento significa, sentir os anos retrocedendo, lembrar como foi com ele – como erámos juntos.

Quando seus lábios tocam os meus, é como se o tempo não tivesse passado, como se nunca tivéssemos perdido um ao outro. É como voltar para casa, penso, percebendo com um choque o quanto senti falta do gosto dele, da sensação de seus braços ao meu redor. Mas como é possível? Como eu poderia ter esquecido este... paraíso? Uma imagem tremula por trás dos meus olhos fechados, de membros emaranhados e lençóis azuis amarrotados, de corpos grudados, tensos e cobertos de suor. Faz tanto tempo. Já faz uma eternidade. E ainda assim, não faz tempo algum. Foi ontem.

Derreto nele, me rendendo ao que é familiar, consciente de que é um erro, que em um momento tudo vai desmoronar. De novo. E desta vez não haverá confusão sobre quem é o responsável. O pensamento me atinge como um jato de água fria e me afasto dele.

– Hemi... espere.

Ele dá um passo para trás sem jeito.

– Desculpe.

Balanço a cabeça.

– Por favor, não diga isso. Não quero que você se arrependa. Mas receio que vá se arrepender. Há algo que preciso contar para você. Algo que eu deveria ter contado há muito tempo.

Ele não diz nada, a expressão cautelosa enquanto espera que eu continue.

– Antes, quando você perguntou se Ethan sabia sobre nós, eu disse que ele sabia tudo, até mesmo coisas que você *não* sabe. Você não perguntou quais coisas.

Pego o copo dele e o coloco de volta em sua mão, depois vou para o piano. Zachary olha para mim da moldura preta e pesada. Eu gostaria que tivesse havido tempo para contar a ele que isso estava acontecendo, mas eu mesma não sabia. Confio que ele me perdoará.

Hemi está ao meu lado agora, com os olhos cheios de perguntas quando me viro para encará-lo com a foto. Procuro palavras para prepará-lo para o que está prestes a ouvir, mas não há palavras. Não para isso. Em vez disso, coloco a moldura na sua mão e espero. Ele olha para ela, com o rosto inexpressivo a princípio, sem compreender.

— O que é isso... Esse é...

— O nome dele é Zachary — informo, baixinho.

— Zachary. — Ele diz o nome devagar, rolando-o na boca, testando a familiaridade.

— Ele é nosso — enfim revelo. — Seu e meu.

A verdade parece surgir então, como se ele tivesse acabado de ser sacudido de um longo sono.

— Você está dizendo...

— Estou dizendo que temos um filho, Hemi. E que escondi de você. Eu disse para todo mundo que ele foi adotado, mas ele é meu. E seu.

Me preparo para a onda de indignação que sei que está chegando. Em vez disso, toda a expressão desaparece de seu rosto, substituída pelo terrível vazio da incompreensão. Ele não diz nada, com olhos fixos em mim, enquanto se esforça para processar minhas palavras. Endireito os ombros, me forçando a encarar o olhar dele enquanto continuo:

— Eu não sabia que estava grávida até chegar à Califórnia e, a essa altura, não tinha ideia de onde ou como encontrar você.

Sua expressão se torna mais firme, transformando-se em algo suave e impermeável.

— Você pelo menos tentou?

— Como? Você estava brincando de correspondente de guerra. — As palavras saem da minha boca antes que eu possa controlá-las, uma desculpa que não tenho o direito de dar.

Ele não está errado. Eu poderia tê-lo encontrado se quisesse. Escolhi não procurá-lo.

– E depois? Depois da guerra? – Ele está irritado agora, suas palavras ganham força enquanto registra a enormidade da minha transgressão. – Dickey sabia como me encontrar. Você pediu para ele me enviar um livro, lembra? Um deles, devo salientar, que omitiu qualquer menção ao meu filho.

Concordo com a cabeça, piscando para conter as lágrimas, o nó na garganta é grande demais para permitir uma resposta.

– E no dia em que você e Dickey deveriam almoçar. Suponho que sabemos por que você desistiu assim que descobriu que eu estava no restaurante. E ainda por cima, há o fato de que, por quase duas décadas, meu rosto esteve em quase todas as vitrines de livrarias do país. Por favor, não me diga que você não sabia como me encontrar, Marian. Você teve quarenta e três anos para me encontrar. Tudo que precisava fazer era pegar o telefone.

Eu me preparei para a sua raiva, mas não para a angústia crua que ouço em sua voz, o acúmulo de lágrimas em seus olhos.

– Hemi...

Ele se afasta de mim, caminhando para o outro lado da sala, então se vira para me encarar.

– Você realmente me odiava tanto assim?

– Eu nunca odiei você. Eu queria. Eu tentei, mas não consegui.

– Você escondeu um *filho* de mim. *Nosso* filho! Como pôde?

E aí está. A pergunta que ele me fez anos atrás, rabiscada na primeira página de *Lamentando Belle*. Só que agora significa algo diferente, algo incompreensivelmente pior.

– Você partiu meu coração – respondo com a voz entrecortada, sabendo que não é o bastante, sabendo que nunca haverá palavras suficientes para consertar isso. – Quando você foi embora, e depois quando a matéria apareceu no *Review*, eu não conseguia acreditar que você tinha feito aquilo de verdade.

– Eu não fiz.

– Eu não sabia disso na época. Como poderia?

– Então você se sentiu no direito de me privar do meu filho. – Ele passou os dedos pelo cabelo, o gesto tão familiar que faz meu peito doer. – Meu Deus. Ele tem quarenta e dois anos. Um homem adulto. E eu perdi tudo.

Pisco para ele em meio a uma cortina de lágrimas, procurando algo mais para dizer.

– Perdão, Hemi. Perdão. Desde o momento em que Zachary nasceu, a cada momento de cada dia durante os últimos quarenta e dois anos, eu olhei para ele e vi seu rosto. O homem que prometeu me amar para sempre e desapareceu sem dizer uma palavra. Eu disse a mim mesma que um homem que era capaz de fazer isso... – Minha voz falha e engulo um soluço. – Você teria voltado, Hemi, mas ficaria ressentido comigo por isso. O suficiente para nos deixar mais cedo ou mais tarde. Uma coisa é abandonar uma mulher adulta. Outra coisa é fazer isso com uma criança. Eu não podia arriscar que isso acontecesse com Zachary.

– Esse era o tipo de homem que você pensava que eu era? Um homem que daria as costas para o próprio filho?

– Eu não tinha ideia de quem *você* era ou *o que* faria. Pelo que eu sabia, você tinha traído a minha confiança e voltado atrás na sua palavra. Mas eu teria perdoado *tudo* isso. O que eu não pude perdoar foi você ter saído da minha vida sem dizer uma palavra, como se eu não tivesse sido nada para você. Já vi o que acontece quando um homem perde o interesse pela esposa... e o que ocorre com os filhos quando isso acontece. – Fecho os olhos enquanto uma nova rodada de lágrimas ameaça cair. – Eu não sabia como voltar a confiar em você.

O silêncio que se instala entre nós é insuportável, como se todas as nossas lembranças juntos tivessem sido varridas, restando apenas esta terrível nova realidade. Hemi fica parado com os ombros curvados, o rosto é uma mistura de sombra e ângulos acentuados enquanto olha para a foto do nosso filho. Por fim, ele ergue os olhos, me fixando com seu olhar azul penetrante.

– Ontem à noite, no bar, quando você disse que fez o que tinha que fazer, que você... seguiu com sua vida. Era disso que estava falando. Criar nosso filho. Sem mim.

Eu me forço a encontrar seus olhos, olhos tão cheios de dor que rasgam meu coração.

– Perdão, Hemi.

– Dickey sabia?

Eu confirmo.

– Zachary sempre foi a sua cara. Nós vivíamos brigando por isso. Ele achava que você deveria saber. Eu pensava que não era da conta dele. Resolvemos isso de uma vez por todas depois do caso do almoço. Nunca mais nos falamos.

– Você estava tão determinada a mantê-lo longe de mim que cortou os laços com seu sobrinho favorito? Porque ele achava que eu merecia fazer parte da vida do meu filho?

Como posso fazê-lo entender? O que eu senti. O que eu temia. Não apenas por mim, mas pelos meus filhos e pela vida que cuidadosamente construí para eles.

– Eu não podia deixar você voltar para a nossa vida, Hemi. Não assim. Fins de semana, feriados e verões alternados. Dividir o custo do acampamento musical e esbarrar um no outro nos recitais. Desconhecidos que se tratam com educação e que compartilham um filho. E havia Ilese a considerar. O que significaria para ela?

Seu rosto fica inexpressivo.

– Ilese?

– Minha filha. Zachary tinha dois anos quando a adotei. Eles cresceram como irmãos, e deixei todos pensarem que era isso que eles eram. Zachary ter um pai de repente teria sido estranho.

– Tão estranho quanto descobrir que tenho um filho de quarenta e dois anos?

Digo a mim mesma que não tenho o direito de me defender, que depois do que fiz, eu deveria apenas aceitar tudo o que Hemi atira em mim, mas não consigo suportar a ideia de que ele pense que tudo isso foi fácil para mim, que houve um único dia, enquanto Zachary crescia, em que não questionei as escolhas que fiz.

– Não foi o que eu quis dizer, Hemi. Quando soube como encontrar você, muito tempo já havia se passado. Por tanto tempo foram só nós três. Eu estava com medo...

Ele ergue a mão, me interrompendo.

– Eu não quero suas desculpas. Não *há* desculpas para isso.

– Não é o que estou fazendo. Estou dizendo que eu estava errada. Não importa o que eu acreditasse que você tinha feito, eu não tinha o direito de manter Zachary longe de você. – Lágrimas turvam minha visão, lágrimas às quais não tenho direito. – Não sei mais como dizer isso ou o que mais fazer.

Ele fica de pé com os braços cruzados, as pernas bem abertas, inflexível.

– O que é que você quer?

Fico olhando para ele.

– O que eu *quero*?

– O que você imagina acontecer agora? Sem dúvida você tinha algum tipo de objetivo em mente quando me pediu para vir até aqui. Qual era?

– Eu queria acertar as coisas entre nós. Dizer que sei que estava errada. Errada de um jeito terrível e imperdoável... e pedir perdão de qualquer maneira. – Espero uma resposta, incapaz de saber se minhas palavras tiveram algum impacto, mas ele permanece inexpressivo. – Diga alguma coisa. Por favor.

Um músculo pulsa em sua mandíbula.

– O que quer que eu diga?

– Qualquer coisa. Sei lá. Diga para onde vamos a partir daqui.

– Não vamos a lugar *nenhum*, Marian. Agora não.

Concordo com a cabeça, fechando os olhos.

– Sim. Tem razão. Se serve de consolo, Zachary é violinista concertista da Orquestra Sinfônica de Chicago e vai se casar em junho.

– Bem, então pelo menos não perdi *tudo*.

Seu rosto, tão impassível poucos instantes antes, parece desmoronar diante dos meus olhos, e sinto meu coração se partir com isso.

– Não sei quantas vezes devo pedir desculpas, Hemi, mas pedirei quantas vezes você mandar. Pedirei para sempre.

Ele balança a cabeça, os olhos sombrios e vazios.

– Todos esses anos, fiquei me perguntando se poderia ter terminado de forma diferente. Eu me recordava de como era entre nós, de todas as coisas que iríamos ver e fazer, e pensava que talvez houvesse uma maneira de recuperar isso. Foi por isso que apareci ontem à noite. Para ver se havia uma chance. E então hoje, por um instante louco, quando eu te beijei e você me beijou de volta, pensei que poderia haver. Agora vejo que perdemos tudo. Zachary era nossa chance. Depois de todas as dúvidas, de todos os anos de separação, *ele* era o nosso caminho de volta. Poderíamos ter salvado algo da vida que planejamos. Mas agora não dá. E o pior é que desta vez não há mais ninguém para culpar. A carta, a reportagem... outras pessoas fizeram essas coisas. *Sabotadoras*, como você as chamou. Mas *você* fez isso. *Você* foi a sabotadora.

Ele pega o casaco do braço do sofá e se dirige para o hall de entrada sem se virar. Eu o observo ir embora, desejando saber como fazê-lo ficar, mas usei todas as palavras que conheço para *me desculpar*. E ele não quer ouvi-las.

A quietude se instala quando a porta da frente se fecha, o eco do vazio ameaça me desfazer. Tão completo. Tão definitivo. Recupero a foto de Zachary do balcão onde Hemi a deixou e olho para o rosto de nosso filho. O rosto do pai dele. Eu esperava um desfecho, mas tudo que sinto é a abertura de velhas feridas.

VINTE E TRÊS

MARIAN

Sempre imaginei que fechar um livro é como pausar um filme no meio de uma cena, os personagens congelados em seus mundos paralisados, com a respiração presa, esperando que o leitor retorne e traga tudo de volta à vida – como o beijo de um príncipe num conto de fadas.
— Ashlyn Greer, *O cuidado e a alimentação de livros antigos*

A varanda sempre foi a minha parte preferida da casa, um santuário à beira-mar, mesmo à noite. Estou sentada aqui desde que Hemi foi embora, com as luzes apagadas e o som do mar ao meu redor. Não há muita lua hoje e a escuridão parece pesada, vazia e, ainda assim, repleta do passado.

Liguei para Zachary e contei a ele sobre o pai. Contei tudo. Ou tanto quanto uma mãe pode ficar à vontade para contar a um filho adulto. Me mantive fiel aos fatos, aos nomes e aos lugares. Ele aceitou como eu pensei que faria, como sempre aceitou tudo, perguntando se *eu* estava bem. Disse a ele que sim. Uma mentira, mas às vezes é mais fácil.

Tentei ligar para Ilese também, mas ninguém atendeu. Tentarei de novo amanhã, mas até lá, o irmão já terá contado tudo a ela. Eles sempre tiveram um tipo de conexão, sempre foram capazes de sentir quando o outro precisa de um ombro amigo. Mas está feito agora. Tudo foi revelado. Não há mais segredos apodrecendo, esperando para serem expostos.

Há uma sensação peculiar de desfecho em tudo, uma sensação de que as coisas acabaram, se não foram concluídas de fato.

Na mesa à minha frente estão os livros, o meu e o de Hemi. Não sei por que os trouxe para cá. Sem dúvidas não foi para ler. Talvez seja para que eu possa vê-los juntos pela última vez. Amanhã acenderei a lareira na sala e farei o que mandei Dickey fazer há tantos anos: queimá-los. Meu passado e o de Hemi virarão fumaça. Parece apropriado que algo que antes ardia com tanta intensidade, talvez até demais, seja finalmente extinto. Um tipo de desfecho.

Mas será?

Por mais de quarenta anos, fingi que já havia *sido*, me desligando daquela época, daquelas lembranças. Com tanto cuidado. E, agora, no espaço de vinte e quatro horas – menos que isso, na verdade – *esqueci* de tomar cuidado. Vi o rosto dele e me permiti lembrar, senti seus braços, sua boca e me permiti ter esperança.

Me agarrei com tanta voracidade à minha raiva, me fazendo mergulhar em culpas e lembranças amargas, como uma forma de não sentir o que estava por trás de tudo isso. A dor insaciável de sentir saudade dele, de senti-lo quando estou sozinha e a casa está silenciosa; distante, mas ainda é uma parte de mim. O lugar vazio que os anos perdidos esculpiram em mim. Luto pelo que poderia ter sido, pelo que quase foi.

Talvez se eu tivesse contado tudo a ele. O quanto perdê-lo me destruiu. O quanto sofri por ele por todos esses anos – e ainda sofro. Mas não. Ele deixou claro que qualquer janela que pudesse existir havia sido fechada quando decidi manter Zachary longe dele. Ele tem razão, eu fui a sabotadora.

Olho em direção à costa, imaginando o horizonte se estendendo além dela, e me pergunto se algum dia conseguirei colocar o gênio de volta na garrafa – voltar a esquecer. Tenho certeza de que a resposta é não. É isso que devo esperar agora. Lembrar do que nós poderíamos ter sido, da família que poderíamos ter sido, caso eu tivesse escolhido diferente.

Eu deveria entrar agora e continuar com o que vier a seguir. Jantar. Cama. Amanhã. Mas não quero pensar no amanhã. Ainda não. Olho para a praia repleta de cascalho lá embaixo, o pequeno crescente de areia onde a terra encontra o mar, e lembro de Ilese e Zachary quando crianças, construindo castelos e coletando pedras lisas e brilhantes em um balde de plástico azul. Construí boas lembranças aqui. *Elas são suficientes*, digo a mim mesma. Elas terão que ser.

A maré está baixa e, sob o escasso luar, a costa parece emitir uma luz pálida, quase sobrenatural. Fecho os olhos, ouvindo o barulho hipnótico das ondas contra as pedras, o ir e vir baixinho como uma respiração. Eu respiro junto. Inspiro, expiro. Inspiro, expiro. Melhor. Sim, um pouco melhor. Posso entrar agora.

Acabo de abrir os olhos quando percebo um rápido movimento ao longo da areia, um borrão escuro contra o claro. Dura apenas um instante, mas tenho certeza de que vi. Observo, espero, mas tudo está parado. *Um truque do luar*, digo a mim mesma. Então, acontece de novo.

Olho para a escuridão, desejando que meus olhos se ajustem. A princípio não consigo distinguir nada, mas acabo discernindo uma forma desconhecida apoiada nas rochas que separam a praia da estrada. Talvez meus vizinhos tenham voltado e aberto a casa. É improvável nesta época do ano, quando muitas das casas costeiras de Marblehead já estão fechadas para a estação. Além disso, está frio demais para uma noite na praia.

Curiosa, vou até a porta da varanda e a abro. O som do mar chega com uma rajada de ar salgado. A forma, seja o que for, ainda está lá, imóvel, mas agora mais clara. Saio para o deque. Meu cabelo é soprado pelo vento, caindo nos olhos. Tiro-o do rosto, meu olhar ainda fixo nas pedras. Vejo então o luar capturado e refletido em um arco breve e brilhante. Ali, depois desaparece, mas de alguma forma familiar.

Um lampejo de lembrança. Dedos, longos e finos, puxando para trás uma onda de cabelo escuro e rebelde. Um relógio de pulso refletindo a luz de velas. Meu coração galopa um pouco. É uma loucura, claro, fruto de uma imaginação fértil. E ainda assim, me vejo indo para as escadas, descendo-as com cuidado no escuro, me agarrando ao corrimão de madeira até enfim chegar à praia.

A sombra ainda está lá, uma presença misteriosa recortada contra as rochas. Um homem, percebo, com uma estonteante onda de reconhecimento. Meus calcanhares se cravam na areia quando começo a andar, meu progresso desajeitado e hesitante. Sinto-o, em vez de vê-lo, se virar para olhar para mim. Há outro reluzir do luar, um momento de hesitação, e então ele desce de seu ponto de observação. Ele fica parado com as mãos ao lado do corpo, as pernas bem abertas, me vendo aproximar. Mesmo no escuro, eu o reconheceria em qualquer lugar.

– Oi – cumprimenta, quando enfim estou na frente dele. A palavra se perde no vento e soa estranhamente perdida na escuridão. – O que está fazendo aqui?

– A praia é minha. Você ficou sentado aqui esse tempo todo?

– De jeito nenhum. Fiquei sentado no carro por um tempo.

– Por quê?

Seus ombros sobem e depois caem pesadamente.

– Eu não consegui ir embora.

Digo a mim mesma que isso não significa o que penso que significa, o que *quero* que signifique, mas a batida do meu pulso e a agitação do mar eclipsam todo o raciocínio.

– Está congelando. Cadê seu casaco?

– No carro.

– Você não pode ficar aqui, Hemi.

– Você quer que eu vá embora?

– Não. Mas você não pode ficar aqui fora. Entre.

Caminhamos de volta para as escadas, em silêncio e a uma distância cuidadosa. Lá dentro, acendo uma lâmpada e me viro para olhar para ele. Sua boca está contraída e azulada, e há um cheiro de frio impregnado nele, um calafrio salgado que parece emanar de suas roupas. Sem pensar, toco seu rosto, roçando sua bochecha com os nós dos dedos.

– Você está congelando.

Ele enrijece um pouco com o meu toque.

– Estou bem.

– Seus lábios estão azuis.

– O que você estava fazendo na praia?

Parece uma pergunta estranha depois de encontrá-lo sentado nas pedras.

– Eu não estava na praia. Eu estava sentada aqui, olhando para fora, e vi algo se movendo perto das pedras. Era você.

– Você estava sentada no escuro?

Dou de ombros.

– Você também.

Ele está prestes a responder quando percebe os livros lado a lado na mesa. Não faz nenhum movimento para tocá-los, mas seus olhos se voltam para os meus e eu leio a pergunta ali.

– Eu os peguei depois que você saiu. Estava tentando decidir o que fazer com eles.

– E já decidiu?

– Você os quer? – questiono, evitando a pergunta com a minha própria.

– Não.

A resposta vem tão depressa, tão decidida, que quase estremeço quando ele a dá. Aceno e dou um passo para trás.

– Vou pegar o chá.

Ele me segue até a cozinha, observando em silêncio, enquanto coloco a chaleira no fogo e preparo duas canecas. Por um momento, estou de volta à sua minúscula cozinha em Nova York, preparando uma refeição, enquanto ele lê o jornal ou escreve alguma matéria, e é como se o tempo não tivesse passado. Mas quando olho para ele do outro lado do balcão, me lembro de quão longe estamos dos jovens amantes que já fomos.

Seu rosto exibe novas marcas, embora ainda seja bonito, que Deus me ajude. Eu gostaria de não ver o antigo Hemi quando olho para ele, mas ele está ali, me observando com aqueles olhos azuis cautelosos, aquela maldita mecha de cabelo que cai sobre a testa, *não* tão escura agora, mas maravilhosa e terrivelmente familiar.

Pego os saquinhos de chá e acrescento um pouco de leite ao de Hemi, do jeito que ele costumava tomar.

– Isso vai ajudar – digo, estendendo a caneca para ele.

Ele aceita e logo a abaixa. Antes que eu possa me afastar, ele segura meu punho.

– Eu não quero chá, Belle.

– Tudo bem então. Nada de chá. O que você quer?

Seus olhos nublam e ele solta meu punho.

– Quero que seja 1941 outra vez. Quero que seja um dia antes de eu deixar Nova York, um dia antes de você encontrar minhas anotações da reportagem. Quero que seja *antes*.

– Mas dá para ser, Hemi.

– Não. Não dá. Só dá para ser agora. Mas você me perguntou o que eu queria. Passei as últimas duas horas e meia tentando descobrir.

– E o que você decidiu?

– Nunca dissemos adeus.

Minha garganta dói quando olho para ele.

– É isso que você quer? Dizer adeus?

– Eu nunca quis.

– Então... o quê?

– Eu não quero mais ficar com raiva, Belle. Já fiquei por tanto tempo. Porque pensei que era uma forma de me isolar das lembranças. Mas nunca funcionou. Só me deixou orgulhoso demais para fazer o que eu deveria ter feito há muito tempo.

Belle, não Marian. Baixo o olhar, com medo de ter esperança.

– Que era?

– Engolir meu maldito orgulho e vir encontrar você. Se tivesse feito isso, teria conhecido Zachary. Feito parte da vida dele... *e da sua*. Em vez disso, chafurdei e bebi demais e escrevi livros que acabavam do jeito que eu gostaria que *nós* tivéssemos terminado. – Então ele se afasta, com as mãos enfiadas nos bolsos.

– Hemi...

Quando se vira para mim, seus olhos estão vermelhos e parecem sensíveis.

– Perdemos tanto tempo, passamos tantos anos culpando um ao outro por coisas que outras pessoas fizeram. Ainda estou com raiva por terem tirado tanto de nós, o tempo que não podemos recuperar. Sempre sentirei raiva por isso. Mas cansei de ficar com raiva de você. E de mim mesmo. Mas estou morrendo de medo do que vem a seguir. Eu não quero ser o único... – Suas palavras desaparecem e ele pigarreia. – De qualquer forma, foi por isso que apareci ontem. Porque eu precisava saber se havia uma chance. Eu tinha esperança que houvesse. Então vi você no salão de baile. Eu soube assim que você me viu. Num minuto você era toda sorrisos; no seguinte, você pareceu que ia vomitar. Foi quando eu soube que tinha cometido um erro.

A angústia em sua voz traz lágrimas aos meus olhos.

– Eu estava com medo – digo baixinho. – Por causa de Zachary. Eu não estava preparada para ter aquela conversa ainda. Mas vir ontem à noite não foi um erro, Hemi. Fui eu quem cometeu o erro. O que fiz foi imperdoável e mereci tudo o que você me disse.

– Não foi imperdoável. Eu só... quando você me contou sobre Zachary, foi como se eu tivesse levado um chute no estômago. Nunca pensei que algo pudesse doer mais do que você não ter aparecido naquele dia, mas me enganei. Tudo o que consegui pensar quando você me contou sobre Zachary foi no que eu perdi, não no que ganhei: um filho e talvez uma segunda chance. Nunca imaginei esse tipo de final, mas aqui estou, Belle. Aqui estamos *nós*.

Nós.

De repente, meu coração bate tão forte que mal consigo ouvir meus pensamentos, mas tenho medo de me permitir ter esperança.

– Isso é por causa de Zachary? Para fazer parte da vida dele?

– É por tudo, Belle. Por Zachary, você e eu. Para enfim *ter* uma vida. Porque até agora não tive. Tudo: o trabalho na guerra, os livros, os prêmios, foi tudo só para passar o tempo. Até que eu pudesse voltar para você. Somos pessoas diferentes agora. Mais velhos. Mudados. Mas algumas coisas continuam iguais. Pelo menos para mim. E eu pensei... *tive a esperança*... que talvez houvesse espaço para mim na sua vida.

Não há como negar o apelo em sua voz, e de repente sinto medo. De que estamos indo rápido demais. De que o que sentimos neste momento não é suficiente. De que depois de tudo que perdemos, nada será suficiente.

– Nós não nos conhecemos mais, Hemi. Você mesmo disse: somos pessoas diferentes agora. Poderíamos estar cometendo um grande erro.

Ele concorda.

– Você tem razão. Poderíamos. Mas é uma chance que estou disposto a correr. Por mais devagar que você precise ir. Você era Belle naquela época e sempre será Belle, mas agora também é outra pessoa. Nós dois somos. E eu gostaria de ter a chance de conhecer quem você se tornou. Sei que demoramos um pouco, mas acho que vale a pena descobrir se há futuro para nós. – Ele pega minha mão neste momento, procurando meus olhos. – É pedir demais?

Olho para nossas mãos unidas, aqueles dedos quentes e familiares envolvendo os meus, e me lembro do conselho que dei a Dickey anos atrás – o mesmo conselho que dei a Ethan algumas noites atrás –, não deixar nada se interpor entre eles e o amor. Será que posso fazer isso? Arriscar meu coração de novo? Construí uma vida boa para mim, uma vida plena em quase todos os padrões. Criei bons filhos e fiz um bom trabalho.

Deveria bastar. Mas sempre soube que faltava uma peça – e essa peça que faltava era Hemi.

– Não – respondo por fim. – Não é pedir muito. É pedir o suficiente.

Abro uma garrafa de vinho e preparo um jantar improvisado de frutas e queijo, depois levo tudo para a sala. Hemi acende a lareira e nos sentamos no sofá para começar a juntar os fios soltos de nossas vidas.

De vez em quando, a sua mão busca a minha, como se quisesse se assegurar de que sou real, assim como a minha procura seu rosto pelo mesmo motivo. A conexão que sentimos no passado ainda está ali, como uma corrente passando entre nós, e cada toque traz consigo a tentação de abandonar nossas histórias e cair na cama. Como seria fácil ceder a essas tentações, consumar o nosso reencontro na escuridão segura e sem palavras. Mas ainda há muitos anos entre nós, muitas lacunas que precisam ser preenchidas. E assim continuamos conversando.

Ele me conta sobre a guerra e as coisas que viu – algumas horríveis demais para escrever – e sobre a morte de sua mãe. Como ele voltou para casa quando ela ficou doente e estava lá quando a enterraram ao lado do pai, no que teria sido o trigésimo terceiro aniversário de casamento deles. Como, em sua dor, ele se casou com uma mulher que o lembrava de mim, e então percebeu, na noite de núpcias, que havia cometido um erro terrível.

Conto para ele sobre a Califórnia e como foi sem ele, sobre como fiquei assustada quando percebi que teria um filho. Mostro a ele a foto de Johanna e conto a história dela, como nos tornamos amigas e depois irmãs, como, quando ela soube que ia morrer, ela me presenteou com Ilese – e com um novo nome para o filho que eu tive fora do casamento.

As horas avançam enquanto nossos copos se esvaziam e o fogo se apaga. Tomando uma segunda garrafa de vinho, conto sobre Ethan e Ashlyn. Como eles entraram na minha vida por causa dos livros que escrevemos e já parecem parte da minha família. Como Ethan é a cara de Dickey, até no tamanho do seu coração. E como Ashlyn me incentivou a buscar um desfecho e finalmente contar sobre Zachary.

E então, de repente, inexplicavelmente, parecemos ficar sem palavras. Há mais para contar, para nós dois. Quarenta e três anos é uma vida inteira – duas vidas neste caso –, mas, por enquanto, já falamos o suficiente. Vou para meu quarto, tiro o edredom da cama e volto para Hemi. Não digo nada enquanto estendo a mão. Ele não diz nada enquanto a pega. Seguimos para a varanda e descemos as escadas dos fundos até a praia.

Nós nos empoleiramos nas rochas, em silêncio, enquanto observamos o Sol nascer do mar. O ar da manhã está cortante e frio em nossas bochechas, mas sob o edredom, estamos bem aconchegados, ombro a ombro e membro a membro – o abrigo um do outro. Ficamos até o Sol nascer, o mar se tornar uma mancha azul-mercúrio, a areia ficar dourada sob nossos pés. Em algum momento, descemos e ficamos cara a cara.

Eu tinha me convencido de que estava buscando um desfecho, um fim ordenado para um passado confuso, mas quando Hemi me puxa para seus braços, não parece um desfecho. Parece um começo, e de repente me lembro de outro beijo, que aconteceu há muito tempo, num dia chuvoso em um estábulo. Aquilo também foi um começo. Hemi sorri, como se estivesse lendo meus pensamentos, depois me puxa para seus braços. *É assim que deve ser*, penso, enquanto sua boca se fecha sobre a minha.

Assim. Assim. Assim.

EPÍLOGO

ASHLYN

7 de dezembro de 1985
Marblehead, Massachusetts

Já passava das três e o sol da tarde entrava pelas persianas, pintando as paredes com uma suave luz âmbar. Ashlyn examinou com cuidado seu trabalho, pacotes embrulhados em papel azul e decorados com arabescos prateados e fita branca espalhados pela colcha vintage. Presentes de Chanucá a serem distribuídos durante as festividades da primeira noite.

Era seu segundo Chanucá com a nova família de Ethan, mas era a primeira vez que participava da troca de presentes e estava um pouco nervosa. Eles foram maravilhosamente receptivos, tratando-a como se fosse uma dos seus – e logo ela seria. Eles estavam guardando o segredo desde o Dia de Ação de Graças, porque Ethan queria fazer o anúncio quando toda a família estivesse reunida.

Ainda era difícil acreditar o quanto sua vida havia mudado em um ano e meio. Tudo porque um par de livros chegou às suas mãos. Uma aparente coincidência, mas será que era? De todas as lojas de Nova Inglaterra, *Lamentando Belle* e *Para sempre e outras mentiras* acabaram na loja de Kevin. E por terem ido parar lá, tudo mudou. Não apenas para ela e Ethan, ou mesmo para Hemi e Belle, mas para uma família inteira separada por um segredo de décadas.

Ela pensou nos livros, agora guardados lado a lado no escritório de Marian, e se lembrou da última vez que passou as mãos sobre eles. Primeiro no de Hemi, depois no de Belle, depois nos dois livros juntos. Como eles cantavam sob seus dedos com a mesma energia interessante.

Fresca, silenciosa e gloriosamente alinhada, como notas que ressoam em perfeita harmonia.

Seus ecos haviam mudado.

Aquele momento foi um tipo de revelação para ela, um lembrete de que os ecos que uma pessoa deixa para trás são subprodutos das escolhas que ela faz – e talvez, com ainda mais intensidade, que mudar esses ecos é *sempre* possível. Agora, sentada na beira da cama, ela abriu a palma da mão, traçando com a ponta do dedo ao longo da cicatriz que cortava sua linha da vida. Antes e depois. Era mais um lembrete – um lembrete que ela jurou nunca esquecer – de que a vida das pessoas era definida não pelas cicatrizes que adquiriam, mas pelo que havia do outro lado dessas cicatrizes, pelo que era feito com a vida que lhes restava. Recebera uma segunda chance no amor – uma segunda chance com uma família –, e ela pretendia aproveitar ao máximo as duas coisas.

Ashlyn se levantou quando o relógio da lareira bateu quatro horas. Tinha que ir agora e se juntar a Ethan e ao resto da família. O Sol se poria em breve, quase na hora de acender a menorá. Ela reuniu os presentes e acrescentou mais um à pilha: um presente especial destinado a Marian.

MARIAN

O Sol está quase se pondo e a menorá brilha com intensidade, esperando para ser acesa. Corro os olhos pela sala, com o coração quase explodindo ao ver nossa família misturada reunida toda em um só lugar. É o nosso segundo Chanucá juntos, mas este parece diferente, enfim completo.

A casa está perfumada com os aromas misturados da culinária festiva. *Brisket* e *latkes* e *sufganiyot* açucarado e cheio de geleia. Sorrio para as meninas, andando ansiosas em torno de Ilese e Jeffrey. Em seus suéteres azuis combinados, elas parecem algo saído de um cartão de Chanucá, animadas, aguardando a abertura dos presentes e os jogos depois do jantar.

Zachary e Rochelle vieram de Boston para passar alguns dias. É bom que eles tenham se mudado para perto. Os gêmeos nascerão em março e, embora ainda não saibam, estarão muito ocupados. Zachary e Hemi estão discutindo planos para montar os berços e colocar o papel de parede no quarto dos bebês. Ser avô não era algo que Hemi esperava, mas ele está absurdamente feliz com a ideia de ser chamado de *Saba, avô* em hebraico.

Nós nos casamos em agosto. Esperamos até que o casamento de Zachary terminasse e então escapulimos até o tribunal como um casal de jovens amantes. Quarenta e três anos depois do planejado, mas finalmente conseguimos. Eu o observo agora, do outro lado da sala, tão parecido com o filho. Ele afasta o cabelo da testa e depois ergue o olhar, como se de repente sentisse meus olhos sobre ele. Então me dá uma piscadela e faz meu coração disparar. Depois de todo esse tempo, ele ainda consegue me deixar tonta.

No lado oposto da sala, Ethan e Ashlyn estão amontoados. A menos que eu esteja errada no meu palpite, em breve lhes darei uma lua de mel. Para França, talvez, para conhecer os primos.

Zachary pigarreia e anuncia que é hora de acender a menorá. Hemi fica ao lado da minha cadeira, com a mão quente no meu ombro. Levantamos e todos ficam em silêncio, observando Zachary colocar uma vela no braço mais à direita da menorá e depois acender a *shamash* – a vela auxiliar. As meninas prendem a respiração enquanto a *shamash* é segurada junto ao pavio da primeira vela. Há um suspiro fraco e coletivo quando o fogo acende.

Então cantamos as bênçãos, três na primeira noite, e sorrio ao ouvir o som de todas as nossas vozes se misturando. Meus olhos deslizam para Ethan, sóbrio e respeitoso em seu quipá emprestado. Ele e Ashlyn sabem todas as palavras deste ano, e meu coração se enche de gratidão por eles terem se tornado parte de nossa família.

Por fim, é hora de comer. Ilese apressa as meninas até o lavabo para se lavarem para o jantar. A sala se esvazia, mas eu fico ali, saboreando o raro momento de silêncio. Estou cansada, mas feliz ao observar o que me rodeia. A menorá refletida na janela escura, a pilha de presentes embrulhados em lindos papéis à espera para serem abertos, o tapete cheio de Barbies e livros de colorir abandonados. Como alguém poderia querer mais do que isso?

Hemi aparece de repente. Como se respondesse à minha pergunta, ele estende um pacote embrulhado em papel prateado brilhante.

– *Chanucá Sameach*.

Franzo a testa enquanto pego a caixa, me perguntando por que ele está me dando meu presente antes do jantar. Há um peso curioso em seu olhar, enquanto ele me observa rasgar o papel prateado, uma sensação de expectativa que me deixa constrangida. Levanto a tampa da caixa e retiro várias camadas de tecido. Por um momento, não tenho certeza do que estou vendo. É um livro encadernado em couro marrom liso. Olho para as letras estampadas em dourado na frente – *H. L. T.*

Helene Louise Treves.

Não pode ser. Mas quando coloco o livro no colo, vejo que é: o álbum de minha mãe linda e meticulosamente restaurado. Passo as mãos sobre ele, surpresa. O couro está flexível e macio como manteiga, a lombada, antes dividida, perfeitamente consertada, as páginas intactas, sem nenhum sinal dos horríveis elásticos. É trabalho de Ashlyn, claro, e a transformação é nada menos que milagrosa.

Prendo a respiração enquanto viro a capa, minha garganta se aperta com lágrimas ameaçadoras. E então, de repente, ela está olhando para mim, a mulher de quem me lembro daquelas tardes especiais. Jovem, radiante e linda. A *Maman* das minhas lembranças. Minhas mãos tremem um pouco enquanto viro as páginas, devagar, com admiração.

Da sala de jantar, posso ouvi-los reunidos em torno da mesa, o tilintar de pratos e talheres, o som das risadas infantis e o zumbido da conversa: os sons de uma família. Vão nos chamar em breve, perguntando onde fomos parar. Fecho o álbum com relutância e o devolvo à caixa. Haverá tempo mais tarde para saborear meu presente. Agora, o jantar está esperando.

Me levanto, sorrindo para Hemi através de um brilho de lágrimas, grata pelas lembranças que ele me devolveu – e pelas novas lembranças que criaremos juntos.

AGRADECIMENTOS

E agora é hora de agradecer a todos que tornaram este livro possível enquanto eu construía uma casa e orquestrava uma mudança pelo país. Todo livro precisa de um vilarejo (este precisou de um vilarejo *particularmente* grande), um grupo de indivíduos dedicados, dispostos a entrar no fogo criativo com você e garantir que você saia inteiro do outro lado, pessoas que acreditam no seu projeto e em você – mesmo quando você não acredita – e de alguma forma ajudam a manter a cabeça no lugar. Não há absolutamente nenhuma maneira de agradecer a todos eles, mas estou prestes a tentar.

Em primeiro lugar, à minha incrível agente, Nalini Akolekar: tem sido uma jornada maravilhosa. Obrigada por cada etapa. Mal posso esperar para ver o que vem a seguir! E, claro, um grande agradecimento a toda a equipe da Spencerhill, que está sempre trabalhando nos bastidores para garantir que as coisas estejam saindo como devem.

À minha primeira editora, Jodi Warshaw, que acreditou neste livro desde o início e com quem sempre foi um enorme prazer trabalhar: um muito obrigada por toda a sua fé em mim. Ao adorável Chris Werner, que assumiu no meio do projeto e foi simplesmente incrível em seu apoio e dedicação na reta final. E a Danielle Marshall, com quem foi um prazer trabalhar. Eu não poderia pedir para estar em melhores mãos! Além disso, um grande agradecimento a Gabe Dumpit, Alex Levenberg, Hannah Hughes e a todos os membros da equipe da Lake Union/Amazon Publishing. Do marketing ao design, vocês são sem dúvida os melhores no ramo.

À minha editora de desenvolvimento, Charlotte Herscher, sem a qual eu estaria completamente perdida. (É verdade, eu estaria!) Obrigada pelos empurrões gentis e por todas as suas maravilhosas observações – e por administrar tudo com tanta delicadeza. Como diria Hemi, você me ajuda a encontrar a pulsação em cada livro.

Aos blogueiros de livros, cuja generosidade e amor pela palavra escrita mantêm os leitores engajados e lendo. Agradecimentos especiais a Susan "Queenie" Peterson, Kathy Murphy (também conhecida como Pulpwood Queen), Kate Rock, Annie McDowell, Denise Birt, Linda Gagnon e Susan Leopold. Vocês todas são simplesmente incríveis.

Aos meus fabulosos colegas do Blue Sky Book Chat, Patricia Sands, Alison Ragsdale, Marilyn Simon Rothstein, Bette Lee Crosby, Soraya Lane, Lainey Cameron, Aimie K. Runyan e Christine Nolfi: agradeço pela diversão, pela amizade e pelo seu interminável apoio durante este ano tão difícil!

Ao amável e talentoso Kerry Schafer, colega, administrador e, acima de tudo, amigo. Obrigada por tudo. As trocas de ideias, o apoio, a contribuição criativa, a positividade e o empurrãozinho quando eu precisei. Você deveria mandar fazer uma capa. (Sério.)

Às garotas do Glitter Girls Book Club, que fui forçada a abandonar quando me mudei para a Flórida. Obrigada pela diversão. Vocês farão falta (mas não serão esquecidas)!

À minha mãe, Patricia Crawford, que continua a ser a minha maior e mais animada líder de torcida. Obrigada pelo ombro e pelos nossos bate-papos às seis da tarde. Amo você com todas as minhas forças!

E, por fim, a Tom, meu marido recém-aposentado (embora tudo o que ele tenha feito desde que saiu do trabalho tenha sido empacotar e desempacotar caixas). Obrigada por carregar o fardo e me dar espaço para escrever enquanto nossas vidas estavam temporariamente viradas de ponta-cabeça. Não existem maneiras suficientes para agradecer, mas espero demonstrar para você todos os dias.

PERGUNTAS PARA DISCUSSÃO

1. A psicometria é definida como a capacidade de descobrir fatos sobre um evento ou pessoa ao tocar objetos associados a ela. Você consideraria esse tipo de habilidade um presente ou um fardo? Se pudesse ter essa habilidade, mas limitada a apenas um tipo de objeto, que objeto escolheria e por quê?

2. Ashlyn passou a ver o trabalho na encadernação como uma vocação, um chamado sagrado. Como a reencadernação e a restauração de livros são usadas ao longo da história como metáforas para curar feridas emocionais?

3. Superficialmente, Ashlyn e Marian são mulheres muito diferentes, mas no nível emocional compartilham algumas semelhanças. De que forma as personagens de Ashlyn e Marian se espelham?

4. Como a história pessoal de Ashlyn em relação ao amor e relacionamentos românticos influencia a necessidade dela de mergulhar no relacionamento de Belle e Hemi? Como as experiências ajudaram a conectá-la a Belle em um nível íntimo e emocional?

5. Costuma-se dizer que o perdão tem mais a ver com a nossa própria cura do que com tirar a culpa de alguém que nos causou dor ou dano. Você concorda com essa teoria? Se sim, acredita que há circunstâncias em que o perdão simplesmente não é possível, ou devemos sempre nos esforçar para perdoar, não importa quão grave seja a transgressão?

6. Ao longo do livro, Ashlyn é atormentada por uma cicatriz incômoda na palma da mão direita. O que a cicatriz simboliza para ela no início do romance? No final do romance, como o significado da cicatriz mudou para ela?

7. Tanto Hemi quanto Belle admitem que escolheram se apegar à raiva em vez de se permitirem vivenciar a profunda dor que sentiram por perderem um ao outro. Houve momentos em sua vida em que você se agarrou à raiva para mascarar feridas emocionais mais profundas? Caso sim, você se arrepende da escolha?

8. Como a questão da confiança – ou da falta dela – influencia os relacionamentos entre Ashlyn e Ethan e Belle e Hemi? Discuta os acontecimentos na vida de ambas as mulheres que podem ter contribuído para a incapacidade de confiar.

9. Marian e Corinne têm um relacionamento profundamente conflituoso. Marian ainda nutre sentimentos de rejeição e traição. Corinne é uma extensão do pai delas, fria e controladora. Mas, ao final do livro, a dinâmica de poder mudou, dando a Marian a vantagem. E, no entanto, apesar das admissões de Corinne, Marian oferece um tipo de bandeira branca. Por que você acha que ela fez essa escolha em vez de se apegar à indignação e, dadas as circunstâncias, você teria sido capaz de fazer o mesmo?

10. No início, Ashlyn diz a Ethan que nunca fez nada de corajoso, mas ao final do livro, ela parece ter uma ideia diferente sobre o que a palavra significa. Discuta como e por que você acha que a opinião dela sobre a própria coragem mudou.